FOLIO SCIENCE-FICTION

Jean-Philippe Jaworski

Janua vera

Récits du Vieux Royaume

ÉDITION AUGMENTÉE

Gallimard

Quelques maraudeurs, égarés dans les bois, se chauffaient à un feu de veille, autour duquel s'épaississaient la ramée, les ténèbres et les fantômes.

ALOYSIUS BERTRAND,
Gaspard de la Nuit

JANUA VERA

> *«... Toujours il y eut cette clameur, toujours il y eut cette splendeur,*
>
> *Et comme un haut fait d'armes en marche par le monde, comme un dénombrement de peuples en exode, comme une fondation d'empires par tumulte prétorien, ah! comme un gonflement de lèvres sur la naissance des grands Livres,*
>
> *Cette grande chose sourde par le monde et qui s'accroît soudain comme une ébriété.*
>
> *«... Toujours il y eut cette clameur, toujours il y eut cette splendeur (...) »*
>
> SAINT-JOHN PERSE,
Exil, III

Le voici brutalement dressé, haletant, les yeux écarquillés sur la pénombre des appartements royaux. Dans le sursaut qui l'a arraché au sommeil, il a dispersé les oreillers de plume, les coussins armoriés, il a senti la caresse de la soie glisser au bas de son torse puissant. Ses mains larges sont crispées avec violence sur le satin froissé du drap, les muscles épais de ses épaules et de ses bras sont noués par la tension. Recroquevillée à l'autre bout du lit, il devine la nudité

pâle de la favorite, son regard agrandi par la surprise
ou par la peur. Derrière les portes aux bas-reliefs
d'ivoire, dans le dédale des corridors, des escaliers,
des salles de cérémonie, il entend des appels brefs,
des cavalcades lourdes, le cliquetis des armes. Il sait
qu'une fois de plus, il a hurlé. Sans doute est-ce son
propre cri qui l'a éveillé, en même temps qu'il secouait
la torpeur du palais.

Il se lève. Il ne saurait rester couché, offrir le spectacle de sa détresse à ses orants et à ses gens de
guerre. Il se drape dans une robe d'intérieur, que le
brocart rend lourde comme une chemise de mailles.
Lorsque les portes de son appartement cèdent sous
la poussée des écuyers, des prieurs, des chevaliers
du Sacre, il est debout, jambes écartées, le menton
ferme, mains croisées sur les reins. Les torches brandies par la foule bigarrée allument d'un même éclat
les soleils brodés de sa robe et l'or ébouriffé de sa
chevelure. Qu'importe ce qu'il a crié du fond de son
sommeil : à demi nu, plus ferme que le granite, il
rayonne à nouveau d'autorité et de force. Au cœur
des enceintes enchâssées du palais, de la ville, du
royaume, il reste le principe souverain. Il reste
Leodegar le Resplendissant, Roi-Dieu de Leomance.

Face à lui, étranglée dans l'embrasure de la porte,
se presse une marée de visages. Faciès rudes des chevaliers, minois étonnés des pages, masques austères
des prêtres ; à voir ainsi leur monarque faire front,
l'incertitude et l'alarme vacillent dans les regards. Le
soulagement s'y peint rapidement, suivi par une crain-
tive révérence, que dicte leur intrusion dans le saint
des saints. Les yeux se baissent, les nuques s'inclinent,

les genoux ploient ; mais le Roi-Dieu n'a que faire de cet hommage servile. À grands pas, il sort de ses appartements. Il fend la foule rutilante des dignitaires, des courtisans, des chiens de guerre. D'une foulée conquérante, il remonte la grande galerie qui le mène à la salle du trône. Les chevaliers du Sacre, dans son dos, se relèvent, bousculent brutalement les imprudents qui s'interposent entre eux et leur roi, viennent encadrer le souverain. Ils tirent l'épée, selon le protocole menaçant qui sacralise la personne royale ; et l'éclat des torches parcourant les lames nues nimbe le Roi-Dieu d'un rayonnement d'acier.

Les fresques qui ornent les galeries chatoient fugitivement au passage des flambeaux. On y devine par fragments la geste de Leomance : le choc dévastateur des clans contre la horde Uruk Maug sur la Rivière Sèche ; la mêlée héroïque contre la déferlante barbare sur la lande de Dunsynal ; la reddition de la cité-état de Ciudalia, l'ombrageuse reine des océans. Au milieu des batailles stylisées, des équipées fabuleuses, des triomphes fastueux, se dresse, inlassablement, une figure inchangée : Leodegar, auréolé de lumière, représenté en majesté. À mesure que l'escorte avance dans le palais, au milieu des ombres armées, l'ombre du Roi-Dieu éclipse rythmiquement l'icône du Roi-Dieu.

Flanqué de ses chevaliers, suivi par une foule de plus en plus nombreuse de barons, de prélats, d'écuyers, d'échansons, Leodegar débouche dans la salle du trône. C'est un espace circulaire, vaste comme la place d'une ville. Des brasiers aromatiques se consument doucement dans des braseros. Ils exhalent des vapeurs parfumées vers des étendards blasonnés d'un soleil sur champ d'azur et, plus haut, vers un dôme vertigineux, où la nuit s'anime parfois d'un clignotement doré. Au centre, sur un piédestal plus orgueilleux que le parvis d'un temple, s'érige le siège souverain ; orfévré dans un métal lisse et massif, torches et braseros y réveillent une lumière impérieuse comme un solstice. Autour rayonnent les allées de mosaïque qui franchissent des porches monumentaux, gagnent tous les quartiers du palais, fécondent symboliquement l'ensemble du royaume.

Leodegar gravit en quelques bonds les marches de la tribune de marbre, tandis que les chevaliers se disposent en cercle, appuyés sur leurs épées, face à chaque allée. Le Roi-Dieu s'arrête devant le trône, se retourne : sa puissante silhouette domine toute la salle, nimbée des fumerolles odorantes qui montent des braseros. Son regard vole au-dessus de la foule des courtisans ; malgré l'heure incongrue, au plus profond de la nuit, les membres de la cour regagnent docilement les places imposées par la préséance. Le Roi-Dieu fixe les battants de bronze qui ferment un portail démesuré, à l'autre bout de la salle. Sa mâchoire se crispe, sa respiration s'accélère. Il s'apprête à lever la main, à ordonner d'un signe péremptoire l'ouverture de ces portes aux huissiers.

Mais il arrête son geste. Le doute, un instant, voile son regard. À peine levée, sa dextre reste suspendue. Indécise.

Des trompes d'airain ont salué le jour. De grands oiseaux ont passé dans le ciel, où s'étiolent de délicats pastels. Les premiers rayons du soleil ont jeté des éclats dorés sur les tours et les coupoles du palais. Monumentale, arrogante, inachevée, Chrysophée, la capitale du Roi-Dieu, émerge des brumes du petit matin. Elle semble étaler à l'infini le réseau de ses avenues, de ses canaux, de ses jardins. Du grouillement des chaussées à demi pavées, des baraquements d'artisans, des échafaudages noirâtres, une formidable éruption de marbre s'élance à l'assaut des nuées. Façades hautaines, portiques écrasants, beffrois aériens, clochetons vertigineux, toute la ville chante l'ivresse démesurée de son souverain. Par milliers, maçons, charpentiers, géomètres, architectes, artistes, chevaux de bât, portefaix, terrassiers se répandent dans les artères du grand rêve divin. Ils affluent, ils s'agitent, ils s'échinent, tout un peuple d'insectes laborieux.

Mais ce matin, la respiration de la ruche est troublée. Une angoisse vague a transpiré des murailles du palais ; des échos mutilés ont couru le long des rues ; des rumeurs délétères volent de bouche à oreille. On dit que le Roi-Dieu, une fois de plus, s'est levé dans la nuit. On dit que le Roi-Dieu, une fois de plus, a cherché dans la nuit. On dit que le Roi-Dieu, une fois de plus, a versé dans la nuit. Cependant, on ne comprend guère le malaise exsudé par le palais. On se contente de chuchoter, pour répandre l'angoisse comme une contagion de l'âme, pour conjurer la peur individuelle par la peur collective.

Qui peut comprendre ce qui tourmente un dieu ?

C'est aussi ce que se demande Leodegar le
Resplendissant, au moment même où il accorde une
oreille distraite à son conseil. Carré dans la cathèdre
de la salle des États, il appuie sa tête sur sa senestre,
et suit d'un œil éteint la polémique qui agite les
grands serviteurs du royaume.

Le chancelier Adamantin brandit les rouleaux éta-
blis par ses scribes : le trésor est vide ; les matières
premières n'arrivent plus à Chrysophée que par extor-
sion et par réquisition ; les campagnes du royaume
sont mises au pillage pour parvenir à ravitailler les
bâtisseurs. Le vieux ministre en appelle à plus de
modération, plus de sagesse, sans quoi la Leomance
pourrait s'effondrer de l'intérieur, ruinée par les
pénuries, la famine, les épidémies. Face au chancelier
se dressent Segomar le Taureau, grand maître de
l'ordre du Sacre, et le subtil Anaximandre, Pontife
Céleste du culte royal. Les deux dignitaires rappellent
que là où l'anarchie et la guerre ont régné des siècles
durant, le Roi-Dieu a restauré la paix, l'équité, le
droit. Chrysophée est le symbole du pouvoir théocra-
tique, qui se doit à la stabilité de la Leomance et que la
Leomance doit à son souverain. Il serait sacrilège
d'interrompre l'érection de la cité sainte : les nations
vassales n'ont qu'à verser double tribut.

Ce discours fait bondir d'autres dignitaires. Avec
force effets de manche, le podestat Stramazzone évoque les sacrifices consentis par Ciudalia, la sédition
qui court déjà dans les antichambres curiales, la crise
gravissime que provoquerait une trahison de la classe
sénatoriale. Le légat Bellowere prend lui aussi la
parole. Le museau couturé du vieux guerrier tranche

avec la préciosité étudiée du représentant ciudalien,
mais il abonde dans le même sens. Les tribus barbares d'Ouromagne ne supporteront pas de nouvelles exigences : déjà, les plus puissantes d'entre
elles s'agitent, convoquent des assemblées armées.
On est sans nouvelle du clan Arthclyde, qui n'a pas
versé le dernier tribut.

Le Roi-Dieu contemple d'un œil sombre ses
conseillers. Il ne leur prête qu'une attention de surface. Il sait que la cause profonde de leurs discordes
ne réside pas dans l'épuisement des ressources, ni
dans le risque de révolte des nations soumises. Ces
problèmes sont graves, certes, mais que représentent-
ils face à la volonté d'un dieu ? La cause réelle du
chaos qui menace est ailleurs. Elle se niche au sein
même du Roi-Dieu. Avec amertume, Leodegar en
relève l'indice dans le comportement de ses plus
fidèles serviteurs : le débat devient de plus en plus
houleux, mais il n'en est pas un, pas même le Pontife
Céleste, pour se tourner vers son souverain et lui
demander de trancher. Pourtant, en des circonstances ordinaires, dix mots de Leodegar suffiraient à
poser des directives claires, à rétablir l'harmonie.

Mais Leodegar est absent. Tous les dignitaires ont
vu son œil vague. Le Roi-Dieu siège, le Roi-Dieu
écoute, le Roi-Dieu comprend, mais il n'entend
guère. Il reste enfermé au cœur de sa propre nuit,
dont il ne livre rien, sinon les cris déments qui
arrachent parfois tout le palais au sommeil. Dont il
ne livre rien, sinon le geste interrompu, près du
trône, vers un portail clos. Troublés, les conseillers
n'osent plus se livrer à leur souverain, de peur que

leur souverain ne perçoive leur trouble. Ce jeu de
dupes est un symptôme. Le royaume tombe malade,
de la maladie du monarque. C'est là le vrai mystère.
C'est là le vrai péril, que seul le souverain peut combattre.

Et Leodegar le Resplendissant, Roi-Dieu de
Leomance, ignore ce qu'il affronte.

Un spasme de panique absolue. Les yeux exorbités, il réalise qu'il ne dort pas. Son cœur cogne
sa poitrine à tout rompre, il a du mal à trouver son
souffle, tout son être se dilate d'horreur. Son corps
baigne dans une sueur aigre, qui sent la fièvre, la
déchéance, des remugles de morbidité et d'angoisse.
Réfugiée dans un coin obscur de l'appartement royal,
la favorite sanglote et tremble. Une pluie diluvienne
fouette les vitraux et leurs croisillons de plomb : des
milliers de doigts d'os, qui tambourinent avec une
obstination rageuse les coloris éteints par la nuit.

Le Roi-Dieu se dresse, saisit à pleines mains son
crâne sous la chevelure claire. Son échine de géant
frissonne, sans qu'il parvienne à démêler, dans ces
convulsions, ce qui procède de la peur et de la colère.
Il entend gronder le tonnerre ; il espère, sans y croire,
que l'écho de ses cris s'est perdu dans le fracas céleste.
Il arrache les courtines blasonnées : il est hors de question qu'une fois de plus, ses gens le surprennent au
bord du désarroi. Il se lève, il jette sur ses épaules la
robe brodée de soleils, il sort sans attendre.

Dans la galerie sonore, il perçoit l'écho désaccordé
des galopades, des rappels à l'ordre, des solerets

d'acier heurtant la pierre. Il accélère le pas, il bondit presque, filant vers un but mystérieux. Sous ses pieds nus, le marbre mord, froid et lisse comme un étang gelé ; son vêtement de nuit flotte dans le sillage de sa course, tel le linceul d'un fantôme. Sans la lumière brandie par les écuyers et les chevaliers du Sacre, le corridor s'étire, drapé de solitude, baigné d'obscurité. Les hautes verrières frémissent parfois sous l'assaut d'une bourrasque ; l'animation inquiète des serviteurs convergeant vers les appartements royaux résonne assourdie et lointaine, privée de réalité. Dans son propre palais, le Roi-Dieu fuit, esseulé. Son masque hagard ne ressemble plus guère aux innombrables figures, majestueuses et sereines, qui triomphent sur les fresques.

Lorsqu'il atteint la salle du trône, une cacophonie affolée et guerrière éclate sous les voûtes palatiales. Les chevaliers du Sacre ont dû trouver ses appartements vides. Pour ces combattants qui ont fait le vœu de protéger le Roi-Dieu au-delà du trépas, sa disparition serait pis qu'une catastrophe : un parjure, un déshonneur. Des cors explosent en brames d'airain sous les ogives de pierre ; les hérauts d'armes lancent leur cri d'alarme d'une voix gutturale. Mais Leodegar n'en a cure. En trois enjambées, il se trouve sur l'esplanade du trône ; il se retourne vers le vaste portail clos. Aux huissiers qui s'inclinent, éberlués de voir le monarque sans sa garde et sans ses prieurs, il ordonne de se redresser, d'ouvrir les portes. Il use de sa voix de commandement ; ses paroles craquent sous le dôme enténébré, tel un répons au tonnerre qui roule dans les cieux obscurs.

Les serviteurs engagent les deux clefs dans les deux serrures qui déverrouillent la porte. Puis, arc-boutés contre les battants monumentaux, ils les repoussent peu à peu. L'expression déterminée, égarée peut-être, le Roi-Dieu contemple l'espace ténébreux qui s'élargit lentement entre les vantaux de bronze. Il ramasse sa force, il serre ses poings massifs, il musèle l'angoisse, la distille en fureur rentrée. Seul, sans arme, sans un geste, il endosse l'aura charismatique du héros de légende. Tragique et impérieux, il semble s'apprêter à livrer bataille.

Avec un choc sourd, les deux battants du portail ont heurté les murs. Le regard du Roi-Dieu plonge, au-delà, dans un abîme de ténèbres. Un éclair, ramifié et blanc, jette un jour fugace par les vitraux armoriés. Un instant, Leodegar aperçoit une nef aux colonnades orgueilleuses, ornée de trophées, de sculptures, de bannières.

Quand les chevaliers du Sacre débouchent en trombe devant le trône, leurs visages rudes s'éclairent à la vue du monarque. Oubliant le protocole, ils crient de joie et de soulagement. Puis, avisant la tension du Roi-Dieu, reconnaissant l'expression terrible qu'il arbore face à l'ennemi, ils se tournent vers le portail béant. Dans un mouvement fluide, presque chorégraphique, ils adoptent un ordre de combat devant l'esplanade, ils brandissent leurs longues épées à double tranchant. Mais ils cherchent vainement une quelconque menace. Ils ne voient que les deux huissiers préposés à la veille, comiquement décomposés, et les ombres qui s'allongent, au-delà du portique ouvert.

Les ombres qui s'allongent, dans la salle d'audience, parfaitement vide.

Sans doute le Roi-Dieu peut-il voir ce que nul autre mortel ne saurait deviner. C'est du moins ce qu'ont voulu croire les membres de sa cour; mais plus d'un cœur s'est serré, devant le spectacle du monarque, l'expression sauvage, prêt à défier une halle déserte.

Lorsqu'il est revenu au monde profane, Leodegar a décrété qu'il avait assez dormi pour la nuit. Il s'est fait apporter une collation de viandes blanches et de fruits doux, à laquelle il n'a pas touché. Il a exigé la présence immédiate du Pontife Céleste. Le subtil Anaximandre est arrivé en hâte, le visage encore chiffonné de sommeil, la chape en biais. Avant même qu'il n'ait eu le temps de saluer, le Roi-Dieu a pris la parole :

« Anaximandre, je veux consulter la Sophonte Ophidie. Trouve-la. Amène-la. »

Le Pontife Céleste, empêtré dans une révérence inachevée, a laissé une stupéfaction intense se peindre sur son visage.

« Ophidie ? bredouille-t-il. Mais, Votre Splendeur... cette idolâtre... c'est une hérétique... Elle ne reconnaît d'autre culte que celui de la Vieille Déesse.

— Est hérétique qui discute le dogme, a grondé Leodegar. Et le dogme, c'est moi. Amène Ophidie, Anaximandre. »

Plein de confusion et de doute, le Pontife Céleste s'est incliné et a pris rapidement congé. À mesure que la journée a avancé, des dignitaires et des messagers

se sont succédé au palais, porteurs de nouvelles alar-
mantes. Le podestat Stramazzone a appris dans la nuit
la banqueroute de l'armateur Rappazoni ; les navires
du prince marchand auraient forcé les chaînes du port
de Ciudalia afin d'échapper aux créanciers, et gagné la
haute mer pour se livrer à la piraterie. À Chrysophée,
un foyer de fièvre purulente a éclaté dans le quartier
de la Porte de Saphir, et fauche les artisans par
dizaines. Un écuyer à demi-mort d'épuisement s'est
présenté devant les murailles à l'aube : il a rapporté le
soulèvement des tribus d'Ouromagne, menées par le
clan Arthclyde, et le massacre de deux garnisons
royales. Mais le Roi-Dieu n'a pas convoqué son
conseil. Il a reporté la gestion de la crise. Il a attendu,
avec une impatience croissante. Toutes affaires ces-
santes, il lui fallait voir la Sophonte.

Elle est arrivée avec le soir, encadrée par un chapitre hostile des prieurs du Pontife Céleste. Au grand
scandale de son propre clergé, le Roi-Dieu a congédié
chevaliers, prêtres, ministres, courtisans. Il est resté
seul avec la Sophonte.

C'est une petite femme. Vêtue de la robe fauve et
brune des prêtres de la Vieille Déesse, sa silhouette
fragile se perd dans une chasuble ample, brodée de
versets et de feuilles automnales. Son visage est
caché derrière un masque de cuivre, aux traits primi-
tifs et lisses ; mais le Roi-Dieu découvre avec répugnance son cou fripé de volaille, son crâne tacheté
que gagne la pelade. La main gauche de la prêtresse,
tavelée et rachitique, est secouée par un tremblement
sénile, et la station debout lui est d'évidence pénible.
S'il éprouve une pitié proche du mépris pour sa

déchéance physique, Leodegar ne peut toutefois s'empêcher d'admirer le courage de la Sophonte. D'ordinaire, la grande prêtresse du culte de la Vieille Déesse ne se déplace jamais sans une suite processionnelle d'augures et de mystagogues. Or Ophidie est venue seule. Elle sait que son refus de reconnaître la divinité du Roi-Dieu l'expose depuis des années, avec son clergé, au plus grand péril. Si elle doit mourir aujourd'hui, elle a manifestement choisi de mourir seule.

Elle s'est inclinée, à peine, devant le monarque. Dans ce salut bien léger, Leodegar n'a su démêler la part d'impertinence des précautions imposées par des membres infirmes.

«Tu as requis ma présence, souverain de Leomance», énonce-t-elle d'une voix ferme, étonnante pour son grand âge.

Eût-il assisté à l'entrevue, le grand maître Segomar aurait fait sauter la tête de la prêtresse pour ce tutoiement. Le Roi-Dieu se contente de hausser un sourcil. Il se carre sur son trône, goûtant non sans méchanceté l'inconfort que la Sophonte éprouve à ne pouvoir s'asseoir. Il ravale sa colère, veut croire que c'est par clémence. Mais au fond de lui, il sait que c'est le secours attendu de cette vieille femme qui le modère.

«J'ai besoin de consulter la Déesse, dit-il.

— Alors tu te méprends en t'adressant à moi, répond la Sophonte. Je ne suis que la première de ses servantes.»

Le masque de la prêtresse est inexpressif et vide, mais le Roi-Dieu perçoit la dérision dans son timbre de métal.

« Je n'ai que faire de ton ironie, gronde-t-il. Tu as
été élue par la Déesse. Tu en es la voix. Tu en détiens
tous les mystères.

— Le propre d'un mystère, c'est d'être sans expli-
cation. Je suis riche de questions, et pauvre en
réponses. »

Leodegar abat la main sur son trône, avec tant de
violence que son poing semble ployer l'or de l'accou-
doir.

« De toutes les provinces du royaume, et même des
nations d'au-delà des mers, on vient réclamer tes
oracles. Il en est qui disparaissent au cours du périple,
pour quelques paroles de toi. Serais-je le seul à qui tu
refuserais ton conseil ?

— Ce sont des créatures mortelles, rétorque
Ophidie. Toi, on te proclame dieu. Quelle sagesse une
pauvre femme pourrait-elle apporter à un dieu ? »

Leodegar se lève, dévale les marches de l'estrade,
se campe devant la Sophonte, qu'il domine de sa stature colossale.

« Regarde-moi, prêtresse », ordonne-t-il.

Elle hausse vers lui sa tête à demi-chauve, lui
affronte l'énigme de son masque. Dans le cuivre
froid et poli, le Roi-Dieu découvre le reflet de son
propre visage : un fantôme aux yeux brouillés, aux
cheveux de feu.

« Regarde-moi, reprend-il. Je suis le Resplendissant. J'incarne la force, la lumière, l'opulence,
l'ordre. Mais ces principes ne suffisent pas à gouver-
ner le monde. Dans le ciel du royaume, chaque jour,
le soir suit le matin. Je suis le matin. Tu sers le soir.

Et face à ce qui procède du crépuscule, je suis aussi démuni que le plus humble de mes sujets. »

Étonné peut-être par ce qu'il vient de proférer, le regard du Roi-Dieu vacille, se détourne, fuit l'image jumelle que lui offre le masque aux traits stylisés.

« Une brise crépusculaire est venue rider l'éclat de ton règne, dit la Sophonte.

— Un vrai vent de nuit, murmure le Roi-Dieu.

— Tôt ou tard, c'est le destin de tout homme », constate Ophidie sur un ton neutre.

Leodegar lui tourne le dos, remonte à pas lents les degrés du trône.

« N'est-ce pas, alors, que la Déesse se montre secourable ? demande-t-il d'une voix sourde. Ne tient-elle pas la lampe qui permet de poursuivre son chemin, dans la montée des ombres ?

— Je ne sais si elle éclaire la route ; mais elle accompagne le voyageur. »

Leodegar s'arrête, et ses épaules s'affaissent.

« Alors, accompagne-moi. Donne-moi le sens de ce qui m'arrive… Dévoile ce qui est caché. Donne-moi le sens des rêves qui me privent de mon jugement, de mon autorité, de mes certitudes. »

Derrière lui, la Sophonte s'esclaffe. Son rire, aigu et retenu, résonne en chuchotis moqueurs dans l'immensité de la salle.

« C'est pour cela que tu m'as convoquée ? Tu fais appel à moi comme à une vulgaire voyante ? »

Le Roi-Dieu pivote vers elle d'un bloc. Ses traits harmonieux sont défigurés par un rictus de fauve, ses yeux étincellent, son attitude ramassée est menaçante comme une nuée d'orage. Toute la coupole semble vibrer d'un désir de meurtre. Mais la crispation de son visage évolue, mue vers un sourire arrogant et dur.

« N'est-ce pas là l'essence de ton sacerdoce ? persifle-t-il. Ne bénéficies-tu pas de la grâce de ta déesse que parce que tu es la plus habile des devineresses ? Je sais que dans votre culte, vous étudiez les rêves et leur signification.

— C'est vrai, nous sommes oniromanciens. Mais nous examinons nos propres songes, non ceux d'autrui. Dans l'univers du sommeil, chaque rêveur possède sa syntaxe personnelle, son lexique secret. Je ne saurais me substituer à toi, interpréter tes songes. Tout au plus pourrais-je te fournir les lettres et la grammaire qui te permettraient de déchiffrer ton propre livre.

— As-tu si peur d'être faillible ? raille doucement Leodegar. Peu importe ; je me contenterai de ces bribes. »

Il se détourne, il lève le visage vers la coupole dont les dorures flamboient dans la lumière vespérale. Par les vitraux occidentaux, des rayons obliques nimbent l'immense volume d'une féerie de couleurs, où viennent s'étirer les chimères improbables dessinées par l'encens. C'est la beauté d'un temple, d'un lieu sacré, retranché du monde. C'est l'harmonie nécessaire à la divinité. Et voilà que quelque chose, dehors, veut violer le sanctuaire.

« Je n'ai jamais rêvé, » dit le Roi-Dieu.

D'un geste ample, il désigne le faste monumental qui l'entoure.

« Tout ce que j'ai souhaité, je l'ai réalisé. Je n'ai jamais rêvé. »

Sa main retombe le long de son flanc, dans les plis galonnés d'or de sa robe de cérémonie.

«Du moins, jamais jusqu'à une date récente, reprend-il d'une voix sourde. Le phénomène s'est manifesté il y a peu. Le songe m'est venu il y a quelques semaines, un mois tout au plus. La première fois, j'ai cru avoir abusé de vin opiacé. Au réveil, j'ai même trouvé cela intéressant, de garder cette saveur nocturne pendant quelques heures, comme une liqueur longue en bouche. Quand le rêve est revenu, deux ou trois nuits après, cela m'a troublé. Mais qu'est-ce qu'un rêve, sinon un soupir sur l'eau de nos consciences? Je n'y ai pas prêté attention.»

Il ferme les yeux, et son expression subit une altération subtile. Son visage fermé conserve sa beauté mâle, mais se vide de sentiment, gagne l'impavidité cireuse d'un masque mortuaire.

«Est-ce mon indifférence qui a accentué le mal? poursuit-il d'une voix atone. Le rêve est revenu. Il est revenu nuit après nuit. Très vite, il m'est devenu insupportable, et je sentais, chaque jour, qu'il gagnait du terrain sur mon appétit de vivre, qu'il s'insinuait, qu'il s'interposait entre moi et mon existence diurne. J'ai lutté contre lui. À seule fin de retrouver un repos brut, j'ai multiplié les exercices violents, j'ai bu plus que de raison, j'ai cherché refuge dans la luxure, j'ai consommé des toxiques rares. En vain. Les choses, en fait, ont empiré: si j'avais consommé quelque substance narcotique, je revivais même ce rêve trois à quatre fois dans la nuit, sans pouvoir me soustraire au sommeil.»

Leodegar rouvre les yeux, et regarde la Sophonte.

«Tu n'es pas curieuse de connaître ce rêve?
demande-t-il.

— Évoquer ses rêves, c'est une façon à peine voilée de parler de soi. Beaucoup le font avec candeur,
et se livrent désarmés à leurs confidents. Je doute
toutefois que tu aies cette naïveté, roi de Leomance.
Non, je ne suis pas curieuse de ton rêve. Il est dangereux de feuilleter l'âme d'un souverain. Mais il faut
bien que tu me l'exposes, puisque tel est ton bon
plaisir.»

Le Roi-Dieu lui adresse un sourire cynique.

«Pour être franc, c'est un rêve sans intérêt»,
crache-t-il.

Son sourire se crispe, son regard se trouble, une
pellicule de sueur apparaît peut-être sur son front.

«C'est un rêve sans histoire, sans personnage. Sa
signification ne semble reposer sur rien, sinon sur
cette répétition obsessionnelle... Je dors. Je sais que
je dors. Je dors ici, dans mon palais, à Chrysophée. Il
fait sombre. Tout est calme. Pourtant, je sens... un
mystère, comme une anomalie. Cela trouble mon
repos, sans m'éveiller tout à fait. Et soudain, un bruit
terrible... On frappe. Quelqu'un frappe. Contre une
porte du palais, quelqu'un abat une charge pesante,
une masse, ou un heurtoir démesuré. Le sol frémit;
mes os, mes dents tremblent. Je m'éveille, suffoqué
d'angoisse. C'est tout. C'est dérisoire, mais c'est tout.

— C'est beaucoup, dit la Sophonte.

— C'est suffisant pour hanter mes nuits. C'est suffisant pour troubler mon clergé, mes ministériaux,
mes officiers. C'est suffisant pour me couper de mon
conseil et de mon royaume. Ce rêve me sape, comme

une fièvre des marais, comme le charme d'une fée perverse. En envahissant mes nuits, puis mes jours, car l'appréhension du rêve devient presque aussi insupportable que le rêve lui-même, il contamine tout. Il s'épanche dans le réel. Sais-tu ce qu'il signifie ?

— Et toi, roi de Leomance, sais-tu ce qu'il signifie ?

— Épargne-moi tes sarcasmes ! gronde le Roi-Dieu. Pourquoi crois-tu que je t'ai convoquée, en me discréditant aux yeux de mon propre clergé ?

— Il n'y avait nulle insolence dans mon propos. Certaines personnes éprouvent le besoin de s'entendre dire ce qu'elles n'osent s'avouer à elles-mêmes.

— Je n'ai pas ces complications. Je vais toujours droit où je dois aller.

— Il existe pourtant, au fond de toi, au moins une porte close. Et quelque chose, ou quelqu'un, se trouve derrière.

— Comment le reconnaître ?

— Pour bâtir ce que tu as édifié, il a fallu sacrifier beaucoup. Ne t'arrive-t-il jamais de te retourner sur ce que tu as accompli ? N'y a-t-il pas, au fond de toi, un acte ou un visage que le temps a chargé d'amertume ? »

Le Roi-Dieu lui adresse un sourire dur.

« J'ai fait couler beaucoup de sang, énonce-t-il. J'ai tué de ma main le Haut Roi Ogomeï à Dunsynal ; j'ai fait pendre les princes pillards de Ciudalia aux balcons de leurs palais ; j'ai ordonné le massacre des prisonniers Uruk Maug après ma victoire sur la Rivière Sèche. J'ai réprimé par le fer et par le feu tous ceux qui se sont dressés contre ma volonté. Mais j'ai la conscience nette : j'ai élagué, j'ai coupé les branches pourries, j'ai arraché les mauvaises herbes. J'ai fait de la Leomance un jardin où s'épanouira un nouvel âge d'or.

— Et Leodegar, le guerrier du clan Leogens ? N'es-tu pas visité, parfois, par l'homme que tu as été, par l'homme que le dieu a étouffé ? »

Le Roi-Dieu émet un rire sarcastique.

« Peut-être maîtrises-tu les secrets de ta déesse, mais tu serais bien piètre théologienne dans mon clergé. Le plus modeste des frères mineurs sait que l'homme n'est pas mort en moi, mais qu'il resplendit, transcendé par la révélation de ma divinité. »

Le masque de la Sophonte s'abaisse, dans une attitude peut-être humble, peut-être méditative. Le tremblement qui agite sa main gauche s'atténue, disparaît presque. Silencieuse, immobile, elle ressemble à une momie fragile, drapée dans des étoffes précieuses. Puis, le visage de cuivre se redresse lentement vers le souverain.

« De la divinité, tu as effectivement la pureté, roi de Leomance. Tu es trop rempli de toi-même pour être tourmenté par le regret ou par le remords. Ce qui te hante n'est ni un fantôme du passé, ni une ombre sur ta conscience.

— Alors, c'est un être réel ? Un dieu, ou un sorcier, qui me soumet à un enchantement funeste ?

— Dieu ou sorcier, je ne saurais le dire. Mais ton rêve n'est pas une chimère : ce n'est pas l'allégorie dictée par un conflit intérieur. C'est une conséquence ou un reflet du réel. Quelqu'un frappe bel et bien à la porte.

— Qui? Qui peut ainsi s'insinuer dans les rêves d'un dieu?

— Je ne saurais le dire. Cela dépasse l'entendement de n'importe quel mortel. Mais je puis toutefois te donner une opinion et un conseil: Mon avis, c'est que le rêve est explicite. Tu m'as affirmé que tu n'as jamais rêvé, que tu es sans ombre, sans scrupule, sans remords. Ton rêve est aussi clair que toi: il s'exprime sans détour, sans symbole. Mon conseil découle de ce constat: trouve la porte. Trouve la vraie porte, celle que l'on heurte, et tu découvriras alors ce qui éveille ton épouvante. »

La nuit est tombée sur Chrysophée. La nuit, son grand manteau de ténèbres, d'astres froids, de somnolences et de vertiges. Mais le Roi-Dieu ne se laisse pas abattre. Le Roi-Dieu est un conquérant: il ne tolère pas de trembler comme un enfant dans l'obscurité, face aux chimères qui vaguent, au détour des ombres et du sommeil. Le Roi-Dieu affronte la nuit.

Leodegar a renvoyé la Sophonte. Pour marquer sa gratitude, il l'a couverte de présents: une vraie pluie de médailles sacrées, de vases sertis, de bijoux cérémoniels, de châsses ciselées. Il a pris plaisir à charger les bras débiles de la grande prêtresse, à voir la carcasse sénile trébucher sous le poids des métaux précieux, à la contempler semant derrière elle pierres précieuses et pièces d'orfèvrerie. Plus que jamais, le

Resplendissant demeure magnifique, dans la munifi-
cence comme dans la cruauté.

Puis, le Roi-Dieu a donné un grand banquet. Y ont
paru la reine, que le souverain ne fréquente plus
guère, les princes, que l'on dit conspirer contre leur
père, et la foule clinquante des grands barons, des
capitaines, des prélats, des ambassadeurs. À l'issue du
festin aux innombrables services, Leodegar a gagné la
salle du trône. En pleine nuit, il a convoqué ses architectes, ses urbanistes et ses artistes, et il a exigé des
comptes rendus détaillés sur l'avancement des travaux
dans sa capitale. Il a choyé ses maîtres d'œuvre, leur
prodiguant les marques de son affection, les étourdissant de vins fins, de musique, de courtisanes.

Depuis des heures, Chrysophée a sombré dans une
léthargie lourde. Seul le palais du Roi-Dieu reste
brillamment éclairé, sous une écume d'étoiles. Mais
les bûches s'affaissent, se désagrègent en gerbes finis-
santes dans les âtres monumentaux; mais la cire
s'agglomère en longues concrétions sur la ferronne-
rie des candélabres; mais les cassolettes et les encen-
soirs exhalent des parfums raréfiés... Les esprits
deviennent confus, les langues pâteuses, les conversations se délitent. Quelques échos mélodiques,
esseulés sous les voûtes spacieuses, entretiennent
une réminiscence mélancolique de fête. Aux petites
heures de la nuit, Leodegar s'appuie contre l'accou-
doir de son trône, repose sa joue contre sa paume.
D'une oreille distraite, il suit l'harmonique d'un luth.
Il goûte une lassitude légère, à tout prendre plutôt
agréable. Ses paupières papillotent.

Le Roi-Dieu ferme les yeux.

Il ne dort pas. Il se laisse porter par la musique, par
ses structures complexes, toujours plus aériennes,
dans son esprit que la fatigue et le vin élargissent
indéfiniment. Il ne dort pas. Ses sensations, au
contraire, sont affûtées par la veille tardive, et il sent
qu'il accède à un degré supérieur de lucidité et de
conscience. Il ne dort pas. Bien loin de là, il devient
pleinement éveillé, il s'affranchit de son enveloppe
de chair, il prend son envol, flotte très haut sous la
coupole dorée. Il devient pleinement dieu. Il se
contemple lui-même, assoupi sur sa cathèdre dorée,
entouré par ses chevaliers qui veillent, ses dignitaires
somnolents, ses artistes ivres, ses pages et ses échansons endormis. Soudain, il éprouve une certitude ren-
versante, une révélation totale que seul le sommeil
peut fournir. Il sait que la Sophonte ne lui a pas
menti. L'énigme n'en est pas une : le message est
simple. Il ne dort pas, et c'est parce qu'il ne dort pas
qu'il entend ce que nul autre n'entend, qu'il perçoit ce
que nul autre ne perçoit.

Une présence. Quelqu'un approche. Quelqu'un
arrive, tout près, juste derrière les portes.

Tout le palais est ébranlé par un choc terrible. On
dirait qu'un poing géant, pesant comme un bélier,
vient de s'abattre contre l'huis d'une forteresse.
L'impact éclate comme un tonnerre, roule sous les
nefs de pierre, sous les dômes et les coupoles, rebondit sur les degrés des escaliers de cérémonie. Tous les
vitraux tremblent, apportent un contrepoint cristallin
au fracas caverneux. Un instant de calme fragile, suffoqué, saturé encore d'un résidu de vacarme ; puis,

un deuxième coup succède au premier, impérieux, dévastateur.

Leodegar ouvre les yeux. Leodegar ouvre-t-il les yeux ? Ses entrailles sont nouées, sa gorge est si serrée qu'il éprouve du mal à inspirer. Son regard balaie la salle du trône, la torpeur qui gagne courtisans et gens de guerre, et il se voit en même temps, soudain dressé, frémissant comme le cerf dans une forêt profonde. Il se lève, il dévale les marches du trône, il arrache l'épée d'un chevalier, il se rue vers les portes qui lui font face. En raison du festin, elles n'ont pas été verrouillées : emporté par son élan, il les heurte de toute sa force, repousse les deux battants de bronze. Devant lui s'étendent les colonnades majestueuses de la salle d'audience. Il s'élance, remonte la nef obscure comme l'assaillant emporte une place forte, fond vers une nouvelle porte, monumentale, dont le bois est renforcé de ferronneries ramifiées. Avec un choc sourd, il la repousse de l'épaule. Alors que les battants cèdent, que les gonds grincent, une bourrasque glacée gifle le Roi-Dieu, ébouriffe sa chevelure d'or, soulève les pans de sa robe cérémonielle. Derrière lui, les flammes des dernières bougies sont soufflées par le vent de nuit.

Mais il n'y a rien, devant le Roi-Dieu, rien sinon l'esplanade du palais, cloisonnée de remparts et de ténèbres. Leodegar reprend alors sa marche, foule les dalles immaculées, d'où émane la clarté vague d'un champ de neige. Il fonce vers le châtelet, couronné de hourds et de tourelles, qui flanque l'entrée principale. Il s'engouffre dans la bouche d'ombre de la poterne, avise les gardes qui se chauffent autour d'un brasero,

ordonne l'ouverture de la herse et des portes. Effarés
de voir ainsi leur monarque seul et armé, les sergents
se bousculent, s'exécutent. Dans un fracas métallique,
la lourde grille s'élève, ses dents de fer parcourues de
reflets sinistres. Quatre hommes de guerre débâclent
le portail, repoussent avec lenteur des battants larges
comme des murs.

Le Roi-Dieu s'avance.

Face à lui s'élance, démesurée et inachevée, la
silhouette obscure de sa capitale. Les temples, les
basiliques, les hôtels nobles, les arcs lui affrontent
leur morgue de marbre, leurs statues triomphantes,
l'indifférence du silence. Dans l'immobilité de la nuit,
Chrysophée arbore l'élégance glacée des nécropoles.
Le vent qui court ses longues avenues vient envelop-
per Leodegar, fait claquer ses vêtements tel un faisceau de bannières. Hors la présence écrasante de la
ville, il n'y a rien, ni personne. Le Roi-Dieu lève le
visage vers le ciel. Il guette, en vain, la première
touche de mauve sur les nuages de lavis et d'encre,
le premier rayon accroché par les flèches de la cité.
Son expression est trouble.

Au bout de son bras droit, il sent l'épée qui
tremble, l'épée qui tremble de façon incoercible,
comme la main flétrie de la Sophonte.

Peu avant l'aube, une compagnie de hérauts a jailli
hors du palais. Flanqués de porte-étendards et de tambours, ils se sont dispersés dans toutes les artères de la
capitale. Ils ont gagné les places, les croisements, les
parvis, les marchés. Adoptant une attitude raide et

ombrageuse, ils se sont fondus avec les statues, ils ont
attendu l'affluence du matin. Quand la coupole du
palais a étincelé dans les sourires de l'aube, quand les
trompes des patriarches ont salué le nouveau jour,
alors la ville entière a retenti de leurs voix. Les paroles
des hérauts se sont répondues par-delà les toits et les
demeures, en une polyphonie âpre.

Ils ont proclamé la levée du ban : le Roi-Dieu partait en guerre, châtier ses sujets séditieux d'Ouromagne.

Leodegar a quitté la capitale le jour même. Bien
qu'il ait tu son motif réel, il a fui ce qui hante le
palais et ses rêves. Tant de précipitation a fait germer l'inquiétude chez le chancelier et chez le pontife
céleste, mais a soulevé l'enthousiasme des capitaines
et des gens de guerre. Sur les faciès féroces du grand
maître Segomar, du légat Bellowere et des grands
barons, le Roi-Dieu a vu se dissiper le doute. Sa
décision brusquée a ranimé leur dévotion aveugle, a
rallumé l'esprit de meute dans les regards. Pour eux,
les choses étaient redevenues simples : le roi combattait.

Le départ précipité pour la frontière occidentale
n'a pas permis de regrouper des troupes nombreuses.
L'arrière-ban et la plupart des vassaux nobles n'ont
pas été convoqués : il aurait fallu des semaines pour
les réunir. L'ost royal se réduit aux chevaliers du
Sacre, aux combattants nobles du clan Leogens et
des grandes maisons, aux mercenaires de Bellowere.
C'est une petite armée, mais nul ne doute de la victoire du Roi-Dieu. Ses hommes sont le fer de lance

du royaume : autour du monarque, il n'y a que guerriers consacrés, vétérans et champions. Et Leodegar, lui-même, n'a jamais connu la défaite.

L'armée a foncé vers l'ouest, en misant sur la rapidité et sur le choc. Elle a évité les villes, vivant chichement sur ses réserves, montant des bivouacs légers, quittés avant l'aube. Dès la première étape, le Roi-Dieu a goûté un sommeil sans rêve sous la tente. Il s'est réveillé débordant de vitalité, d'appétits et de force : il a ressuscité l'icône auréolée de majesté et de puissance. Au contact du conquérant lavé de ses ombres, ses hommes ont puisé une énergie décuplée. Aussi brillante qu'une enluminure d'épopée, l'armée a traversé les campagnes, les bois et les landes de Leomance, avec l'élan d'un navire fuyant sous la tempête. Couronnée d'une forêt bariolée de pennons, de gonfanons, de bannières, d'enseignes et d'étendards ; pavoisée de blasons, d'armoiries et de couleurs de dames ; chatoyante de cottes brodées, de tabards galonnés, de panaches extravagants ; rutilante d'écus ornés, d'armes serties, de heaumes orfévrés, la suite guerrière du Roi-Dieu a scintillé, fugace, sur les horizons. Tel un éclat de soleil, tel l'aperçu d'un mirage-fée.

L'ost a pris de vitesse les plus rapides des messagers, a fondu par surprise sur l'Ouromagne. Dans les collines de Mainganach, les troupes royales ont débordé les peuples Samnètes et Médiobroges : la plupart des guerriers ennemis ont été désarmés avant d'avoir pu combattre, les burgs ont été enlevés et incendiés, les chefs pendus aux poutres de leurs

manoirs. Puis, négligeant les autres tribus fronta-
lières, Leodegar a marché vers le cœur du territoire
insurgé, droit sur les hautes terres du clan Arthclyde.

Au troisième jour, une grande horde barbare s'est
déployée devant ses avant-gardes. La majorité des
clans avaient rallié la rébellion Arthclyde : derrière
les eaux métalliques d'un torrent, une masse énorme
de combattants tribaux se serrait, hérissée de lances,
de javelots, d'épieux et de haches. Montée des rangs
hirsutes, une cacophonie de cors, de carnyx, de buc-
cins a rempli l'air vif d'une clameur sauvage. Dressé
sur ses étriers, en première ligne, le Roi-Dieu a
répondu au défi par un éclat de rire. Il a baissé sa
lance, et en un mouvement uniforme, toute l'armée
royale a chargé les guerriers des clans. La horde a
cédé au premier choc. L'écume du torrent est devenue sanglante, la rive s'est couverte de corps.

Tout au long de l'après-midi, les troupes royales
ont traqué les fuyards. Dans la pénombre des futaies,
dans les jonchaies au bord des étangs, dans les fondrières et les tourbières, les barons en grand arroi ont
talonné l'ennemi. Une fête violente : le massacre, le
faste des équipages, l'allégresse des barons, la nature
aux nuances automnales, tout évoque quelque vaste
chasse à courre.

Au soir, les avant-gardes de l'ost débouchent en vue
de Broch Aractha, la forteresse du clan Arthclyde.
Les derniers survivants de la horde s'y enferment
sous les yeux du Roi-Dieu et du grand maître
Segomar. Alors que ses chevaliers, dispersés par la
poursuite, se rassemblent peu à peu derrière lui,
Leodegar contemple avec mépris la place forte.

Juchée sur un plateau verdoyant, c'est un gros fortin, de facture primitive. Un mur de pierres sèches domine un talus herbeux; une simple palissade fournit un parapet aux défenseurs. Sous le ciel gris, une seule tour s'élève à l'intérieur de l'enceinte, trapue, dépourvue d'archères et de fenêtres. Sur le rempart, la garnison semble clairsemée; et le moral des rescapés du carnage est sans doute au plus bas.

Le Roi-Dieu décide d'en finir. Il sait que la chute de la forteresse Arthclyde conclura la guerre, provoquant la reddition de tous les clans. Et puis il se sent encore rempli de joyeuse vigueur: la mêlée, la longue traque ont éveillé en lui l'ivresse des batailles, le mettent d'humeur à enlever la place. Il ordonne à ses troupes de mettre pied à terre, et de se rassembler en ligne de combat. Ces murs peu élevés, mal défendus, seront faciles à franchir.

Quand les destriers ont été repoussés vers l'arrière, Leodegar brandit l'épée en un geste impérieux. D'un bloc, des centaines de combattants lourds s'élancent, boucliers levés pour se garantir des projectiles. Les compagnies bariolées de l'ost royal remontent la pente, avec l'impétuosité d'une marée d'équinoxe. La silhouette brillante du Resplendissant se détache des premiers rangs, rutilante dans son armure dorée. Quelques pierres, quelques traits épars partent des murs, et se perdent dans la déferlante guerrière. Leodegar a quasiment atteint le pied de l'enceinte: il voit devant lui l'huis rébarbatif d'une poterne. Il prend son souffle, s'apprête à ordonner qu'on apporte masses et haches.

Il ressent alors un choc violent, juste sous le menton. Un projectile a sans doute été détourné par son gorgerin ; après un instant d'étourdissement, il veut derechef crier qu'on apporte des haches. Nul son ne sort. Avec stupeur, Leodegar se rend compte qu'il ne réussit même pas à tourner la tête. Incrédule, il aperçoit alors un long empennage qui dépasse sous sa mâchoire : une flèche a trouvé le défaut de l'armure, juste entre la mentonnière et le ventail de son heaume. La découverte lui semble absurde, hors de propos. Burlesque. Mais un trait barbelé de souffrance part soudain de sa nuque, perce ses cervicales, déchire sa gorge. La douleur est si intense que ses jambes flageolent, que des mouches noires dansent devant ses yeux. Il veut reprendre sa respiration : il est secoué par un hoquet, renvoie une gorgée de sang.

Autour de lui, dans un étrange silence, ses barons et ses capitaines sont en train de le dépasser. Pour un moment, la colère reprend alors le dessus. Le Resplendissant ne saurait se laisser abattre pour si peu : qu'est-ce qu'une simple flèche, face à la volonté d'un dieu ? Il retrouve un fantôme de vigueur, il repart à l'assaut, la tête raide, un goût de fer dans la bouche. Il arrive, le premier, à la poterne. Et c'est là, enfin, qu'il réalise la vérité : il a trouvé la porte. Il a trouvé la vraie porte. Malgré la vie qui le fuit, il lève son épée, suspend son geste. Puis, avec une rage qui s'étiole, avec la montée du désespoir, il abat le pommeau contre les rondins mal équarris. Il heurte la porte. Le pommeau orfévré rend un son caverneux, comme si tout un monde entrait en résonance.

Dans l'obscurité qui tombe, dans le grondement du cœur qui s'affole, le Roi-Dieu élève encore son poing armé.

Il frappe.

Il frappe.

MAUVAISE DONNE

Quelque chose de rouge entre les dalles fume;
Mais, si tiède que soit cette douteuse écume,
Assez de barils sont éventrés et crevés
Pour que ce soit du vin qui coure sur les pavés.

VICTOR HUGO,
La confiance du marquis Fabrice

Je m'appelle Benvenuto Gesufal. J'ai longtemps habité dans la via Mala, dans le quartier des abattoirs. Même si je n'y vis plus, j'y ai gardé des habitudes. Chaque matin, je retourne rôder dans les venelles, en descendant de la colline de Torrescella. Au petit jour, j'aime voir les toits de tuiles se réchauffer dans les sourires du soleil et la mer se couvrir de brumes légères. Puis je dégringole les ruelles en escaliers, et je m'enfonce dans la via Mala. C'est le moment de la journée que je préfère. Les ivrognes cuvent, les camelots ne sont pas encore là pour vous casser les oreilles. Des valets lavent à grande eau le seuil des tavernes qui ferment et celui des boutiques qui ouvrent. Des filles descendent au lavoir, les yeux pudiques mais le

déhanchement lascif, avec la corbeille à linge appuyée
contre le flanc. Les patriarches sortent et s'assoient
sur le pas de leur porte. Ils n'en bougeront plus jusqu'au soir. Quand ils me voient passer, ils lèvent la
main avec respect.

« Comment va, don Benvenuto ?

— Une journée de plus, Padre.

— La Déesse te bénisse, don Benvenuto !

— La Déesse te bénisse, Padre. »

La Déesse me bénit au moins quinze fois tous les
matins. Peut-être est-ce pour cela que je suis toujours
en vie. Plus bas, en arrivant près du port, non loin de
l'arsenal, la via Mala devient plus animée. Elle sent
le sang ; des filets noirâtres ruissellent sur la chaussée
en pente depuis les abattoirs. Des nuées de mouches
obscurcissent l'air, des colonies de rats grouillent au
bas des façades. On entend parfois, derrière le mur
d'un boucher, le meuglement d'une bête qui sent la
mort. Arrivé là, je m'arrête. Je hume à pleins poumons l'odeur de viande, de crasse, de merde. Je me
ressource. Je suis chez moi.

Je m'appelle Benvenuto. C'est un prénom qui me
va mal. Je suis tueur à gages.

Tout a commencé à la fin de l'été, quelques jours
avant la fête des moissons. Enfin, disons que j'ai cru
que tout avait commencé ce jour-là. Plus tard, je me
suis rendu compte que cette histoire avait débuté des
années auparavant ; mais il était trop tard pour recu-
ler. J'avais déjà été ferré.

J'étais descendu sur le port. On y avait annoncé le
retour de la Colorada, une galéasse qui faisait le tra-

fic de la soie avec l'archipel de Ressine et les Cinq
Vallées. La moitié de la ville avait envahi les pontons
et les quais ; à Ciudalia, la chaleur estivale est écrasante, et la fraîcheur de la mer aide à supporter la
réverbération sur les murs blancs et les tuiles chauf-
fées au rouge. Et puis une douzaine de marchands
avaient investi dans le voyage de la Colorada ; la
foule grouillait de commis et de comptables, envoyés
aux nouvelles par leurs patrons. Je flânais, pour tuer
le temps. J'avais un ami sur la Colorada, Welf
Hartmann. Il occupait le poste de bosco. Je m'étais
dit que ce serait agréable de partager quelques verres
avec lui.

Je ne suis pas marin. J'ai même le mal de mer : un
comble, pour le citoyen d'une grande république
maritime. Il va sans dire que je n'avais pas connu
Welf sur un navire. Pendant plusieurs années, nous
avions servi ensemble dans les phalanges sénatoriales. Comme beaucoup, Welf y était entré pour
échapper à la corde — ça n'a jamais été très clair,
mais je crois qu'il avait été capturé pendant une campagne de l'amirauté contre les pirates de Ressine. Il
est resté douze ans dans les phalanges. Nous étions
devenus amis à la suite d'une bagarre où il m'avait
cassé le nez et où je l'avais dagué à la cuisse. L'affaire
nous avait valu vingt coups de fouet. Après, on avait
décidé d'associer nos fortunes. On avait fait pas mal
de mauvais coups, connu quelques campagnes difficiles. L'affaire de Kaellsbruck nous a dégoûté de
l'armée, et nous avons rompu ensemble notre contrat
avec la Phalange. Après, je suis entré dans l'honorable société que vous devinez, et Welf est retourné

à ses vieilles amours océanes. Mais nous aimons de temps en temps nous retrouver dans une taverne de marins, sur le port.

Je m'étais assis confortablement sur un tonneau, sur le quai. Un portefaix avait protesté parce qu'il devait en prendre livraison ; je lui avais adressé mon sourire de méchant garçon et il avait filé sans demander son reste. J'avais acheté une pêche à une jolie vendeuse de fruits, et je croquais la chair juteuse en rêvant à la peau veloutée de la petite marchande. La Colorada venait de passer la jetée ; les marins s'activaient à affaler la voile, et la foule commençait à lever les bras, à lancer des appels et des vivats. C'est alors qu'un gamin crasseux me tira la manche.

« Vous êtes bien don Benvenuto ?

— Qu'est-ce que tu me veux, morveux ?

— Un noble seigneur m'a demandé de vous donner ceci, don Benvenuto. »

Il me tendit un florin marqué au couteau des trois traits : les yeux et la bouche. La marque des Chuchoteurs. Je jurai en arrachant la pièce au petit gueux.

« Cela fait longtemps que tu me cherches ?

— J'ai fait tous les abattoirs avant de vous trouver, don Benvenuto. »

Je sacrai à nouveau. Je lançai ma pêche dans le bassin du port, je bondis sur pied, et, sans un regard pour la Colorada qui accostait, je filai vers la via Mala.

La Guilde des Chuchoteurs est une des plus vieilles corporations de la république de Ciudalia. D'aucuns pensent qu'elle date de la fondation de la ville, à l'époque où les grandes familles sénatoriales n'étaient encore qu'un ramassis de capitaines pirates et de putains éreintées. Difficile à vérifier : les Chuchoteurs ne conservent aucune archive.

Officiellement, la Guilde est une confrérie de Maîtres Espions. En fait, c'est bel et bien une confrérie d'assassins, peut-être des meilleurs assassins de tout le Vieux Royaume. Au VIIe siècle, au cours du siège de Ciudalia par les armées de Leomance, le roi Maddan IV fut étranglé sous sa tente par un tueur de la Guilde. Ce meurtre sauva la république. Il provoqua aussi la guerre des Grands Vassaux qui scella la chute de Leomance. Enfin, ce meurtre conféra à la guilde des Chuchoteurs une aura de terreur quasi-religieuse, qui rayonne bien au-delà de nos frontières. On fait parfois appel à nos services pour régler des différends politiques dans la Marche Franche, dans le duché de Bromael ou en Ouromagne.

La Guilde est, bien sûr, complètement illégale, mais le Sénat se garde de la poursuivre. Trop dangereux. Et puis n'importe quel patricien peut se payer ses services ; à quoi bon se priver d'un si bon outil ? En outre, la Guilde serait extrêmement difficile à décapiter. Chaque Maître Espion ne connaît que quelques contacts ; rares sont ceux qui remontent jusqu'au Conseil Muet, le cercle des maîtres de la Guilde. Et il existe une tradition sacrée chez les Chuchoteurs : le silence. Celui qui la viole n'est pas tué (nous ne tuons que sur contrat) : on lui crève les yeux, on lui tranche la langue, puis on lui coud les lèvres et les paupières. D'où « les trois traits : les yeux

et la bouche», qui servent de signe de reconnaissance entre compagnons de la Guilde.

Trois traits qui rayaient la pièce transmise par le
gamin.

Je mis peu de temps à gagner la *Taverne de l'Olivier*, au croisement de la via Mala et de la via
Maculata. C'était un petit établissement tranquille,
fréquenté par des habitués du quartier des abattoirs
et des tanneries. Il disposait d'une arrière-cour; les
clients qui avaient la confiance du vieux Morero, le
patron, pouvaient y partager une carafe de vin sucré
à l'ombre d'une tonnelle. Lorsque j'entrai dans la
pénombre fraîche de l'*Olivier*, le vieux Morero me
montra la porte basse du patio. Il avait son sourire
édenté et doux, comme d'habitude, mais je perçus
aussi une nuance d'inquiétude dans son regard. Il
devinait de quoi il était question.

«Merci, Morero, lui ai-je dit. Je prendrai une
fiasque de ton meilleur Campani.»

Don Mascarina attendait paisiblement à une table
du patio. Je remarquai immédiatement que la cou-
rette était vide. Bien sûr, comme d'ordinaire, don
Mascarina était installé dos au mur, à l'ombre, en
s'arrangeant pour avoir la porte en vue. Il eut l'air
agréablement surpris par mon arrivée — quoiqu'il
m'eût convoqué, et qu'il eût déjà patienté un bon
moment. Cela faisait partie du personnage. Tout
comme le sourire paternel qu'il m'adressa, et le geste
un peu théâtral avec lequel il m'invita à prendre
place face à lui. Il me salua, prit de mes nouvelles,

prêta une attention toute cordiale aux quelques lieux communs que je débitais. Nous fîmes juste silence lorsque Morero m'apporta mon vin. Je vis la main du patron trembler un peu en me servant. Nous aurions pu continuer à échanger des banalités devant lui, mais je devinai que don Mascarina tenait à ce que l'aubergiste eût peur, pour qu'il interdît son patio à tout autre client. Lorsque nous fûmes à nouveau seuls, la conversation reprit. Don Mascarina me taquina malicieusement au sujet de Cardomna, ma dernière conquête, une fleur de pavé dont j'avais étrillé le protecteur. Puis il évoqua, l'œil peut-être embué, les demoiselles qui avaient illuminé sa jeunesse. Il exprimait sa nostalgie en termes délicats et un peu sirupeux qui lui donnaient un charme désuet. Don Mascarina, le doux rêveur. Don Mascarina, le vieux beau sentimental. Don Mascarina, le maître-assassin.

C'était un homme de cinquante-cinq ans, peut-être soixante. Plutôt petit, râblé, les épaules et les mains larges. Un soupçon d'embonpoint, le cheveu rare, très soigné de sa personne, la faconde souriante du bon chef de famille. Il s'habillait avec goût, de pourpoints et de casaques à crevés, élégants mais sans ostentation. Il aimait les enfants; sur la Piazza Pescadilla, il distribuait parfois de la menue monnaie à la marmaille pouilleuse qui fouille dans les détritus des maraîchers. Il faisait cela avec une majesté posée et un peu ridicule, en se donnant des airs de bienfaiteur public. C'était son luxe, sans doute. Un calcul, aussi. Un homme qui aime se faire chahuter par des bandes de petits mendiants et qui tue comme on se mouche

paraît infiniment plus dangereux, infiniment plus
fiable que le premier porte-glaive venu.

À force de parler des beautés qui, selon lui, avaient
éclairé ses nuits de jeune homme, don Mascarina en
vint à parler de fleurs. Association d'idées. Je me
méfiais toujours un peu de ses associations d'idées ;
elles pouvaient soudain se transformer en paraboles
ou en allégories, et certaines de ces allégories avaient
scellé le destin de nombreuses vies humaines. Pour
l'heure, don Mascarina décrivait avec une profusion
de détails le coloris d'une nouvelle rose trémière, qu'il
venait de bouturer dans son jardin de la via Sudorosa.
Même avec l'esprit le plus tordu, pas moyen de
décrypter ses métaphores horticoles. Sans doute se
payait-il ma tête. Mais je l'écoutais poliment. Ce
bavardage interminable était probablement le prix de
son attente trop longue dans le patio de l'*Olivier*. Un
rappel à l'ordre souriant. Une menace badine et feu-
trée.

« J'ai une bonne nouvelle pour toi, Benvenuto,
finit-il par dire.

— C'est toujours un plaisir de vous rencontrer,
don Mascarina.

— J'aime faire plaisir aux gens. C'est une des
petites douceurs de la vie. Et aujourd'hui, c'est à toi
que la fortune sourit, Benvenuto. Tu vas gagner de
l'argent.

— Je suis honoré par votre confiance, don
Mascarina.

— C'est que tu es un garçon plein de ressources,
Benvenuto. Doté d'un sens certain des affaires.

— Il s'agit donc d'une affaire…

— Je ne t'aurais pas dérangé pour moins, Benvenuto. Les termes du contrat sont simples : ce soir, client anonyme, modalités de paiement habituelles. J'ai déjà prélevé la dîme de l'honorable société.

— Ce soir, c'est un peu tôt. Mais si le client ne pose pas de difficultés particulières, je prends.

— Pas de difficulté pour une main aussi sûre que la tienne. Le client sera peut-être accompagné par un valet ou un garde... »

Son visage fut brièvement parcouru par une expression madrée.

« ... mais tu n'es pas tenu de lancer un défi en règle ni de respecter les formes, ajouta-t-il.

— Quelles sont les données du problème ?

— Vers minuit, le client rend une visite galante à une dame. La maison de la dame est sise via degli Ducati, entre la piazza Smaradina et la via Ansiosa. C'est une belle demeure ; la façade est ornée d'une frise représentant des lauriers. L'identité du client est sans importance. C'est une personne de qualité, qui ne tient pas à être reconnue et porte un masque de renard. Par bonté d'âme, on le laisse profiter des faveurs de la dame. Tu interviens dès qu'il sort. Tu n'auras pas à attendre plus d'une heure ou deux ; notre homme doit rentrer chez lui pour maintenir sa liaison secrète.

— La méthode ?

— L'épée ou le couteau. Je sais, je sais... Tu es doué avec une arbalète. Mais il fera nuit, Benvenuto.

— Des consignes spéciales ? Des imprévus possibles ?

— La routine. Tu attends le client, tu le repères, tu
le croises, et bonsoir…

— C'est clair. Je vous dépêcherai votre homme,
don Mascarina. »

Il me servit à boire, se servit à son tour, me sourit.
« Tu es un brave petit, Benvenuto. »

La matinée tirait à sa fin lorsque je sortis de l'*Olivier*. La chaleur était devenue brûlante. La lumière
brute, réverbérée par le pavé poussiéreux et les murs
clairs, transformait les ruelles en fournaise. Je sentis la
sueur perler sur mon front, couler dans mon dos. S'il
ne venait pas un vent de mer, la journée serait lourde.
Peut-être aurais-je dû faire une longue sieste, dans
l'ombre fraîche de la petite chambre de Cardomna.
Mais la belle fille, effeuillée par la canicule, ne
m'aurait guère incité à rassembler mes forces. Et puis
j'avais soif ; avec un tel soleil, le vin vous montait à la
tête et vous desséchait le palais. Je redescendis vers le
port.

Je trouvai Welf sur le quai, à côté de la Colorada.
Il discutait avec le maître-calfat des avaries que la
galéasse avait essuyées et négociait le nombre de
marins qui devraient rester à bord pour effectuer les
réparations. Je l'attendis un peu à l'écart, à l'ombre
d'un tas de barriques. Malgré la cohue des portefaix
qui commençaient à décharger le navire, il m'aperçut
et m'adressa un bref sourire. Lorsqu'il en eut fini
avec l'artisan, il s'empara de son sac et me rejoignit.
Nous filâmes au *Banc de nage*, une taverne bon

marché dont les arcades donnaient sur les bassins du port.

Welf était aussi blond que je suis brun ; mais l'océan et l'air du grand large avaient brûlé sa peau et blanchi ses cheveux. Je retrouvais avec plaisir sa démarche souple, sa charpente musclée et ses mains fortes, rendues calleuses par le maniement des armes et des cordages. De son côté, je voyais bien qu'il me détaillait en douce, un rire niché au coin de l'œil.

« Alors, Benvenuto, toujours mauvais garçon ?

— Et toi, Welf, toujours flibustier ? »

Nous nous étions approprié une table, ombragée par la galerie rustique du *Banc de nage*. Nous avons partagé un plat de polenta, une friture de poisson et une grande carafe de vin aux épices. Pendant un moment, Welf me parla des quatre mois qu'il venait de passer en mer. La Colorada avait relâché à Elyssa, dans l'archipel de Ressine, écoulé sa cargaison de vin et de laine contre un chargement d'épices, de sel et quelques esclaves, puis avait fait voile vers les Cinq Vallées. Au large du cap Scibylos, la galéasse avait été prise en chasse par deux pirates. Welf était sûr que l'un des deux vaisseaux au moins était au mouillage à Elyssa en même temps que la Colorada... Le navire ciudalien n'avait échappé à l'abordage que par pure chance : une bonace avait immobilisé les pirates, mus seulement à la voile. L'équipage de la Colorada en avait profité pour se mettre aux rames et distancer les flibustiers. Welf passa rapidement sur quelques grains essuyés en haute mer, et ses yeux se firent rêveurs lorsqu'il évoqua Avallonëe. Les Cinq Vallées, ou les Cinq Royaumes, sont les fiefs ancestraux des elfes.

C'est une terre interdite : quiconque n'appartient pas au Peuple Ancien est aussitôt mis à mort s'il se risque sur ce territoire. Pourtant, les elfes font du commerce avec les flottes de Ressine et de Ciudalia. Les échanges ont lieu sur une petite île, Llewynedd, au large d'Avallonëe. C'est dans ce comptoir que la Colorada avait été troquer une partie de sa cargaison d'épices contre de la soie, de l'ambre et des liqueurs opiacées. Welf me disait que depuis les quais de Llewynedd, on apercevait le mirage lointain des montagnes d'Avallonëe, couronnées de neiges roses dans le soir, effleurées par les écharpes alanguies des nuages. Je n'aimais pas son regard quand il me parlait de ce rivage inaccessible. On l'aurait cru sous l'empire d'un alcool elfique.

« Tu n'es peut-être pas près de revoir Avallonëe de sitôt, ai-je lancé brutalement.

Il parut légèrement désorienté, comme un homme tiré du sommeil, puis ses yeux retrouvèrent leur éclat.

— Tiens donc ! Et pour quelle raison ?

— La guerre menace contre le royaume de Ressine. »

Il s'esclaffa.

« En voilà une nouvelle ! Cela fait des années que la république et Ressine sont à deux doigts d'en découdre. Mais le commerce rapporte trop pour que l'on tue la poule aux œufs d'or…

— Cette fois, c'est sérieux. Le Sénat est déchiré, mais les Bellicistes sont sur le point d'imposer leur politique.

— Le parti Ploutocrate ne les laissera jamais faire. Tu verras, Benvenuto, cela se soldera comme d'habitude : pour équilibrer les pertes dues aux pirates, quelques grandes maisons affréteront une poignée de corsaires et traqueront les navires ressiniens. Des vendettas privées de grands armateurs, mais rien de plus. »

Je secouai la tête.

« La situation a beaucoup changé depuis quelques mois. Comme d'habitude, le Sénat a élu deux podestats appartenant à des factions rivales ; cette année, les Bellicistes et les Ploutocrates. Mais il y a un mois, le fils aîné de Son Excellence Aveliano Morigini, le podestat ploutocrate, a trouvé la mort en mer. Une histoire idiote ; il a été arraisonné par des pirates, avec un plein chargement d'ivoire. Au lieu de se rendre et d'offrir une rançon, il a joué au héros. Massacré. Bref, le podestat Morigini est aveuglé par la haine ; il est devenu sourd aux sénateurs de son propre parti, et il a rejoint la ligne politique de Son Excellence Ettore Sanguinella, le podestat belliciste. Ils veulent purger les routes maritimes ; il serait carrément question de lancer des raids contre les ports ressiniens où les pirates relâchent. Des crédits ont déjà été votés pour lever des troupes, et on est en train d'armer une nouvelle escadre à l'arsenal. »

Welf grommela un juron stupéfait, but machinalement une gorgée, se passa une main sur le visage.

« Les choses en sont là ? demanda-t-il, un peu incrédule.

— Tu as vu le monde sur le port, quand la Colorada a accosté ? C'est la panique chez pas mal de petites maisons de commerce. On ne sait pas de quoi demain sera fait.

— Mais c'est absurde. Si l'archipel est attaqué, les Ressiniens ne se contenteront plus de piraterie. Le Chah lancera toutes ses forces contre nos navires et nos côtes.

— Je te l'ai dit : la guerre. »

Welf resta pensif un moment. Je n'avais pas envisagé que la perspective d'un conflit pouvait l'affecter à ce point ; après tout, c'était un vétéran. Marin et soldat : la guerre contre Ressine représentait pour lui une ouverture, la possibilité de se tailler sa part de butin et de gloire. Et il n'était même pas né à Ciudalia ! Moi, la guerre, je m'en souciais comme de ma première paire de chausses ; ça n'empêchait pas les particuliers de vouloir liquider leurs rivaux en amour ou en affaires. Welf ne semblait pas saisir l'opportunité qui s'offrait à lui. Peut-être vieillissait-il. Ou peut-être Avallonëe exerçait-elle déjà un charme délétère sur son esprit…

Après une hésitation, Welf reprit la parole.

« Au Sénat, il y a encore le tiers parti… Que font les Souverainistes ?

— Une minorité. Ils sont divisés, eux aussi. Ils n'ont pas de ligne claire. »

Welf s'ébroua, comme s'il avait du mal à se faire à cette idée.

« Mais… et le Podestat ? Que fait le Podestat ? »

Welf ne faisait pas allusion aux deux magistrats en charge. Il parlait de Son Excellence Leonide Ducatore, le chef de file du parti Souverainiste. Cinq ans auparavant, le sénateur Ducatore avait été élu podestat ; nous avions servi sous ses ordres directs, à Kaellsbruck. Nous l'avions vu à l'œuvre, au cœur d'une des pires crises politiques et militaires des

trente dernières années. Il s'était sali les mains, et
la crise passée, quand les sénateurs avaient récu-
péré leur pactole arraché aux ruines fumantes de
Kaellsbruck, on l'avait couvert d'opprobre, on l'avait
traîné devant le tribunal des neuf; mais il avait fait
face à l'adversité avec aplomb, et gagné l'admiration
des phalangistes égarés dans cette fosse à purin.
Depuis, malgré le terme mis à son mandat, le sénateur Leonide Ducatore était resté «le Podestat»
pour les vétérans des Phalanges. Dans le lot, il y
avait le double-solde Benvenuto Gesufal et le lans-
pessade Welf Hartman.

«Le Podestat? Welf, il est à peine rentré d'exil. Il
faut qu'il reconstitue sa clientèle, qu'il retrouve du
crédit. Il n'a plus le poids nécessaire pour contrer les
Bellicistes. Et puis qu'est-ce que ça peut te faire? Si
la république a envie d'entrer en guerre, engage-toi
sur une de ses galères! Ils feront des ponts d'or à des
canailles dans ton style pour aller se faire tuer à
Ressine.»

Welf s'esclaffa.

«La république et le Sénat sont en train de prendre
un virage radical, dit-il, mais s'il y a quelqu'un qui ne
bouge pas à Ciudalia, c'est bien toi, Benvenuto.

— Serviteur. Il faut bien te donner une raison de
rentrer au port… Et en parlant de rentrer au port, on
est là à jacasser comme des bourgeoises, alors que
tu viens de te morfondre pendant des semaines sur
ta coque de noix. Allez, c'est ma tournée: je t'invite
au bordel. D'ailleurs, il faut que je te présente
Cardomna, une petite merveille de perversité…»

Les deux masques se présentèrent à la maison aux
Lauriers un peu avant minuit. Je m'étais drapé dans
un vieux manteau troué et allongé sur le pavé, au coin
de la via Ansiosa et de la via degli Ducati. Ciudalia est
remplie de vagabonds et de mendiants qui dorment
çà et là, à la belle étoile. Il y avait peu de risques que
j'éveille la méfiance du client.

L'homme au masque de renard était de taille
médiocre, vêtu avec une élégance luxueuse. Il avait
jeté un manteau court à tracé sur ses épaules, et avait
la taille prise dans un pourpoint aux manches
ouvertes, brodé en fils d'argent de motifs marins et
floraux. Je ne lui vis qu'une arme : une jolie dague
d'apparat, un bijou plus qu'un poignard, passée dans
la boucle de l'aumônière. Son compagnon portait
un masque de chérubin triste. Il ne ressemblait ni à
un valet, ni à un garde du corps ; plus grand que
l'homme au masque de renard, aussi mince, il
ne portait aucune arme visible. Il était vêtu aussi
luxueusement que le client : un manteau long et
léger, frangé de brocart, dont les crevés découvraient
une camisia de soie claire. Des gens riches, appartenant au milieu des grands négociants ou aux classes
patriciennes. C'était un peu étrange de les voir se
déplacer ainsi, de nuit, sans domestiques. Peut-être
partageaient-ils les faveurs de la dame et tenaient-ils
à rester discrets...

Je les avais vus arriver de loin, venant de la piazza
Smaradina. J'aurais pu remplir tout de suite le
contrat — mais je respectai scrupuleusement les
consignes de don Mascarina. Après tout, ce qu'il

m'avait raconté ne correspondait pas forcément à la
vérité. Peut-être n'y avait-il pas de dame du tout
dans la maison aux Lauriers, mais des négociations
financières ou politiques. Peut-être la disparition du
client n'aurait-elle de sens qu'*après* sa sortie de la
demeure. Tout en faisant mine de dormir, je les suivis du coin de l'œil, quand ils s'arrêtèrent devant la
maison aux Lauriers. Le masque de chérubin parcourut la rue du regard — mon cœur battit un peu plus
vite lorsque ses yeux semblèrent se poser sur moi;
mais il se détourna rapidement. Dans mes hardes,
paisiblement lové sur le pavé, je devais avoir l'air
insignifiant. Ils n'eurent pas à frapper; la porte
s'entrouvrit devant eux, laissant un rayon de lumière
filtrer brièvement sur la rue. On les attendait. Ils
entrèrent sans un mot, et la porte se referma en
silence.

Après avoir laissé filer un peu de temps, je me suis
relevé, j'ai dépassé la maison aux Lauriers et j'ai
remonté la via degli Ducati en direction de la piazza
Smaradina. Si le client revenait sur ses pas en sortant
de la maison aux Lauriers, je n'aurais qu'à le croiser
pour frapper. C'était moins hasardeux que de courir
sur ses talons pour le rattraper — au moindre bruit
de ma part, il aurait été alerté. Je me nichai sous un
encorbellement, et j'attendis qu'il ait fini son affaire
pour en conclure avec lui. J'espérais que la dame, si
dame il y avait, était experte. Il en sortirait alangui et
ne verrait même pas le coup venir.

J'avais chaud. La nuit n'apportait guère de fraîcheur dans les ruelles, et les murs réverbéraient la
chaleur accumulée dans la journée. Se couvrir d'un

manteau, même troué, n'arrangeait pas les choses ;
mais j'en avais besoin pour dissimuler mes armes.
J'avais pourtant choisi un équipement léger ; deux
couteaux bien équilibrés, qui pouvaient servir comme
armes de lancer ou de corps à corps, et une longue
dague en acier noir, à la lame diamantée. Pas d'épée ;
l'arme, trop longue, était difficile à dissimuler. J'avais
hésité à me sangler dans un pourpoint de cuir ; la
canicule ne m'y incitait guère. Mais c'était une précaution dont j'avais pris l'habitude dans les phalanges ; le
Desséché seul sait à quels hasards se soumet le merce-
naire qui remplit un contrat. J'avais donc endossé
mon vieux cuir, et je transpirais par tous les pores de
ma peau dans la nuit oppressée. La soif vint vite me
tenailler. Je me maudis de ne pas avoir emporté une
fiasque pour meubler le temps.

J'attendis un peu plus d'une heure. La nuit, sur
Ciudalia, est assez animée. Cela tient beaucoup au
climat ; on aime sortir à la brune pour éviter le soleil,
et la chaleur étouffante pousse les gens à laisser
fenêtres et volets ouverts aux étages. La ville nocturne
est animée de rumeurs qui portent loin dans les rues ;
prières d'enfant, scènes de ménage, sérénades, couplets d'ivrognes, rires stridents, appels à l'aide, gémis-
sements de filles publiques… Rien de ce qui se passe
dans le voisinage n'est secret. Tire-laines, mendiants et
jeunes patriciens en goguette rôdent en bandes équivoques ; tout le petit monde des amours adultères, des
commerces frauduleux, des trafiquants de vice se livre
à ses entrechats discrets, dans le dédale enténébré des
arcades et des venelles en pente. C'est l'autre visage de
Ciudalia. C'est peut-être aussi son âme qui se coule

ainsi, aux petites heures de la nuit, entre les frontons de ses palais, le marbre de ses statues, les dômes de ses temples.

C'est alors l'heure des masques et des assassinats.

J'attendis donc un peu plus d'une heure. Puis, je vis un rai de lumière se dessiner sur la chaussée, qui me signala que l'on venait d'ouvrir la porte de la maison aux Lauriers. Deux silhouettes sortirent. Deux silhouettes masquées. Comme je l'avais prévu, elles reprirent le chemin de la piazza Smaradina, à ma rencontre. Je me levai, sans hâte et sans chercher à me dissimuler. J'époussetai paisiblement la poussière de mes hardes, puis je partis droit vers les deux masques. J'aurais pu jouer la comédie, réclamer l'aumône ou tituber en braillant une chanson à boire… Je ne suis guère porté sur ces mômeries ; elles vous font souvent passer pour un fâcheux, qu'on croise avec plus de méfiance que le passant anonyme qui vaque à ses affaires. Je marchai, les mains vides et bien en vue, en faisant mine de m'écarter de la trajectoire des deux masques et en fixant un point vague dans leur dos. Le client et son compagnon ne me prêtaient aucune attention, pour autant que l'obscurité et les masques me permettaient de voir. J'entendis une voix marmonner quelque chose ; sans doute discutaient-ils. Plus que quelques pas, et l'affaire serait réglée. Le seul détail qui me gênait, c'était que j'étais en sueur ; j'avais les paumes moites, et il me faudrait assurer ma prise avant de frapper. Je suis arrivé à leur niveau. J'avais pris soin de passer en frôlant le masque de renard. J'ai plongé la main droite sous le manteau, tiré ma dague, porté un coup rapide, de bas en haut, droit au cœur… Et tout a dérapé.

Sous le pourpoint de belle étoffe, ma dague a heurté de plein fouet une surface dure, dans un grand fracas métallique. Le choc fut si rude qu'il m'engourdit le poignet et faillit casser la lame. Le client portait une armure… Pas une chemise de mailles, mais bel et bien un corselet de fer ! C'est le genre d'imprévu qui vous fait flairer le coup tordu, qui vous caresse les vertèbres avec une main glacée. Quelqu'un a crié quelque chose, des mots étranges. Qu'importe ; j'ai frappé à nouveau, en visant la gorge. Mais l'homme au masque de chérubin triste s'interposa inexplicablement entre moi et ma cible, et ce fut lui que je daguai. C'est alors que la situation a viré franchement au cauchemar : ma lame l'a traversé avec aisance, comme si j'avais déchiré une toile d'araignée ; et l'homme s'est éparpillé en volutes papillonnantes, aussi légères que des rubans de fumée. Quelqu'un a crié, derechef — et j'ai compris : « Écartez-vous, Votre Seigneurie ! »

… *Votre Seigneurie ?…*

Et, avec l'affreuse logique des mauvais rêves, le cauchemar devint affolant : autour de moi, la rue s'était remplie de chérubins tristes ! Du coin de l'œil, je vis un carré de lumière apparaître soudain devant la porte de la maison aux Lauriers. Quatre silhouettes bondirent sur le pavé, armées d'épées et de mains gauches, et galopèrent dans notre direction.

Un vrai coupe-gorge ; mais cette fois, c'était moi le client !

Tout autour de moi, les chérubins se lancèrent dans une chorégraphie bizarre : un gestuel rituel, exécuté dans un ensemble parfait, tandis qu'une voix grave entonnait dans l'ombre une lente incantation. Un mage ! Seuls les patriciens les plus puissants avaient les moyens de louer les services de maîtres en sorcellerie... En tout cas, je comprenais, un peu tard, pourquoi les deux hommes ne semblaient ni armés ni accompagnés par des valets... J'avais mis les pieds dans un sacré guêpier. Ma gratitude éternelle aux bons plans de don Mascarina !

Ma décision fut vite prise : sauver ma peau. Le client pouvait danser le menuet au milieu de son ballet de chérubins si ça lui chantait, j'allais décamper dare-dare. Plusieurs problèmes à gérer : tout d'abord, les quatre spadassins qui allaient me tomber dessus. Je ne faisais pas le poids ; donc, il me fallait filer par la piazza Smaradina. Ça sentait plus que jamais son coup fourré, mais je n'avais pas le choix. L'autre problème, c'était les versets corrompus qu'une voix de basse était en train de scander au milieu des masques tristes. Pas moyen de repérer où était le sorcier au milieu de ses pantins, ni de le liquider avant qu'il puisse lancer un nouveau sortilège. Dans les phalanges, les instructeurs nous avaient appris un truc pour détourner notre attention des illusions suscitées par magie : il fallait fixer son esprit sur autre chose. On nous faisait compter. Compter n'importe quoi, des hallebardes ou des courgettes, pourvu que cela détourne votre attention des tours joués par les apparences. Je me mis à compter, à mi-voix.

Un florin...

Deux florins...

Je me ruai vers la piazza Smaradina, en dispersant
de l'épaule deux fantômes de l'homme au masque de
chérubin. J'entendis plusieurs cris derrière moi, des
ordres peut-être ; l'une des voix me parut bizarrement
familière...

Trois florins...

Quatre florins...

Cinq florins...

... mais ce n'était pas le moment de se poser des
questions. Derrière moi, la cavalcade était diable-
ment rapide. Je fis glisser un couteau dans ma main
gauche...

Six florins...

Sept florins...

Huit florins...

Je m'approchai de la piazza Smaradina. Et soudain,
à une cinquantaine de pas devant moi, surgirent trois
nouveaux sicaires, l'épée au clair, qui me fonçaient
dessus. Une nasse ! Coincé, à un contre neuf. Mais
s'il y avait une chose que j'avais apprise dans les phalanges, c'est que rien n'est jamais perdu... Je chargeai
droit devant. Comme à la parade...

Neuf florins...

Dix florins...

Derrière moi, la voix de basse cria un mot de pouvoir. Un commandement impérieux et définitif, qui
me fit résonner comme une cloche fêlée. Mon cœur
fit une embardée. Mes poumons se vidèrent. Mes
bras devinrent mous, et un nuage me passa devant
les yeux...

...

Douze florins...

Treize florins…

Je pris une grande inspiration — celle d'un homme qui vient d'échapper à la noyade. Mon cœur repartit, cognant mes côtes comme un tambour. Le monde avait flotté une seconde, j'avais trébuché, mais je ne m'étais pas arrêté. Je donnai un terrible coup de collier…

Quatorze florins…

Les trois bretteurs qui me barraient le passage étaient quasiment sur moi. Muni seulement de deux lames courtes, à un contre trois, talonné par quatre autre sabreurs, je n'avais aucune chance au corps à corps. Il fallait me dégager, à tout prix.

Quinze florins…

Ce fut l'entraînement qui me tira d'affaire. J'agis par pur réflexe. De la main gauche, je lançai mon couteau sur le premier assaillant. Il tituba, et porta les doigts à sa gorge où le poignard s'était fiché jusqu'au manche.

Seize…

Je bondis entre ses deux compagnons. De la dague, je parvins à détourner une puissante estocade du spadassin de droite ; mais je ne réussis pas à esquiver la botte du second. Un coup de pointe traversa mon pourpoint et me fouailla le flanc entre les côtes.

… florins…

Je sentis à peine l'impact. Pas le temps. Tendu vers la fuite. Je me reçus n'importe comment sur le pavé, je fis un crochet à l'instinct pour éviter un méchant coup de taille et je repartis à fond de train. La voie était libre !

Dix-sept…

J'entendis plusieurs jurons derrière moi, dont un dans un dialecte d'Ouromagne. Des mercenaires. Ou d'anciens soldats.

… florins…

Les deux soudards qui avaient tenté de m'intercepter dérapèrent rudement et se jetèrent sur mes talons. Ils étaient suivis de près par les quatre spadassins de la maison aux Lauriers.

Dix-huit florins…

Je débouchai en trombe sur la piazza Smaradina. Les bottes de mes poursuivants claquaient sur la chaussée en faisant le vacarme d'une harde au galop. Je les entendis se déployer en arc de cercle derrière moi, dans l'espace dégagé de la place.

Dix-neuf florins…

Ils se mirent crier. Des choses aussi discourtoises que « Au meurtre ! » ou encore « À l'assassin ! » La situation m'aurait fait presque rire, n'eut été la terreur qui me nouait le ventre et le souffle qui n'allait pas tarder à me manquer. Pour un peu, j'aurais repris les appels en chœur avec eux…

Vingt florins…

Vingt et un florins…

Fouetté par la peur, mais aussi par l'excitation d'avoir forcé la souricière, je donnai un nouveau coup de jarret. Je suis un bon coureur — et dans des circonstances pareilles, n'importe qui attrape des ailes. Mais ils ne me lâchaient pas. Ils avaient même une sacrée détente.

Vingt-deux florins…

Vingt-trois florins…

Vingt-quatre florins…

Vingt-cinq florins...

Nous avons traversé la diagonale de la place à toute allure. Je m'engouffrai d'un bond dans la venelle la plus étroite, sous les contreforts du temple d'Aquilo. Ils se bousculèrent pour s'y jeter sur mes traces, et perdirent un peu de terrain.

Vingt-six florins...

Vingt-sept...

Je fis glisser mon deuxième couteau dans la main gauche. Je galopai au jugé dans une ruelle étranglée et sans éclairage, au risque de m'étaler à chaque instant. C'était le moment ou jamais de tenter mon va-tout...

... florins...

Sur mon élan, je fis un roulé-boulé et me redressai face à la meute de mes poursuivants. Je lançai le poignard dans le tas, à hauteur de poitrine, puis détalai derechef. Il y eut un gémissement étranglé, des chocs sourds, plusieurs jurons, des bruits de chute.

Vingt-huit florins...

J'obtins ce que je voulais : quelques secondes de délai. Je zigzaguai à plusieurs intersections pour semer les soudards. Bien malin qui aurait pu rattraper Benvenuto Gesufal dans le labyrinthe nocturne, désormais... Je les entendis courir dans des ruelles voisines, hésiter, revenir sur leurs pas en poussant des cris de rage. Je me blottis dans l'ombre d'un porche pour reprendre mon souffle. Il était temps ; ma blessure se mit à me lancer avec l'acuité d'un fer chaud et ma respiration devint douloureuse. Mon pourpoint et ma chemise, poissés de sang, me collaient à la peau.

Ils tournèrent un petit moment, passèrent à deux reprises à quelques pas de ma cachette. Ils agissaient avec méthode et une certaine discipline. On aurait dit des alguazils, ou des soldats. Puis, sur un ordre sec, ils refluèrent.

À deux cent soixante-sept florins, je réalisai enfin que je pouvais m'arrêter de compter.

J'avais connu des nuits meilleures. Un bon assassin est comme un bon artisan : il aime l'ordre, le tour de main façonné par une longue pratique, la petite routine du quotidien. Le travail ajusté et sans bavure. Cette nuit-là, on avait passablement bousculé mon établi. J'avais raté le client, j'étais tombé dans une souricière, on m'avait lardé dans les règles de l'art... Et on semblait décidé à me régler mon petit fonds de commerce. Ça n'avait pas grand-chose d'une transaction honnête... Dans mon milieu, ça fait certes partie des affaires. Mais ce qui me chagrinait beaucoup, c'est que je n'avais rien vu venir. Trop confiant, Benvenuto. J'avais intérêt à me rappeler des vertus de l'humilité.

Je me consolais un peu à l'idée de la confusion que j'avais laissée derrière moi. J'avais réussi à m'esquiver après avoir donné en plein dans le panneau, et au moins l'un des spadassins était resté sur le carreau. Le client était certainement en train de faire dans ses chausses, en me sachant évaporé dans la nature avec un contrat toujours en cours, augmenté d'un petit codicille personnel. Son sorcier et ses hommes de main devaient en entendre de belles... N'empêche. Je regardai des gouttes de sang, larges comme des pièces de monnaie, gâcher ma botte gauche. La trouille du client, ça n'allait pas arranger les choses. Tout juste le rendre deux fois plus dur à liquider.

Je déchirai une bande de mon vieux manteau ; j'en fis de la charpie que je glissai entre ma chemise et ma plaie. Puis, je resserrai fermement mon pourpoint de cuir. Le linge brûla contre les chairs vives, et la douleur irradia dans ma poitrine et dans l'épaule. Mon bras gauche commençait à s'engourdir. Sacrée poisse. Mais je n'avais pas le temps de faire mieux pour l'instant. La main droite sur la poignée de ma dague, je quittai l'obscurité du porche où j'avais trouvé refuge. En rasant les murs, je pris la direction de la via Sudorosa.

Je devais joindre don Mascarina.

Je devais joindre don Mascarina, et ça ne m'enchantait guère. Au mieux, il m'accueillerait avec une condescendance paternaliste, et me laisserait une seconde chance — en me faisant bien sentir que je lui serais redevable d'une sacrée faveur. Au pire, il avait mené un jeu très trouble dans l'affaire, et pouvait avoir trempé dans le traquenard qu'on m'avait tendu. Malheureusement j'ignorais le nom du client, et seul don Mascarina pouvait me le donner s'il fallait honorer le contrat. Et puis je doutais que le vieux maître-assassin eût sciemment exposé un membre de la Guilde. Trop risqué pour lui. Probable que lui aussi avait été manœuvré ; mais cela ne me rassurait guère… Qui donc aurait pu avoir l'audace de doubler les Chuchoteurs ?

Des chiens hurlaient dans la via Sudorosa. Il y avait sans doute d'autres rôdeurs aux alentours. Je me faufilai avec une méfiance accrue, en regrettant mon épée. Je pensai également à la voix qui m'avait paru familière, au milieu de l'échauffourée. L'un des spadassins, au moins, m'était connu. C'était peut-être une piste qui pourrait me permettre de dénouer ce sac de nœuds. Cette voix-là n'avait pas l'accent d'Ouromagne ; j'aurais juré que c'était celle d'un natif de Ciudalia. Était-ce elle qui avait crié au client de garer ses fesses ? Pas moyen d'en être sûr ; j'étais trop occupé à sauver les miennes. Je passai en revue la galerie fort pittoresque des mauvais garçons de ma connaissance : crocheteurs, caïmans, coquillards et écorcheurs divers défilèrent sans que je pus mettre un visage sur cette voix. Situation irritante, quand un souvenir rétif vous nargue comme un truand tapi dans les ombres.

Je finis par arriver au seuil de la gentilhommière de don Mascarina. Le maître-assassin gîtait dans une très vieille maison, la seule aile encore debout d'un antique palais patricien, édifié sous les rois de Leomance. La façade, de pierre usée, penchait sur la rue ; plusieurs fenêtres avaient été grossièrement condamnées avec des briques ou de vieilles planches, et les couches d'ordures accumulées sur le pavé transformaient insidieusement le rez-de-chaussée en entresol. Le propriétaire aimait appeler cette bicoque sinistre le « palais Mascarina » ; lorsqu'il recevait des visiteurs, il prenait un malin plaisir à leur imposer une interminable visite, soumettant à leur admiration les merveilles architecturales de ses corridors étranglés, de ses escaliers branlants, de ses salles étriquées aux fresques écaillées. Bien sûr, tout cela tenait du jeu et de la manœuvre d'intimidation. Don Mascarina aimait beaucoup voir ses interlocuteurs s'extasier péniblement sur le luxe de cette demeure rongée de décrépitude… En fait, don Mascarina appréciait son « palais » pour d'autres raisons; la bâtisse, vaste et riche en recoins, lui permettait de loger une demi-douzaine d'hommes de main et de postulants-assassins. Et puis, par-dessus tout, la demeure avait conservé un jardin, clôturé de murs lépreux et de façades fissurées. C'était le petit coin de paradis du maître-assassin; chaque jour, il allait damer ses allées, arroser ses parterres, respirer les nuances suaves du lilas, du lys et du jasmin.

Je connaissais bien le « palais Mascarina ». Après avoir rompu avec la Phalange, j'avais été assez vite approché par la Guilde; c'était don Mascarina qui s'était chargé de ma formation. J'avais passé un peu plus de deux ans sous sa tutelle directe, en tant que postulant. Dans son coquet manoir… Or s'il y avait une habitude que j'ignorais à don Mascarina, c'était de laisser son repaire ouvert à tous les vents. Pourtant, cette nuit-là, alors que j'arrivais sur le seuil usé de la demeure, force fut de constater que la porte baillait légèrement. Et que nulle lumière ne filtrait dans l'embrasure.

Sueur froide. Ça puait le traquenard. Et tous les chiens du quartier qui hurlaient à la lune, en un chœur désaccordé… Avec sagesse, je m'écartai sans bruit de cette entrée, offerte comme les mâchoires d'un piège à loup. Mais je ne pouvais pas disparaître ainsi. Peut-être la nasse ne m'était-elle pas destinée. Par-dessus tout, je serais resté en péril de mort tant que j'aurais continué à naviguer à l'aveuglette. Il me fallait voir don Mascarina.

La pierre effritée de la façade offrait des prises assez faciles pour grimper jusqu'à une fenêtre du deuxième étage. Je glissai ma dague entre mes dents et j'entrepris l'escalade. Jadis, lorsque j'étais postulant, j'empruntais souvent ce chemin pour aller flâner en ville ni vu ni connu. Malheureusement, ma blessure me gênait ; l'effort la déchira, et je me remis à saigner. Mon bras gauche devenait de plus en plus faible, et je crus bien que j'allais décrocher juste avant d'atteindre la fenêtre. Je me hissai sur l'appui in-extremis, le flanc traversé de douleur. Je repris ma respiration le plus silencieusement possible ; il aurait été stupide d'être pris pour un simple monte-en-l'air, et de me retrouver saigné par un protégé de don Mascarina. Il manquait plusieurs carreaux dans le treillissage de plomb de la fenêtre. Je glissai la main à l'intérieur, trouvai la poignée. Je me faufilai dans le palais Mascarina, plus furtif qu'une chauve-souris.

Il faisait noir comme dans un four, là-dedans. À peine si les rares fenêtres à meneaux délivraient une obscurité moins profonde. Et le silence était écrasant. Pas un bruit dans la grande demeure gorgée de ténèbres ; les aboiements des chiens résonnaient dans de vastes espaces, vides et noirs, étouffés par l'épaisseur des murs. C'était le seul son que je percevais ; pas de mouvement, pas de voix, pas de ronflement. Pas même un souffle ou un murmure. L'immobilité des choses mortes. Un silence lourd comme les marches affaissées, les plafonds trop hauts, les pièces borgnes, la nef crevée des charpentes. C'était tellement anormal que je faillis rebrousser chemin. Je crus alors percevoir une vague rumeur ; un gémissement, à peine audible, étouffé par l'épaisseur des pierres. Une plainte à demi asphyxiée, aiguë, très faible, qui me hérissa tous les poils du corps. Ça semblait humain, mais je n'en étais pas absolument sûr. Tous les chiens du quartier se remirent à donner de la voix de plus belle.

Je mentirais si je vous racontais que ce petit virelai nocturne me donna du cœur au ventre. Je n'en menais pas large ; la peur et la fatigue achevèrent de me couper les jambes. Je me sentis incapable de redescendre par là où j'avais monté, et aussi peu motivé pour sortir par la grande porte après avoir emprunté les escaliers. Je restai longtemps prostré dans l'ombre, le souffle court et l'oreille aux aguets. Toute gloriole en berne, don Benvenuto. Mais je n'entendais plus rien, hormis les aboiements éraillés des chiens. Au bout d'un long moment, mes yeux s'accoutumèrent suffisamment à l'obscurité non pour y voir, mais au moins pour deviner certains obstacles. Je finis par prendre mon courage à deux mains, et par me faufiler vers la tache noire que je devinai être une porte.

Au bout de quelques pas, je marchai dans quelque chose de collant. Je posai deux doigts sur le sol ; ce geste confirma mes soupçons. J'avais trempé l'index dans un liquide visqueux, à l'odeur caractéristique. Du sang, partiellement coagulé. Je découvris le premier corps dans le couloir, à deux enjambées de la porte. On l'avait lardé de cinq ou six coups de pointe.

Seul point positif dans l'affaire, je trouvai une courte épée d'estoc à côté du cadavre. Je rengainai ma dague et saisis l'arme, en priant pour qu'elle me porte davantage chance qu'à son dernier propriétaire. Je faillis m'étaler dans l'escalier exigu qui descendait au premier étage ; je m'étais pris les pieds dans un deuxième corps, effondré sur les marches. Quelques pas plus loin, une fenêtre laissait passer un rayon de lune oblique. Il me révéla un nouveau spectacle sinistre : un cadavre était cloué contre une boiserie par trois viretons d'arbalète. On s'était étripé. Avec sauvagerie. Compte tenu du silence qui régnait dans ce tombeau, il ne devait plus y avoir âme qui vive. Restait à savoir si don Mascarina faisait partie du tableau de chasse...

Après pas mal d'hésitations, je partis en quête de lumière. Je trouvai un chicot de bougie sur une table bancale où avaient été éparpillés des cartes à jouer et des jetons d'ivoire. Je battis le briquet en me disant que j'allais offrir une cible idéale... La flamme peupla d'ombres fantastiques l'enfilade de pièces vétustes. Toute la maison semblait tanguer à chacun de mes mouvements. Ma nuque et mon échine me chatouillaient désagréablement, contractées par le sentiment de ma vulnérabilité... Mais je ne reçus aucun coup en traître. J'étais seul dans le palais Mascarina. Seul avec les morts.

Au total, j'en découvris huit. Une jolie fille, poignardée les yeux ouverts dans la couche du maître-assassin, et sept gaillards aux trognes marquées, éparpillés un peu partout dans les pièces, les couloirs, les escaliers. J'en reconnus deux ou trois, que j'avais

aperçus dans l'entourage de don Mascarina. La plu
part étaient à moitié nus ; sans doute avaient-ils été
surpris au saut du lit, en ayant à peine eu le temps de
bondir sur leurs armes. Les meubles brisés, les traces
sanglantes sur les murs, certaines traînées épaisses
sur les sols témoignaient de la violence des combats ;
j'eus la quasi-certitude que les assaillants avaient
aussi essuyé des pertes. Sans doute avaient-il emporté
leurs morts. Tout cela avait eu lieu récemment ; les
cadavres étaient encore tièdes et souples. De nombreuses traces de bottes ensanglantées maculaient les
planchers. Il avait fallu une troupe bien équipée,
déterminée et expérimentée pour nettoyer ainsi le
palais Mascarina. Parmi les corps, une seconde victime avait été clouée avec des viretons, contre un
volet intérieur cette fois. Seules des arbalètes à cric
disposaient d'une telle puissance ; des armes d'assassins, ou de soldats professionnels. En tout cas, pas des
armes d'alguazils ou de ruffians.

Reste qu'il manquait un mort dans ce joli carnage.
Pas trace de don Mascarina. On avait massacré
sa gentille maisnie, mais le maître-assassin semblait
s'être volatilisé. Avait-il échappé aux assaillants ?
Avait-il été enlevé ? Avait-il planifié lui-même l'héca-
tombe ?… Ce qui était sûr, c'est qu'il m'avait plongé
dans une affaire bien putride, le vieux gredin. Des
années que je ne m'étais plus senti la tête aussi profondément enfoncée dans la fosse d'aisance. Ça me
rappelait les tueries de Kaellsbruck, quand tout le
monde voulait la peau des phalangistes, les assiégés
comme les assiégeants… J'en venais à ces considérations moroses lorsque j'entendis un nouveau râle tor-

turé, bizarrement assourdi. La plainte était faible, à la
limite de l'audible, mais elle me fit courir des arai-
gnées froides tout le long du dos. Le Desséché seul
pouvait imaginer ce que souffrait un être, homme ou
animal, qui geignait ainsi…

Cette fois, j'avais cru identifier l'origine de la
plainte. Cela venait du jardin.

Ce fut au milieu d'une allée, dans le parfum du lilas,
que je découvris don Mascarina. Il gisait sur le dos,
entouré de pétales de roses et de profondes ornières
creusées dans le gravier — au moins quatre personnes
avaient dû se cramponner autour de lui, pour le maintenir immobile. Le pire, c'était qu'ils l'avaient laissé
vivant.

C'était don Mascarina qui poussait ces plaintes
insanes. Il souffrait de plusieurs blessures ; deux
doigts manquaient à sa main gauche, son bras droit
formait un angle bizarre, et une de ses cuisses était
ouverte. Si l'attaque l'avait surpris alors qu'il folâtrait
avec la jolie gueuse poinçonnée dans son lit, il avait
dû en découdre comme un lion pour arriver jusqu'au
jardin. Il avait failli s'en tirer. C'était peut-être le plus
horrible, finalement. Il avait failli s'en tirer. Il devait
en être conscient, malgré l'agonie, la cécité — le sang
et la morve qui l'étouffaient peu à peu. Je n'ose pas
me figurer le désespoir qui devait être le sien, quand
je le trouvai mourant dans son jardin. Au milieu de
ses fleurs qu'il ne voyait plus…

On s'était acharné sur lui. Mais ses adversaires
avaient pris bien soin d'éviter de le frapper au corps.
Ils cherchaient à le neutraliser, pas à le tuer. Lorsque
à bout de force, il avait été maîtrisé, on lui avait fait

subir le châtiment. Les trois traits. Le châtiment des
Chuchoteurs. Comme tous les citoyens de Ciudalia,
je connaissais cette tradition ; mais malgré ma propre
affiliation à l'honorable société, c'était la première
fois que j'étais témoin de cette punition. Elle dépassait en horreur la plupart des atrocités qu'il m'avait
été donné de voir ou de commettre. Le visage ravagé
de don Mascarina ressemblait à la tête bourrée de
paille d'un épouvantail. Au milieu d'un magma sai-
gnant, ses orbites caves avaient été ligaturées avec du
gros fil à ravauder. Ses lèvres déchirées, violacées et
enflées, étaient cousues à gros points ; une bulle sanglante crevait parfois entre deux sutures. Ses joues
avaient gonflé de façon grotesque, comme s'il s'épou-
monait sans cesse à souffler entre ses lèvres scellées.
Il gargouillait et il s'étouffait ; seul le nez lui permettait encore de respirer, et ses narines étaient obs-
truées de sang, de larmes, de glaires. Je crus deviner
un morceau de viande jeté sur le gravier, non loin de
lui. Je m'efforçai de ne pas y prêter trop attention.
J'étais à peu près sûr qu'il s'agissait de sa langue.
  Ce spectacle me laissa pétrifié. Certes, je n'aimais
guère don Mascarina. Mais je l'avais *craint*... Et voici
que mon patron, ce tueur doux, tortueux, plus traître
qu'un aspic, se trouvait ravalé à cette larve mutilée et
misérable. Mon petit monde en prenait un sacré coup.
D'autant plus qu'il m'était facile de m'imaginer à la
place de don Mascarina... Un léger différend avec la
Guilde, quelques coups de dague (juste histoire de
vous calmer, don Benvenuto), et puis passez muscade.
On vous tire un nouveau portrait. Et si la Guilde avait

voulu liquider don Mascarina, il y avait pas mal de
risques pour qu'elle me réclame aussi des comptes...

Perspective inconfortable...

Des comptes sur quoi ? Don Mascarina était
cachottier. S'il avait fait un coup tordu au Conseil
Muet, il ne m'avait pas mis dans le secret. Seulement,
le Conseil Muet me croirait-il ?... Du reste, don
Mascarina était mon seul relais vers le Conseil. Sans
mon patron, je n'avais plus de moyen de remonter
jusqu'au cercle des maîtres de guilde. Eux, en
revanche, devaient pouvoir facilement descendre jusqu'à moi.

Perspective décidément très inconfortable...

Des comptes sur quoi ? C'était le cœur de la question. Et dans l'état qui était le sien, don Mascarina ne
pouvait plus se montrer très bavard... Il était exclu
que la Guilde ait voulu châtier mon patron pour
m'avoir balancé au masque de renard ; trop peu de
temps s'était écoulé entre le traquenard de la maison
aux Lauriers et la tuerie du palais Mascarina. Et qui
aurait pu prévenir les Chuchoteurs ? Cela ne tenait
pas debout. En outre, si les Chuchoteurs avaient su
préalablement que j'allais tomber dans une nasse,
pourquoi ne m'avaient-ils pas prévenu ? Très dangereux, de courir le risque de la capture d'un membre
de la Guilde. Un autre détail clochait : pourquoi avoir
massacré tous les habitants du palais Mascarina ?
Pourquoi avoir liquidé une jolie gueuse qui n'avait
rien à voir avec l'honorable société ? Et de jeunes
postulants qu'un exemple comme celui que j'avais
sous les yeux aurait suffi à faire rentrer dans le rang ?
Les Chuchoteurs sont rapaces ; les Chuchoteurs sont

économes ; ils ne tuent jamais gratuitement. Et il y avait dans cette demeure beaucoup de cadavres qui n'avaient pas dû rapporter leur pesant de florins... Tant de morts, ça ne ressemblait pas à nos méthodes. Les trois traits n'étaient peut-être qu'un leurre. Avait-on voulu attribuer à la Guilde un carnage exécuté par une autre organisation ? Perspective tout aussi inconfortable, en définitive. Il fallait être complètement fou, redoutablement puissant, ou plutôt les deux à la fois pour livrer une partie aussi hasardeuse avec le Conseil Muet.

Le problème, c'est que je me trouvais au cœur de l'échiquier. Acculé au fond d'une diagonale, dans la position d'une pièce sacrifiée. Or je suis un honnête garçon : vénal, intéressé, dénué de tout sens du devoir. J'ignore jusqu'au sens du mot martyre. En revanche, j'ai l'égoïsme chevillé au corps, et l'égoïsme était précisément en train de me botter moralement le fondement. Il fallait que je trouve quelque chose pour me tirer de ce guêpier. Un expédient, une échappatoire, une escroquerie : n'importe quoi, pour détourner la catastrophe sur une autre victime, un coupable, un innocent, n'importe qui... Bref, il fallait improviser.

J'ai improvisé. Je me suis approché de don Mascarina.

Il a entendu mon pas crisser sur le gravier. En s'appuyant sur les talons et sur les fesses, il s'est brutalement traîné hors de l'allée, gargouillant un râle muselé. Je me suis arrêté, en l'appelant à mi-voix. Mon timbre, noué par l'horreur, était bizarrement doux. Il s'est effondré à quelques pas, écorché par ses roses, à moitié étouffé par le sang qui lui encombrait la trachée.

« C'est Benvenuto, don Mascarina », ai-je chuchoté.

Sa poitrine se soulevait spasmodiquement, son nez obstrué ronflait. Pas moyen de savoir s'il m'avait reconnu. Je m'accroupis dans l'allée, et je continuai à parler, pour lui laisser le temps de reconnaître ma voix. Simultanément, je me demandais bien ce que je pourrais obtenir de lui — et je craignais l'arrivée d'indésirables, comme une patrouille d'alguazils ameutée par le voisinage, ou deux ou trois collègues de l'honorable société venus aux nouvelles...

« J'ai raté le client, don Mascarina. On m'a tendu une embuscade ; j'ai failli y rester. Et j'ai comme l'impression qu'on a voulu vous faire porter le chapeau... Seulement, je vais vous confier le fond de ma pensée, don Mascarina. Je ne vous ai jamais fait complètement confiance, mais je ne crois pas que ce soit vous qui m'ayez vendu. Et je ne crois pas que ce soit le Conseil Muet qui ait décidé de vous mettre au rebut. Il y a trop de morts. Ça n'est pas que ça me dérange, notez bien. Mais cette tuerie manque d'élégance et de discrétion. Je ne reconnais pas la griffe de la Guilde. »

Je m'interrompis un instant. Don Mascarina respirait toujours avec difficulté, le corps parfois contracté par un spasme de souffrance. J'éprouvai une impression extrêmement bizarre à causer ainsi affaires dans la nuit, au milieu de massifs de fleurs taillés avec amour, à un infirme supplicié. Un mort-vivant. Pas moyen de savoir s'il m'écoutait, s'il me comprenait.

M'avait-il seulement reconnu ? Il n'avait pas fui sur plus de quelques coudées. Mais probablement ne pouvait-il pas se traîner plus loin…

« Don Mascarina, il faut m'aider. Je veux retrouver les fumiers qui ont voulu solder mon petit commerce. Je suis sûr qu'ils sont en rapport avec vos visiteurs. Vous m'avez toujours tapé sur le système, c'est un fait, mais votre liquidation me plonge dans un joli merdier. Il faut que ça se paye. Passez-moi les bons tuyaux, et vos dettes deviendront les miennes. »

Pas de réaction de don Mascarina. Possible qu'il était en train de me claquer sous le nez, pendant que je lui sortais ma rhétorique à quatre sous. Du reste, lui demander de me balancer ses tortionnaires, c'était bien joli, mais assez grotesque. Plus moyen de bavarder. Il avait suffi d'un couteau et d'un peu de fil pour lui inspirer un sacré sens de la réserve.

« Écoutez, don Mascarina. Je vais poser des questions ; vous me répondrez de la tête, par oui ou par non. »

Et après un instant, comme il ne réagissait pas, j'ajoutais :

« On commence. Je vous pose la première question. Vous m'avez compris ? C'est la question : est-ce que vous m'avez compris ? »

Rien. Rien qu'un corps brisé, une respiration encombrée. Don Mascarina fut secoué par un hoquet si douloureux que je sentis mes tripes se serrer. Mais pas de signe. Ni oui, ni non.

« C'est important, don Mascarina. Bon… On va faire comme si vous m'aviez compris, d'accord ? »

J'attendis un peu, en vain. Pas de réponse.

« Don Mascarina, est-ce que c'est vous qui m'avez vendu au masque de renard ? »

Cette question-là, je l'avais risquée sans me faire d'illusion. Même un don Mascarina au sommet de sa forme n'y aurait pas répondu… En fait, je n'aurais probablement pas osé la lui poser. Mais les choses étant ce qu'elles étaient, peut-être mon patron allait-il opter pour une noblesse pleine de sincérité, maintenant qu'il était privé de la possibilité de raconter des salades… Pure naïveté de ma part, bien sûr. Don Mascarina continua à gargariser péniblement dans son propre sang.

« Est-ce que vous connaissez l'identité de l'homme au masque de renard ? »

Aucune réaction. Ce que je faisais n'avait pas de sens. Don Mascarina avait dû perdre l'esprit en même temps que ses yeux et sa langue. Il était muré dans sa nuit et dans sa souffrance ; sans doute n'était-il plus vraiment conscient. Je n'avais plus qu'à décamper. Pourtant, j'essayai une dernière question :

« Don Mascarina, est-ce que ce sont vraiment des maîtres espions de la Guilde qui vous ont infligé cela ? »

Contre toute attente, il réagit. Il se redressa brutalement, avec une telle vivacité qu'il me fit bondir en arrière. Égratigné par les épines de ses rosiers, il demeura assis, dans un équilibre vacillant. Avec une vigueur désespérée, il secouait sa tête martyre de droite à gauche, de gauche à droite. Non ! Non ! Non ! Non !

Saisi, j'ai oublié qu'il ne pouvait plus parler.

« Mais alors, qui vous a fait cela ? »

Il a stoppé son mouvement de dénégation. Il oscillait, prêt à s'effondrer. Sa glotte montait et descendait — sans doute déglutissait-il son sang. Je réalisai que ma question était idiote, qu'il ne pouvait pas me répondre. Je me mis à chercher comment la tourner différemment… C'est alors qu'il dressa péniblement le bras gauche, tendit sa main mutilée vers moi — un peu sur ma gauche, mais je compris que c'était moi qu'il visait.

« Oui, don Mascarina, je suis bien là. »

Il continuait cependant à brandir les phalanges sectionnées de son index et de son majeur vers moi, avec une obstination tremblante.

« Pas de problème, don Mascarina. Je suis là. Je sais que c'était imbécile de vous poser cette question dans ces termes. Je vais prendre une autre approche. »

Mais don Mascarina hocha négativement la tête, puis me désigna derechef.

« Je ne comprends pas… Qu'est-ce que vous voulez me… »

Et puis les choses parurent devenir claires. Insensées, mais claires.

« Non, don Mascarina. Je ne vous ai pas trahi. Ce n'est pas moi qui suis responsable de ce que… »

Il ne me laissa pas le temps d'achever. Il secouait négativement la tête, et poussa même un grognement de frustration, noyé dans un bruit liquide. Il brandit la main à deux reprises encore dans ma direction, puis hocha la tête de bas en haut, et de gauche à droite.

« Je suis désolé, don Mascarina, je ne comprends rien… »

Il me fit signe d'approcher, puis, avec une frénésie fébrile, se mit à tracer quelque chose dans la terre, entre les pieds de ses rosiers, avec son pouce. Je n'avais jamais soupçonné qu'il savait écrire. J'avançai vivement ma bougie, pour lire son message. Dans l'humus enrichi de fumure, il traça un trait. Puis un deuxième, parallèle au premier. Puis un troisième. Puis un quatrième. Un cinquième. Un sixième, un septième, un huitième, un neuvième...

« C'est le nombre de vos agresseurs ? Ils étaient neuf ? »

Il émit un geignement animal, secoua négativement la tête. De la tranche de la main, il balaya ce qu'il venait d'imprimer dans le sol meuble. Il me désigna à nouveau, puis se remit à tracer quelque chose sur le sol. Un trait. Deux traits. Trois traits. Une succession de lignes parallèles.

« Je ne comprends pas... C'est un chiffre ? C'est un symbole ? »

Don Mascarina poussa une plainte aiguë, mouillée, organique. J'étais si proche qu'elle me fit physiquement mal, comme si on m'avait frotté les dents à la paille de fer. Tous les chiens du quartier reprirent leur chœur misérable et sinistre. Don Mascarina s'effondra, le corps secoué de violents frissons, des cris inarticulés bloqués au fond de la gorge. Son agitation était si incohérente, si terrible, que je le crus pris de convulsions. Mais ce n'était pas des convulsions. Don Mascarina pleurait. Les sanglots, simplement, ne pouvaient plus sortir. Ils étaient en train de le tuer, lentement, mais aussi sûrement qu'un garrot.

Cette faiblesse-là me fut vraiment insupportable. Pendant des années et des années, je m'étais construit une carapace de cynisme et d'indifférence ; mais cette nuit-là, sa souffrance me glaçait les os jusqu'à la moelle. Très éprouvant, de se retrouver humain quand on en a chassé l'habitude. Je perdis le contrôle de mes actes. Je fis une entorse aux règles de la Guilde, à ces règles que don Mascarina, précisément, m'avait apprises. Je mis terme à son chagrin.

C'est indécent, un homme qui pleure. De toute façon, sans la charitable intervention de votre serviteur, c'est le désespoir qui l'aurait tué.

Je m'enfuis jusqu'aux catacombes de Purpurezza.

Don Mascarina expédié, je me dépêchai de vider les lieux. Je fis juste un crochet par le cellier pour rafler quelques chandelles, du pain, du lard, une bouteille scellée à la cire de Vieux Fraimbois. Plus un petit sac de farine que j'eus la chance d'apercevoir. Je fourrai le tout dans une besace que je décrochai d'un clou, et je faussai compagnie à l'aimable maisonnée.

Je remontai la via Sudorosa en rasant les murs, l'épée à la main. On mourait beaucoup trop à mon goût, cette nuit-là, dans les rues de Ciudalia. J'évitai soigneusement mon petit galetas de la via Mala et le lupanar où officiait Cardomna. Je n'imaginais que trop bien le quartier hanté de silhouettes louches et de reflets métalliques. En me glissant sous les arcades, les encorbellements et les porches, je trottai dans les ombres les plus épaisses, droit vers le lacis pentu des

ruelles de Purpurezza. Non loin de la Fontaine au
Pampre, je soulevai une grille rouillée et je dégringolai
quelques marches usées. Je me faufilai ainsi sous les
voûtes basses du Cloaque Azoteo, le plus vieil égout
de Ciudalia. Je dus y allumer une chandelle pour
poursuivre mon chemin ; plusieurs adducteurs étranglés, construits en briques, desservaient le canal principal. L'un de ces conduits, à moitié éboulé, ouvrait
sur la cité des morts, par un mur crevé.

Purpurezza est la colline qui domine le bassin du
port, au nord-ouest de la rade. C'est le quartier le
plus ancien de Ciudalia. Les pirates qui fondèrent la
cité, au IVe siècle avant le Resplendissant, y installèrent leur premier camp retranché. Offrant un beau
point de vue sur l'océan, la colline leur permettait
aussi, par mauvais temps, d'allumer de grands feux
pour attirer les navires sur les récifs qui rendent la
baie dangereuse. Dans les siècles qui suivirent, les
Princes-Pillards de Ciudalia y bâtirent leurs premières
murailles et leurs premiers palais. Et ils creusèrent la
colline, pour installer la nécropole sous la cité des
vivants. Pendant cinq cents ans, les Ciudaliens exca-
vèrent la roche friable de Purpurezza pour en faire un
dédale funéraire. Une ville sous la ville. Il fallut
attendre le règne de Leodegar III le Saint, au premier
siècle, pour que la foi Cyclothéiste fût imposée à
Ciudalia ; les dépouilles furent désormais inhumées
dans le Bosquet du Desséché, et non plus sous les
cours et les maisons.

Pour un homme qui n'a pas froid aux yeux (et qui
ne craint pas de se perdre), les catacombes de
Purpurezza représentent une planque idéale. Son

réseau troglodyte est comparable à une fourmilière abandonnée : un labyrinthe de galeries, de passages, de corridors, de chatières, de rampes inclinées, de marches affaissées, de caveaux, de puits, d'oratoires, de chapelles. L'endroit n'est pas sans poésie, pour qui a le cœur bien accroché. Certes, tout cela sent la poussière, la moisissure, la pierre pourrie, la charogne sèche. Des profanateurs sont passés par là, et l'on trébuche souvent dans les débris d'un sarcophage brisé, dans des fagots d'ossements. En d'autres zones, l'air sec ou la richesse en poison de la roche ont momifié des corps. Au détour d'une niche ou d'une arche basse, la lueur fantasque de la bougie vous révèle soudain une chevelure roussie, un écorché de cuir, le sourire railleur d'un masque parcheminé, qui vous épie entre ses paupières mi-closes. Cette compagnie est assez sinistre, mais les catacombes n'exsudent pas l'atmosphère effroyable des sanctuaires du Desséché. Il y a plus de mille ans, quand les Ciudaliens creusèrent ces galeries, beaucoup croyaient encore que la Vieille Déesse, voire qu'Aquilo, le seigneur des Océans, accueillaient les âmes des défunts. Seuls certains secteurs, consacrés aux adorateurs du Desséché et à ses mystères, étaient ornés avec l'iconographie macabre de ce culte. Ailleurs, bon nombre de caveaux avaient été décorés avec des fresques colorées, qui représentaient la vie quotidienne des disparus. Les sarcophages des Ciudaliens riches étaient garnis de bas-reliefs les représentant vaquant à leurs affaires ou au milieu de leur famille, dans des saynètes paisibles. Çà et là, drapés dans de vieilles toiles d'araignée, des dépôts de lampes en terre cuite et de poteries ébréchées témoignaient de la familiarité domestique avec laquelle on traitait les disparus.

C'est dans ce monde souterrain et silencieux que j'allai trouver refuge. Il y avait une salle de dimensions modestes, dotée de fresques mutilées mais assez belles, que j'avais adoptée comme repaire en cas de coup dur. Elle présentait plusieurs commodités ; la principale, c'est qu'elle disposait de trois issues, et qu'il était donc difficile de m'y acculer. Ses autres agréments étaient d'ordre esthétique. Aucune vieille carcasse n'y faisait la grimace ; j'avais beau avoir fait de la mort mon métier, je ne goûtais pas forcément la société de mes hôtes. Il y avait certes quatre tombeaux disposés dans des alcôves sculptées, mais ils étaient hermétiquement clos. L'un d'eux supportait le gisant gracieux d'une jeune fille, qui souriait d'un air mystérieux et fin. Les murs et le plafond, enfin, déroulaient devant vos yeux des marines naïves et fendillées, où naviguaient des birèmes aux figures de proue désuètes, où dérivaient avec nonchalance des poissons de paradis, des sirènes aux poitrines menues, des léviathans à dents de sabre…

Je déposai ma besace au centre du caveau aux birèmes et je m'assis à même le sol, en tailleur. Je fis sauter le bouchon de cire de ma bouteille de Vieux Fraimbois, j'adressai une courte prière au Desséché et aux âmes des morts, et je versai un peu de vin sur la pierre et la poussière pour me faire pardonner mon intrusion. En fait, je ne craignais pas tant les disparus que les Embaumeurs du culte du Desséché. Ils aiment rôder dans les nécropoles et les ossuaires, pour veiller au repos des morts…

Je consacrai ensuite — enfin! — quelques soins à ma blessure. J'ôtai lentement, non sans jurons, mon pourpoint de cuir. La moitié de ma chemise était rouge. Je la déchirai à la dague, retirai le pansement grossier que j'avais appliqué sur la plaie. Je nettoyai les caillots de sang avec un peu de vin; le traitement me brûla comme une eau-forte, mais il m'avait été recommandé par Zani, un barbier qui m'avait recousu à deux ou trois reprises. J'avais une vilaine entaille, nette mais ouverte, entre deux côtes. Heureusement, la plaie ne faisait pas de bulles; toutefois, l'os devait avoir été éraflé car la moindre inspiration me faisait mal. Je me confectionnai un bandage grossier avec ce qui pouvait encore servir de ma chemise. Si je me tirais de cette sale affaire, cela me ferait une cicatrice de plus. Si je me tirais de cette sale affaire…

Pour me remonter un peu le moral, je vidai le reste de la bouteille, en portant des santés au gisant de la jeune fille. Je mangeai aussi le pain et le lard que j'avais apportés. Je n'avais pas faim; le spectacle offert par don Mascarina m'avait noué l'estomac, et les catacombes n'ouvraient pas vraiment l'appétit… Mais j'avais perdu beaucoup de sang. Il me fallait reconstituer mes forces. Et puis, dans les phalanges, j'avais appris qu'un soldat qui ne se nourrissait plus était un soldat mort. Je me forçai donc à manger.

Je tâchai aussi de réfléchir plus calmement à la série de catastrophes que je venais d'essuyer. Mais j'avais beau prendre le problème dans tous les sens, je n'y voyais pas plus clair. On m'avait tendu un traquenard via degli Ducati, c'était certain. Quelqu'un avait trahi don Mascarina, cela aussi était certain. Et

il était probable que les deux coups fourrés étaient
liés. Mais était-ce don Mascarina qui m'avait vendu ?
Qui était l'homme au masque de renard ? « Votre
Seigneurie », l'avait-on appelé... S'agissait-il d'un
patricien ? D'un sénateur ? Pourquoi avait-on voulu
le refroidir ? S'agissait-il d'une affaire privée ? D'une
affaire politique ? Qui était donc cet homme dont
j'avais reconnu la voix, au milieu des spadassins qui
avaient voulu me faire la peau ? Et qui avait massacré
les habitants du palais Mascarina ? Si don Mascarina
m'avait fait comprendre quelque chose avec force,
c'était bien qu'il ne s'agissait pas de membres de
l'honorable société... Mais pouvais-je avoir pleine
confiance en lui ? Dans l'état qui était le sien, aurait-
il encore pu chercher à me tromper ? Et que signi-
fiaient ces traits parallèles qu'il avait imprimés dans
la terre meuble de son jardin ?

Toutes ces questions me donnaient le tournis. Le
petit vin de Fraimbois n'était pas fait pour me rendre
les idées plus nettes... Ajoutez à cela la fatigue qui
me rattrapait, la douleur qui me mordait le flanc, l'air
raréfié du caveau. Le monde se mit à tanguer, dans
les vertiges soudains qui précèdent le sommeil. Au
plafond, les vieilles birèmes dansaient sur des flots de
pigment poussiéreux, poursuivies par les monstres
marins aux écailles éteintes ; les poissons bigarrés fré-
tillaient autour des sirènes qui me faisaient de l'œil en
brossant leur chevelure de safran écaillé. Les morts se
retournaient dans les sarcophages voisins, pour soulager leurs crampes et trouver des positions plus
confortables. Le gisant de la demoiselle s'étirait en
douce sur sa couche de pierre... Je l'aurais bien

rejointe, mais j'étais trop las. Une voix chuchota
quelque chose à mon oreille. C'était bizarre, je
connaissais cette voix... Deux birèmes s'abordèrent
furtivement dans un coin de la fresque ; des pirates
aux enduits fissurés y taillèrent en pièces le jeune
patrice Morigini, et pillèrent la cargaison d'ivoire...
Une voix chuchota à mon oreille. C'était celle du
centenier Spada Matado, qui commandait la seconde
enseigne. Il murmurait : « Vise le voïvode Bela,
Benvenuto. » Quelle sale histoire, cette mission à
Kaellsbruck, quelle sale histoire... « Vise le voïvode
Bela, Benvenuto. C'est celui au centre, avec les deux
sabres. » Une sirène, qui avait les yeux verts et les
cheveux noirs de Cardomna, était en train de susurrer
des renseignements sur mon compte aux ouïes d'une
raie tigrée. Et cette foutue arbalète à cric qu'il fallait
tendre en vitesse, alors que les trois chefs barbares
avançaient seuls, au trot, face à la Porte aux Freux.
Je me collai un vireton entre les dents, arbalète au
sol, pied à l'étrier. La corde calée dans les deux griffes
de la crémaillère, je remontai la manivelle des deux
mains, dans un mouvement fluide de pédalier. À côté
de moi, Welf et le centenier Matado inspectaient ner-
veusement cette portion du rempart ; nous étions bien
cachés par les charpentes du hourd, mais un soldat du
bailli pouvait toujours nous surprendre dans sa ronde.
Welf et l'officier avaient beau monter la garde, ils ne
voyaient pas cette catin aux cheveux noirs qui était en
train de me balancer. « Benvenuto ? Il se planque
dans les catacombes de Purpurezza, sous le Cloaque
Azoteo... » La corde remontée à bloc, j'abattis le
loqueteau, je décrochai le cric et la manivelle ; je pla-

çai le vireton dans la rigole. Welf souleva un peu plus
le volet du créneau, devant moi. Je me calai la crosse
de l'arbrier dans l'épaule, l'arc d'acier de l'arbalète à
l'horizontale, à hauteur de mes yeux. Les trois chefs
barbares venaient de s'arrêter au pied des tours de la
poterne. Ils appelaient d'une voix puissante, pour
reprendre les pourparlers. « Ne le rate pas », chuchota
le centenier. À cette distance, c'était peu probable.
Tir tendu. Avant même d'appuyer sur la queue de
détente, je vis la suite, en un éclair. Les tractations
rompues, sans espoir de retour. La rage impuissante
des liges du duc de Bromael. Le désespoir de la population, les émeutes, les désertions. Les hordes barbares lancées à l'assaut des murailles.

Kaellsbruck en flammes.

Je me réveillai en sursaut. La chandelle était en
train de crachoter au ras du sol, intégralement fon-
due. Les fresques et le gisant de la donzelle prenaient
l'obscurité et la poussière. J'allumai rapidement une
deuxième bougie, pour éviter de me retrouver plongé
dans la nuit des morts. Ma blessure me lançait avec
violence ; des auréoles brunes commençaient à trans-
paraître sur mon nouveau bandage. J'allai m'asseoir
dos à un mur. Les choses allaient mal, si mal que la
vieille amertume de Kaellsbruck était en train de me
remonter aux lèvres. Il me fallait prendre des décisions, tenter des actions. Rester terré dans mon trou
me permettrait de gagner quelques jours, tout au
plus ; mais les gens qui avaient éliminé don Mascarina
et qui avaient cherché à me liquider étaient certainement patients. Et ils en avaient probablement les
moyens. Moi, je ne pouvais pas attendre. Si ma plaie

s'infectait, j'allais claquer des dents de fièvre d'ici quelques jours. Je devais agir, et agir vite.

Mais que faire ? Naviguer en aveugle ?...

Le Podestat, lui aussi, avait navigué en aveugle à Kaellsbruck. Et il nous avait tiré du bourbier — non sans mal, non sans morts. Mais enfin nous avions réussi à sortir du brasier que nous avions allumé. Il fallait que je suive son exemple. Il fallait que j'applique à ma situation les principes qu'il avait adoptés à Kaellsbruck. Quelle était donc sa méthode ? À quoi la résumer ?

Définir les priorités.

Pas d'hésitation.

Pas de certitude.

Pas d'amis.

Pas d'ennemis.

Pas de morale.

Les priorités traitées l'une après l'autre.

Les priorités seules importent.

C'était un programme assez fidèle de ce que j'avais pu saisir de la stratégie du Podestat. Peut-être appliquait-il d'autres recettes, mais je n'étais que de la piétaille à l'époque, et je n'avais jamais pu approcher le cercle de ses officiers et de ses conseillers. Il faudrait faire avec le peu que j'avais compris.

Définir les priorités. Le premier problème à traiter, c'était ma blessure. Si mon état se dégradait, je pouvais rapidement me retrouver hors-jeu. Il était impératif que je reste dans la course. Il était impératif que je me soigne. Le bandage que je m'étais confectionné avec les restes de ma chemise sentait le fauve — j'avais tellement sué sous mon cuir... Cela

ne me semblait guère indiqué pour panser une plaie
béante. Et puis les moisissures et les cadavres des
catacombes n'étaient peut-être pas très indiqués
pour une entaille ouverte... Il me fallait donc sortir,
trouver un mire ou un chirurgien. Certes, la manœuvre était risquée. Non seulement je devrais quitter
ma planque, mais il me faudrait en plus visiter un
médicastre. Le spadassin qui m'avait marqué devait
l'avoir raconté au masque de Renard ; possible que
les patients de certains chirurgiens fussent surveillés.
Tant pis ; pas d'hésitation. Et puis la fièvre ne ramol-
lissait pas encore mon bras ; j'avais toujours du fer au
service des curieux qui viendraient me chercher des
poux. Je ne décidai que d'une précaution ; je sortirais
en début d'après-midi, quand la chaleur et la sieste
vident les rues de Ciudalia, émoussent la vigilance
des vigies et des mouchards éventuels.

　　Il faudrait brûler environ cinq chandelles avant de
sortir du caveau aux birèmes. D'ici là, j'allais tâcher
de restaurer un peu mes forces. Mais je ne parvins
plus à dormir ; ma blessure me lançait obstinément.
Et le silence, autour de moi, devenait assourdissant
de présences.

　　Un ciel chauffé à blanc. Trop de lumière. Une chaleur brutale, étouffante comme l'atelier d'un fondeur
ou d'un céramiste. Ce furent mes premières impressions quand je sortis du Cloaque Azoteo. Je clignai
des yeux comme une chouette dans la clarté trop vive
de l'après-midi ; je ne distinguai pas grand-chose des
quelques passants ahuris qui me virent émerger du

sol, puis remettre en place la grille derrière moi. J'allai m'asperger et boire à la Fontaine au Pampre ; les reflets du soleil sur la surface de l'eau m'éblouirent de plus belle. Je devais avoir l'air assez piteux, avec ma barbe de deux jours, mes cernes, mon rictus douloureux. Assez dangereux, aussi, ostensiblement armé d'une dague et d'une épée, sanglé dans mon pourpoint de cuir. Très repérable.

Je filai en vitesse vers le quartier Benjuini. Je n'avais plus de chemise à interposer entre mon cuir et ma peau ; très vite, le soleil se mit à me brûler le dos. Ma blessure me lançait. J'avais l'impression de n'être plus que cloques et gerçures. Était-ce à cause de mon état de faiblesse ? Du séjour souterrain dont je sortais ? La ville, dans le plein jour, me parut différente. Changée. D'ordinaire, en début d'après-midi, Ciudalia sombre dans une somnolence suffoquée. L'air vibre de chaleur, le contraste entre l'ombre et la lumière devient abrupt, les mouches seules dansent dans la fournaise. Assommés de soleil, hommes et bêtes s'étendent sous les auvents, dans les patios, dans la fraîcheur des maisons de pierre, attendant une heure plus clémente, aux approches du soir. C'était le moment idéal, pour quelqu'un comme moi qui désirais circuler discrètement.

Mais ce jour-là, il y avait du monde dans les rues. Une tension étrange régnait sur la ville. Des petits groupes s'attroupaient, parfois en plein soleil, et discutaient avec fièvre. À deux reprises, je croisai des patrouilles d'alguazils, écarlates sous leurs casaques cloutées, qui s'épongeaient le front d'un air éprouvé. Perturbés par cette animation inhabituelle, les enfants aussi étaient restés dehors ; ils jouaient, dans la lumière accablante et la poussière, congestionnés par la canicule. Sur la colline de Torrescella, dans le quartier du Palais curial, j'entendais bruire une rumeur profonde, comme si une foule s'était assemblée autour du centre politique de la cité. Toute cette agitation me laissait présager le pire. J'avais un moment caressé le projet de retrouver Welf pour demander son secours ; l'inquiétude que j'éprouvais devant la ville si agitée m'en dissuada. Du reste, Welf en était sans doute à sa sixième taverne, et il devait être saoul comme un cochon. Je me félicitai cependant d'avoir pris quelques précautions en quittant les catacombes ; juste avant de rejoindre le Cloaque Azoteo, j'avais dispersé ma farine sur le sol de la galerie communiquant avec l'adducteur. Histoire d'assurer mes arrières.

En traversant la Piazza Pescadilla, j'acquis la certitude que des événements préoccupants se tramaient. Contrairement à leurs habitudes, la plupart des maraîchers n'avaient pas levé leurs étals à la fin de la matinée ; fruits et légumes invendus étaient en train de griller au soleil, le poisson pourrissait çà et là dans les essaims de mouches. Les gens discutaient, suants, hagards. J'aurais bien tendu l'oreille si une découverte ne m'avait pas sidéré. Au milieu de la place, appuyés sur de longues piques, stationnaient une dizaine d'hommes de guerre. Mais il ne s'agissait pas d'alguazils. Un coup d'œil sur les corselets de fer, les brassards articulés, les barbutes noircies, les hauts de chausses et les tabards rayés de rouge et de noir suffisaient pour identifier des phalangistes. Des phalangistes, en plein centre-ville !

La Phalange est l'arme d'élite de la république. Ses soldats, issus de tous les milieux — surtout des plus crapuleux — sont renommés depuis des siècles pour leur esprit de corps, leur discipline, leur vaillance. Ainsi que pour leur cruauté et leur rapacité. C'est pourquoi le Sénat ne cantonne que rarement des détachements des Phalanges en ville ; les phalangistes, très populaires chez les citoyens tant qu'ils gardent les frontières ou vont en découdre à l'étranger, soulèvent une vague d'inquiétude quand ils investissent la capitale. Or le Sénat craint le mécontentement populaire. Il lui faut de solides raisons — une crise majeure, en général — pour courir ce genre de risque.

La vue de ces dix hommes de guerre au milieu du marché fit naître en moi un sentiment complexe, partagé. Incongrus, vaguement menaçants, ils m'apparurent aussi comme des compagnons, à la fois inconnus et familiers. Ces armes, ces casaques rayées avaient formé une large partie de ma vie. Tout un pan de mon passé émergeait soudain dans ce peloton martial, dans ce faisceau de lances. Je sentis le poids fantôme du plastron, des spallières articulées, des gantelets de fer noirci et de mailles d'acier. Je revis les colonnes en marche, dans le soleil ou dans la pluie. Je perçus dans mes jambes le piétinement lourd des centaines de fantassins cuirassés, sur la terre battue des chemins ; quelques couplets lents et simples me revinrent dans l'oreille. Je me souvins aussi des lignes de combat, des formations épaule contre épaule, des ordres bramés par les officiers et répercutés par les tambours, des rangs serrés sur les compagnons tombés, des lisières de piques hérissées, esthétique oblique, prolongée par nos tabards hachurés de noir et de rouge...

Brutalement, je compris ce que don Mascarina avait voulu me dire. Au milieu de mes souvenirs, j'avais trouvé une clef. J'étais vraiment un imbécile de ne pas y avoir songé plus tôt. Don Mascarina m'avait montré, moi, le vétéran, puis il avait tracé des lignes parallèles sur le sol. Parallèles comme des piques en position d'attaque, parallèles comme des rayures rouges et noires. Les hommes qui avaient nettoyé le palais Mascarina étaient des phalangistes. C'était évident ; la brutalité de l'attaque, son efficacité meurtrière, la puissance des arbalètes, tout indiquait des hommes des Phalanges. Je tenais enfin une piste ; il ne me fallut pas beaucoup tirer sur le fil pour comprendre autre chose. Les spadassins qui avaient failli me coincer ressemblaient aussi à des soldats : l'un d'eux avait l'accent d'Ouromagne ; ils étaient rapides, endurants, tenaces ; ils avaient fait preuve d'une certaine méthode dans leurs recherches quand j'avais réussi à leur filer entre les doigts. Des phalangistes, eux aussi. Et de fil en aiguille, la mémoire me revint. Je sus qui avait crié des ordres au milieu de mes assaillants. C'était Matado. Le centenier Spada Matado, l'officier de la deuxième enseigne du régiment Testanegra. Matado, qui nous avait infligé les verges, à Welf et à moi, pour une rixe idiote. Matado, sous les ordres duquel j'avais servi à Kaellsbruck. Sous les ordres duquel j'avais tué à Kaellsbruck.

Les choses commençaient à se mettre en place. Ces découvertes me donnèrent un vrai coup de fouet, ranimèrent mon énergie, ma rage de vivre. N'empêche que je m'empressai de vider les lieux. Parmi les phalangistes qui stationnaient sur la piazza Pescadilla, il y en avait peut-être qui auraient été ravis de me revoir pour finir le travail. En empruntant les venelles les plus étroites, je gagnai le quartier Benjuini et je m'enfilai dans l'échoppe de Zani Farogi, maître barbier. (Maître barbier, mais aussi tricheur émérite aux jeux de table, de cartes et de hasard, et vaguement entremetteur pour gens riches et prodigues…) Quand je passai le seuil de sa boutique, Zani était en train de faire la barbe à un client tardif. Il m'accueillit avec le sourire épanoui du camelot qui s'apprête à vous vendre un lot de douze semelles usagées.

« Don Benvenuto ! Quel plaisir de vous revoir ! Mais quelle mauvaise mine ! Moi et mes petits couteaux, on va débroussailler un peu tout cela ! »

Puis, en chantonnant gaiement, il glissa prestement plusieurs coups de lame sur la glotte offerte de son client. Toutefois, son regard avait parcouru mon pourpoint troué, mes armes, les taches de sang séché sur ma botte. Il savait pourquoi je venais. Il se hâta d'expédier le bourgeois qui m'avait précédé, lui ayant rendu des joues roses et lisses, puis ferma à clef la porte de son échoppe et se tourna vers moi.

« Je te remercie pour ta discrétion, Zani. »

Il fit claquer une serviette propre, la jeta sur son épaule, et me répondit, les yeux rieurs :

« C'est que je ne voudrais pas être dérangé en exerçant mon art, don Benvenuto. Il y a tant de fâcheux dont l'irruption peut distraire un honnête barbier; imaginez que mon rasoir divague ou que mon aiguille casse... Car à voir votre équipage, je suppose que c'est du chirurgien dont vous avez besoin, don Benvenuto.

— Une fois de plus, Zani...

— Notre bonne ville est décidément bien dangereuse.

— C'est à se demander ce que font les alguazils. »

Il me jeta un coup d'œil bizarre. Un coup d'œil scrutateur, où le calcul apparut fugitivement derrière le rire. Zani était une fripouille, comme votre serviteur, à ceci près qu'il recousait plus qu'il ne décousait. Mais je ne lui connaissais pas de sympathie particulière pour les alguazils. Alors pourquoi ce regard?

« Après tout, cela rend mes affaires prospères, enchaîna-t-il, le ton toujours enjoué. Plus on s'étrille dans les ruelles, plus le barbier engraisse.

— Justement, Zani. À propos de fortune, je n'ai guère d'argent sur moi... Mais je suis un client régulier et fidèle. Sans doute pourras-tu me faire crédit...

— Crédit? Qu'est-ce donc que ce mot-là?

— Allons donc, Zani! Tu es trop bavard pour me faire avaler que ton vocabulaire souffre d'une telle lacune...

— Justement, don Benvenuto. Le bavardage est l'ennemi du crédit. Crédit: voilà un mot que le débiteur, pour peu qu'il soit disert, oublie très vite. Il vous paye de mots, faute d'avoir pu se souvenir qu'il devait vous payer dans une autre monnaie.

— Douterais-tu de ma probité, Zani?

— Que non, don Benvenuto ! On vous sait gentil-homme… Mais précisément… Il n'est rien de plus aristocratique que d'oublier les dettes d'argent, ces choses si contingentes…

— Il me faudra donc aller voir un autre barbier.

— Les gens de ma corporation sont bien ignorants, vous savez… Je doute beaucoup que vous en trouviez un seul qui connaisse mieux que moi le sens du mot crédit.

— Alors je vais mourir devant ta porte, Zani. C'est que je suis navré d'un fort méchant coup. Voilà qui ne te fera guère publicité.

— C'est un fait, don Benvenuto. Et cela me chagrinerait beaucoup de ne plus vous compter dans ma clientèle. Allons, peut-être pourrions-nous trouver un arrangement…

— J'ai toujours su que tu étais raisonnable.

— Je suis surtout très charitable, don Benvenuto.

— Tant de grandeur d'âme chez un modeste barbier… Tu aurais dû naître grand seigneur, Zani.

— C'est ce que je me suis toujours dit, don Benvenuto. Est-il rien de plus bizarre que ma destinée ?

— C'est une question que je me pose aussi, ces derniers temps…

— Nous sommes faits pour nous entendre, don Benvenuto. Alors voilà ce que je vous propose. En échange du service que vous attendez de moi, je vous demande… un service.

— Quel type de service ? C'est que je suis très pris, Zani. Très pris, et très cher.

— Oh, il s'agit d'une affaire fort simple… J'ai

gagné vingt-cinq florins au jeu à l'un de mes voisins, le clerc Grippari. Mais le gaillard est mauvais coucheur : il prétend que je l'avais fait boire et que les dés étaient pipés. Pures calomnies, don Benvenuto ! Toujours est-il qu'il refuse d'honorer sa dette...

— Et tu voudrais que je l'amène à respecter ses obligations ?

— Vous avez devancé ma pensée, don Benvenuto.

— Affaire conclue, Zani. Il ne sera pas dit que tu seras lésé d'aussi méchante manière. Dès que ma blessure est cicatrisée, je rends une petite visite à ce Grippari.

— Topons là, don Benvenuto ! Je suis certain que le ladre sera sensible à votre rhétorique ! »

Le marché arrangé, Zani s'empressa. Tout en m'étourdissant de verbiage, il m'aida délicatement à retirer mon pourpoint. Il fit la grimace devant mon bandage sommaire, le retira avec douceur, nettoya mon torse et ma blessure.

« Belle entaille, apprécia-t-il. Coup de dague ou coup d'épée ? En tout cas, sans votre gilet de cuir, vous auriez pris un fameux courant d'air... »

Ce disant, il posa une sacoche de chirurgien sur la petite table où il disposait d'ordinaire son plat à barbe, ses blaireaux, ses ciseaux et ses rasoirs. Il ouvrit la pochette de cuir, qui révéla l'établi bien ordonné de ses instruments de supplice médicaux.

« Quand cela vous est-il arrivé ? » demanda-t-il, l'air faussement distrait, en recherchant ses aiguilles courbes.

À nouveau, je décelai chez lui une arrière-pensée.

De la dissimulation, ou une curiosité masquée avec art, intéressée peut-être. Il était préférable de mentir.

« Tôt ce matin. Une affaire d'honneur avec un gentilhomme.

— Et ce gentilhomme vous a touché ? Ce devait être une fine lame, don Benvenuto… »

À nouveau cet éclat perspicace dans le regard de Zani. Je me sentais mal à l'aise, sans démêler si c'était parce qu'il s'apprêtait à me recoudre ou parce qu'il cherchait à me percer à jour.

« Ce gentilhomme n'était pas très loyal, ai-je grogné. Ses témoins se sont ligués contre moi.

— Je comprends mieux… C'est que je sais que vous avez servi dans les Phalanges, don Benvenuto, et j'imaginais mal un vulgaire citoyen vous marquer ainsi. »

Zani s'était penché sur ma poitrine. Je sentis une piqûre, suivie d'une longue brûlure quand le fil commença à fermer la plaie. Je serrai les dents, mais il me fallait aussi détourner la conversation. Et peut-être collecter des informations.

« Tiens, à propos des Phalanges, j'ai vu un détachement de phalangistes sur la piazza Pescadilla. Saurais-tu ce qu'ils viennent faire en pleine ville ? »

Zani interrompit son rapiéçage, et releva vers moi un nez interloqué.

« Comment ça, don Benvenuto ? Vous n'allez pas me dire que vous n'êtes pas au courant ?

— C'est que, vois-tu, Zani, avec cette vilaine plaie, je ne suis pas sorti de chez moi de la matinée… Ce n'est que pour venir solliciter tes soins que j'ai mis le pied dehors…

— Allons donc ! Vous me faites marcher !

— Et toi, tu me fais languir. Du reste, si tu pouvais éviter de t'arrêter en chemin », fis-je en lui indiquant du menton mon flanc à moitié recousu.

Il reprit son travail d'aiguille, imprimant à mon visage toutes les grimaces qu'on peut imaginer.

« Ainsi, vous n'êtes pas au fait des derniers événements ?

— Faudra-t-il le chanter pour t'en convaincre ?

— Ne vous donnez pas cette peine, don Benvenuto. Je me ferai un plaisir de vous rapporter les dernières nouvelles. Il y a eu du grabuge la nuit dernière.

— Du grabuge ?

— Oui, un peu partout en ville. »

... *Un peu partout ?* ...

« Tout d'abord, continuait mon barbier, il y a eu une sale affaire via Sudorosa. Des bandes se sont étripées avec sauvagerie dans une vieille maison... Au fait : vous connaissiez don Mascarina, n'est-ce pas ? »

Je fis une moue évasive.

« Mais si ! Vous savez, ce brave homme qui protégeait les petits pouilleux de la piazza Pescadilla. Eh bien, il n'était peut-être pas si brave homme que cela, finalement... »

Baissant le ton :

« On lui a fait subir le supplice des trois traits. Vous savez, celui des Chuchoteurs. Et puis on l'a poignardé au cœur. En tout cas, c'est ce qui se raconte chez les mendiants...

— Mais est-ce la raison pour laquelle les phalangistes ont été appelés en ville ? Ce Mascarina, il n'était pas très important. Et ce n'est pas la première fois que des truands règlent leurs comptes… »

Zani me jeta un regard par en-dessous.

« Vous voyez juste, don Benvenuto. En fait, c'est le Sénat qui a déployé les Phalanges. Il y a eu d'autres attentats.

— Tu piques ma curiosité aussi cruellement que mon épiderme, Zani.

— En un mot comme en cent, plusieurs assassins ont attaqué des membres du Sénat, don Benvenuto.

— Hein ? »

… *Plusieurs assassins ?*…

« Vers minuit, tout d'abord, il y a eu une tentative de meurtre ratée via degli Ducati. Vous n'imaginerez jamais qui on a voulu tuer… »

Ma respiration s'est accélérée. Mon pouls s'est emballé. J'allais enfin savoir qui était le client.

« Qui a-t-on voulu tuer, Zani ?

— Ne vous agitez pas comme ça, don Benvenuto. Vous vous remettez à saigner. Si ces histoires vous énervent ainsi, je ne vous raconte plus rien.

— Non, non, je suis parfaitement calme. Mais dis-moi, Zani, qui a-t-on voulu tuer ?

— Le sénateur Leonide Ducatore. Eh oui, on a les haines tenaces, au Sénat : à peine rentré d'exil, et on lui dépêche un assassin… Et voilà : une jolie couture ! D'ici deux semaines, vous serez en pleine forme, et vous pourrez rendre visite à mon cher voisin Grippari… »

Il se releva, et commença à préparer un bandage propre. Avisant ma figure, il ajouta :

« Cela vous fait si mal que cela ? Vous êtes tout pâle, don Benvenuto.

— C'est le sang… J'ai perdu beaucoup de sang.

— Oui, bien sûr. Il faut boire du vin, manger de la viande et du bouillon de poule. »

Puis, en me bandant, il enchaîna :

« Mais au fait, vous devez le connaître, le sénateur Ducatore. Vous avez servi sous ses ordres à Kaellsbruck, non ?

— J'étais dans la piétaille. Seuls les officiers ont eu l'occasion de l'approcher, ai-je marmonné, la voix étranglée.

— Ça a dû être une terrible affaire, à ce que j'en ai entendu dire, reprit Zani distraitement. C'est quand même une sacrée coïncidence, quand on y songe ! Vous connaissiez don Mascarina et le sénateur Ducatore, et on les attaque tous les deux la nuit dernière… Mais je vous ai gardé le meilleur pour la fin, don Benvenuto…

— Le meilleur ?…

— Oui, de ce qui s'est passé cette nuit. Ce qui explique que les Phalanges quadrillent la ville, et que le Sénat tienne une session extraordinaire en ce moment même, au Palais curial.

— Parce que le Sénat tient une session extraordinaire ?…

— Il y a de quoi ! On a assassiné le Podestat Morigini.

— Pardon ?

— Ça vous en bouche un coin, pas vrai ? Moi non plus, je n'y ai pas cru sur le coup. Mais les hérauts sénatoriaux ont proclamé quarante jours de deuil sur les places au milieu de la matinée.

— Mais comment… comment a-t-il été tué ?

— Dans son lit, le plus paisiblement du monde. Au troisième étage de son palais. Même méthode que pour le Mascarina : on lui a plongé un poignard dans le cœur. Ses gardes et sa clientèle n'y ont vu que du feu. Sa femme, la grosse dame Gassina, ne s'est même pas arrêtée de ronfler. C'est elle qui a donné l'alerte, le matin, quand elle s'est réveillée en trempant dans le sang de son glorieux époux… »

Et, prenant des airs de comploteur, Zani murmura :

« Encore un coup des Chuchoteurs, don Benvenuto. Comme pour la tentative contre le sénateur Ducatore : il paraît que l'assassin a réussi à échapper à une dizaine de gardes, tuant raide ceux qui le serraient de trop près… »

Il acheva de nouer le bandage qui me serrait le torse.

« Et voilà, don Benvenuto ! Vous voici paré pour de nouveaux duels ! »

Il me jaugea un instant du regard, puis ajouta :

« Décidément, je vous trouve mauvaise mine. Et si je vous faisais la barbe ? »

Les événements étaient vraiment en train de tourner à l'aigre pour votre serviteur. Manifestement, je me retrouvais impliqué dans une guerre intestine de la classe sénatoriale. Aux yeux de si nobles personnages, je ne valais pas plus cher qu'une tique. Dès que je quittai l'échoppe de Zani, je filai me réfugier dans ma planque souterraine de Purpurezza. Une mauvaise surprise m'y attendait : sur la farine que j'avais répandue dans la galerie d'accès aux catacombes, je découvris des traces de pas. Deux paires d'empreintes, qui s'introduisaient dans la nécropole. Les intrus étaient chaussés de souliers ou de bottes souples — les semelles étaient moins larges que celles qui avaient souillé les sols du palais Mascarina.

De nouveaux convives venaient d'entrer dans la danse. Il ne s'agissait probablement pas de phalangistes ; je soupçonnais plutôt de respectables confrères de la Guilde, peut-être précisément ceux-là qui avaient dépêché le Podestat Morigini au cours de la nuit. Comment m'avaient-ils découvert ? C'était assez prévisible : ils avaient dû se ménager un petit entretien avec Cardomna. Dans un accès stupide de vanité, je lui avais raconté que je connaissais les catacombes comme ma poche. J'espérais qu'ils ne l'avaient pas trop maltraitée ; mais j'en doutais. Cardomna est une fille à vendre. Je souhaitais simplement que ma tête lui avait rapporté une somme décente.

Il va sans dire que je tournai les talons et que je m'empressai de déguerpir du Cloaque Azoteo. Peut-être mes visiteurs étaient-ils animés d'intentions très urbaines, et voulaient-ils juste tirer au clair le ratage de la via degli Ducati et le massacre du palais Mascarina. Ou peut-être me croyaient-ils responsable de la liquidation de mon patron, et me réservaient-ils un traitement semblable. Je préférais rester dans une expectative prudente sur leurs projets...

J'avais d'autres planques, moins difficiles à trouver, mais aussi moins sinistres, et dont je n'avais pas glosé sur l'oreiller. J'allai me réfugier dans une antique citerne de pierre, datant sans doute de l'annexion au royaume de Leomance. L'endroit ressemblait à une vieille cave, et on y accédait par une seule issue — un conduit par lequel circulaient les eaux de pluie. Si on avait l'idée d'aller me chercher là, cette cachette se transformerait en souricière. Si un orage éclatait sur la ville, je courais aussi le risque me retrouver noyé. Mais les deux hypothèses me semblaient suffisamment improbables pour que je décide d'y passer une journée ou deux.

Une fois au calme, je m'assis contre le mur de pierres fraîches. Il me fallait prendre du repos. Il me fallait aussi digérer ce que je venais d'apprendre. Le plus difficile à avaler, c'est qu'on m'avait payé pour liquider le Podestat. Dans un sens, la situation n'était pas sans ironie. C'était le Podestat, à Kaellsbruck, qui avait fait de moi un assassin, bien avant que je ne sois abordé par les Chuchoteurs ; et c'était moi qu'on venait de recruter pour le tuer... D'un autre côté, c'était peut-être le seul patricien de la classe sénatoriale auquel je me sois senti lié. Sa stratégie nous avait tirés d'affaire, nous autres les simples soldats, à Kaellsbruck ; tout comme le courage des phalangistes lui avait sauvé la vie, en lui permettant de quitter la ville.

La crise avait éclaté cinq ans auparavant. Ses causes en étaient complexes.

Depuis la fin de la guerre des Grands Vassaux et la défaite du Roi-Idiot, au VIIe siècle, la république de Ciudalia et le duché de Bromael étaient alliés. Alliés du bout des lèvres, pour être tout à fait juste. Le duc Jurgen et le Sénat avaient favorisé la formation d'un état tampon, la Marche Franche, entre leurs territoires, pour éviter des incidents frontaliers. L'alliance militaire et politique n'avait jamais été plus loin, en dépit des paroles fleuries que les patriciens de Ciudalia échangeaient avec la haute noblesse de Bromael, par ambassades interposées. Le commerce avait toutefois prospéré entre le duché et la république.

Bromael connaissait un état de guerre endémique. Les rivalités féodales, la lutte ancestrale contre les peuplades barbares d'Ouromagne, les querelles fratricides pour la conquête de la dignité ducale ensanglantaient sans cesse cette région, cinq fois plus vaste que l'étroite bande littorale contrôlée par la république. Ces conflits répétés saignaient les populations du duché (ce qui importait peu à la république), mais aussi les coffres du duc et de ses vassaux. La noblesse de Bromael avait sans cesse besoin d'argent, et cette impécuniosité intéressait nettement plus nos élites. Nos patriciens et nos sénateurs se firent banquiers pour épauler les efforts de guerre du duc et de ses barons. À des taux usuraires, naturellement. Ainsi Ciudalia accrut-elle son insolente richesse, tandis que la détresse financière du duché s'accentuait.

À l'époque où je servais encore dans les Phalanges, une nouvelle guerre avait ébranlé le duché. Le comte Angusel de Kimmarc s'était rebellé contre

son suzerain et menaçait la capitale ducale. Plusieurs
clans d'Ouromagne avaient pris les armes au même
moment et ravageaient la région de Brochmail, au
sud du duché. Il était probable qu'il s'agissait d'une
stratégie concertée, pour prendre en tenailles le duc
Ganelon. Celui-ci réagit avec son énergie et sa pug-
nacité coutumières; à la tête d'un ban affaibli, il
bouscula l'armée de son vassal insurgé et le força à
se retrancher dans son fief de Kimmarc. Puis, laissant
juste son sénéchal et quelques troupes pour maintenir en respect les forces du comte Angusel, il fit
volte-face et marcha vers le château de Brochmail.
Mais cette guerre avait vidé son trésor. Il envoya
alors une ambassade à Ciudalia, pour solliciter un
nouvel emprunt auprès du Sénat.

Cependant, les affaires étaient moroses à Ciudalia.
La guerre en Bromael avait ralenti les échanges
commerciaux, interrompu la plupart des versements
effectués par la noblesse du duché aux banquiers de la
république. La demande du duc fut mal accueillie. La
plupart des prêts dont le duché avait bénéficié étaient
en fait des arrangements privés, passés entre les aris-
tocrates de Bromael et les grandes fortunes sénatoriales; or les sénateurs commençaient à craindre de
ne jamais revoir leur argent.

Ce fut alors que le Podestat entra en scène. À
l'époque, il briguait un nouveau mandat à la magistrature suprême, mais il n'était pas sûr d'obtenir un
nombre de suffrages suffisant au Sénat. Il lança alors
l'idée de profiter de la faiblesse du duc Ganelon non
pour lui accorder un nouveau prêt, mais pour lui
réclamer le remboursement d'une partie importante

de ses dettes. Le Podestat mesurait très bien le caractère inique et irréalisable d'une telle initiative, mais il
n'en avait cure : l'essentiel était de fédérer autour de
lui le plus grand nombre de grandes fortunes et de
patriciens. Le Sénat adopta à une assez large majorité sa proposition, et l'on renvoya l'ambassade bro-
malloise avec un ultimatum financier : si le duc ne
payait pas, ses intérêts seraient saisis sur le territoire
de la république.

Le Podestat savait le duc Ganelon économique-
ment et militairement trop fragile pour tenter des
représailles en confisquant les biens ciudaliens à
Bromael. Il aurait risqué d'ouvrir un troisième front
contre la république. Il est probable que Sa Seigneurie
Ducatore misait simplement sur des tractations inter-
minables, qui lui laisseraient le temps d'être réélu, et
envisageait ensuite d'assouplir sa position vis-à-vis du
duché. Au cours de son procès, le Podestat fut même
accusé d'avoir entretenu une correspondance secrète
avec le duc, pour le tranquilliser sur ses options politiques à long terme. La chose ne fut pas prouvée, mais
elle n'aurait pas été surprenante…

Le duc Ganelon réagit toutefois de façon inattendue. Il accepta de payer. Il proposa de rembourser
un quart de sa dette. Cela représentait une somme
énorme : environ neuf-cent mille florins ! Un vent
d'allégresse parcourut le milieu des riches marchands
ciudaliens ; mais les patriciens les plus fins s'inquié-
tèrent également. Céder si facilement ne ressemblait
pas au duc ; même s'il devait combattre sur deux
fronts, sa situation politique et militaire était loin
d'être désespérée, et ne suffisait pas à expliquer une

concession si spectaculaire. En outre, d'où pouvait-il tirer une somme pareille, alors que quelques semaines auparavant il réclamait encore de l'argent ?

Les quelques appels à la prudence furent toutefois balayés par la cupidité légendaire de nos élites. Le Sénat accepta à une large majorité la proposition du duc, en acclamant le Podestat. Le duc Ganelon ne pouvait distraire des troupes pour convoyer l'argent jusqu'à Ciudalia ; ses émissaires proposèrent au Sénat d'envoyer un détachement armé prendre possession de la somme à la frontière du duché. Le rendez-vous fut fixé à Kaellsbruck. Le Sénat désigna logiquement le Podestat Ducatore, l'initiateur de cette opération fructueuse, pour aller chercher l'argent et le rapporter dans notre belle cité. On lui confia le commandement de trois enseignes de phalangistes, détachées du régiment Testanegra. C'est ici que je suis entré en scène, par la petite porte. Je servais, avec Welf, dans la deuxième enseigne.

Kaellsbruck est une ville située à l'ouest du duché, à deux étapes de la Marche Franche. Il nous fallut dix jours pour la gagner, en remontant le cours de la Listrelle et en longeant le Canton Vert. Le Podestat voyageait en litière ; il était tombé malade quelques heures avant notre départ, et la rumeur courait qu'on avait tenté de l'empoisonner. Sa réélection paraissait acquise, et avait dû indisposer certains de ses rivaux politiques...

En chemin, il y eut un incident. Les éclaireurs de la première enseigne, commandée par le centenier Spoliari, furent accrochés par une bande de maraudeurs bien armés. Ils se dégagèrent sans mal et mirent en fuite l'adversaire. D'après le centenier Spoliari, les maraudeurs étaient des barbares d'Ouromagne ; cela ne surprit pas grand monde. On les prit pour des mercenaires licenciés par le duc Ganelon ou par le comte Angusel, qui brigandaient en attendant une nouvelle embauche. Aucun officier, pas plus que le Podestat, ne pouvait imaginer qu'il s'agissait de guerriers des Clans. Nous étions bien trop au nord de l'Ouromagne et de Brochmail pour soupçonner qu'ils s'étaient infiltrés aussi loin dans le duché.

L'arrivée à Kaellsbruck fut lugubre. Nous étions pourtant entrés dans la ville en grand équipage, en ordre de parade ; et le Podestat lui-même, en dépit de sa faiblesse et de son teint terreux, avait décidé d'abandonner la litière pour un destrier superbement harnaché. Mais la population nous accueillit dans un silence de mort, avec des yeux brûlants de haine. Nous en avons vite compris la raison : le duc avait écrasé la population sous un impôt exceptionnel, pour pouvoir rembourser Ciudalia. Réquisitions, confiscations, extorsions s'étaient multipliées au cours des dernières semaines. Certains bourgs et villages avaient même été pillés par les troupes ducales. Notre popularité était donc au plus bas... Mais le bailli Grunweld et le représentant du duc, le baron Anaraut de Traval, disposaient déjà de sept cent mille florins et attendaient le solde dans les jours à venir. Ils offrirent l'hospitalité au Podestat dans la Maison de Ville ; quant à nous, les phalangistes, on nous donna des billets de logement pour cantonner chez l'habitant. Inutile de dire que cela ne redora pas notre blason auprès des bourgeois de Kaellsbruck...

Les deux cent mille florins que le Podestat attendait encore n'arrivèrent jamais. À la place, ce furent une dizaine de Clans d'Ouromagne qui se présentèrent devant les murailles.

Le lendemain de notre arrivée à Kaellsbruck, ils investirent les abords de la ville, incendiant les faubourgs, bloquant l'accès aux poternes, barrant les voies d'eau avec des barges et des bacs coulés. C'était une horde énorme, peut-être six à sept mille guerriers. Un vent de panique courut sur la population. Il faut dire que la ville ne comptait pas plus de dix mille âmes. Le bailli pouvait peut-être rassembler deux mille bourgeois, sans aucune expérience militaire, pour garnir les murs. Sa seule garnison était formée d'une quarantaine de sergents du Guet, et le baron de Traval n'avait que cinq chevaliers bannerets sous ses ordres. Les trois enseignes des Phalanges formaient un détachement éprouvé, mais ne comptaient que trois cents hommes. Les troupes du duc Ganelon, mobilisées contre le comte de Kimmarc et dans la région de Brochmail, étaient à plus d'une semaine de marche. En outre, il était peu probable qu'elles aient pu quitter leurs positions. La situation était donc grave.

Trois chefs barbares se présentèrent à la Porte des Freux pour lancer un ultimatum. Il s'agissait du voïvode Bela, du voïvode Brancovan et du burgrave Bratislav. Dressés sur leurs étriers, ils sommèrent le bailli de verser un tribut de cinq cent mille ducats, sans quoi ils mettraient la ville à feu et à sang. Le bailli Grunweld parvint juste à négocier une journée

de trêve, pour délibérer avec les notables ; la réponse
des assiégés devait être donnée le lendemain à midi.

Il s'ensuivit une réunion très houleuse à la Maison
de Ville. Le détail en fut connu plus tard, grâce au
procès du Podestat. Le bailli Grunweld et le baron de
Traval étaient d'avis de puiser l'argent dans le trésor
destiné à Ciudalia. Le Podestat refusait ; il proposa, en
vain, de faire encadrer les défenseurs de Kaellsbruck
par les phalangistes, assurant qu'ainsi, la ville ne tom-
berait pas. Peine perdue. Il proclama alors qu'il inter-
dirait l'accès aux coffres par ses troupes — et ce n'était
pas des bourgeois sous les armes ou une poignée de
sergents qui parviendraient à percer les rangs de la
Phalange. Le bailli rétorqua qu'il ouvrirait les portes
de Kaellsbruck aux guerriers des clans et qu'il les laisserait en découdre avec nous. Le Podestat céda alors.
Il accepta de payer.

Ce que le bailli et le baron ne comprirent pas, c'est
que le Podestat ne pouvait céder. Son avenir politique
s'en serait trouvé ruiné. Sa concession n'était qu'une
feinte. Dans la nuit, il rassembla ses officiers, organisa
un coup de force pour s'emparer de la ville et rompre
toute négociation avec les barbares. Le centenier
Scelarina fut chargé de s'emparer des coffres et de les
conserver sous bonne garde ; le centenier Matado
reçut la mission d'abattre un des chefs barbares pour
rompre les pourparlers, puis de s'emparer des portes
de la ville ; dès les tractations rompues, le centenier
Spoliari, sous le commandement direct du Podestat,
devait prendre le contrôle de la Maison de Ville et se
saisir du bailli et du baron. Le coup dut être monté en
quelques heures à peine, parce que vers minuit, un

estafier vint nous tirer du lit, Welf et moi. Le centenier Matado nous convoquait, pour préparer l'élimination d'un des chefs de clan. Il savait que nous étions deux gaillards résolus, et j'avais une réputation d'arbalétrier de premier ordre. Il nous faisait confiance pour dépêcher l'un des nobles d'Ouromagne.

Il avait misé sur le bon numéro. À midi, le lendemain, le voïvode Bela tombait devant la Porte des Freux, le crâne fendu par un vireton. Aussitôt, ce fut le chaos, aussi bien hors des murs qu'à l'intérieur. Le voïvode Brancovan et le burgrave Bratislav tournèrent bride et regagnèrent les rangs des barbares au galop ; une clameur féroce monta des clans, et ils se préparèrent à attaquer la ville. Simultanément, notre enseigne, divisée en six quartiers d'une douzaine de phalangistes, s'emparait des portes de la ville. Le bailli Grunweld fut capturé par Spada Matado dans le corps de garde de la Porte des Freux ; stupéfait, l'officier ducal se rendit sans résister. Il y eut davantage de grabuge à la Maison de Ville ; l'enseigne du centenier Spoliari dut livrer combat contre le baron Anaraut et ses quelques vassaux pour s'emparer du bâtiment. Deux chevaliers de Bromael furent tués dans l'engagement, ainsi que quelques-uns des nôtres, et le baron lui-même fut blessé.

Bien plus tard, au cours du procès du Podestat, j'appris qu'il avait saisi de nombreux documents au moment de la prise de la Maison de Ville. Parmi eux se trouvaient certaines lettres de la chancellerie ducale adressées au baron Anaraut de Traval. Elles spécifiaient qu'en cas de menace de la ville par des troupes d'Ouromagne, le baron avait toute autorité

pour prélever le tribut qui serait exigé par les barbares
sur l'argent à restituer à Ciudalia. Lorsque le Podestat
fut traîné devant le tribunal des neuf, ce furent ces
lettres qui lui permirent d'échapper à l'échafaud. Le
duc avait tenté de manœuvrer Ciudalia ; si le Podestat
avait laissé l'argent passer entre les mains des barbares, il est probable que le parti Belliciste aurait
entraîné tout le Sénat à voter la guerre contre les
Clans. Il n'y eut jamais de preuves formelles, mais il
était probable que le duc Ganelon s'était arrangé pour
que les chefs barbares apprennent l'énorme transaction qui avait lieu à Kaellsbruck. Et qu'il avait laissé la
voie libre jusqu'à la ville. Il voulait entraîner la république dans sa guerre.

Beau calcul. Cependant, le coup de force du
Podestat avait bouleversé la situation.

La ville était entre nos mains, mais pour combien de
temps ? Une bouffée de panique courut les rues de
Kaellsbruck ; le peuple s'était trompé sur la nature
des engagements qui avaient eu lieu çà et là, et croyait
que des barbares s'étaient infiltrés dans les murs. Sur
le rempart, les bourgeois sous les armes risquaient de
se débander au premier choc, et les barbares abat-
taient déjà des arbres pour fabriquer des béliers, des
claies et des échelles rudimentaires. Ce fut alors que le
Podestat fit preuve de tout son talent politique ; en
moins d'une heure, il parvint à convaincre le bailli
Grunweld de collaborer avec lui. Il le persuada que
tous deux poursuivaient le même but, que les Phalanges tiendraient Kaellsbruck avec ou sans l'appui
des officiers ducaux, et que le duc Ganelon serait sans
doute ulcéré d'apprendre que c'était un homme d'état

étranger qui avait dû prendre en main le commandement de la défense. Le bailli céda, et donna l'ordre au
guet et à la bourgeoisie sous les armes de collaborer
avec les Phalanges.

Il était temps : au milieu de l'après-midi, les clans
lançaient un premier assaut contre plusieurs points du
rempart. Les barbares furent repoussés, mais le danger vint alors de l'intérieur de la cité. La vérité au
sujet du coup de force du Podestat avait circulé dans
la population, et, le soir même, plusieurs jurandes et
maîtres de guilde provoquèrent une émeute contre
nos forces, pour reprendre la Maison de Ville et délivrer le baron Anaraut. Les compagnons bouchers et
menuisiers se montrèrent particulièrement acharnés,
et faillirent nous mettre en difficulté. Dispersés entre
le rempart et la ville, nous étions peu nombreux, et
nos piques ne se prêtaient pas au combat de rue. Il
nous fallut en découdre à la dague, à l'épée et à la
masse contre la populace. Les affrontements durèrent
une partie de la nuit avant que nous n'écrasions la
résistance ; le Podestat organisa immédiatement une
opération de police pour arrêter les meneurs, et les fit
pendre sans procès aux fenêtres de leurs maisons. À
l'aube, nous étions épuisés, mais il nous fallut retourner aux murs pour repousser un nouvel assaut.

Le siège dura dix jours. Dix jours, cela paraît peu.
Mais ce furent dix jours pendant lesquels nous avons
dû combattre coude à coude avec des gens qui nous
haïssaient, qui risquaient à tout moment de changer
de bord. Dix jours pendant lesquels nous étions sans
cesse menacés par de nouvelles émeutes, pendant
lesquels nous luttions pour une population dont les

regards et le silence disaient tout le désir de meurtre. Dix jours pendant lesquels les barbares d'Ouromagne se jetèrent contre le rempart avec une rage insensée, dix jours pendant lesquels nous étions soumis aux volées de flèches, de pierres et de javelines. Dix jours qui me parurent durer dix siècles.

Les assauts des premiers jours ayant échoué, les barbares changèrent de tactique. Au lieu de tenter d'escalader le rempart, ils entreprirent de creuser une mine sous la tour Crassière, un élément clef des fortifications de Kaellsbruck. Pendant près d'une semaine, un violent duel d'archerie eut lieu autour de la tour, aux premières loges desquelles j'eus l'inconfortable privilège de me trouver, en raison de mes talents de tireur. Mais les barbares détournaient souvent notre défense, en lançant des attaques contre les portes, et leur travail de sape avançait inexorablement. Au soir du huitième jour, nous sentions sous nos pieds les coups de pic et de marteau de l'ennemi.

La situation était critique. Si la tour tombait, si une brèche était ouverte dans les remparts, la ville était perdue. Le moral des Kaellsburgeois était au plus bas, et nous ne pouvions compter sur eux pour défendre leur cité quartier par quartier. Au contraire, ils seraient peut-être les premiers à nous attaquer, pour venger leur ruine et tenter de se concilier les vainqueurs. Le Podestat tenta néanmoins un dernier baroud. Il organisa une sortie.

Le neuvième jour du siège, le centenier Scelarina se rua hors des murs à la tête de la troisième enseigne et chargea les guerriers d'Ouromagne qui creusaient la mine. Il bouscula l'ennemi, repoussa ou massacra les sapeurs. Puis, il organisa un périmètre de sécurité autour de la tour Crassière avec la moitié de ses hommes, tandis que l'autre commençait à combler l'excavation. Vers le milieu de la matinée, il parvint à repousser un premier assaut mal organisé, non sans essuyer des pertes. Les arbalétriers de la première et de la deuxième enseigne se trouvaient en appui sur les murs, et éclaircissaient les rangs de l'ennemi sous une grêle de traits. Hélas, le Burgrave Bratislav prit le commandement du deuxième assaut. Il neutralisa en partie les défenseurs sur la muraille en les prenant sous le tir en cloche d'une centaine d'archers. Simultanément, il attaqua la première enseigne à la tête d'une horde de deux cents housekarls. Je n'ai jamais vu de guerriers aussi impressionnants ; cuirassées de broignes ou de brigandines grossières, ces brutes trapues balançaient des haches de bataille avec de grands cris fauves. Ils brisèrent les piques des nôtres à coups de hache et engagèrent le corps à corps. La mêlée fut terrible. Finalement, les phalangistes, acculés au mur, furent débordés, massacrés. Je vis de mes yeux la tête tranchée du centenier Scelarina accrochée à l'arçon de la selle du burgrave Bratislav.

La sortie avait échoué. Nous n'étions plus que deux cents phalangistes. Et la nuit même, les barbares reprirent la sape.

Cette fois, la situation était désespérée. La ville allait tomber, cela ne faisait plus de doute. Mais le Podestat était tout sauf un perdant. Le Podestat ne voulait rien lâcher, ni son or, ni son avenir politique. Le Podestat ne s'avouait pas vaincu. Ce fut alors qu'il donna la mesure de toute sa ténacité et de tout son réalisme. Il fallait définir ses priorités. Il définit des priorités. Il fallait faire des choix. Il fit des choix. Il n'était plus en mesure d'éteindre l'incendie qu'il avait allumé ; quelle importance ? Il changea simplement de ligne. Au lieu d'éteindre le feu pour lutter contre le brasier, il décida d'allumer un contre-feu. Il décida de donner la ville, pour sauver l'or de Ciudalia.

Le dixième jour, il donna l'ordre secret au centenier Spoliari d'ouvrir la Porte des Freux. Puis, pendant que l'ennemi se répandait déjà dans les rues, semant l'incendie, la désolation et la mort, nous sortîmes en bon ordre par la Porte des Pénitents, à l'autre bout de Kaellsbruck. Au milieu de nos faisceaux de piques, le Podestat chevauchait le poing sur la hanche, suivi par sa litière chargée de l'or du Sénat. Quelques bandes de barbares nous attaquèrent, mais nous parvînmes à nous frayer une route sanglante vers la Marche Franche. Le gros des guerriers d'Ouromagne préféra se ruer dans la ville, proie offerte, bien plus tentante que nos rangs hérissés de fer. La dernière image que j'ai gardée de Kaellsbruck, ce sont des panaches de fumée noire dans le ciel de Bromael.

À Ciudalia, le Podestat fut accueilli en triomphateur. Les façades des maisons et des palais furent pavoisées de bannières et de tapisseries précieuses en son honneur ; le Sénat lui accorda la distinction de « Bienfaiteur de la République », et une délégation de patriciens issus des trois partis lui offrit solennellement les clefs de la ville. Poudre aux yeux. Alors que la population entière lui faisait fête, les rivaux politiques du Podestat préparaient déjà sa chute.

Le Podestat était devenu trop populaire. Trop populaire auprès de la troupe, mais aussi trop populaire auprès de la plèbe, qui aime se créer des héros et n'avait saisi de l'affaire de Kaellsbruck qu'un conte simpliste, à dessein enjolivé par les partisans de la famille Ducatore. Les premières attaques furent larvées ; certains sénateurs du parti Ploutocrate s'étonnèrent de ne trouver dans les coffres de Bromael que sept cent mille florins au lieu des neuf cent mille promis par le duché. Les plus mesurés insinuèrent que le Podestat s'était laissé trop facilement fléchir par les officiers du duc, voire qu'il s'était laissé berner. Mais d'autres, plus incisifs, faisaient circuler des calomnies sur son compte dans les ruelles de la ville et dans les couloirs du Palais curial : on chuchotait que c'était le Podestat lui-même qui avait détourné deux cent mille florins. Ces premières manœuvres restèrent toutefois insuffisantes pour déstabiliser le Podestat. Le coup décisif vint de Bromael.

Dans le mois qui avait suivi la chute de Kaellsbruck, le duc Ganelon était parvenu à redresser la situation. Les clans qui avaient pillé Kaellsbruck s'étaient retirés en Ouromagne, chargés de butin ; ceux qui maraudaient encore à Brochmail, affaiblis par cette désaffection, furent écrasés par l'ost du duc. Cela permit à l'armée ducale de faire volte-face et de revenir assiéger le château de Kimmarc. Le comte Angusel négocia alors sa reddition. Le duc ayant rétabli son autorité sur l'ensemble de Bromael, il envoya une ambassade à Ciudalia pour dénoncer la trahison du Podestat à Kaellsbruck et menacer de guerre la république.

La menace était-elle sérieuse ? Le duc était certes un chef militaire de première force, mais ses troupes sortaient d'un conflit éprouvant et ses coffres étaient vides. Ciudalia pouvait aligner les quatre régiments des Phalanges Sénatoriales, et disposait d'une opulence qui lui permettait de recruter des milliers de mercenaires. La confrontation semblait peu probable. Mais les adversaires politiques de la famille Ducatore saisirent l'occasion au vol : ils répandirent le récit de la chute de Kaellsbruck dans toute la république, forgèrent une légende noire autour du Podestat, l'accusèrent d'avoir voulu faire basculer la république dans une guerre contre l'un de ses plus anciens alliés. Quelques semaines après son retour glorieux à Ciudalia, le Podestat fut déposé et convoqué devant le tribunal des neuf. Les rancœurs et les jalousies accumulées contre lui dans les familles patriciennes donnèrent libre cours à un torrent de vindicte et de fiel. Sa Seigneurie Leonide Ducatore n'échappa à la sentence capitale que parce qu'il produisit la preuve que le duc avait tenté d'instrumentaliser le Sénat. Mais il fut condamné à l'exil. S'il s'avisait de revenir sur les territoires de la république, il serait immédiatement mis à mort.

À cette époque, les officiers survivants qui avaient secondé le Podestat à Kaellsbruck, les centeniers Spoliari et Matado, furent cassés de leur grade. Les simples vétérans, comme Welf et moi, furent considérés avec suspicion et sujets à des brimades. C'est la raison pour laquelle nous avons quitté la Phalange.

L'ironie du sort voulut que quatre ans plus tard, le Podestat fut amnistié par le Sénat. Sa Seigneurie

Ducatore s'était installé à Elyssa, la capitale du Royaume de Ressine, et on le soupçonnait de conseiller le Chah Eurymaxas dans sa politique économique et militaire. Les voies maritimes de la république connaissaient une recrudescence de piraterie, et d'aucuns soupçonnaient la main de Sa Seigneurie derrière les coups portés au commerce en mer. Armateurs et fratries marchandes se plaignirent auprès du Sénat. Finalement, la grâce du sénateur Léonide Ducatore fut négociée, et il reprit sa place à Ciudalia, au Palais curial, au milieu de ses pairs. Le Podestat était moins dangereux à Ciudalia, entravé par le faste et les intrigues sénatoriaux, que proscrit et trafiquant pour le compte de puissances étrangères...

Je venais de débouler au beau milieu de ce jeu de quilles, avec une notable inconscience, muni en tout et pour tout d'un contrat et d'une malheureuse dague. Petit exécutant au service de haines patriciennes et de calculs sénatoriaux, chargé de frapper en aveugle l'un des hommes d'état les plus retors de tout le littoral éridien. Affligeant... Ma vie ne valait plus un pet de mouche.

Qui avait voulu tuer le Podestat ? Je pouvais raisonnablement soupçonner la moitié du Sénat, sans oublier l'étranger... Peut-être le Chah Eurymaxas n'avait-il pas apprécié le départ de son conseiller... Peut-être le duc Ganelon avait-il vu d'un mauvais œil le retour aux affaires du sénateur Ducatore... Quand bien même j'aurais su qui m'avait recruté, à quoi cela

m'aurait-il avancé ? Sans doute à courir des risques
accrus de terminer la tête dans un sac, à nourrir les
crabes au fond du port.

Recroquevillé au fond d'une citerne, seul, percé et
recousu, avec ma fin prochaine pour toute perspective, je fus bien tenté de me laisser aller au désespoir.
Les genoux sous le menton, les bras serrés sur ma
carcasse en sursis, je me mis à grelotter. Et je savais
que ce n'était ni de froid, ni de fièvre. Le vétéran des
Phalanges, l'assassin sans scrupule, autant de défro-
ques qui tombaient devant mes certitudes. J'avais suffisamment tué pour connaître la fragilité d'un homme.
À quoi se réduisait Benvenuto Gesufal, finalement ?
Un type louche, plus craint que respecté, sans réelle
envergure. Quelques années vite envolées, cent trente
livres de viande plus très fraîche, destinée à pourrir
tôt ou tard. Plutôt tôt que tard. Un grand frimas intérieur glaçait ce qui me restait d'âme. Et moi, je n'avais
même pas eu le temps de distribuer des piécettes aux
petits mendiants de la piazza Pescadilla… Je commen-
çais à m'apitoyer sur moi-même. Les choses étaient
claires : le drame était joué. J'attendais que le rideau
tombe.

Ce fut la via Mala qui me sauva la vie. En pleurni-
chant sur ma destinée médiocre, je m'attardais sur les
bons moments de mon existence. Je revis mon petit
galetas, les patriarches qui me saluaient le matin, mes
vagabondages vers le port, dans le quartier des abattoirs. Je revis le sang qui court sur le pavé, les essaims
de mouches, les colonies de rats. Je sentis à nouveau
les effluves de merde, de chair rouge et bleue. J'eus à
nouveau dans l'oreille le cri inquiet des bêtes devinant

la mort. Et je compris que j'étais comme le bétail. J'attendais le couteau du boucher, en me pissant dessus, avec l'abnégation stupide des ruminants.

Les prêtres, les philosophes et les cyniques qui affirment que tous les hommes sont égaux dans la mort sont de fieffés menteurs. Ou de fieffés imbéciles. Il y a mourir et mourir. La mort, c'est comme la vie ; on crève en gueux, en bourgeois ou en aristocrate. Et voilà que je me préparais une fin bien minable, celle d'un porc suspendu à son crochet. Puisqu'il n'y avait plus d'espoir, à quoi bon le désespoir ? Puisqu'il fallait passer, autant le faire avec style. Agir encore, pour combler le néant ; transformer sa mort en projet, puisqu'il n'y avait plus d'autre avenir. Je repensais au centenier Scelarina, ou à ce jeune crétin de patrice Morigini accroché à son ivoire ; voilà des hommes qui, s'ils n'avaient pas su sauver leur peau, l'avaient donnée avec élégance. Pleins de rage, pleins de force, pleins de souffle, jusqu'à la fin. Peut-être avaient-ils même éprouvé la délivrance *avant* de rendre l'âme. Que peut encore craindre un homme qui ne craint plus la mort ? Il est libre. Il est serein. Il est vivant. Quelle joie sauvage on doit ressentir alors, à maîtriser la bête, à se détacher de tout, à mépriser ce qui fait marcher le monde !

Je ne valais peut-être pas grand-chose, mais je pris conscience que je ne voulais pas terminer saigné comme un mouton. Je valais mieux que cela, ou pire que cela. Peu importait : je valais autre chose. Après tout, au moment même où je frissonnais de peur, le Podestat lui-même devait avoir des sueurs froides en me sachant toujours dans la nature. Cela me fit rica-

ner : le sénateur et le second couteau, unis par
la même frousse. Est-ce que le Podestat s'avouait
vaincu pour autant ? J'aurais misé tout l'or de la
république sur le contraire. Il devait faire ratisser
la ville entière, employant la corruption, la menace,
la toile complexe de ses réseaux de fidélités et d'obligations, afin d'essayer de m'identifier et de me localiser. Pour lui aussi, c'était une question de vie ou de
mort. Sans doute me voyait-il dans la foule des solli-
citeurs, dans la démarche nonchalante des passants,
dans le regard insistant des curieux, dans le sourire
de ses pairs, dans les recoins sombres de son palais.
Sans doute redoutait-il, à chaque instant, le carreau,
le poignard ou le lacet destinés à l'envoyer chez
l'embaumeur. Allais-je décevoir ses attentes ?

Certes non.

J'avais tué le voïvode Bela. J'avais survécu à
Kaellsbruck. J'avais porté la main sur le Podestat. Ils
étaient rares, les hommes qui pouvaient se vanter
d'avoir commis des crimes ou des exploits compa-
rables. Après tout, même si je sortais du ruisseau,
même si je crevais de trouille, je n'en représentais pas
moins une sorte d'aristocrate de la crapule. Il me fallait réagir en tant que tel. Il me fallait réagir ! Et ce fut
ainsi, dans la pénombre humide qui sentait la vieille
pierre et la moisissure, avec un nœud d'angoisse et de
morbidité lové au fond du cœur, que je finis par me
forger une détermination nouvelle. Je retrouvai ma
lucidité acerbe, mon sens des affaires, ma carapace
d'égoïsme. Je retrouvai mon audace calculée, ma
moralité biaisée, ma ténacité rageuse. Je retrouvai
Benvenuto Gesufal.

Et je repris toute l'affaire. Froidement, méthodiquement. Comme devait le faire le Podestat, au même moment, pour m'identifier et me neutraliser le premier. Un à un, je fis défiler les souvenirs, les informations, les indices. Don Mascarina dans le patio de l'*Olivier*, qui ne voulait pas d'un attentat à l'arbalète. Welf au *Banc de nage*, stupéfait par la gravité de la crise avec le royaume de Ressine, qui demandait ce que faisait le Podestat. L'arrivée des deux masques à la maison aux Lauriers, et le regard du Chérubin, qui avait passé sur moi presque d'emblée. Le murmure incompréhensible que j'avais entendu juste avant de frapper, et les sortilèges qui avaient couvert le Podestat dès que je l'avais dagué. La présence de Spada Matado au milieu du coupe-gorge — l'officier de confiance du Podestat, déjà impliqué dans les manœuvres criminelles de Kaellsbruck. L'élimination de don Mascarina, déguisée en règlement de compte interne de la Guilde. L'implication des Phalanges. Le meurtre du podestat Morigini, le ténor ploutocrate passé aux thèses bellicistes…

Avec une excitation croissante, je saisis plusieurs fils de l'intrigue, et j'eus le sentiment de commencer à débrouiller l'écheveau. En adoptant certaines perspectives, en me glissant dans la peau des grands rapaces qui nous gouvernaient, en essayant d'embrasser leurs intérêts, leurs précautions, leur concupiscence, les choses devenaient claires. Les choses devenaient simples. Tortueuses, effrayantes, mais évidentes.

Bien sûr, mes hypothèses pouvaient se révéler complètement erronées. Mais mon intuition de truand

patenté me soufflait le contraire ; mes déductions me
séduisaient. Et plus je les passais en revue, plus je les
trouvais cohérentes. Je décidai de les adopter comme
postulat sur lequel fonder ma stratégie. Il fallait définir des priorités. Je définis des priorités. Il fallait faire
des choix. Je fis des choix. Je n'étais plus en mesure
d'éteindre l'incendie que mon attentat raté avait
allumé à Ciudalia. Quelle importance ? J'allais simplement changer de ligne. Au lieu d'éteindre le feu
pour lutter contre le brasier, je décidai d'allumer un
contre-feu. Pour sauver ma peau, j'allais passer à
l'offensive.

Le lendemain, au milieu de la matinée, je me rendis
sur la colline de Torrescella. Je me présentai ouvertement aux portes du palais Ducatore. Au milieu de la
presse des clients, des commis, des avoués, des importuns, des élégants et des parasites, je me campai solidement sur mes jambes, le menton levé, la main posée
sur le pommeau de l'épée.

« Je sollicite une audience auprès du sénateur
Ducatore, clamai-je avec arrogance. Je suis le spadassin qui a tenté de le poignarder il y a deux nuits. »

En l'espace d'une respiration, la foule se figea
autour de moi. Un nécromancien venant d'incanter
le sort mythique « Chute de nécropole » n'aurait pu
obtenir meilleur effet. Les plus vifs et les plus craintifs
s'éparpillèrent courageusement dans toutes les direc-
tions. D'autres me dévisageaient, assez stupidement ;
et je contemplai une galerie assez réussie de toutes
les expressions que peut susciter la stupéfaction. Cer

tains devaient me prendre pour un fou, d'autres pour
un plaisantin ne reculant devant aucune vulgarité. De
façon assez incroyable, personne ne leva la main sur
moi. J'avais pourtant repéré quatre ou cinq fiers-
à-bras qui portaient l'épée au côté, sanglés dans des
pourpoints joliment cintrés ; sans doute veillaient-ils à
la sécurité des abords du palais. Éparpillés au milieu
des chalands, ils me fixaient d'un air ahuri.

Je toisai ce ramassis d'abrutis avec un mépris ostentatoire. Puis, je poussai un soupir compassé et je repris
d'une voix forte :

« Je souhaiterais obtenir un entretien avec Sa
Seigneurie. Elle me connaît : j'ai déjà eu l'honneur
de la daguer. »

Cette fois, le message sembla s'imprimer dans
toutes les cervelles. Dans un bel ensemble, courtisans, bourgeois, artisans et laquais prirent la poudre
d'escampette. En revanche, les porte-glaives de la
maison Ducatore et quelques gentilshommes plus
braves que la populace portèrent la main à l'épée et
fondirent sur moi. En un instant, je me retrouvai
cerné de fer. La plus grande confusion régnait alentour. Un peu partout, la foule épouvantée retentissait
de cris concurrents, « Au meurtre ! » et « À mort ! »,
cacophonie que j'aurais sans doute trouvée cocasse si
je n'en avais été l'objet. Les vaillants bretteurs qui me
tenaient en respect paraissaient eux-mêmes fort par-
tagés, pour ne pas dire perturbés. Ils n'avaient manifestement aucune idée sur la conduite à tenir. Deux
d'entre eux, aux faciès particulièrement intelligents,
me piquaient la gorge de leurs épées, et je craignais
qu'une impulsion irrationnelle ne les pousse à me

priver de mon joli filet de voix. L'un soutenait qu'il fallait me livrer aux alguazils, l'autre qu'il fallait prévenir Sa Seigneurie, un troisième criait de prendre garde, qu'il s'agissait peut-être d'une diversion...

La situation devenait embarrassante. Rassurés par le faisceau de lames qui me neutralisaient, certains badauds revenaient de leur frayeur et commençaient à ramasser des pierres... Ce fut alors qu'une voix autoritaire et grave tonna depuis l'intérieur du palais :

« Lupo ! Potenza ! Cette agitation est inadmissible ! Désarmez cet imbécile et entravez-le ! Soustrayez-le immédiatement à l'attention de la rue ! »

Je frémis au son de cette voix, puissante, teintée peut-être par un soupçon d'accent. Je l'aurais reconnue entre mille : c'était celle du sorcier. Je jetai un coup d'œil rapide dans sa direction, mais j'eus à peine le temps d'entrevoir une silhouette maigre dans l'ombre du porche... et je reçus un choc violent sur la nuque. À moitié sonné, je tombai en avant, en m'ouvrant le long du cou une belle estafilade contre le fil d'une épée. J'avais atterri à genoux, et je ne devais plus avoir l'air très dangereux ; pourtant, l'un des bretteurs m'allongea un coup de botte dans le ventre. L'impact me coupa la respiration, et rayonna comme un dard barbelé dans ma blessure encore fraîche. J'avais cru saisir que le type qui venait de m'infliger cette douceur était le dénommé Potenza. Tout en hoquetant de douleur, je me disais : « Potenza, mon garçon, si jamais je m'en sors, je t'en réserve une gratinée. » Ça ne m'empêchait pas de me tordre sur le pavé. Les porte-glaives en profitèrent pour me délester de mes armes, et pour me ligoter les poignets et les coudes dans le dos. Puis ils me traînèrent dans le palais, me jetèrent sur le dallage d'une cour intérieure. J'entendis derechef la voix du sorcier :

« Bâillonnez-moi ça. Les yeux aussi. »

La chose fut faite en un tournemain. Je dois confesser que je sentis une pointe de panique à me sentir ainsi muselé et aveuglé… Cela me faisait penser à don Mascarina dans son jardin.

« Portez-le dans les combles, dit ensuite le sorcier. Et veillez à ce qu'il ne puisse pas s'échapper. »

On me remit sur pied sans ménagement, en me soulevant sous les aisselles. Puis, des poignes solides me dirigèrent brutalement dans un parcours chaotique. À l'oreille et à la fraîcheur de l'air sur ma peau, je devinais des corridors plongés dans la pénombre, de vastes pièces aérées, sans doute protégées du soleil par de grands voilages. On me fit escalader de nombreuses marches. Vers la fin, je compris que nous devions être arrivés au grenier parce qu'un plancher grinçait sous nos pas, et parce que la température redevenait chaude. Quelqu'un me faucha sans prévenir et je m'étalai plutôt rudement sur les planches rugueuses. Le choc lança un nouveau coup de poignard dans ma plaie et m'arracha un gémissement. Encore étourdi, on me trancha mes liens, on me colla assis contre une poutre, puis on m'y rattacha solidement.

J'entendis des pas s'éloigner, une trappe se rabattre. J'étais seul.

Il me fallut quelque temps pour me remettre. D'ordinaire, j'aurais essuyé ces mauvais traitements

en serrant les dents, mais avec une certaine philoso-
phie ; cependant, dans les circonstances précises, ma
blessure au côté me faisait un mal de chien, et je
craignais que la plaie ne se fût déchirée. En outre,
j'avais des difficultés à respirer avec le bâillon, et ce
n'était pas fait pour m'aider à retrouver mon calme.
À la longue, je finis toutefois par discipliner mon
souffle, puis ma souffrance.

En définitive, et malgré les apparences, la situation
se présentait plutôt sous de bons auspices. J'étais
certes désarmé, prisonnier, ligoté, bâillonné. Mais
j'étais toujours en vie. C'était déjà un sacré pari que
je venais de remporter. J'avais couru un risque consi-
dérable de me retrouver lynché par la foule, ou tru-
cidé sommairement par les spadassins du Podestat.
En outre, je n'avais pas vu Spada Matado parmi les
hommes de main du Podestat ; il était probable que
personne ne m'avait identifié. Sans doute étais-je
toujours un anonyme ; c'était une carte mineure,
mais elle pourrait peut-être m'être utile. Seul un
détail me tracassait : pourquoi m'avait-on enfermé
dans les combles ? C'était assez bizarre, comme initiative. Le palais Ducatore devait regorger de caves,
de celliers, voire de cachots et d'oubliettes. Il aurait
été plus simple, et sans doute plus sûr, de m'y cade-
nasser. Mais le grenier ? Farfelu. Une idée de sorcier.

Je ne me trompais pas. C'était typiquement une
idée de sorcier : une idée bien perverse. Et il me fallut
peu de temps pour en saisir l'intention... Le soleil
brûlant de Ciudalia tapait sur les toits du palais, flam-
boyait sur les girouettes, amollissait le plomb des couvertures. Les tuiles, saturées de chaleur, craquaient

parfois dans un bruit de vieille poterie. J'imaginais
l'air surchauffé au ras du toit, frissonnant d'ondes
incandescentes. En dessous, c'était l'enfer. La terre
cuite des tuiles rayonnait comme les parois d'un haut-
fourneau. Au bout de quelques minutes, je n'avais
plus un poil de sec. Puis je me mis à ruisseler. Je sentis
mon bandeau et le bandage de mon pansement s'imbi-
ber comme des éponges. Je macérais dans mon pourpoint de cuir comme une bavette dans un court-
bouillon. Le pire, c'était la soif. Mon gosier se gerçait
de sécheresse, ma langue, enflée et crayeuse, râpait
contre la bourre grossière qu'on m'avait fourrée dans
la bouche. Ma tête s'emplissait de paysages déser-
tiques, d'étendues poussiéreuses, de sables calcinés,
de sols fendillés. Et ce supplice-là dura plusieurs
heures — une éternité.

Quelqu'un finit toutefois par me rendre visite.
J'entendis d'abord la trappe grincer, puis un pas
approcher. Il y eut une station. On déposa un ou deux
objets sur le parquet. Puis le plancher gémit à nouveau sous un pas mesuré, et je distinguai une présence
qui tournait lentement autour de moi. L'inconnu
s'arrêta à nouveau, devant moi. Je perçus le froissement soyeux d'une étoffe, comme si l'on ôtait un manteau ou si l'on s'accroupissait. Je sentis un parfum
musqué, subtil, qui évoquait un monde de luxe, de
séduction vénéneuse. On m'arracha mon bâillon ; aussitôt, je recrachai le torchon qu'on m'avait enfoncé
dans la bouche, non sans baver et hoqueter. Je pris
une grande inspiration, qui emplit mes poumons d'un
air étouffant. L'inconnu me laissa reprendre ma respi-

ration. Puis, je sentis des mains sur mon bandeau. Je retins mon souffle.

On me rendit la vue. Le grenier était plongé dans une pénombre traversée de rares rais de soleil, aussi je ne fus pas ébloui. J'eus un sursaut. L'homme était penché sur moi, son visage proche à me toucher. Ce n'était pas un Ciudalien. Ce n'était pas un natif d'aucune région du Vieux Royaume. Sa peau, satinée et très sombre, était celle d'un Moricaud. Un Ressinien.

Il portait une longue crinière, crépue et noire, coiffée en centaines de tresses où s'entrelaçaient des fils d'or et des rubans de pourpre. Sa tête était longue, avec un front puissant, le nez busqué d'un épervier. Des scarifications couraient sur ses joues et ses pommettes, transformant son visage brun en un masque vivant. Il portait un justaucorps très ajusté en soie de Valanael, à la fois fastueux et sobre, et une gandoura légère, taillée dans une étoffe bleue et vaporeuse. Il se recula un peu, mais resta accroupi, les poignets sur les genoux, à me fixer avec l'impassibilité d'une pierre. Ses mains, fines et maigres, étaient couvertes par un réseau dense de figures et d'idéogrammes tracés au séné. De grands ongles, taillés en pointe, leur donnaient l'aspect de serres.

Le Ressinien me détailla un long moment, sans un mot. Cela me laissa le temps de découvrir les objets qu'il avait posés non loin de lui : un gobelet d'étain et une cruche remplie d'eau claire. Je me mis à saliver comme un chien, à déglutir douloureusement. J'essayais de dissimuler cette faiblesse, mais mes yeux étaient tirés malgré moi vers le pichet. Soudain, le Ressinien bougea. Il semblait avoir repéré l'encoche dans mon pourpoint de cuir, et il avança le bras dans cette direction, appuya fortement deux doigts sur ma blessure. Je fis un bond, me cognai la nuque contre la poutre à laquelle j'étais attaché. Un sourire cruel anima fugitivement son masque sombre.

« Ainsi, les hommes de Matado ne mentaient pas, dit-il. Ils vous ont bien touché. Vous avez fui avec une telle vélocité que je ne les avais pas crus. »

À peine un soupçon d'accent. Je m'en doutais : sa voix, posée et grave, était celle du sorcier. Je lui aurais volontiers balancé une ou deux insultes bien ordurières, choisies dans le répertoire d'obscénités de Cardomna, mais ce n'aurait pas été très avisé. Le type avait l'air passablement vicieux. Et ma gorge était si serrée par la soif que je risquais de m'étrangler de façon piteuse.

« C'est très obligeant de votre part d'être ainsi venu à nous, reprit le sorcier. Vous nous avez épargné des recherches fastidieuses. Je suis certain que Sa Seigneurie sera sensible à votre geste.

— Je veux parler à Sa Seigneurie, dis-je d'une voix passablement éraillée.

— Je l'ai très bien saisi. Vous avez été on ne peut plus clair sur ce point, ce matin.

— Alors transmettez ma requête au sénateur. »

Il plissa les yeux en une expression menaçante.

« Une injonction ? dit-il en détachant les syllabes. Vous ne manquez pas d'audace, mais les circonstances ne vous permettent plus d'émettre des exigences. Du reste, vous ne pouvez voir Sa Seigneurie ; elle est absente. Elle siège depuis l'aube au Palais curial. Le Sénat doit procéder au remplacement du Podestat Morigini. Mais c'est une crise qui ne doit pas vous être complètement étrangère…

— J'attendrai que Sa Seigneurie soit disposée à me rencontrer.

— Vous pouvez attendre longtemps. Sa Seigneurie a fort à faire, et ne s'occupe pas des affaires de basse police. En revanche, vous pouvez me confier le message que vous désirez lui transmettre. Je le lui rapporterai dès ce soir.

— Pas question ! Je ne sais pas qui vous êtes, et vous n'êtes même pas citoyen de Ciudalia. »

Il m'adressa un sourire condescendant.

« Détrompez-vous. Le Sénat m'a accordé la citoyenneté, grâce à l'intercession de Sa Seigneurie. Je suis le Sapientissime Sassanos, astrologue attaché au service du sénateur Ducatore. Et pour ma part, serait-il indiscret de demander à qui j'ai l'honneur ?…

— Vous n'avez pas l'honneur : je ne suis qu'un rat issu du ruisseau.

— Allons donc… Vous vous mésestimez : les gens de votre Guilde forment… une sorte d'élite, dans cette puissante cité. Votre nom, je vous prie. Je serais froissé si vous me refusiez ce simple retour de politesse.

— Je n'ai pas confiance. Je veux parler au sénateur Ducatore. »

Un éclair de colère traversa son regard. Il brandit vers moi trois doigts tendus, si brusquement que j'eus l'impression qu'il voulait me griffer au visage. Ses tresses ondulèrent légèrement, parcourues par

un mouvement fugace, reptilien. Ses pupilles se dila-
tèrent comme les yeux d'un chat.

«TON NOM?» cracha-t-il, avec une voix de
commandement.

Je sentis tout mon corps secoué par une onde de
force. Mes dents s'entrechoquèrent, et les larmes me
vinrent instantanément aux yeux.

«Benvenuto Gesufal», expirai-je en un souffle.

Puis, j'eus la sensation absurde d'être dénoué, délivré d'une immense tension, et j'éprouvai une légère
nausée. Le sorcier me gratifia d'un sourire supérieur.

«Eh bien, vous voyez, ce n'était pas si difficile que
cela... don Benvenuto.»

Ce fumier m'avait pris par surprise. J'avais été
certes stupide de ne pas penser qu'il emploierait sa
magie. Cela me rendit furieux, aussi bien contre lui
que contre moi-même. Je n'allais pas me laisser avoir
aussi facilement. Je me mis à compter:

Un florin...

Deux florins...

Trois florins...

Le sorcier haussa un sourcil étonné.

«Tiens, tiens, une défense numérique, releva-t-il.
Un peu primitif, comme système, et pas toujours très
fiable. Mais ça n'est pas très connu. Je comprends
mieux comment vous avez résisté à ma volonté.
Vous êtes décidément un garçon plein de ressources,
Gesufal...»

«Cause toujours», me disais-je in petto.

Quatre florins...

Cinq florins...

Six florins...

Il sembla réfléchir un peu. Ce qui m'inquiétait, c'était qu'il avait l'air plus amusé que contrarié. Je lui posais un problème, mais j'avais le sentiment très désagréable qu'il ne lui semblait pas très ardu à résoudre.

Sept florins…

Huit florins…

Neuf florins…

« Vous êtes dans une mauvaise passe, Gesufal, finit-il par dire très calmement. Si vous faites obstruction à mes investigations, j'en déduirai que vous avez quelque chose à cacher. Si vous avez quelque chose à cacher, j'en déduirai que vous tramez quelque chose de déloyal à mon encontre ou à l'encontre de Sa Seigneurie. Dois-je aussi vous exposer mes conclusions ? »

Dix florins…

Onze florins…

Douze florins…

Son raisonnement suivait une logique imparable. Et je ne tenais pas particulièrement à prendre connaissance de ses conclusions. Si je voulais rencontrer le sénateur, il me fallait baisser ma garde. D'un autre côté, dès que je cesserais de compter, je savais que ce Sassanos pourrait fouiller mon esprit de fond en comble comme un vieux lutrin. Une grande partie de ma stratégie reposait sur l'effet de surprise ; mais si le sorcier m'arrachait mes hypothèses et ma tactique, puis les examinait tranquillement avec le Podestat, je pouvais dire adieu aux seuls atouts qui me restaient en main. Lessivé, Benvenuto. Une mauvaise passe, il l'avait dit lui-même.

Treize florins…
Quatorze florins…
Quinze florins…

Sassanos restait impassible, toutefois je devinais qu'il commençait à s'impatienter. Je réfléchissais à toute vitesse, mais mes pensées tournaient en rond. Il fallait trouver une solution, une voie médiane, détourner la négociation du rapport de force où nous étions engagés, et où je n'avais aucune ouverture. Soudain, j'eus une intuition, lumineuse. Je m'arrêtai de compter.

« D'accord, vous avez raison, ai-je concédé. Et si je suis venu, c'est précisément parce que je n'ai rien à cacher.

— Vous m'en voyez ravi, susurra le sorcier. Nous allons donc pouvoir reprendre notre entretien sur des bases plus saines.

— C'est aussi mon souhait. De toute façon, je ne suis pas en situation de discuter. Seulement…

— Seulement ?

— J'aimerais savoir si c'est Sa Seigneurie qui vous envoie. »

Il m'adressa une moue suffisante.

« Naturellement, Gesufal. Je suis le conseiller privé de Sa Seigneurie.

— Vous ne répondez pas précisément. Vous m'avez dit à l'instant que Sa Seigneurie siégeait depuis l'aube au Palais curial. Dès lors, comment avez-vous réussi à la contacter ? Et vous a-t-elle explicitement demandé de m'interroger ? »

Son visage brun redevint de marbre, mais il ne me répondit pas.

« Donc, votre démarche est une initiative personnelle, continuai-je, persuadé de tenir le bon bout. Une
initiative loyale, je n'en doute pas… Mais les informations que je peux livrer sont… brûlantes. Elles mettent
en cause de très hauts personnages de la république.
Êtes-vous sûr que Sa Seigneurie apprécierait que vous
les extorquiez, sans sa permission expresse, à un indi-
cateur venu les lui délivrer en personne ? »

Je vis un éclair de haine briller rapidement sous les
paupières sombres du sorcier. J'avais touché juste.
Mais Sassanos reprit très vite le contrôle de son
expression. Il adopta un air blasé.

« Vous avez peut-être raison », admit-il.

D'un geste négligent, il prit la cruche, en remplit le
gobelet. Mes yeux se braquèrent sur ses mains, et je
passai involontairement la langue sur mes lèvres cra-
quelées. Le frais gazouillis de l'eau me chanta aux
oreilles comme la plus divine des musiques.

« Nous allons devoir attendre la fin de la session du
Sénat et le retour de Sa Seigneurie », reprit le sorcier.

Puis, sans hâte, il saisit le gobelet rempli à ras
bord, le porta à sa bouche, et but à grands traits. Il
déposa la timbale, essuya ses lèvres humides. J'eus
un mal de chien à dissimuler ma frustration, mais je
ne pus empêcher ma glotte de faire des aller retour
frénétiques. Il m'adressa un demi sourire.

« Attendre probablement longtemps », ajouta-t-il.

Il se releva, corrigea de la paume les plis de sa
gandoura.

« Quelle chaleur, commenta-t-il. Vous n'êtes pas
trop incommodé ? »

Et sans attendre de réponse, il s'éloigna tranquillement. Juste avant de s'engager par la trappe, il se tourna encore vers moi.

« J'espère sincèrement que ce que vous avez à révéler à Sa Seigneurie saura retenir son attention, dit-il. Le sénateur Ducatore manque de patience avec les importuns. Et vos chances de sortir vivant de ce palais sont déjà si minces... »

J'espérais aussi, et sans doute plus sincèrement que Sassanos, être en mesure d'intéresser le Podestat. Mais, si délicate que fût ma situation, je dois avouer que cette préoccupation passa rapidement au second plan. Travaillé par une soif intense, je ne pouvais détacher mes yeux de cette maudite cruche. Je dévorais des yeux son col vernissé, comme si la vue de ce vase stupide avait pu me rafraîchir. Je suivis avec une rage passionnée les évolutions d'une mouche qui vagabondait sur le goulot. L'insecte finit par tomber à l'eau, et se débattit longtemps, en traçant des arcs de cercle désordonnés à la surface, avant de se noyer. Je me creusais la tête pour trouver un moyen de boire, ne serait-ce qu'une gorgée. En tendant ma jambe droite à l'extrême, j'aurais pu tenter de renverser le pichet dans ma direction, et lécher sur le sol les quelques gouttes qui n'auraient pas été absorbées par le plancher. Le problème, c'est que j'étais solidement ligoté, et qu'il m'était impossible de me pencher.

Je n'aurais jamais imaginé qu'il fallait si peu pour concevoir un supplice à la fois si simple et si raffiné.

Je bouillais physiquement et moralement. Mon orga-
nisme brûlait de fièvre, mon amour-propre d'humilia-
tion. Si l'on m'avait dit un jour que je désirerais une
jatte d'eau tiède avec plus de force qu'une bourse
remplie d'or, qu'une fille délurée, ou peut-être même
que ma propre vie, j'aurais ri au nez de mon interlo-
cuteur. On en apprend à tout âge… J'avais échappé à
un quarteron de spadassins expérimentés, j'avais tenu
tête à deux reprises à un sorcier, mais je me retrouvais réduit à quia par une simple cruche. Grotesque.
Insupportable !

L'après-midi se traîna interminablement, dans une
étuve qui aurait tué un nourrisson ou un vieillard au
cœur affaibli. Je ne suais plus ; je n'avais plus de
liquide. Au goût et aux crevasses, mes lèvres gonflées
me faisaient penser à un lac salé. Je faillis devenir fou
à force de fixer cette damnée cruche. Le soir finit par
arriver, insensiblement. Il ne m'apporta aucun soulagement : les tuiles continuaient à réverbérer la chaleur
emmagasinée pendant la journée. Mais l'obscurité qui
envahit peu à peu les combles m'apporta au moins un
apaisement moral : je perdis progressivement de vue
le pichet d'eau.

Le temps semblait figé, dans une éternité de canicule et de ténèbres. Je dormis peut-être, j'eus peut-
être de brefs malaises. Ce ne fut que tard dans la nuit
que j'entendis du bruit. La trappe s'ouvrit sur la
lumière orangée de deux lampes à huiles. Trois silhouettes solides émergèrent du sol. Mes yeux, secs,
collaient, et j'eus un peu de mal à accommoder. Je
crus reconnaître mon ami Potenza. Mais mon attention fut surtout attirée par un gaillard à la carrure

large, au poil ras et gris, au menton volontaire. Spada Matado, mon ex-supérieur dans la deuxième enseigne du régiment Testanegra.

« Cela fait plaisir de vous revoir, centenier », eus-je la force de croasser.

Il me lança un regard noir.

« Moi, ça ne me fait pas plaisir, rétorqua-t-il brutalement. Tu m'as tué deux hommes avant-hier, Gesufal. »

Cela s'annonçait mal. Matado fit un signe à ses hommes, et ils me détachèrent de la poutre, puis me lièrent à nouveau les mains dans le dos. Je me laissai faire mollement. Les cordes m'avaient cisaillé les bras, et je ne les sentais plus. En outre, j'étais si faible que je n'avais plus l'énergie de tenter quoi que ce soit.

« J'ai soif, ai-je coassé.

— Pas le temps », grogna Matado.

Potenza et son compagnon me soutinrent jusqu'à la trappe, suivis par Matado qui portait les lampes. On me descendit à l'étage inférieur. On me fit suivre un trajet très court, et entrer dans une petite pièce, luxueuse et confortable. Comme je flageolais, on me fit asseoir sur un tabouret rembourré, puis Matado congédia ses hommes de main. L'endroit baignait dans une fraîcheur bénie ; en fait, le contraste était tel que je me mis à frissonner.

Les murs étaient couverts de fresques dont les tons précieux apparaissaient çà et là hors de la pénombre, dans le halo doré des bougies. Ce devait être un cabinet de travail. Des tables et des écritoires débordaient de papiers. Je vis des piles de codex à fermoirs orfévrés, des volumens aux étuis de vieux cuir, de larges parchemins ornés de portulans ou de cartes du ciel. De nombreux documents, couverts d'une calligraphie serrée, portaient des sceaux officiels. Un astrolabe et des compas de cuivre accrochaient faiblement la lueur des bougies au milieu de toutes ces écritures. Dans un coin obscur de la pièce, une grande sphère céleste croisait ses arcs mystérieux sur un trépied d'ivoire. Avec un sursaut, j'aperçus une silhouette maigre et sombre juste derrière. Je reconnus la crinière de Sassanos. Le sorcier me contemplait sans mot dire.

« Vous souhaitiez me rencontrer, double-solde Gesufal », fit une voix à la diction élégante, sur ma droite.

Je me retournai rapidement. Une fenêtre géminée occupait le mur de ce côté de la salle. Elle était largement ouverte, et donnait assez haut, semblait-il, dans la cour intérieure du palais. Le Podestat était négligemment assis sur le rebord, dos au vide, et m'observait.

« C'est une chance que vous ayez employé la dague et non l'arbalète, il y a deux nuits, reprit-il d'un ton badin. Sans quoi, nous n'aurions certainement pas eu l'agrément de cette conversation. »

Physiquement, le Podestat était assez ordinaire. Il avait la quarantaine, il était de taille médiocre, avec un nez un peu allongé et un menton fuyant. Il portait les cheveux longs, coupés aux épaules, mais ses tempes grisonnaient et son front était déjà largement dégarni. Pourtant, il émanait de lui une morgue et une aisance policées, immédiatement sensibles, qui en faisaient l'archétype du grand patricien de Ciudalia. Je ne l'avais pas vu depuis cinq ans, et il avait changé : il avait davantage de cheveux blancs que dans mon souvenir, sa peau avait gagné un hâle prononcé pendant son séjour à Ressine, et il portait une scarification discrète sur la joue gauche. Sans doute un souvenir de sa faveur à la cour du Chah Eurymaxas. Pourtant, je retrouvai aussitôt les sentiments puissants et contradictoires que, phalangiste, j'avais ressentis pour lui au milieu des engagements de Kaellsbruck. Il avait beau être à peine rentré d'exil, il avait beau n'être plus qu'un sénateur parmi d'autres sénateurs, encore entaché de disgrâce, le Podestat était resté le Podestat.

C'était une rude partie que j'engageais là. Sans doute la plus rude de mon existence. Et je devais lutter non seulement contre ma peur, contre ma blessure, contre ma faiblesse, mais aussi contre le respect, voire contre la vénération pour le chef, que des années de service dans les Phalanges avaient imprimés en moi.

« Eh bien, reprit le Podestat, que vouliez-vous donc me confier ? Allons au fait, double-solde.

— J'ai soif », ai-je réussi à grommeler.

Ma voix était rocailleuse comme un pierrier. Le Podestat claqua des doigts. Sassanos s'avança jusqu'à une table basse, où étaient déposées une aiguière et des coupes en argent ciselé. Il remplit l'une des coupes d'un vin à la robe de rubis, puis s'approcha de moi. J'étais tellement déshydraté que j'aurais préféré de l'eau, mais le bouquet dégagé par cette coupe se révéla si extraordinaire que je me mis à trembler de désir. Le sorcier me fit boire, avec une moue

légèrement dégoûtée. Ma soif était telle que peu
m'importaient tous les poisons minéraux qui pouvaient avoir été mélangés au breuvage. Le nectar
que j'avalai goulûment était tout bonnement divin. Il
diffusa en moi une chaleur douce et me rendit une
partie de ma vitalité. Lorsque j'eus fini, je réclamai
aussitôt un second verre. Ce n'était pas forcément
une bonne idée ; j'étais à jeun, abruti de soif et de
chaleur, et l'alcool risquait de m'assommer. Mais
j'étais si altéré que je ne pouvais pas lutter. Le
Podestat fit un signe vague de la main et Sassanos
me donna une seconde coupe. L'arôme, fruité, varié,
doré comme un soleil d'automne, me remplit d'une
plénitude languissante. Ce fut alors que je vis le léger
sourire qui animait le masque sombre du sorcier. Et
je compris brutalement. La qualité exceptionnelle de
ce cru n'était pas seulement due à ma gorge dessé-
chée. C'était un vrai trésor qu'on m'avait servi, mais
un trésor dangereux : du vin opiacé de Valanael.

Je me sentais mieux. Même ma blessure à la poitrine ne me lançait plus qu'en sourdine, et je ne percevais plus mon corps qu'au travers d'une douceur
ouatée et apaisée. Ma vue se brouillait légèrement,
mes yeux papillotèrent, et mes réflexes devinrent
aussi lâches qu'un édredon duveteux. J'étais neutra-
lisé ; il me fallait faire un effort pour garder des idées
claires. Un soupçon d'euphorie caracolait, absurde,
au plus profond de ma moelle, et un couplet grivois
me traversa même l'esprit. Il me fallait me concentrer pour rester maître de moi-même.

« Vous sentez-vous plus dispos ? » me demanda le
Podestat, avec une obligeance teintée d'ironie.

Je lui adressai un sourire radieux. Il me rendit mon sourire : il devait me penser complètement mûr, bon pour être cueilli. Sur le premier point, il n'avait pas tort : j'étais bien parti. Mais sur le second, il se trompait. Sans doute avait-il négligé les sept ans pendant lesquels j'avais servi dans la Phalange. Sept ans passés à marauder par tous les temps en armure, le plus souvent avec le soleil qui vous tapait sur la barbute et la cervelle qui bouillonnait sous l'acier surchauffé. Sept ans passés à porter santé sur santé, à offrir tournée sur tournée, à prendre cuite sur cuite ; sept ans à ingurgiter des quantités phénoménales de bières frelatées, de piquettes vinaigrées, de liqueurs distillées à la sauvette, de poisons plus décapants qu'une eau-forte. Alors certes, son petit jus elfique m'avait agréablement torché ; mais il fallait plus que deux coupes de vin drogué pour dissiper ma lucidité… En fait, à mesure que son élixir opiacé se diffusait dans mes veines, je sentais que je retrouvais ma gouaille et mon acuité de mauvais plaisant.

« Tu fais attendre Sa Seigneurie », grogna Matado dans mon dos, menaçant.

Je toussotais pour éclaircir ma gorge, puis je pris enfin la parole.

« C'est un honneur pour moi d'être reçu en audience, Votre Seigneurie. Un immense honneur. Mais, si j'osais, je me permettrais une petite rectification : ce n'est pas par chance que j'ai négligé l'arbalète. »

Derrière moi, j'entendis Matado gronder. « L'insolent », siffla Sassanos. Mais le Podestat demeura calme, voire légèrement amusé.

« Évidemment, si l'on adopte votre point de vue, concéda-t-il.

— Je crois que vous vous méprenez, repris-je. Je ne voulais pas dire que je regrettais de vous avoir raté… Je ne pousserais pas si loin l'impertinence. Ce que je voulais dire, c'est que le choix de l'arme n'avait rien à voir avec la chance ou le hasard. On m'a imposé une arme de contact. C'est très différent. »

Le sénateur perdit sa faconde, et sembla me considérer avec plus d'intérêt.

« Vraiment ? demanda-t-il.

— Vraiment, Votre Seigneurie. Voyez-vous, un corselet de fer peut arrêter une dague ou une épée. Un corselet de fer ne peut arrêter un carreau, surtout lorsqu'il s'agit d'un vireton tiré par une arbalète à cric.

— Et alors ? Où voulez-vous en venir ?

— Je veux en venir à ce qu'on m'a ordonné de vous frapper à la dague ou à l'épée, non de vous abattre à l'arbalète.

— Vous délayez, Gesufal. Soyez concis. Énoncez clairement ce que vous avez en tête. »

C'était le moment capital. Le coup de dé où je jouais toute mon existence. Ce que j'allais dire, je l'avais répété plus de cent fois mentalement, en choisissant chacun de mes mots. C'était ce que j'avais désespérément voulu soustraire aux investigations de Sassanos, pour conserver, intact, mon effet de surprise. Le temps se suspendit. J'allais parler, et le sort en serait jeté.

Je me lançai.

« Voyez-vous, Votre Seigneurie, il se trouve qu'en dépit de toutes nos différences, il se trouve qu'en dépit de votre inaltérable noblesse et de ma roture crasseuse, il se trouve même qu'en dépit de certain coup de dague, nous avons un problème en commun.

— En réalité ? s'étonna-t-il, avec un mépris incrédule.

— En réalité, Votre Seigneurie. Ce problème, c'est un contrat. C'est le contrat pour lequel je dois vous tuer, et pour lequel, de bonne guerre, vous devez me liquider avant que je ne le fasse.

— Certes, ricana le Podestat. Mais je crois qu'en ce qui me concerne, ce problème est réglé.

— Je suis au désespoir de vous décevoir, Votre Seigneurie, mais il n'en est rien. Vous pouvez certes m'éliminer. Mais un autre assassin prendra ma place. Puis un autre, si vous le neutralisez aussi. Puis un autre. Tôt ou tard, vous connaîtrez une fin semblable à celle du Podestat Morigini.

— C'est vraisemblable, rétorqua sèchement le Podestat. Mais je ne comprends pas le sens de votre démarche. Croyez-vous vraiment résoudre ce problème en venant négocier avec votre cible, après avoir essayé en vain de la tuer ?

— Je ne suis pas venu voir ma cible.

— Je vous demande pardon ?

— Je ne suis pas venu voir ma cible. Je suis venu voir mon commanditaire. »

Un silence stupéfait s'abattit sur la pièce. Malgré mes sens émoussés, je surpris un coup d'œil rapide entre le Podestat et Sassanos. J'avais mis dans le mille ! Envahi par une exaltation brutale, décuplée

par les vertus euphorisantes du vin elfique, j'enchaî-
nai aussitôt :

« Si je suis venu vous trouver, Votre Seigneurie,
c'est parce que vous avez le pouvoir de régler notre
petit problème. Il vous suffit d'annuler le contrat que
vous avez placé sur votre propre tête, et nous n'avons
plus aucune raison de craindre mutuellement pour
nos vies. »

Mais le Podestat était retors. Il se recomposa très
vite une contenance.

« Vous me faites perdre mon temps, Gesufal. Ce
que vous avancez est insensé. Je vais vous livrer aux
alguazils.

— Ce serait inconsidéré, Votre Seigneurie.

— Et pourquoi donc ?

— Parce que je pourrais raconter la même chose à
la cour de haute justice.

— Je n'en doute pas ; mais personne ne vous
croira et on vous enverra tout droit au gibet.

— On pourrait me croire si je développais un peu
mes arguments...

— Parce que non content de savoir manier la dague
et l'arbalète, vous êtes également logicien, me railla-
t-il.

— Jugez par vous-même. »

Il me toisa quelques secondes. Et pour la première
fois, je surpris quelque chose de dur au fond de son
regard. Une détermination lisse. Une intelligence
froide, calculée, meurtrière. L'intelligence du politique qui élabore une stratégie au mépris de toute
morale. L'intelligence du général qui n'hésite pas à
sacrifier une ville pour sauver l'intérêt de ses pairs. Il

me jaugeait. Il était en train de reconsidérer sa position, de définir des priorités, d'opérer des choix. Malgré moi, malgré le petit vin de Valanael qui chantait dans mes veines, je sentis une caresse glacée parcourir mon échine. C'en était fini du jeu. Cette fois, c'était la guerre, et d'une certaine manière, elle était bien plus âpre que l'attentat de l'avant-veille.

«Je vais vous écouter», énonça-t-il lentement.

Je déglutis, puis je repris :

«Ce que j'avance repose sur tout un faisceau d'indices. Tout un faisceau d'indices qui remontent jusqu'à vous, Votre Seigneurie. Je vais commencer par le plus évident : l'attentat de la via degli Ducati. Il était manifeste que vous étiez au courant ; le centenier Matado et ses hommes se tenaient prêts à intervenir, à chaque bout de la rue. Vous portiez une armure sous vos vêtements. Votre sorcier… pardonnez-moi… votre astrologue cherchait l'assassin du regard dès votre arrivée à la maison aux Lauriers, et je crois bien qu'il m'a repéré presque immédiatement. Comment diable étiez-vous au courant ? Moi-même, je n'avais été recruté que le jour même.

— Je possède un réseau très efficace de mouchards et d'informateurs, répondit-il.

— Je n'en doute pas. Mais j'ai quand même du mal à croire qu'ils aient infiltré l'honorable société pour laquelle je travaille…

— Et pourtant, j'y avais bien un agent. Les Chuchoteurs l'ont d'ailleurs repéré et éliminé la nuit même où vous m'avez attaqué.

— Vous avez couvert vos arrières, Votre Seigneurie, mais don Mascarina n'était pas votre agent. Je l'ai vu peu de temps avant qu'il ne meure, et il a réussi à me faire comprendre que la Guilde n'était pour rien dans son châtiment. Il a réussi à tracer quelque chose sur le sol. Des raies. Des piques. Un symbole pour représenter des phalangistes, ou d'anciens phalangistes. Ce sont vos hommes qui ont investi le palais Mascarina, Votre Seigneurie, sans doute dirigés par cette vieille crapule, mon ami le centenier Matado. Et vous avez voulu faire passer cette élimination pour un règlement de compte interne à la Guilde.

— Ce serait insensé, Gesufal. Quel serait mon intérêt à risquer une opération pareille ?

— En fait, c'est effectivement très dangereux, et je crois que ce n'était pas prévu dans vos plans. C'est une mesure que vous avez dû improviser, pour redresser la situation. Quelque chose a tourné court dans vos plans. Il y a eu maldonne. Et je suis navré d'en convenir, mais je crains que cette maldonne, ce ne soit moi.

— Je ne vous suis pas. Vous voulez parler de votre échec via degli Ducati ?

— Je voudrais surtout parler de ma réussite — ma réussite à vous filer entre les doigts. Mais même si j'étais tombé entre vos mains, il y aurait eu problème malgré tout. Il y aurait eu problème du seul fait de mon implication dans l'affaire. Si vous me le permettez, je vais reprendre tout ce que j'ai saisi de l'affaire, pour éclairer votre lanterne… Encore qu'elle n'ait guère besoin d'être éclairée, à mon avis. À l'origine, vous avez lancé un contrat sur votre propre tête. Pour

quelle raison? Cela peut sembler assez tordu, mais
en fait, c'était extrêmement habile. Vous vouliez
déstabiliser le Sénat, sans doute en faisant porter les
soupçons sur le Podestat Morigini, et vous vouliez en
profiter pour reconquérir le pouvoir. C'est assez clair.
Un de vos hommes recrute un assassin de la Guilde
des Chuchoteurs. Il prétend être envoyé par le Podestat Morigini, ou il laisse suffisamment d'indices pour
accréditer cette thèse. Pourquoi ai-je fait référence à
Son Excellence Morigini? Parce qu'elle a été assassi-
née la nuit même où je vous ai raté, et que le rapport
de cause à effet est très probable. Vous savez certainement que tous les contrats passés avec des Maîtres
Espions de la Guilde sont transmis, en grand secret,
au Conseil Muet, et vous comptiez exploiter cette
pratique. Mais j'y reviendrai par la suite. Donc, vous
faites engager un tueur pour vous liquider; votre
émissaire prépare le travail de l'assassin. Il lui
annonce votre petite balade nocturne à la maison des
Lauriers. Dans le contrat, il inclut une exigence:
l'attentat sera exécuté au contact, et non avec une
arme de trait. Le prétexte est l'imprécision d'une
arme de tir dans une rue obscure, mais la raison véritable, c'est qu'une bonne armure vous protégera de la
plupart des armes blanches. Votre objectif, c'est de
subir une tentative d'assassinat dans un lieu public,
puis de capturer l'assassin. Celui-ci, soumis à un petit
traitement de choc et aux sortilèges de votre
Sapientissime Sassanos, finit par parler. Il avoue
avoir été recruté par le Podestat Morigini. Scandale
au Sénat. Le Podestat Morigini nie, naturellement,
mais c'est là où intervient derechef la Guilde… Le

Conseil Muet ayant considéré que votre prisonnier avait trahi les Chuchoteurs, il lui inflige le châtiment des trois traits. Au besoin, vous favorisez l'entreprise en faisant mener une garde relâchée auprès de votre prisonnier… Or le châtiment des trois traits, sanctionnant une trahison effective, semble apporter publiquement la preuve de l'exactitude de la confession de votre agresseur. Dès lors, le Podestat Morigini est discrédité ; selon toute vraisemblance, il est déposé par le Sénat, peut-être traîné devant le tribunal des neuf. Et se pose le problème de l'élection de son successeur. À partir de ce moment, il vous suffit de jouer sur les peurs et sur les ambitions de vos pairs. Sur leurs peurs, en laissant entendre que dans ce climat de complots criminels, la magistrature suprême pourrait peut-être valoir au prochain Podestat une fin prématurée. Sur leurs ambitions, parce qu'élire un adversaire politique à la magistrature suprême pourrait s'avérer être une bonne opération, si le nouveau Podestat risquait de tomber rapidement sous les poignards des Chuchoteurs. Ajoutez à cela quelques intrigues, quelques marchandages, un peu de corruption, beaucoup de promesses et de protestations d'amitié, et l'affaire est dans le sac. À la surprise générale, vous êtes réélu Podestat.

Seulement, il y a eu un problème. Un problème qui a grippé en partie votre belle mécanique. Et ce problème, dût ma modestie en souffrir, c'est moi. Vous avez donc recruté, par tiers interposé, don Mascarina, et don Mascarina a fait suivre le contrat jusqu'au Conseil Muet. Mais mon défunt patron était une fine mouche ; même s'il ignorait que vous étiez sa cible, il a dû deviner quelque chose de pas très net. Il a pris ses précautions. Et plutôt que de s'occuper lui-même de l'exécution du contrat, il a préféré garder ses distances. Il a sous-traité l'affaire. Au dernier moment, il m'a contacté et m'a envoyé à sa place. Là-dessus, vos hommes ont cafouillé : j'ai réussi à échapper à leur souricière.

Et vous vous êtes retrouvé dans une situation très inconfortable. Certes, le bruit allait courir que vous veniez d'échapper à un attentat, et cela pouvait susciter un mouvement de sympathie populaire à votre égard, vous permettre de retrouver une certaine influence. Toutefois il y avait non pas un, mais deux assassins dans la nature — moi et don Mascarina — qui ne tarderaient pas à identifier le mystérieux client au masque de renard. Ces deux assassins allaient vouloir conclure le contrat ; et l'attaque suivante, quant à elle, risquait de vous surprendre et de vous dépêcher pour de bon. Votre vie était vraiment menacée.

Bien sûr, vous auriez pu vous rétracter, faire annuler le contrat. Le problème, c'était que don Mascarina n'était pas fiable. Il pouvait très bien demander une prime compensatoire, ou décider de faire chanter son commanditaire officiel — et débarquer au palais Morigini. Le quiproquo aurait été cocasse... Mais ça ne vous faisait pas rire, Votre Seigneurie. Tout le complot pouvait être éventé. Alors, vous avez décidé d'éliminer don Mascarina. Avec votre capacité à analyser la situation et à prendre des décisions rapides, vous avez opté immédiatement pour cette solution, et vos spadassins m'ont précédé de peu au palais

Mascarina. Vous avez ordonné qu'on camoufle
l'attaque en un châtiment de la Guilde ; c'était habile,
car cela m'inciterait à soupçonner le Conseil Muet, et
cela inciterait le Conseil Muet à me suspecter. Mais
vous avez été desservi par vos soudards : ils ont fait
un carnage, et il m'a paru évident que l'opération ne
pouvait avoir été montée par les Chuchoteurs. Je
pense que le Conseil Muet, de son côté, m'a écarté
d'emblée de ses suspects ; malgré mon sale tempéra-
ment et mes petits couteaux, je pouvais difficilement
avoir massacré huit malandrins coriaces et un maître
assassin... Qui le Conseil Muet a-t-il soupçonné ? Je
vous le donne en mille. Le faux commanditaire de
votre assassinat, le Podestat Morigini. Donc, avec
son efficacité redoutable, et, je vous le concède, un
peu expéditive, le Conseil Muet a décidé de régler ses
comptes dans les heures qui ont suivi. Un de mes
collègues a été saigner votre malheureux rival dans
son lit, avant l'aube. Bel imbroglio, n'est-ce pas,
Votre Seigneurie ? Le tableau vous paraît-il clair ? »

Sassanos frappa dans ses mains, et partit d'un long
éclat de rire silencieux. Le Podestat me fixait, les
sourcils légèrement haussés. Pour ma part, j'avais à
nouveau soif, et je n'aurais pas refusé une troisième
coupe de vin de Valanael. Pour la première fois, je
me rendis aussi compte que des rumeurs paisibles
montaient du palais par la fenêtre ouverte. Des cham-
brières caquetaient dans la cour intérieure. À l'étage
inférieur, quelques musiciens jouaient une canzone,
et je devinais le brouhaha mondain de conversations.
C'était étrange, de me retrouver ainsi dans le domes-

tique du Podestat, à jouer mon existence dans cette belle demeure, à l'air du luth et du rebec.

« Brillant, finit par dire le Podestat. Très brillant.

— Je vous remercie, Votre Seigneurie.

— Il faut le liquider immédiatement », énonça froidement Matado.

Mais le sénateur Ducatore agita la main en geste de dénégation.

« Un instant, Matado », dit-il.

Puis, me regardant droit dans les yeux, il ajouta :

« Quel dommage que vous ne soyez pas resté dans la Phalange, Gesufal. À l'heure actuelle, vous seriez probablement officier.

— C'est que je n'ai pas toujours fait preuve de l'intelligence que je viens de déployer ce soir, Votre Seigneurie. Et puis, si j'ai quitté la troupe, c'est un peu par loyauté à votre cause…

— J'en suis flatté, dit-il. Mais malheureusement, cela ne peut rien changer à votre position actuelle. Vous étiez là au mauvais endroit, au mauvais moment. En outre, la naïveté est parfois un atout, Gesufal. Votre lucidité vous condamne, mon garçon.

— Pas forcément, Votre Seigneurie.

— Tiens donc ? Votre aplomb inébranlable deviendrait presque divertissant, Gesufal. Je pense que je vais finir par regretter de vous livrer au centenier Matado…

— Ce serait une très mauvaise idée. Vous allez avoir besoin de moi, Votre Seigneurie.

— Vous êtes brillant, mais vous vous surestimez Gesufal.

— Je ne crois pas, Votre Seigneurie. Le Sapientissime Sassanos ne vous en a peut-être pas livré le détail, mais mon entrée dans votre palais fut… remarquée. Toute la ville doit en jaser. La nouvelle a dû remonter jusqu'au Conseil Muet, et mon comportement saugrenu pique certainement la curiosité des Maîtres de Guilde. Dans ces circonstances, il serait très malvenu de me faire un sort. En outre, dois-je vous rappeler que vous n'avez pas réglé la question du contrat qui pèse sur votre propre tête ?

— Il suffit, Gesufal. Vous faites flèche de tout bois, mais je n'ai pas besoin de vous. Ce contrat est cassé. En assassinant Morigini, qu'elle prenait pour son commanditaire, la Guilde l'a rompu. Je n'ai plus rien à craindre de ce côté. Non, le seul danger réel, c'est vous qui le représentez, s'il vous prend la fantaisie d'aller bavarder. Vous êtes brillant, mais encombrant. Je vais vous écarter. Quant à la Guilde, elle me demandera probablement des comptes. Mais vous oubliez une donnée essentielle : je suis riche. Immensément riche. J'achèterai votre tête, au prix fort s'il le faut. Voilà tout. Pour vous, la farce est jouée, Gesufal. »

C'était net, sec, précis. Définitif comme un couperet. Une vraie mise à mort, laconique, sans passion, sans poignard. Pour les basses œuvres, je pouvais faire confiance à Matado. Je fus saisi par un frisson malsain. Sassanos me souriait avec cruauté. Je sentais la présence du centenier dans mon dos, proche à me toucher. Quant au Podestat, il avait détourné son regard, il se levait déjà. Je ne l'intéressais plus. Je l'incommodais peut-être vaguement ; mon sort était réglé, et je devenais un objet inutile, vaguement répugnant. Je jetai alors ma dernière carte dans la partie.

« Vous allez être réélu, Votre Seigneurie.

— J'y travaille, me répondit-il avec une intonation excédée. Et je n'aurai pas besoin de vous pour y parvenir.

— Vous allez être réélu, enchaînai-je très vite, et c'est alors que vous aurez besoin de mes services. »

Il se dirigeait déjà vers la porte, mais il se tourna à demi vers moi, le regard chargé de mépris.

« Vous divaguez. Vous vous mettez à raconter n'importe quoi, pour sauver votre précieuse petite vie.

— Certes, Votre Seigneurie, je confesse que je tiens à ma peau. Mais ce que je vous dis n'en est pas moins vrai : vous aurez besoin de moi. Vos pairs vont vous élire en espérant qu'ainsi exposé, vous serez éliminé rapidement. Quand ils se rendront compte que rien ne vient, que croyez-vous qu'ils feront ? On n'est jamais mieux servi que par soi-même. C'est eux qui contacteront la Guilde, et qui lanceront des contrats sur votre tête. C'est alors que je serai utile. Quoi de mieux qu'un assassin pour contrecarrer des assassins ?

— Je vous donne raison sur un point : on tentera sans doute d'attenter à mes jours. Mais regardez autour de moi, Gesufal. Je suis protégé par un mage-initié d'Elyssa, par un ancien officier des Phalanges, par des vétérans qui ont autant d'expérience militaire que vous. Je n'ai pas besoin de vous.

— J'ai tenu en échec tous vos hommes. Vous ne me détenez que parce que je me suis livré.

— Vous vous êtes livré parce que vous me saviez intouchable. Vous avez vous-même fait la preuve de l'efficacité de ma protection.

— Je vous ai fait la preuve que je pouvais percer à jour les complots les plus tordus.

— C'est faux, Gesufal. La peur ou la suffisance vous aveuglent. Vous n'avez éventé qu'une partie de ma stratégie ; mais vous êtes passé à côté de l'essentiel. Vous n'avez pas saisi mes vrais mobiles. Vous ne m'avez pas compris ; et du reste, c'est pour cela que vous vous êtes trompé dans vos calculs et que vous allez mourir. Je n'ai que faire d'un serviteur qui rapporte les manœuvres de l'adversaire, mais qui ne cerne pas ses intentions. Dans la Phalange, ce sont les soldats que l'on envoie en reconnaissance. On les appelle les enfants perdus : ils sont indispensables, mais faciles à remplacer. Ce sont des pièces sacrifiées. Vous êtes un enfant perdu, double-solde Gesufal.

— Et si je vous cernais, sénateur Ducatore, me laisseriez-vous ma chance ? »

Il eut un rictus ironique.

« Vous n'avez aucune expérience politique, Gesufal.

— Je survis. Il me semble que c'est une sacrée expérience politique.

— Votre expérience, c'est celle de la rue et des champs de bataille. C'est d'une expérience de palais dont j'ai besoin.

— Si je survis dans cette pièce, si je vous perce à jour, je pourrai percer n'importe lequel de vos adversaires politiques. Alors, je deviendrai un conseil utile.

— Certainement. Mais vous êtes très mal parti pour me convaincre.

— Je connais la nature de mon erreur.

— Vraiment ?

— Dans mon analyse, j'ai conçu que la magistrature suprême était votre but, mais je me suis trompé. Le pouvoir n'était pas une fin pour vous, juste un moyen. »

Le Podestat parut hésiter. Il regarda la porte, comme s'il allait briser la conversation, m'abandonner à Matado. Puis il fit demi-tour, revint à pas lents vers la fenêtre.

« Ainsi, le pouvoir n'est pas ma finalité ?

— C'est vous qui m'avez donné la clef, Votre Seigneurie. À l'instant, vous m'avez posé une question judicieuse : quel est votre intérêt à organiser une opération pareille ? Et c'est vrai : qu'est-ce que vous y gagnez ? Vous reprenez le pouvoir. Mais tôt ou tard, le pouvoir vous serait quand même revenu. La situation de la république s'y prête. La guerre menace contre Ressine, la guerre et ses facteurs d'instabilité politique. De deux choses l'une : soit nos escadres essuient des échecs face à la flotte du Chah, soit nous prenons l'avantage. En cas de défaite, les Podestats en place sont déposés, et l'on cherche un stratège hors-pair pour les remplacer. Un stratège, en plus, qui connaît fort bien Ressine, ses ports et son monarque. Vous. On vous élit alors pour redresser la situation. En cas de victoire, en revanche, les Podestats en place deviennent trop populaires au goût des sénateurs. On ne les réélit pas au terme de leur mandat ; mais les différentes factions sénato-

riales se déchirent pour la magistrature. Il leur faut
parvenir à un compromis ; il leur faut un pouvoir de
transition, avec un politique consensuel. Et de préférence, un homme d'état capable de renouer le
commerce avec un Royaume de Ressine vaincu et
humilié. On en revient à vous. En fait, vous n'avez
qu'à attendre patiemment, Votre Seigneurie, et la
magistrature vous tombera dans les mains. Dès lors,
vos manœuvres paraissent inutilement risquées. En
fait, vous courez le péril de perdre tout votre crédit,
sans parler de votre vie, en tentant de déstabiliser
ainsi le Sénat. Et tout cela pour quoi ? Pour quelque
chose que vous obtiendrez de toute manière ? C'est
insensé, comme vous me le disiez tout à l'heure.
C'est insensé, sauf si le pouvoir n'est qu'une étape
nécessaire vers un autre objectif.

— Quel objectif, Gesufal ? »

Là se trouvait le hic. Jusqu'alors, mon raisonnement tenait plutôt bien. Je l'avais quasiment improvisé en parlant, étonné par sa rigueur, sans doute
porté par les vertus créatives du vin de Valanael. Le
problème, c'est que je ne voyais pas plus loin. Pourquoi diable le Podestat jouait-il si gros, alors qu'un
comportement attentiste aurait suffi à lui rapporter la
mise ? L'argent ? C'était probable ; il y a toujours de
l'argent derrière ce genre d'opération, mais je doutais
que cette réponse le satisfasse. Il allait me répliquer
que l'argent, comme le pouvoir, n'était qu'un moyen.
Mais un moyen pour quoi ? Pour un idéal bien tortueux ? Un crime d'état ? Un rêve de dirigeant méga-
lomane ? Il recommençait à s'impatienter. Si je ne
trouvais pas rapidement, j'étais bon pour les soins du

centenier Matado. Par association d'idées, Matado me fit penser à Welf. Welf et son regard rêveur. Welf et sa nostalgie pour les Cinq Vallées — il me l'avait caché, mais en fait, il avait dû prendre goût au vin opiacé… Welf assis à la table du *Banc de nage*. Welf et ses questions : *"Mais… et le Podestat ? Que fait le Podestat ?"* Et brutalement, tout devint clair ! Je jetai un coup d'œil sur Sassanos, puis sur la scarification que le Podestat portait sur la joue, et j'acquis la certitude d'avoir deviné juste. Alors même que le Podestat esquissait un signe vers Matado, la solution me jaillit hors des poumons :

« La paix ! C'est la paix que vous voulez ! »

Le sénateur Ducatore interrompit son geste, avec une expression si surprise qu'il en eut l'air comique. J'en profitai pour enchaîner à toute allure :

« Si vous avez besoin du pouvoir maintenant, et pas dans un an ou deux, c'est pour sauver la paix entre la république et le royaume de Ressine ! Si vous avez voulu déstabiliser le Podestat Morigini, c'est parce qu'il représentait le soutien indispensable à la politique belliciste ! Et aussi parce qu'il appartenait aux ploutocrates, que l'attaque contre le parti belliciste restait indirecte ! Vous voulez le pouvoir pour la paix ! »

Le Podestat me considéra un long moment, et demanda à boire à Sassanos. Il but une gorgée, puis me dit, les yeux dans les yeux :

« Vous êtes dangereux, don Benvenuto. »

Après quoi, il interrogea du regard ses deux lieutenants.

« Il est imprévisible, affirma Sassanos.

— Il est incontrôlable », renchérit Matado.

Le Podestat revint à moi, m'adressa un sourire tout en dents.

« Certes, concéda-t-il lentement. Mais il est intéressant. »

C'est ainsi que j'ai sauvé mes billes. C'est ainsi que je suis entré au service du Podestat. C'est ainsi que je me suis installé dans son palais de Torrescella, dans une coquette petite chambre, juste sous le grenier où j'avais failli crever de soif.

Le Podestat fut effectivement élu, à la suite de diverses embrouilles, dont certaines où j'ai donné de discrets coups de pouce au destin. La restauration de relations pacifiques avec le Chah Eurymaxas lui valut une vague d'impopularité au sein de la plèbe, et une violente opposition au Sénat. Sans oublier quelques mésaventures violentes, où j'eus l'occasion de prouver mon utilité et de collecter cinq ou six estafilades. Avec le concours de Matado et du sorcier, le palais Ducatore demeura un sanctuaire inviolé. Il ne connut qu'un accident ; un soir où il avait trop bu, mon ami Potenza se brisa le cou dans l'escalier de la cave. Méfaits de l'ivrognerie…

En définitive, le Podestat est parvenu à ses fins. Au bout de quelques mois, le commerce est revenu à la normale avec l'archipel de Ressine, et la prospérité a tassé le mécontentement populaire. Pour veiller sur sa sécurité, j'escorte souvent Sa Seigneurie dans ses déplacements, en compagnie de Sassanos ou de Matado. Je me suis rendu compte que le Podestat (comme tous ses prédécesseurs, du reste) profite de façon éhontée de son mandat pour arrondir une fortune déjà colossale. Il passe plus de la moitié de son temps et de ses démarches à gérer ses propres affaires ; et je me suis avisé qu'il déplaçait peu à peu ses investissements du commerce maritime au commerce continental. En privé, il a envoyé divers cadeaux au duc Ganelon, pour effacer leurs différends. Bien que je n'aie jamais eu accès à ces documents — et que je m'en sois bien gardé — j'ai appris qu'il a fini par établir une correspondance secrète avec le duc, parallèle à la correspondance officielle. En fait, j'ai cru comprendre qu'il n'avait fait que rétablir une habitude déjà ancienne...

Pour ma part, j'ai renoué des liens discrets avec le Conseil Muet, par l'intermédiaire du Maître-Assassin Rosso Dagarella. Le Podestat verse une pension rondelette à la Guilde, dont la moitié me revient, pour prix de mes services. En raison de ma mission et de ma position, le Conseil Muet m'a fait grimper dans la hiérarchie, jusqu'au rang de Maître Espion. Cette détestable aventure m'a réussi, au bout du compte. J'ai de l'or, je suis redouté dans la rue, je m'habille comme un godelureau et les filles gravitent autour de moi comme des guêpes autour d'un pot de miel.

Tout cela s'est passé il y a déjà près d'un an. Le Podestat approche désormais de la fin de son mandat, et même s'il ne s'est pas ouvertement déclaré, ses proches savent qu'il va en briguer un nouveau. Depuis plusieurs semaines, il s'est lancé dans une vaste campagne de séduction et de corruption ; les fêtes se multiplient au palais Ducatore, les faveurs et les cadeaux

les plus extravagants arrosent les patriciens indécis,
les calomnies et les révélations incendiaires plombent
ses principaux rivaux à l'investiture. Il y a quelques
jours, le Podestat a donné une grande réception dans
son palais. Au début de la nuit, un feu d'artifice somp-
tueux, rendu féerique par les tours de Sassanos, a été
tiré dans le parc. Puis, un grand banquet et un bal ont
été offerts aux invités, aux flambeaux, dans les jardins.
Avec d'autres spadassins au service de Sa Seigneurie,
je rôdais au milieu de l'assemblée aristocratique et
éméchée, prêt à parer à toute éventualité. Peu après
minuit, Matado me fit signe discrètement. Le neveu
du Podestat, Cesarino Rasicari, venait de s'éclipser
dans le fond du parc avec le patrice Sicarini. Or les
deux jeunes coqs étaient rivaux dans les faveurs de la
demoiselle Aspasina Monatore, la fille du sénateur
Monatore. Matado craignait une rixe, qui aurait fait
désordre au milieu de la réception du Podestat. Il m'a
donc envoyé voir ce que trafiquaient les deux jeunes
patrices, et au besoin m'interposer.

J'ai quitté les fontaines et les terrasses les plus animées, pour m'enfoncer dans l'ombre des bosquets
parfumés, des tonnelles aux essences rares, des allées
flanquées de haies obscures. Les rumeurs de musique,
de rires et de conversations galantes me parvenaient
atténuées; les lumières des flambeaux et des candélabres disparaissaient derrière le quadrillage des
treilles, la garde sévère des cyprès. Bien sûr, pas trace
des deux écervelés de haute naissance. Je me suis
senti de plus en plus mal à l'aise. Isolé, j'étais gagné
par un désagréable sentiment de vulnérabilité. Et

désormais, la nuit dans un jardin me rappelle toujours don Mascarina mutilé.

J'ai deviné une ombre qui me suivait en silence. Je me suis retourné vivement, la main sur la dague.

«Toujours sur tes gardes, n'est-ce pas, Benvenuto?» a prononcé la voix du Podestat.

Il avait un verre de cristal à la main, et il m'a rejoint tranquillement.

«Ce n'est pas très prudent de vous promener seul, Votre Seigneurie, ai-je observé.

— Mais je ne suis pas seul, Benvenuto. Je profite de ta compagnie.

— Je ne crois pas que ce soit très prudent non plus, ai-je ricané.

— Je te fais confiance, Benvenuto, m'a-t-il répondu. Du moins, tant que j'ai de l'argent et le pouvoir…»

Il a posé une main amicale sur mon bras, et m'a invité à faire quelques pas avec lui.

«Je suis heureux de pouvoir m'entretenir un peu seul à seul avec toi, Benvenuto. Nous n'avons guère trouvé l'occasion de discuter, au cours des dernières semaines. Or j'ai des projets. Mais avant de les mettre en pratique, je consulte mes conseils. J'aimerais solliciter ton avis.

— Vous me flattez, Votre Seigneurie.»

Il émit un rire léger.

«Tu ne me dis pas le fond de ta pensée, mon ami. Je sais que tu te passerais fort bien de confidences aussi dangereuses…»

Il avança de quelques pas, but une gorgée, fit distraitement tourner son vin dans son verre.

« Dans cinq jours, je poserai officiellement ma can-
didature pour un nouveau mandat, finit-il par énoncer
sur un ton égal.

— Je vous en félicite.

— Je ne suis pas encore réélu, Benvenuto. En fait,
mes chances sont minces. Dans l'état actuel de l'opinion au Sénat, je ne serais pas réinvesti de la magistrature suprême.

— Vous vous employez à acheter les voix néces-
saires.

— Certes, mais mes concurrents également. Du
reste, l'obstacle n'est pas là. Je pense que mes adversaires les plus dangereux, le sénateur Sanguinella, du
parti Belliciste, et le sénateur Rapazzoni, de la fac-
tion Ploutocrate, ont passé un accord secret pour se
partager le pouvoir. Je n'ai rien de concret pour
prouver ce que j'avance, mais je le sens. Leurs affrontements se font à fleurets mouchetés. Ils échangent
des passes d'armes pour amuser la galerie, mais en
fait, ils ont noué une alliance contre moi. »

Il s'est tourné vers moi, m'a regardé franchement.

« Je dois casser cette alliance, Benvenuto.

— Pas de problème, Votre Seigneurie. Vous me
donnez la liste des emplettes, et je fais votre marché. »

J'ai vu son sourire, blanc dans la pénombre.

« Je te remercie, Benvenuto, mais ce serait inconsidéré. Je ne suis plus un simple sénateur. Dans ma
position actuelle, je suis trop exposé aux regards pour
me livrer à… une approche aussi directe.

— Que comptez-vous faire, dans ce cas ?

— Je te l'ai dit. Je vais casser leur alliance. Je n'en
connais pas le détail, mais j'imagine assez bien les

clauses de leur accord. Je pense que les Bellicistes ont dû renoncer à leur politique expansionniste pour compter sur le soutien des Ploutocrates. C'est le point faible de leur association... »

Il termina son vin, et leva la tête, admirant les étoiles. Il humait les odeurs de terre fraîchement arrosée, d'herbe coupée, et l'arôme délicat des fleurs. À ce que je pouvais distinguer dans l'ombre nocturne, il avait l'air serein, souriant, peut-être heureux.

Sur un ton un peu absent, il finit par me demander :

« Que penserais-tu d'une bonne petite guerre, Benvenuto ?... »

LE SERVICE DES DAMES

Ils apparurent sur la route de Carroel, là où le chemin sort de la forêt de l'Ubac et dégringole en lacets serrés vers les lopins. C'était le milieu de la journée, mais la clarté était crépusculaire. La matinée avait été pluvieuse, et les nuages s'accrochaient en traînes pelucheuses sur les versants boisés. Du côté des gorges du Vernobre, les monts se dissolvaient encore dans une grisaille brouillée, une queue d'averses et de crachin si sombre qu'elle suffisait à vous glacer les reins. Serrés sur le coteau, les toits d'ardoises du bourg miroitaient d'éclats mouillés ; au-dessus, le château de Bregor haussait ses murs noircis de traînées pluviales. Des giboulées avaient fait frémir portes et volets toute la nuit ; trois pas dans la rue suffisaient pour lester ses semelles d'une crotte épaisse, et les chemins brillaient de leurs ornières noyées. Ce n'était vraiment pas un temps pour voyager ; pourtant, un peu avant midi, on les vit émerger des ombres de la forêt. Trois étrangers encapuchonnés, et cinq chevaux tout fumant d'humidité, avançant dans une éclaircie fragile, grosse de nouvelles ondées.

Ils furent peu à les voir sortir du couvert. Deux bergers, le bonnet enfoncé jusqu'aux oreilles, qui rassemblaient leurs bêtes sur des prés pentus ; un petit ramoneur tout noir de suie qui se hissait hors d'une cheminée de la maison Vouvre ; et bien sûr le guetteur du château, le nez rougi par les courants d'air tourbillonnant dans le hourd du donjon. Toutefois, quand les étrangers se présentèrent dans la grand-rue, le menu peuple réfugié sous les encorbellements et les bourgeoises postées aux fenêtres les dévisagèrent avec une curiosité impertinente. On n'avait pas tous les jours de la distraction en pays de Bregor ! Et puis ces trois-là avait un petit air qui vous attirait l'œil ; une autorité indifférente les distinguait du voyageur anonyme, aussi sûrement qu'un faucon crécerelle tombant au milieu d'un vol de moineaux.

C'étaient des gens de guerre. Il y avait deux hommes et un enfant ; on ne pouvait guère voir leurs visages, enfouis dans les ombres des capuches. L'un des adultes était âgé : quelques mèches blanches encadraient une figure que l'on devinait maigre, et ses mains, quoique fortes, étaient tavelées de vieillesse. Juché sur un petit cheval de monte, dont l'œil était méchant et que l'on devinait prêt à mordre, le garçon tenait la bride d'un gros roncin, qui suivait docilement. Le cheval de bât était chargé d'un imposant bagage, où l'on distinguait un grand écu couvert d'une housse, et quatre lances d'arçon suspendues sur les flancs comme de longs timons de charrette. Le vieil homme montait une jument pie ; à côté de ses sacoches de selle, il avait accroché une hache de cavalerie et une arbalète légère, décordée pour ménager l'arc de fer. De la main droite, il menait un destrier énorme, à la robe couleur d'orage, dont les sabots faisaient vibrer les carreaux en cul de bouteille des fenêtres. Le troisième voyageur portait un manteau ample frangé de vair, et malgré l'indolence de son assiette, on lui devinait le port droit et des épaules puissantes ; il chaussait des bottes de cuir repoussé, ornées d'éperons vieil or, et la gaine d'une épée pointait sous le pan de la cape. Il montait un palefroi racé, au buste aussi fier que le délié calligraphié d'un S, à l'allure cadencée comme un pas de pavane.

Les cavaliers descendirent la grand-rue jusqu'aux Petites Halles, une placette triangulaire où s'entassaient les plus hautes maisons du bourg. Ils firent halte devant l'*Auberge des deux perdrix*, et maître Sauson, le patron, se précipita sur le pas de sa porte, flairant la bonne affaire. Il fut vite déçu : les étrangers ne prirent même pas la peine de mettre pied à terre. Avec une voix de soprano aux inflexions capricieuses, l'enfant commanda trois vins chauds aux épices, et les cavaliers burent directement à l'étrier. Le garçon lança à l'aubergiste le prix des consommations, assorti d'un bon pourboire, et demanda :

« Au sortir de la ville, en chevauchant plein sud, c'est bien la route de Brochmail ? »

Le tavernier, qui rassemblait ses coupes, eut l'air surpris.

«Damedé! Voilà belle lurette qu'on ne prend plus ce chemin, mon danselon!

— Peut me chaut ce que font les autres voyageurs, rétorqua avec hauteur le gamin. Est-ce bien la route?

— Ce l'était, mais ce ne l'est plus. »

L'un des compagnons du garçon intervint. C'était l'homme à l'épée et au cheval orgueilleux; il avait la parole lente, mais sa voix était profonde et grave, et suffisait à procurer une impression de force intimidante.

«Il y a un pont au Soltain, qui franchit le Vernobre, dit-il. C'était ainsi au temps de mon père.

— Le pont a été rompu voilà des années, seigneur.

— Le pont franchissait la rivière en une voie guéable.

— On l'affirme, seigneur, encore que ce soit périlleux. Le courant est fort par ces temps de pluie, et la rivière pourrait bien emporter hommes et chevaux. Mais je ne connais personne qui ait tenté l'entreprise: la coutume de Bregor nous l'interdit.

— Voilà qui est contrariant », énonça le cavalier.

Parmi les curieux qui s'étaient assemblés autour des voyageurs, un artisan plus hardi que les autres lança:

«C'est la faute à ceux de Combe Noire!

— Ce sont de mauvaises gens, qui sont entrés en guerre contre notre bon pays de Bregor, renchérit une nourrice.

— Ils nous ont occis notre seigneur Effroy en plein champ, que le Desséché les malemente! clama une vieille.

— Et ce sont ces gens de Combe Noire qui vous interdisent la rivière? demanda le cavalier à l'épée.

— Ils assailleraient ceux qui s'y risqueraient, reprit l'aubergiste. Mais c'est dame Érembourg, notre châtelaine, qui a ordonné qu'on ne passe plus le Vernobre. Elle ne veut plus de sang versé entre Combe Noire et Bregor. »

Les étrangers demeurèrent silencieux un moment. Le petit cheval du garçon mâchait son mors et suivait de l'œil les passants qui s'étaient assemblés, cherchant l'imprudent un peu trop confiant à qui il pourrait décocher un coup de sabot. Le destrier massif restait impavide, même quand deux gamins tout crottés vinrent lui caresser le jarret. La splendide monture du seigneur encensait avec dédain si des badauds admiratifs avançaient la main. Pour finir, le cavalier à l'épée demanda :

« Existe-t-il une autre route pour gagner le comté de Brochmail ?

— À ma connaissance, il n'existe pas d'autre passage sur la rivière à des lieues à la ronde, répondit l'aubergiste. Il faut rebrousser chemin, passer par Carroel et franchir le Vernobre loin sur l'amont, quand il n'est pas plus gros qu'un ruisseau.

— Cela représente un détour de quatre jours, pour le moins, dit pensivement le cavalier.

— Davantage, si la pluie continue à détremper les chemins, s'écria le garçon avec impatience.

— Oui, peut-être davantage, admit le cavalier. Le comte ne tardera probablement pas aussi longtemps. »

Il leva la tête vers les tours du château, qui s'élançaient au-dessus des pignons des maisons. Sous le capuchon, les gens aperçurent un profil buriné et mâle, au regard gris comme un ciel de neige.

« Votre dame séjourne-elle en son fief ? » demanda-t-il.

On lui répondit par l'affirmative, dans un bel ensemble.

« Alors, je vais lui parler », dit calmement le cavalier.

Il fit volter tranquillement sa monture. On s'écarta des étrangers, avec d'autant plus de prestesse que le petit cheval lança une ruade vicieuse : elle faillit atteindre l'aubergiste en plein front. Il sembla à plus d'un passant que l'enfant arborait un méchant sourire. En serre-file, le vieux cavalier, qui n'avait dit mot, secouait le chef avec une réprobation lasse. Les voyageurs rebroussèrent chemin sur une moitié de la rue, puis obliquèrent sur la Chaussée Torte, un raidillon à demi pavé qui grimpait au-dessus des maisons en direction du château. Le vent, chargé de quelques gouttes froides, s'engouffra sous leurs manteaux, tandis que les chevaux peinaient sur le sentier escarpé. On les vit monter depuis le castel. Quelques silhouettes se profilèrent aux créneaux ; l'un des battants de la poterne s'ouvrit, livrant passage à des sergents armés de vouges.

Quand les voyageurs débouchèrent face au pertuis, un officier de belle prestance, serré dans un riche pourpoint de Ciudalia, fendit le rang des hommes d'armes. Il ne portait qu'une dague à la ceinture, mais son regard dur et la balafre qui lui barrait les lèvres trahissaient l'homme de guerre.

« Mauvaise époque pour courir les routes, lança-t-il sur un ton rogue. Ce sont des motifs bien pressants qui doivent pousser des étrangers en Bregor. »

Le cavalier à l'épée poussa son cheval devant ses compagnons.

« Nous souhaiterions présenter nos hommages à Dame Érembourg, dit-il avec lenteur et assurance.

— La baronne de Bregor ne lésine pas sur l'hospitalité, rétorqua l'officier, mais elle ne reçoit point les gens sur la seule bonne mine. Qui se présente à ses portes ? »

Le cavalier rabattit son capuchon, dévoilant une tête aristocratique et rude. Ses cheveux bouclés étaient sombres, maillés ici et là d'un fil d'argent, et coupés fort court sur la nuque. Il avait la mâchoire volontaire, le nez busqué, un regard d'acier clair.

« Je suis Ædan, chevalier de Vaumacel, dit-il. Mon écuyer s'appelle Naimes ; ne raillez point son air chenu, il ne fait pas bon lui chercher querelle. Le jeune Cœl me sert de page. »

L'officier lui adressa un sourire âpre : il était difficile de démêler si c'était la qualité de son hôte qui lui plaisait, ou sa fermeté tranquille.

« Eh bien, sire Ædan, si vous ne venez pas en ennemi, soyez le bienvenu en cette place. Je suis Occila, le sénéchal de la baronne de Bregor. Je vais annoncer votre visite à ma Dame ; je ne sais si elle pourra vous recevoir, mais je vous donne toute licence pour entrer dans la cour et rafraîchir vos montures. »

Sur un signe du sénéchal, les sergents s'écartèrent et ouvrirent le deuxième battant de la porte. Les voyageurs franchirent un tunnel obscur et sonore, puis débouchèrent dans la cour du château, dont le pavage retentit sous le sabot des chevaux. C'était un espace exigu et sombre, profond comme un défilé, écrasé par la masse des remparts, des tours, par la façade orgueilleuse d'un manoir seigneurial, qu'étouffaient les murs fortifiés lui faisant front. Occila laissa ses invités en compagnie de valets d'écurie, qui prirent les rênes de leurs montures, et disparut sous une porte basse du manoir. Alors qu'il mettait pied à terre, le vieux Naimes prit pour la première fois la parole.

«Je me demande si nous ne ferions pas mieux de passer par Carroel», grommela-t-il.

Le chevalier lui adressa un regard indéchiffrable. Le petit page ne parut pas l'avoir entendu : il s'amusait fort de voir deux palefreniers se débattre avec son cheval rétif.

Le sénéchal Occila revint assez vite ; le bec de lièvre dessiné par sa cicatrice lui donnait un sourire équivoque. Il annonça que la châtelaine allait recevoir ses visiteurs, et qu'elle leur offrait au préalable l'occasion de se délasser du chemin. Un valet mena les visiteurs à l'étuve ; dans une pièce envahie de vapeur, ils purent partager un immense baquet, garni de drap fin et rempli d'eau parfumée. Alors qu'ils se baignaient, on leur offrit de l'hypocras, des petits pains chauds, du gibier et des fruits confits. Le petit Cœl récura le dos puissant de son maître, tout en moquant la maigreur musculeuse du vieux Naimes. Quand ils sortirent du bain, les voyageurs furent vêtus de chausses élégantes et de pourpoints luxueusement passementés.

Quand ils furent prêts, le sénéchal réapparut. Il les précéda dans la cour, leur fit grimper un escalier extérieur, longer une étroite galerie de bois qui dominait de peu le chemin de ronde ; par une porte au chambranle armorié, il les fit pénétrer dans le manoir seigneurial. Ils entrèrent dans une salle à la fois étriquée et vaste, plus haute que large, dont les voûtes en ogive s'élançaient dans la pénombre. Le pied froissait une couche odorante d'herbe fauchée et de plantes aromatiques. Des tapisseries épaisses comme des toisons masquaient les murs aveugles ; les éclats d'un âtre large comme un antre de dragon animaient de reflets fugaces le bois vernis des coffres, les couleurs brillantes des drames de chasse et des parties de guerre brodés sur les tentures. De hautes fenêtres à meneaux ouvraient des échappées verticales dans le mur sud ; dans la lumière qui en tombait se trouvaient les dames.

Elles étaient installées sur les coussièges sculptés dans l'épaisseur du mur, contre le rebord des fenêtres. Les bancs de pierre disparaissaient sous un amas douillet de fourrures et de coussins, dont les courbes moelleuses se mariaient au plissé élégant des robes à traîne, des manches fendues, des voiles vaporeux. Il y avait cinq dames ; quatre d'entre elles brodaient et la dernière tenait un petit codex joliment enluminé sur ses genoux. Non loin du feu, un jeune seigneur était mollement assis dans une cathèdre, et agaçait trois beaux griffons taillés pour la chasse.

Le sénéchal Occila alla droit aux dames. L'une d'elles se leva, tendant son ouvrage à une compagne. Dans la lumière pauvre délivrée par les fenêtres, elle paraissait jeune : très mince, sanglée dans une robe qui rehaussait des seins menus et soulignait le déhanché de la taille, elle avança de quelques pas. Elle dissimu-

lait son âge réel avec art : un col fourré boutonné jusqu'au menton masquait un cou qui avait peut-être
perdu sa fermeté ; les revers brodés de ses manches,
tombant sur les doigts, dissimulaient des mains que
menaçait le flétrissement. Elle avait rassemblé sa chevelure blonde en une natte épaisse, rabattue sur le
côté droit de sa poitrine ; les rubans dont elle avait
entremêlés ses tresses faisaient oublier ses premiers
cheveux blancs. Elle adressa un sourire à ses hôtes,
plein d'une grâce calculée.

Le sénéchal présenta brièvement les trois étrangers,
et se retira de quelques pas. Ædan s'inclina de façon
appuyée, mais sans quitter la châtelaine des yeux.

« Dame, votre hospitalité se révèle riche en agréments, dit-il. Vous nous prodiguez d'abord une géné-
rosité remplie de délicatesse, puis le privilège d'être
admis en votre présence.

— Ce sont des faveurs bien légères, quand elles se
trouvent payées de courtoisie », répondit la baronne
de Bregor.

Elle soutint le regard du chevalier, avec l'assurance
amusée d'une grande dame maîtresse d'elle-même et
de son pouvoir. Ses suivantes chuchotèrent des com-
mentaires que l'on devinait piquants. Le jeune noble
faisait mine de ne rien voir, mais chassa l'un des chiens
d'une claque assez rude.

« Vous louez trop vite mes manières, reprit la
baronne. Je manque à mes devoirs en oubliant de
vous présenter mon cousin, sire Lorcann. Depuis la
disparition de feu mon époux, il me fait souvent
l'amitié de ses visites. »

Ædan s'inclina devant le secourable cousin ; celui-ci
répondit avec le minimum requis par la politesse. Près
de l'entrée, Cœl s'esclaffa, rapidement interrompu par
une bourrade du vieux Naimes. La baronne prit le
bras d'Ædan et l'entraîna sans hâte vers les coussièges. Elle se pencha un peu vers l'épaule de son
hôte, suffisamment pour qu'il hume le bouquet léger
de son parfum.

« Quel ravissant page vous avez là, murmura-t-elle.
Si plein de vivacité, si plein d'insolence… »

Elle installa le chevalier au milieu de ses suivantes,
qui firent rivalité d'amabilités et de grâces. Il entra
rapidement dans leur jeu, faisant compliment à l'une
pour son teint de neige, à l'autre pour l'éclat de son
regard, à la troisième pour la finesse de ses mains.
Ayant pris place vis-à-vis de son invité, la dame de
Bregor suivait d'un œil souriant tout ce badinage.

« Vous êtes un haut-homme, sire Ædan, finit-elle
par dire, interrompant le bavardage de ses demoiselles. Seul un homme de cour peut être rompu à de
si frivoles assauts.

— Avoir été privé longuement de la compagnie
des dames rend la courtoisie facile, lui répondit-il.
Peut-être vous méprenez-vous sur ma qualité réelle…

— Doutez-vous de mon jugement ? » rétorqua-
t-elle, faussement froissée.

Puis, elle enchaîna :

« Je vous connais. Ce visage-là me dit quelque
chose, et le nom de Vaumacel m'est familier. Nous
nous sommes déjà croisés, sans doute à la cour de
monseigneur le duc.

— C'est probable », répondit Ædan, évasif.

Dans son fauteuil, le cousin réagit soudain. Il se redressa en prenant appui sur les accoudoirs, l'œil allumé, et s'écria :

« Oui, bien sûr ! Ædan de Vaumacel ! Il y a de cela six ans... peut-être sept... Vous avez combattu au tournoi de Gaudemas ! »

— Cela me revient aussi, reprit la baronne. Sire Ædan, les hérauts d'armes vous avaient surnommé le « Chevalier aux Épines » ; et s'il m'en souvient bien, c'est le Chevalier aux Épines qui s'est vu décerner le prix de Courtoisie...

— Certes, ajouta sire Lorcann, une lueur impudente dans le regard. Mais à la grande déconvenue des dames, vous n'avez pas remporté le prix de Vaillance. À la fin du combat, quand on voyait déjà en vous l'homme de la journée, le baron de Traval vous a rudement jeté au sol. »

La dame de Bregor lança une œillade dédaigneuse à son cousin.

« Le baron Anaraut était un champion de première force, dit-elle en s'adressant à nouveau à son invité. Et vous pouvez mesurer en quelle estime on tient toujours votre valeur, sire Ædan, d'après la fougue avec laquelle on vous défie. »

Et, pour glisser, elle enchaîna :

« Que de romanesque dans ce titre, le Chevalier aux Épines ! Encore que les dames vous avaient trouvé un surnom plus galant : elles vous appelaient le « Bel Épineux »... D'où venait donc cette fantaisie ? De vos armoiries, il me semble ?

— Oui, mes armes portent cinq épines sur champ d'argent.

— Mais là n'était pas le singulier, reprit la baronne. Non, le singulier venait... d'une perte, il me semble. Ou d'une disparition... Oui, c'est cela : les armes de la maison de Vaumacel portaient jadis une rose sur champ d'argent, et de la rose, votre écu n'avait conservé que les épines ! Cette énigme avait confondu les hérauts, qui n'avaient su proclamer ni votre nom ni votre qualité ; inutile de dire combien la curiosité de l'assemblée s'était trouvée piquée par vos épines...

— On devine quelque passionnante histoire, intervint la demoiselle au codex. Je gagerais qu'une dame s'y trouvait mêlée ! »

Le chevalier lui adressa un regard, voilé par une réminiscence lointaine.

« Je portais bien les couleurs d'une dame dans la mêlée de Gaudemas, dit-il. Mais je les portais haut sur le faîte de mon heaume, et non sur mon écu, où elles auraient été exposées aux coups de l'adversaire.

— La disparition de la fleur possède pourtant un sens, insista la baronne ; et un sens dont vous avez voulu publier le mystère, en l'arborant si fièrement en champ clos.

— Peut-être était-ce au contraire le meilleur moyen de cacher un secret, répondit le chevalier. Mais si vous attendez de moi la vérité, dame Érembourg, je ne suis point venu pour vous conter la chute de la rose. Je suis honoré et charmé par l'accueil que vous m'avez réservé, je suis flatté que vous ayez conservé le souvenir de moi et que vous souhaitiez en apprendre davantage sur mon compte. Je ne suis pourtant pas le haut-homme que vous rêviez tantôt : je ne suis ni comte, ni dam, ni baron, et les affaires qui m'amènent dans votre fief n'ont malheureusement plus l'éclat des lances brisées sur le champ de Gaudemas. »

La dame de Bregor contempla son invité avec une expression indécise, pendant quelques instants. Puis, elle se détendit, en inclinant la tête avec un air complice.

« Ainsi, il y a bien une histoire derrière vos épines, taquina-t-elle. Mais nous avons déjà fait montre de trop d'insistance, et nous broderons une jolie fable pour tromper notre curiosité… Allons, au fait, sire Ædan. Quoique je sois déçue que vous ne soyez passé en Bregor pour le simple plaisir de deviser, parlez-moi du vrai motif de votre visite.

— Je dois me rendre au plus vite à Brochmail, et je comptais passer le Vernobre sur le pont du Soltain. Mais les gens du bourg m'ont dit que cela n'était plus possible.

— Ils ont dit vrai, confirma la baronne. Le pont est détruit.

— Mais l'obstacle est d'une autre nature, reprit le chevalier, car il est possible de franchir l'eau à gué. On m'a rapporté que la coutume interdisait désormais de passer la rivière. »

La dame se leva, en rassemblant assez sèchement les plis de sa robe. Elle s'éloigna quelques pas, la bouche pincée, et ses demoiselles piquèrent du nez sur leurs travaux de couture. Sire Lorcann maintint un regard assez provocant sur Ædan.

« La coutume, reprit la baronne en se retournant vers son invité. Bien sûr, vous avez songé que la coutume de Bregor, c'est la dame de Bregor.

— N'êtes-vous point la dame justicière en ce pays ? Je n'ai rien envisagé, sinon solliciter votre bienveillance.

— Bienveillance, ou licence ?

— À vous voir, dame, j'ai peine à imaginer que l'on puisse abuser de votre faiblesse. »

Elle émit un petit rire sarcastique.

« Flatter une dame, lança-t-elle, c'est déjà se proposer d'abuser d'elle. »

Elle fit quelques pas encore vers le centre de la pièce, se plaça sur le côté du siège de Lorcann, posant une main sur son dossier. Le cousin se rengorgea, adressant un regard infatué au chevalier.

« S'il existe des épines dans votre passé, sire Ædan, ajouta la baronne, il y a un pont rompu dans le mien. Et il ne m'est pas plus agréable que vous d'aborder un domaine si douloureux.

— Je n'aurais jamais l'impudence de vous interroger sur vos motifs, énonça calmement Ædan. Et il n'entrait nullement dans mes intentions de vous faire offense. »

La dame de Bregor haussa un sourcil.

« Vous êtes venu me demander de déroger à ma propre loi, et vous n'avez pas envisagé que cela pourrait me porter ombrage ? Singulière candeur, de la part d'un prud'homme aux manières si courtoises ! »

Le chevalier soutint son regard, et un sourire léger vint flotter sur ses lèvres, chargé d'une impertinence polie.

« Dame, je vous l'ai dit, vous me voyez plus fin que je ne le suis. »

Lorcann se redressa sur son siège, si brusquement que l'un des chiens sursauta et gronda. Mais la baronne arrêta son cousin en posant une main ferme sur son épaule.

« Que cherchez-vous, sire Ædan ? demanda-t-elle doucement. Êtes-vous de ces brutaux qui n'ont de galanterie que le vernis, et qui cherchent à savoir jusqu'où ils peuvent pousser l'avantage sur une dame ? … Ou bien vos provocations sont-elles destinées à me faire oublier les devoirs de l'hospitalité ? Et à m'imposer en réparation ce que vous désirez, une entorse à ma propre loi ? »

Ædan se leva à son tour, et salua les mains jointes, dans l'attitude du vassal — avec une humilité un peu ostentatoire

« Dame, dit-il, je ne suis pas de force face à vous. Vous déchiffrez mes intentions mieux que moi-même. Je suis prêt à faire amende honorable… Mais, avant de fixer ma réparation, mesurez bien ce que je pèse. Même si le baron de Traval m'a vaincu à Gaudemas, je n'ai pas à rougir de mon bras, et l'on se dispute ma bannière dans les conrois. En ce moment même, je suis attendu dans le ban du comte de Brochmail, pour livrer bataille aux peuples barbares d'Ouromagne. Par ailleurs, je suis un étranger en pays de Bregor, sans attache, libre de son réseau de querelles et de loyautés. Enfin, je considère comme un honneur de mettre mon épée à la disposition d'une dame. Voyez-vous tout le profit que vous pourriez trouver en utilisant un instrument tel que moi ? Croyez-vous, dans la mesure où je suis en position de vous rendre un ser-

vice sortant de l'ordinaire, que la coutume s'applique
aussi à moi ? »

La baronne le dévisagea longuement, avec une
expression dure qui la fit paraître plus vieille. Sa
main abandonna progressivement l'épaule de son
cousin.

« Vous ai-je bien entendu, sire Ædan ? demanda-
t-elle lentement. Êtes-vous prêt à embrasser ma querelle ?

— À qui faut-il lancer le gant ?

— Mais vous y imposez pour condition le droit de
passage au Soltain.

— Je le sollicite plutôt comme une faveur… »

Autour d'Ædan, les demoiselles relevaient prudemment des minois stupéfaits ou effarouchés. La dame
de Bregor gardait le visage fermé, concentrée sur
quelque débat intérieur. Finalement, une expression
doucereuse vint détendre ses traits, et elle adressa un
sourire rusé à son invité.

« Puisque vous désirez si fort passer le gué du
Soltain, vous passerez le gué du Soltain », dit-elle,
énigmatique.

Et, se tournant vers une de ses suivantes, elle
ordonna :

« Ide, mon manteau. »

La demoiselle abandonna les coussièges, se précipita vers un coffre dont elle tira une cape luxueuse,
doublée d'hermine, qu'elle vint draper sur les épaules
de sa maîtresse. Celle-ci souriait toujours, mais toute
chaleur avait quitté son regard.

« Suivez-moi, sire Ædan, dit-elle. Vous pouvez rester, mon cousin. »

La baronne se dirigea vers le fond de la pièce, souleva une tapisserie, découvrant une petite porte dans la muraille. Elle soutenait l'étoffe du bout des doigts, avec une désinvolture gracieuse, et la laissa tomber un peu trop tôt, juste avant qu'Ædan ne s'en saisisse. Le chevalier écarta la tenture, où grimaçait un ours acculé par une meute, et aperçut l'ourlet de la robe de son hôtesse, qui montait les marches busquées d'un escalier à vis. Il grimpa derrière elle, devinant sous les plis de la mante le chaloupé élégant de sa démarche. Ils débouchèrent dans un corridor exigu, dont la pénombre cédait de loin en loin au jour tombé par de hautes archères. La dame suivit le couloir sur toute sa longueur, et poussa une nouvelle porte, épaisse comme un huis de prison. Le chambranle était si bas que le chevalier dut s'incliner pour passer. Au-delà, la baronne escaladait un second escalier en colimaçon, encore plus étranglé que le précédent. Par les meurtrières qui délivraient une lumière rare, on ne voyait plus que le ciel brouillé de nuages et de pluie ; des courants d'air brusques tourbillonnaient parfois dans la cage d'escalier, sans dissiper d'acres relents d'urine.

Pour finir, ils émergèrent sous un toit de lauzes, dans une pièce grossière qui ressemblait à un grenier. Plusieurs ouvertures donnaient sur une galerie de bois, dont les fenêtres béaient sur un espace immense. Ædan comprit qu'ils étaient au sommet du donjon. Un sergent au nez rougi sursauta en voyant apparaître sa châtelaine et salua gauchement. La baronne le congédia et entra dans le hourd, pour s'arrêter devant un créneau orienté au sud. Le chevalier la suivit ; sous son pas, le plancher grossier sonnait creux. Il devinait la chute de soixante pieds dont ne le garantissait qu'un pouce de chêne.

Un bref coup d'œil vers la cour suffisait à étourdir, tours et remparts s'amenuisant en lignes convergentes vers un point de fuite enraciné dans le rocher. Mais c'était le panorama qui attirait le regard. Depuis cette aire d'aigle, le chevalier contempla surtout le ciel, démesuré et bas, convulsé de nuées en débandade : une houle indisciplinée, marine et gris sale, que brouillaient çà et là des averses vives comme des embruns. Sous cet océan en marche, le monde s'étirait à l'infini, vers des horizons duveteux et sombres. Les croupes des collines s'étalaient, dans une volupté indifférente, hérissées de forêts drues. Les vallées s'étranglaient entre des coteaux menaçants, bifurquaient au détour d'un relief, sinuaient furtives entre les hauteurs que nivelait la distance. Les bois faisaient le gros dos sous le ciel mauvais, frémissaient en longs frissons grondeurs quand la bourrasque devenait rageuse. L'homme se perdait dans tout cela, une simple tique sous la robe d'un cheval.

À côté du chevalier, la dame de Bregor se tenait raide comme une statue. Le vent rebroussait parfois le poil soyeux de son hermine, jouait avec quelques cheveux follets échappés à son peigne ; mais la baronne conservait une rigidité de sentinelle, l'œil fixé sur les lointains, aiguisé comme celui d'un rapace. Il y eut un moment sans parole, tout entier empli par la rumeur complexe du monde : le sifflement des tourbillons dans la charpente, la picorée d'une pluie lourde sur les lauzes, le grincement criard des girouettes, le murmure des forêts ébrouées. Ce fut un moment où le chevalier et la dame semblèrent soudain proches. Ils n'eurent pas un geste, peut-être pas même une pensée l'un pour l'autre ; mais leurs visages durs, tournés vers l'âpreté de ce paysage trop vaste, parurent soudain nus et semblables. Ils contemplaient la brutalité du monde, son indifférence séculaire, avec une avidité identique. Ils n'y voyaient qu'un terrain de jeu, à la mesure de leur caprice.

Puis, la baronne rompit le charme. Elle brandit le bras en direction du sud, sa manche élégante gonflée soudain par un courant d'air. Elle indiqua un vallon abrupt, où stagnait une buée trouble, qu'on aurait crue soufflée par une grande bête en sueur.

« Là-bas, voyez le val du Soltain, et l'écume crachée par le Vernobre. La rivière est grosse en ces temps de pluie. »

Son doigt remonta un peu, et pointa une crête rocheuse qui affleurait au-dessus des bois. Une silhouette cubique, rendue bleutée par la distance, sommait l'éperon le plus élevé.

« Et ceci est le château de Combe Noire, poursuivit la dame. Je ne puis plus monter sur mes murs sans voir se dresser cette tour arrogante, sur mon horizon. C'est le repère de mon voisin, Hywel. Hywel, le meurtrier de mon époux. Comprenez-vous ce que l'on peut attendre de vous ?

— Je crois deviner, oui, dit le chevalier.

— Hywel de Combe Noire est un rude adversaire, reprit la dame. Vous risquez de payer fort cher votre droit de passage, sire Ædan

— Il n'y a que plus d'honneur à accepter. »

La dame se détourna du paysage et posa son regard froid sur le chevalier.

«Il n'est nullement question d'honneur, énonça-t-elle avec sécheresse. Je ne vous réclame pas seulement un combat, sire Ædan. Je veux une ordalie. Je ne dérogerai à ma loi que si vous me rapportez la tête de Combe Noire.»

Le chevalier haussa un sourcil, croisa posément les bras.

«C'est là un prix très élevé», constata-t-il lentement.

Dame Érembourg lui adressa un sourire railleur.

«C'est que vous franchirez le gué à trois reprises, énonça-t-elle avec une candeur cruelle. D'abord pour porter mon défi; ensuite pour me rapporter votre trophée; enfin pour honorer votre parole auprès du comte de Brochmail.

— Vous me demandez un crime de sang.

— Je vous demande un duel judiciaire.»

Le chevalier la contempla; dans l'air vif, dans le vertige pluvieux du panorama, soudain débarrassée des artifices de sa coquetterie, elle lui parut dangereusement belle. Elle n'incarnait plus une féminité frivole, mais la détermination, le désir le plus froid, le pouvoir.

«Il ne fait guère bon être de vos ennemis, dit-il.

— J'ai vu mon mari la tête crevée comme une cruche cassée, répondit-elle avec une voix atone.

— Pourquoi le seigneur de Combe Noire a-t-il ainsi tué votre époux? demanda doucement Ædan.

— Pour le pont. Pourquoi croyez-vous donc que j'aie interdit le franchissement du Vernobre? Hywel de Combe Noire a tué mon époux pour le pont. C'était le seul ouvrage lancé sur la rivière à quatre jours à la ronde ; une véritable aubaine. Le péage rapportait plus qu'une douzaine de fermages. Il y a cinq ans, après la guerre du duc Ganelon contre la rébellion du comte Angusel, Combe Noire était harcelé par ses créanciers. Hywel et mon mari se sont disputé le pont. Querelle de voisinage. Pour couper court au conflit, mon mari a détruit le pont. Puis, il a proposé à Hywel une rencontre, à la frontière des deux fiefs, pour entreprendre des pourparlers. Au cours de l'entrevue, le ton est monté. Sans crier gare, Hywel a tiré l'épée et a fendu le crâne de mon époux.

— N'avez-vous pas demandé justice auprès de votre suzerain, monseigneur le duc ? »

La dame s'esclaffa.

« Le duc ! cracha-t-elle. Le duc s'occupe de garantir son pouvoir plutôt que la justice. Pendant la guerre contre Angusel, Bregor et Combe Noire sont restés fidèles au lien vassalique et ont combattu dans l'armée ducale. Vous avez dû d'ailleurs rencontrer Hywel au cours de cette guerre…

— C'est possible.

— C'est certain, sire Ædan : Hywel s'est illustré dans le ban ducal.

— Je crois me souvenir avoir vu sa bannière sur le champ de bataille. Je servais sous l'étendard du comte Angusel. »

La baronne adressa un coup d'œil rapide au chevalier ; dans son regard, la surprise le disputait à un autre sentiment, peut-être le dégoût incrédule que

provoque la découverte d'un ver dans un mets délicat. Puis la dame haussa les épaules.

« Sans doute aviez-vous vos raisons d'embrasser
l'autre camp, éluda-t-elle. En tout cas, quand Hywel
a tué mon mari, le duc n'a pas voulu s'aliéner deux
familles qui lui étaient restées fidèles. Il a pris mon
fils aîné dans sa maison, et il a conclu que mon époux
avait été tué au cours d'un combat loyal. Hywel n'a
pas été inquiété.

— Je reconnais bien là les manières de notre très
puissant duc », railla Ædan.

Il fit quelques pas, appuya sa main droite contre le
chambranle de la fenêtre. Il contempla la silhouette
trapue du château de Combe Noire, dans le lointain.
Il huma la fragrance d'humus et de bois mouillé que
le vent apportait jusqu'en ces hauteurs ; une odeur de
voyage, de chasse, de brame dans le fond des saignées
forestières.

« En vérité, c'est un péage très élevé que vous
réclamez, dame Érembourg, reprit doucement le chevalier. Je ne saisis que trop bien les raisons pour
lesquelles vous avez interdit le passage de la rivière.
Vous ne voulez plus de guerre, car le seigneur de
Combe Noire pourrait très bien tuer votre cousin,
votre sénéchal ou votre fils, comme il l'a fait pour
votre époux. Et par-dessus tout, venger votre mari
vous attirerait l'antipathie du duc. Mais un chevalier
de passage, qui défie Combe Noire par simple courtoisie, que pouvez-vous y faire ? Vous a-t-il seulement consultée ? C'est une carte truquée qui vous
permet de frapper tout en préservant votre lignage

et votre faveur auprès du suzerain. Bien sûr, la carte truquée est aussi une carte sacrifiée… »

Il se tourna et sourit à la dame.

« Mais après tout, il est vrai que je ne suis guère en cour auprès de monseigneur le duc. Et puis les choses pourraient être plus simples encore. Si Combe Noire refuse le combat singulier et sort avec ses gens, je pourrais être capturé ou massacré sans autre cérémonie. Vous n'obtenez pas justice, mais vous ne vous êtes guère exposée…

— Vous êtes libre de refuser le jeu, dit la baronne avec indifférence.

— Je vous en sais gré, mais me retirer maintenant serait d'un commun… Et puis, vous le savez mieux que moi : quelle valeur pourrait l'emporter sur le service des dames ? Marcher au-devant de la disgrâce ou de la mort pour le bon plaisir d'une femme de votre étoffe, c'est se couvrir de gloire. En définitive, c'est parce que j'ai tout à perdre que j'y gagne quelque chose. »

Et sur un ton presque frivole, il conclut :

« Inquiétons donc Hywel. »

La baronne détourna la tête, de crainte peut-être de trahir sa satisfaction.

« Eh bien, sire Ædan, convenez que j'avais bien matière à me défier de vous, badina-t-elle. Jugez avec quelle facilité j'ai accédé à vos désirs… »

Ils quittèrent Bregor le lendemain à l'aube. Dans la grisaille incertaine où hésitait le jour, trois cavaliers sortirent du château. Ils portaient manteaux amples

et capuchons, pour se garantir du froid vif du matin.
Chacun tenait une lance de la dextre, posée droite sur
le bout du pied, même le petit Cœl qui semblait brandir une interminable pique. Ils avaient laissé aux écu-
ries le roncin et le palefroi. Sire Ædan trottait en tête
sur le destrier à la robe d'orage, et les fers du cheval
de bataille firent jaillir des étincelles sur le pavé du
bourg.

En dépassant les dernières maisons, ils prirent la
direction du sud. Ils suivirent un chemin défoncé, qui
sinuait paresseusement dans le fond de la vallée
entre pâtures, vergers et champs en lanières. Mais
les versants des collines, de part et d'autre, disparaissaient sous des bois opulents et sombres, où s'attar-
dait la nuit. Ils aperçurent une bande de chevreuils
qui s'étaient risqués hors des lisières, et qui prirent la
fuite à leur approche. Ni le chevalier, ni le vieil
écuyer, ni le petit page ne détournèrent la tête : ils
avaient à faire ailleurs.

Quand les cultures firent place aux jachères, puis
quand les jachères se fondirent dans ronciers et broussailles, ils surent qu'ils approchaient des terres incertaines. Le chemin lui-même semblait à l'abandon. Les
herbes folles en avaient envahi la bosse centrale et
rogné les bas-côtés, et l'on ne suivait plus que deux
sentes parallèles dans la verdure, là où les roues des
charrettes avaient naguère creusé des ornières. La
rosée parait les herbages d'une verroterie diaphane,
qui trempait les fanons des chevaux, humectait les
bottes et le revers des manteaux des hommes. Bientôt, le sentier disparut au détour d'un relief, dégrin-
gola une forte pente. Le jour se faisait plus clair, mais

la lumière en ces lieux s'étiolait dans une buée pénétrante. Le chemin sinuait de façon fantasque entre roches moussues et taillis, avant de dévaler quelque chute abrupte ; des tréfonds montait le grondement rageur d'un torrent en crue.

Les cavaliers descendirent le val à pas lent, en suivant docilement les détours du sentier. À mesure qu'ils s'enfonçaient dans la brume, ils devenaient plus fantomatiques et le vacarme de l'eau se faisait plus menaçant. Pour finir, ils aperçurent devant eux une maçonnerie trapue, enracinée dans la rocaille d'une ravine. Le pont s'élançait en un dos d'âne gracieux au-dessus d'une gorge, et se perdait dans l'étoupe qui masquait l'autre rive ; mais à quelques pas du bord, le pavage disparaissait entre les parapets de pierre, et s'ouvrait sur un vertige brutal, au fond duquel bouillonnaient des eaux glaciales. Les trois cavaliers marquèrent un temps d'arrêt devant l'ouvrage détruit.

« Des hommes audacieux pourraient franchir le pont en marchant sur les garde-fous, s'enflamma le petit Cœl. Ils pourraient même livrer de beaux combats, en équilibre au-dessus de l'abîme !

— Des prud'hommes s'affrontent à cheval, répondit tranquillement Ædan. Et il faut que nous fassions passer les nôtres. Le gué est un peu en aval. »

Il fit obliquer sa monture vers l'ouest, suivi de peu par son page. Le vieux Naimes s'attarda un instant avant de leur emboîter le pas. Pensif, il considérait les ruines.

« Tout de même bizarre, se dit-il à haute voix. Pour se disputer un pont, commencer par le rompre. »

Mais les nobles seigneurs de Bromael n'en étaient pas à une extravagance près. Le vieil écuyer haussa les épaules et rejoignit ses compagnons.

Les cavaliers descendirent avec prudence une voie glissante qui tenait plus de l'éboulis que du chemin. À senestre, l'arche du pont détruit haussait sa grande silhouette loin au-dessus de leurs têtes, comme un portique mystérieux ouvert sur le brouillard. Devant eux, le Vernobre charriait une fureur tumultueuse dans un lit où s'entrechoquaient des galets : des rapides jaillissaient contre les dents de roches submergées, des courants contrariés écumaient une violence de limon et de bulles. Parfois, une branche morte emportée par le flot s'abîmait, happée par un tourbillon avide. Ædan découvrit un bassin où la rivière s'évasait, où le flux semblait s'apaiser sur quelques toises, rassemblait ses forces avant de rebondir dans une nouvelle cascade. Le chevalier lança sa monture à travers le courant.

Le passage était traître : le Vernobre était grossi par les pluies et il n'était plus vraiment guéable. Le grand destrier enfonça en deux pas jusqu'à l'épaule ; l'eau n'avait de calme que l'apparence, et le chevalier sentit le courant s'entortiller autour de ses jambes en étreintes transies. Mais le grand cheval de bataille ne dévia pas d'un cheveu : il franchit la tourmente paisiblement, comme s'il avait fendu l'onde ensommeillée d'un étang. Quand Ædan eut touché l'autre rive, Cœl s'engagea à son tour. Son petit cheval n'avait ni la taille ni la puissance du destrier, mais son mauvais caractère y suppléa. Encolure tendue, naseau palpitant et oreille couchée, il lutta rageusement contre la poussée du courant, renâclant avec colère contre les coups de boutoir de la rivière. Il finit par s'extraire en trois bonds maladroits, lança une ruade des postérieurs pour signifier son mécontentement. Ce fut la jument pie de Naimes qui éprouva le plus de difficultés à passer le gué ; elle n'avait ni la force du destrier, ni la hargne du petit hongre ; seuls le calme et les encouragements constants de son cavalier l'empêchèrent de s'affoler et lui permirent de traverser l'épreuve.

« Nous voici à pied d'œuvre, dit le chevalier quand ses compagnons l'eurent rejoint. Préparons-nous. »

Ils s'éloignèrent d'une vingtaine de pas de la rivière, puis mirent pied à terre. Naimes arracha quelques poignées d'herbe et bouchonna les chevaux, pendant que Cœl faisait provision de bois dans les taillis voisins. Le page battit le briquet et alluma un petit feu. Le foyer dégageait plus de fumée que de flammes, mais les trois voyageurs se pressèrent autour, pour réchauffer leurs jambes gourdes de froidure. Naimes décrocha une outre d'eau-de-vie à l'arçon de sa selle, en but une gorgée, puis la passa au chevalier et au garçon.

Quand hommes et chevaux furent d'aplomb, ils s'apprêtèrent au combat. Le chevalier et Naimes ôtèrent leurs manteaux, que Cœl plia et rangea dans ses fontes. Sous leurs capes, les deux adultes portaient déjà l'armure. L'écuyer était serré dans une brigandine brunie ; quelques rangs de mailles plus brillantes attestaient de combats antérieurs. Ædan arborait une cotte d'armes galonnée, plus élégante qu'une robe de cour, qui dissimulait presque entière-

ment un haubert d'acier. Les deux hommes vérifièrent mutuellement les sangles de leurs armures,
pendant que Cœl décrochait l'écu de l'arçon du chevalier et le sortait de sa housse. Sur le long bouclier,
les curieuses armoiries de Vaumacel apparurent:
cinq épines sinople, à la pointe noirâtre, sur l'étendue immaculée d'un champ d'argent. Puis, pendant
que le page retirait les étuis qui protégeaient le fer
des lances, Naimes décrocha son arbalète et la corda,
pliant avec effort le puissant arc. Il choisit six viretons qu'il fit glisser dans un petit carquois, et accrocha sa hache de cavalerie à l'arçon. Le chevalier fit
jouer sa dague et son épée dans leur fourreau, s'assurant qu'il pourrait les tirer sans effort, et veilla à ce
que son ceinturon d'armes ait un peu de jeu sans
entraver son assiette ou sa marche. Il rabattit sur sa
tête la coiffe de mailles, que Naimes vint lui lacer
sous le menton. Enfin, ils vérifièrent le harnache-
ment des chevaux, tout particulièrement la selle de
bataille du destrier, dont le troussequin haut comme
un dossier viendrait soutenir les reins du cavalier
sous le choc. Quand ils furent prêts, Cœl piétina son
petit feu, ils reprirent les lances et montèrent en
selle. Ils n'avaient pas échangé trois paroles.

Ils retrouvèrent une trace vague, qui sinuait le long
d'une côte abrupte en direction du sud. Abandonnant
dans leur dos le grondement colère du Vernobre, ils
gravirent le versant de Combe Noire. Ils émergèrent
de la brume, qui stagnait dans le fond de la vallée. Il
faisait plein jour, désormais, mais le panorama qu'ils
découvrirent n'avait rien d'engageant. Sous un ciel
gris, des collines pentues et des bois touffus leur

affrontaient un coteau hostile. Le chemin abandonné
se perdait sous une lisière. L'horizon était bouché par
ces contreforts hirsutes de forêt, aussi le chevalier
prit-il une direction au jugé, en se fiant au souvenir
qu'il avait de la veille. Ils grimpèrent quelque temps
dans un sous-bois dont le tapis de feuilles mortes
assourdissait le pas des chevaux. Plus tard, quand le
terrain se fit plus plat, ils émergèrent du couvert des
arbres. Ils retrouvèrent trace du chemin, dans une
éclaircie qui avait été cultivée autrefois ; mais les
friches avaient envahi les lopins et, çà et là, des
murets s'effondraient, crevés par des arbrisseaux. Ils
poursuivirent leur route dans cette vallée désertée.
Au détour d'un relief, ils eurent une perspective plus
vaste. De nouvelles collines leur barraient le chemin,
et sur l'éperon de l'une d'elles se juchait un burg
renfrogné, aux murailles noires de lierre.

Ils prirent cette direction. Le château leur parut
plus petit que celui de Bregor, mais son assise sur un
socle rocheux, bien au-dessus des feuillages, en faisait
un vrai nid d'aigle. Loin en contrebas, tassé contre le
versant, se serrait un hameau. Ce n'était que masures
et chaumières, dont les toits de chaume gîtaient
presque jusqu'au sol. Les champs étaient épars et
pauvres ; en lisière, des coupes de bois dénudaient un
terrain jonché de troncs, blanchi de copeaux. De
petites silhouettes de paysans vaquaient à leur labeur,
éparpillées dans les cultures et sur les essarts. Certains aperçurent les trois cavaliers, et à les voir arriver du nord, durent comprendre qu'ils venaient de
Bregor. Ils se précipitèrent vers le village en gesticu-
lant ; malgré la distance, leurs cris résonnaient, ren-

voyés par les épaulements des collines et de la forêt.
Une agitation confuse affola bientôt tout le hameau.
Le brame asthmatique d'un cor tomba du château.

« C'est bien, dit Ædan, nous sommes annoncés.
Inutile de nous exposer à la sottise des gueux. Nous
allons attendre Combe Noire ici. »

Les trois compagnons s'arrêtèrent sur le chemin,
en un seul rang, et ils posèrent le talon des lances sur
le sol. Ils se figèrent, tournés vers le château, sans
plus prononcer une parole. Seul le petit cheval de
Cœl encensait, vite énervé par l'inactivité. Des silhouettes apparurent sur le chemin de ronde du burg,
se rassemblèrent, se dispersèrent. Certaines restèrent
accoudées aux créneaux, d'autres disparurent. Cœl,
qui avait la vue perçante, dit au bout d'un moment :
« Ils sortent. » Mais la chaussée qui accédait au pertuis était masquée par les arbres, et il fallut encore
patienter pour dénombrer l'adversaire.

Cinq cavaliers finirent par surgir du bois, un peu
au-dessus du hameau. Tous étaient armés. Deux
montaient des destriers caparaçonnés, et les trois
autres des roncins : deux chevaliers cuirassés, et trois
écuyers ou sergents, sanglés de casaques cloutées. Ils
traversèrent rapidement le village et prirent le trot
vers Ædan et ses compagnons ; il ne leur fallut que
quelques minutes pour arriver à portée de voix. Ils se
déployèrent, les deux seigneurs au centre, et n'arrêtèrent leurs montures qu'à trois longueurs de lance.
Le plus vieux des chevaliers appuya son gantelet
contre sa hanche. C'était un homme plus trapu
qu'une barrique, à la panse lourde et aux épaules
massives, avec le faciès large comme un billot. Il

ignora Cœl et Naimes, plantant droit son regard dans les yeux d'Ædan. Il le fixa ainsi sans mot dire de longues secondes, puis partit d'un rire bref et guttural.

« Cornebouc ! s'écria-t-il. Vous êtes bien fou d'être passé par le Vernobre, l'ami. Pour un peu, mes gens vous étrillaient.

— Eh bien ! Étrange hospitalité que celle de Combe Noire, répondit uniment Ædan.

— C'est l'hospitalité que nous réservons à ceux de Bregor. Louez le Resplendissant : vous n'êtes point de cette engeance.

— Cela m'évitera d'être assassiné en plein champ », railla Ædan.

Le chevalier corpulent perdit sa faconde.

« Les insolents pourraient aussi enrichir ma fumure, gronda-t-il. Je n'aime guère vos manières, messire le pérégrin. Il est possible que vous ayez passé trop de temps chez mes voisins. Donnez-moi votre nom et votre motif pour traverser mon fief, que je tranche entre vous jeter hors ou vous inviter à ma façon.

— Je suis Ædan, chevalier de Vaumacel. Je suis venu pour vous défier, Hywel de Combe Noire. Je vous demande raison pour le meurtre du baron Effroy de Bregor. »

Les sergents de Combe Noire tressaillirent, serrèrent les poings sur leurs lances, prêts à en découdre ; leurs chevaux bronchèrent, rendus nerveux par la tension soudaine.

« Paix, les gars, grogna Hywel à l'intention de ses hommes. Ce joli coq s'adresse à moi seul. »

Le jeune chevalier qui flanquait Hywel était devenu pâle de colère.

«Laissez-moi relever le gant, père, grommela-t-il. C'est mon tour de défendre nos couleurs.

— Non, Burcan, énonça Combe Noire. Je n'ai pas encore l'âge de me reposer sur ton bras.»

Puis, tournant sa trogne épaisse vers Ædan, il ajouta :

«Je vais me battre, Vaumacel. Mais moi au moins, je sais pourquoi. Et vous, avez-vous seulement idée de la cause pour laquelle vous allez mordre la poussière ?

— Je sais seulement que je vais vous faire rendre gorge», rétorqua Ædan d'un ton égal, avec un sourire froid.

Hywel s'esclaffa derechef, avec une gaieté menaçante.

«Je vois que la sorcière de Bregor vous a bien dressé, ricana-t-il. Vous êtes fort mal tombé, chevalier, en vous entremettant entre moi et cette guivre.

— Si nous en débattions sur le pré ?

— Soit, grogna Hywel. Vous allez comprendre que je n'avais nul besoin de prendre Effroy en traître pour lui casser le crâne. Mais ce chemin se prête mal au combat ; nos chevaux y manquent de champ. Il y a une pâture deux cents toises plus bas : acceptez-vous que nous y poursuivions cette rencontre ?

— Au moins nous y aurons nos aises», admit Ædan.

Hywel et ses gens firent volte face. Ædan se porta à hauteur du seigneur de Combe Noire ; Naimes et Cœl vinrent flanquer son côté droit, tandis que le fils de Combe Noire et les sergents suivaient le chemin sur la gauche. La petite troupe partit tranquillement, à l'amble, comme si de rien n'était. De loin, on eût pu croire que le seigneur du lieu escortait quelque invité. Au bout d'une centaine de pas, Hywel prit la parole :

« Je vous connais, sire Ædan, dit-il. Vous avez égaré l'une de vos épines dans le pied du duc, au cours de la rébellion du comte Angusel. Dommage que je n'aie pas eu la fortune de vous croiser sur le champ de bataille : mon suzerain m'aurait couvert d'or pour votre capture.

— Peut-être est-ce votre cheval qui aurait été enrichir mon écurie. »

Hywel lui adressa une grimace madrée.

« Qui sait ? ironisa-t-il. On vous dit vaillant, en tout cas assez pour que les dames s'entichent de votre personne et vous ornent de mièvres sobriquets. Je n'étais point au tournoi de Gaudemas, mais je sais que vous y avez remporté un prix... La journée aurait pu être vôtre, si le baron Anaraut de Traval ne vous avait terrassé dans la dernière joute... »

Le seigneur de Combe Noire laissa planer un instant de silence, que l'on devinait chargé d'une intention mauvaise.

« Anaraut est de mes vieux amis, finit-il par préciser. Lui et moi, nous avons été écuyers à la même époque, et nous avons appris les armes ensemble. Nous avons toujours été de force égale. »

Ils débouchèrent sur un pré assez vaste, qui occupait la pente d'une colline. Un troupeau de moutons y baguenaudait, que deux sergents s'empressèrent de dégager à grands cris. Accompagnés de leurs gens,

Hywel et Ædan se séparèrent, pour se ménager le champ nécessaire à la charge. Ædan mit pied à terre avec son vieil écuyer, afin d'ajuster la coiffe de cuir sur laquelle allait reposer son heaume.

« Il est lourd, dit laconiquement Naimes, en désignant Hywel à l'autre bout du champ.

— Cœl me donnera d'abord sa lance : c'est la plus longue, répondit Ædan.

— Vous y perdrez en force.

— Je vais d'abord l'attendrir. Je le renverserai ensuite, avec une lance plus courte. »

Naimes souleva un grand heaume au ventail orfévré, que prolongeait un cimier en forme de ronce. Il le passa au-dessus de la tête de son maître, en laça les sangles jugulaires.

« Pendant le combat, garde un œil sur le fils d'Hywel et sur ses soudards », dit Ædan.

Sa voix avait acquis un timbre caverneux sous le masque de fer.

« Cela va sans dire », observa le vieil écuyer.

Ædan s'empara de son bouclier, dont il fit passer la plus longue courroie en bandoulière. Puis, il remonta en selle, et tendit la main vers Cœl, qui lui donna la plus grande de leurs trois lances. À l'autre bout du pré, Hywel était prêt. Il avait protégé sa figure disgracieuse sous un heaume conique, sommé d'une hure de sanglier. Les deux adversaires se saluèrent : de leurs poings gantés d'acier, ils haussèrent leurs lances, pointe vers le ciel. Puis ils éperonnèrent. Les destriers s'élancèrent, dans une caracole orgueilleuse, le chanfrein incliné d'ombrageuse manière.

À mi parcours, les deux chevaliers baissèrent les bois ; ils se dressèrent sur leurs étriers, buste incliné, ne s'asseyant plus sur la selle mais sur la bâte arrière du troussequin, pour donner plus de puissance à leur attaque. Ils se heurtèrent de plein fouet, dans un instant de grande confusion. Il y eut un fracas bref et brutal : la lance d'Ædan vola en éclats, Hywel hurla de rage ou d'effort, et le chevalier aux épines parut déséquilibré. Il récupéra vite son assiette, lâcha le tronçon de son arme et retourna au galop vers ses deux compagnons. Hywel aussi reprenait du champ, en brandissant sa lance intacte avec une affectation méprisante.

« Gare ! lâcha Naimes entre ses dents, alors qu'il tendait une deuxième lance à son seigneur.

— Forfanterie, répondit la voix métallique d'Ædan. Je l'ai touché. »

Sa nouvelle lance à peine empoignée, il repartit à la charge. Hywel revenait sur lui au galop. Leurs énormes montures, échauffées par la première passe, martelaient la terre grasse en soufflant à longs jets rauques. Le siège calé sur le troussequin, la main gauche accrochée aux énarmes de l'écu et à l'arçon de la selle, les deux combattants se jetèrent l'un sur l'autre. L'impact craqua dans l'air vif de la vallée, aussi grave que la chute d'un arbre. Les lances plièrent comme badines de roseau ; les hommes se tassèrent, vibrant sous l'effort ; les chevaux même, ébranlés, se cabrèrent, affrontèrent leurs sabots ferrés, la lèvre écumante. Mais la lance d'Hywel, fragilisée par le premier choc, cassa d'un coup sec. Dégagé, Ædan mit dans sa poussée tout son poids, toute la vigueur de ses jambes arc-boutées sur ses étriers, toute la force que lui communiquait le dos du destrier. Hywel passa par-dessus l'arçon ; il chut assez rudement, dans les herbes folles et les crottes en chapelets qu'avaient semées les moutons.

Il y eut un flottement menaçant chez les gens de Combe Noire ; Burcan, le jeune chevalier, laissa sa monture avancer de deux pas, et ne la refréna qu'à regret. Hywel tenta de se redresser, mais retomba lourdement, déséquilibré par le poids du heaume. Il fit une seconde tentative en grognant, commença péniblement à se relever. Venues d'on ne sait où, des gouttelettes écarlates striaient les mailles brillantes de son haubert. Ædan avait redressé sa lance ; il s'était éloigné d'une dizaine de toises, et tournait lentement autour de l'adversaire au sol, en maintenant son destrier qui bronchait avec colère.

« Que fait-il ? s'impatienta Cœl. Il a l'avantage : il faut en finir.

— Ceux d'en face interviendront s'il achève Hywel maintenant », répondit Naimes à mi-voix.

Ædan arrêta son cheval, et appela Cœl avec autorité. Le petit page piqua des deux et se précipita ; le chevalier lui tendit sa lance, descendit de cheval et lui remit les rênes de sa monture. Puis, il lui ordonna de prendre du champ, en ignorant la moue désapprobatrice du garçon. De son côté, Naimes profita de la diversion pour dégager discrètement son arbalète ; il la plaqua contre sa cuisse, engagea le bout du pied dans l'étrier de l'arme, tendit la corde d'une traction.

Hywel était debout ; il avait ôté son heaume, abandonné dans l'herbage, et tiré l'épée. Ædan dégaina la

sienne et marcha à sa rencontre. Il n'avait fait que
quelques pas quand Hywel s'élança sur lui, bouclier
en avant et épée haute. L'énorme chevalier était peut-
être lourd et blessé, mais il chargea avec une vélocité
impressionnante, jeta tout son poids dans l'attaque.
Les écus se heurtèrent à grand bruit, le choc d'un
bélier contre une porte. Les talons d'Ædan pati-
nèrent, arrachèrent quelques mottes d'herbe. Hywel
frappa, a coups redoublés, avec une force sauvage. Il
tentait d'atteindre son adversaire par-dessus la bar-
rière affrontée des boucliers : Ædan parvint à détourner la plupart des coups, mais l'épée d'Hywel résonna
une fois contre son heaume, tranchant une partie du
cimier, et arracha une de ses épaulières armoriées.

   « Qu'est-ce qu'il attend ? trépigna Cœl, qui était
revenu à côté de Naimes. Il se laisse déborder !

   — Hywel est blessé, répondit l'écuyer, il s'épuise.
Notre sire ménage ses forces. Et il endort ceux d'en
face. »

   Hywel continuait à cogner sans relâche, avec l'obstination têtue d'un bûcheron : il commençait à ébré-
cher l'écu d'Ædan. Mais son souffle devenait court, et
chacun de ses coups était maintenant accompagné
d'un ahanement douloureux. Mobiliser la même puissance dans chaque attaque lui coûtait de plus en plus,
et ralentissait son assaut. Ædan anticipait avec une
aisance accrue ses mouvements. Un moulinet trop
ample d'Hywel causa sa perte : Ædan réagit beaucoup
plus vite, et frappa de toutes ses forces pour intercepter la trajectoire du bras. Sa lame mordit le haubert un
peu au-dessus du poignet. Le hurlement d'Hywel ne
suffit pas à couvrir le craquement des os. Sa main sans

force laissa échapper l'épée. Le seigneur de Combe Noire tituba, se rattrapa en appuyant la pointe de son écu au sol. Puis, laissant pendre le bouclier autour de son cou, il en lâcha les énarmes et saisit son bras cassé de la main gauche. Il reprit quelques inspirations laborieuses, suffoqué par la douleur. Sa figure grossière avait pris une nuance de cendre.

«Par mes tripes! Vous êtes un rude joueur», admit-il en grimaçant, les narines dilatées.

Ædan se tenait devant lui, plein d'une raideur hautaine. Il avait repoussé son bouclier sur son dos, et tenait son épée perpendiculaire à ses cuisses, une main serrée sur la poignée, l'autre sur la lame.

«Je n'aime pas perdre, dit sa voix assourdie par le heaume.

— Et pourtant, à Gaudemas, vous avez perdu, grogna Hywel.

— À Gaudemas, c'était différent, répondit la voix métallique. J'y portais les couleurs d'une dame; pour éprouver ma loyauté, cette dame m'a demandé de combattre au pis lors de la dernière joute. Comment croyez-vous que j'aie gagné ce prix de courtoisie?»

Malgré la défaite, le seigneur de Combe Noire émit un bref éclat de rire, à peine haché de souffrance.

«Eh bien, c'est une jolie leçon d'humilité que vous m'avez infligée, sire Ædan! Allons, je me rends de bonne grâce: il n'y a rien de déshonorant à être le captif d'un homme de votre trempe.

— Je ne veux pas de votre reddition.»

Le vaincu écarquilla les yeux.

«Je vous demande pardon?

— Je ne veux pas de votre reddition, répéta Ædan.
N'y voyez rien de personnel : en d'autres circonstances, j'aurais été ravi de vous tenir prisonnier sur
simple parole. Mais aujourd'hui, comme à Gaudemas,
je sers une dame. Et cette dame n'a que faire de votre
capture.

— Bien sûr, ma chère voisine », gronda Hywel en
se tassant un peu sur lui-même.

Le sang gouttait au bout de son gantelet droit, et
son visage devenait plus livide de seconde en seconde.

« Et que veut donc cette garce ? cracha-t-il.

— Juste ceci. »

En un mouvement puissant et fluide, Ædan brandit son épée ; elle traça un arc argenté dans les airs,
et fendit le crâne d'Hywel jusqu'à la racine du nez.

Le seigneur de Combe Noire tomba à genoux, le
visage maculé de sang et de cervelle. Une incrédulité
horrifiée avait figé son fils et ses sergents ; puis, le gros
chevalier s'effondra aux pieds d'Ædan. Alors seulement Burcan de Combe Noire exhala un long cri inar-
ticule, un long cri de détresse et de rage, chargé d'une
telle folie qu'il en cassa sa voix. Il éperonna furieusement, lance basse, droit sur Ædan.

« Cours », lança Naimes à l'adresse de Cœl.

Et dans le même instant, il épaula l'arbalète et
tira sur Burcan. Le carreau frôla en sifflant le cimier
d'Ædan et cueillit le jeune Combe Noire sous
l'épaule. Le chevalier ne vida pas les étriers, mais il
sursauta comme si on l'avait happé par derrière ; il
lâcha sa lance, il s'affaissa sur la selle de sa monture
qui passa au large d'Ædan. Les trois sergents se lancèrent à l'assaut dans le sillage de leur maître, mais

Cœl arrivait déjà au grand galop à hauteur de son sire, en tirant son destrier par la bride. Il envoya les rênes du cheval de bataille à Ædan, et avec une témérité insensée, se jeta entre son seigneur et les trois hommes de guerre. Son petit cheval se démena dans une débauche de ruades, qui brisèrent l'élan des sergents. L'un d'eux allait cependant allonger un coup mortel lorsque Ædan surgit, en selle, et interposa son bouclier.

« Il suffit », cria-t-il avec une voix de commandement.

Il avait l'épée haute, prêt à en découdre. Il était seul contre trois, mais son grand destrier et son heaume extravagant lui donnaient une stature gigantesque face aux soudards montés sur de mauvais roncins.

« Il suffit, répéta-t-il, impérieux. Si vous voulez vous battre, je vous tuerai. Même si je succombe, j'en emporterai un ou deux avec moi. Dans tous les cas, si nous nous affrontons, le nouveau seigneur de Combe Noire mourra. J'ai tué le vieux : faute de soins, vous pouvez tuer le jeune. »

L'ardeur des hommes d'armes refroidit sensiblement.

« Il a besoin de secours et bientôt, vous ne saurez plus où son cheval l'entraîne, poursuivit Ædan. Hâtez-vous !

— C'est pas faux », grommela le plus vieux des sergents, l'expression soudain fuyante.

Et il tourna bride pour se lancer sur les traces de son jeune seigneur. Le deuxième lui emboîta le pas assez vite. Mais le troisième, qui était plus jeune et plus vigoureux, hésita encore un long moment. Pour finir, il aperçut Naimes, à l'autre bout du pré, qui avait rechargé son arbalète et le tenait en joue. Le soudard adressa un regard haineux à Ædan. Avant de suivre ses compagnons, il grommela :

« Tu t'en tires à bon compte, chevalier. Mais faudra payer. Tôt ou tard. Faudra payer. »

Quand le dernier sergent eut quitté le champ, Naimes rejoignit tranquillement son seigneur. Cœl caracolait en tous sens, l'œil brillant et le feu aux joues, aussi fier que s'il avait vaincu l'ennemi à lui seul. Naimes aida Ædan à retirer son heaume, puis tous deux se dirigèrent vers la dépouille d'Hywel. Ils mirent pied à terre et se penchèrent sur le mort. Du coin de l'œil, Ædan vit Cœl qui trottait derrière le destrier démonté d'Hywel.

« C'est inutile, dit-il. Nous leur laisserons le cheval. »

Le page faillit protester, puis se détourna, la lippe boudeuse. Mais un nouvel élément vint vite le distraire de sa contrariété.

« Regardez ! s'écria-t-il en tendant la main vers le burg de Combe Noire. Les portes ! Elles s'ouvrent ! D'autres cavaliers sortent !

— Ça se gâte, marmonna Naimes. Prenons notre gage et filons. »

Mais Ædan s'était redressé et regardait le château, le visage impénétrable.

« Il y a même une femme parmi eux ! piaillait Cœl, que le rebondissement excitait.

— C'est encore pire, reprit Naimes. Elle va crier

vengeance et tous les hommes vont devenir fous. L'honneur est plus que sauf, alors vidons les lieux.

— Non », dit fermement Ædan.

Il rajusta les plis de sa cotte d'armes.

« Ce serait discourtois, ajouta-t-il. Nous allons présenter nos hommages et nos regrets à cette dame. Toute autre conduite serait indigne. »

Ils revinrent au milieu de l'après-midi, par un temps si chagrin qu'on se serait cru au soir. Le monde versait dans une somnolence frileuse ; le ciel, barbouillé de grisailles, pesait avec une mélancolie accrue. La journée n'en finissait plus de mourir dans les crachins fuyants, les lointains délavés, les haleines brumeuses. Ils émergèrent de l'atmosphère crépusculaire, tels trois fantômes sortis d'une ballade triste. Ce jour-là, nul n'osa les aborder dans les rues de Bregor.

Le château leur ouvrit ses portes en grand. Flanqué de sergents, le sénéchal Occila les attendait dans la cour. L'officier ne portait plus ses beaux atours ciudaliens, mais un gambison épais sur lequel miroitait une cotte de mailles ; une épée large était suspendue à son baudrier. Il adressa aux arrivants la grimace ébréchée qui lui tenait lieu de sourire.

« J'ai ordre de vous conduire de suite devant ma Dame, dit-il avec autorité. Vous ne devez dire mot de votre combat avant d'en avoir conféré avec la baronne Érembourg. Mais à voir votre écu et votre armure, j'en devine déjà beaucoup. »

Ædan et ses compagnons descendirent de cheval et suivirent le sénéchal. Aux abords de l'escalier de bois desservant les étages du manoir seigneurial, un soudard en brigandine menait une garde indolente. En montant les degrés, Ædan vit une quinzaine d'hommes d'armes déployés sur le chemin de ronde.

«Vous avez mis le château en défense, observa Æedan.

— Nous n'étions pas certains de votre retour, répondit Occila. Et encore moins de la réaction de Combe Noire ! Nous avons paré à toute éventualité.

— Sage mesure», commenta le chevalier avec un sourire ambigu.

Ils entrèrent dans le tinel. La pièce paraissait plus vaste et plus sombre que la veille. Un jour anémié filtrait par les hautes fenêtres, mais les draperies et les coussins des sièges des dames étaient abandonnés. Le feu pétillait en sourdine au fond de l'âtre monumental, et ne suffisait pas à éclairer l'ensemble de l'espace ; les voûtes peintes et les riches tapisseries s'abîmaient dans de longs voilages d'obscurité. La baronne était assise dans une cathèdre, disposée en biais, devant la cheminée. Son cousin, Lorcann, se tenait debout sur sa droite. Il arborait un haubert d'acier que couvrait un hoqueton brodé, et portait l'épée au côté. Ne lui manquaient plus que l'écu et le heaume pour qu'il fût paré au combat.

Ædan marcha vers la baronne, ses deux compagnons dans son ombre. Il s'arrêta à quelques pas, salua de manière un peu sèche. La dame inclina la tête, l'expression amène, pleine de l'amabilité calculée qu'elle savait composer. Elle rayonnait d'une grâce apprêtée et portait avec naturel une robe d'un luxe royal. Taillée dans un velours plus doux que duvet, les manches évasées et déchiquetées en barbe d'écrevisse, le collet rehaussé d'une frange d'orfroi, la taille plus fine que col de cygne, il s'agissait d'une parure de majesté ou de fête, conçue pour éblouir les hommes et éclipser les rivales. Sur le flanc droit, les flammes prêtaient des reflets chaleureux à l'étoffe de la robe et au visage de la baronne, mais le côté gauche se fondait dans une pénombre froide.

« Vous ne pouvez imaginer combien je suis aise de vous revoir, dit la dame. J'ai tremblé pour vous, chevalier.

— En vérité, je suis touché par tant de sollicitude, répondit Ædan sur un ton neutre.

— Vous me voyez si émue que je n'ose encore vous entreprendre sur l'issue de la rencontre.

— Question inutile : vous pressentez déjà la réponse. »

Et Ædan lança un petit objet aux pieds de la baronne. La babiole accrocha brièvement un reflet du feu et rebondit en tintant sur le sol. Lorcann se baissa, ramassa le bijou, l'inspecta rapidement, puis le tendit à sa cousine. Celle-ci s'en empara avec avidité, et une lueur cruelle vint danser dans son regard tandis qu'elle le contemplait.

« C'est le sceau de Combe Noire, articula-t-elle avec gourmandise.

— J'ai jugé cette bague plus présentable que le gage que vous aviez réclamé, dit Ædan. Sachez que Burcan m'a aussi cherché querelle, et qu'il ne va guère mieux que son père. »

Érembourg reporta son attention sur Ædan. Elle le dévisageait avec jubilation, avec la passion d'un amateur de chasse pour un bel oiseau de proie. Elle serra le trophée dans son poing délicat, contre son cœur chamarré de pierres et de broderies. Elle jouissait de la mort de son ennemi avec une indécence qui lui conférait une sensualité trouble.

« Vous devez être satisfait, dit-elle un peu trop languissamment. Vous avez gagné de haute lutte votre droit de passage.

— J'ai certes gagné mon droit de passage ; mais satisfait, je ne le suis point. »

Lorcann se redressa, l'expression devenue menaçante, et Ædan devina à un mouvement dans le fond de la pièce que le sénéchal Occila semblait soudain en alerte. Il n'en poursuivit pas moins :

« Vous m'avez abusé, dame Érembourg. J'ai servi une cause qui n'était pas celle que je croyais. »

Lorcann porta la main à l'épée, mais la baronne l'arrêta d'un geste.

« Laisseriez-vous entendre que je vous ai menti, sire Ædan ? demanda-t-elle ingénument.

— Je ne vois pas les choses ainsi. Vous n'avez pas menti, mais vous avez passé beaucoup de choses sous silence.

— Défiez-vous de ce qu'a pu vous raconter Hywel : il cherchait à vous troubler.

— Hywel ne m'a guère parlé, sinon pour vous orner de méchants noms. C'est son épouse, la dame de Combe Noire, qui m'a livré nombre de révélations. Après avoir tué son époux et blessé son fils, je ne pouvais quitter son fief sans lui faire part de mes regrets. Pour me payer de ma courtoisie, la dame m'a fait entrevoir la vérité. J'ai ainsi compris que je n'étais peut-être pas un champion justicier, mais l'instrument d'un crime. »

Érembourg lui adressa un sourire ironique.

« Sire Ædan, croyez-vous donc tout ce que disent les dames ?

— Entre deux veuves, j'accorde plus de crédit à celle qui sanglote sans retenue sur la mort de son mari.

— C'est vous qui m'avez offert votre bras, chevalier. Je ne vous ai pas forcé la main. Je vous ai laissé pleine liberté d'accepter ou de refuser le combat.

— Vous m'avez laissé libre d'exposer ou non ma vie. Mais vous avez omis de préciser que dans cette guerre, ce fut Bregor l'agresseur et Combe Noire l'offensé. Vous avez omis de préciser que le pont du Soltain et son revenu appartenaient au fief de Combe Noire, que la destruction de l'ouvrage fut pure malveillance de la part de votre époux. Vous avez omis de préciser que la rencontre entre votre mari et Hywel s'était passée sans témoin, et que nul ne peut affirmer s'il y eut assassinat ou duel. Vous m'avez laissé entendre que le bon droit était de votre côté, alors qu'il pouvait aussi bien être de l'autre. Vos silences délibérés m'ont aveuglé. J'ai pu décider de risquer ma vie en conscience, mais je n'ai pu en faire de même pour mon honneur. C'est pourquoi, Dame, je ne suis point satisfait. C'est pourquoi, Dame, je vous demande raison. »

Lorcann, rouge de fureur, tira à demi sa lame. Mais Érembourg éclata d'un rire perlé.

« Vous me demandez raison, chevalier ? s'esclaffa-t-elle. Dans quel champ clos désirez-vous que nous en débattions, vous et moi ?

— Désignez votre champion.

— Et si je n'ai point de champion ? » plaisanta la baronne.

Lorcann s'interposa, le feu aux joues.

« Je serai votre champion, ma cousine. Je ne peux vous laisser insulter de la sorte !

— Vous n'en ferez rien, beau doux cousin, siffla Érembourg. Je ne vous ai point envoyé lancer le gant à Hywel parce qu'il vous aurait tué. Celui-ci a tué Hywel : il ne fera de vous qu'une bouchée.

— Vous me faites outrage ! s'écria Lorcann, devenu écarlate.

— Je vous sauve la vie », rétorqua Érembourg avec rudesse.

Se tournant à nouveau vers Ædan, elle enchaîna avec insolence :

« Vous le voyez bien, chevalier, je n'ai pas de champion. Que comptez-vous faire ? Me tenir pour votre captive ? M'allez-vous rançonner ?

— J'ai déjà trop compromis ma réputation pour m'abaisser davantage, répondit Ædan. Si vous ne m'offrez pas la possibilité de laver mon honneur, je devrai prendre congé. Je ferai amende honorable. Dès mon arrivée dans le ban du comte de Brochmail, je publierai mes fautes. Devant tous les hauts hommes, devant les grands seigneurs et les meilleurs capitaines du duché, je raconterai comment j'ai été dupé et comment une méchante femme a fait de moi un meurtrier. Ainsi vous et moi, nous partagerons le même opprobre.

— C'en est trop ! » gronda Lorcann, qui tira l'épée et se rua sur Ædan.

Il brandit le fer et l'abattit en un éclair. Ædan n'eut pas le temps de dégainer son épée ; mais en un geste fluide, il glissa sous le moulinet rageur de l'adversaire et s'empara de sa dague. Dans le même mouvement, il allongea une estocade rapide sous l'aisselle gauche du cousin, au défaut de l'armure. La longue lame noirâtre s'enfonça d'un seul coup entre les côtes, droit au cœur.

Érembourg se leva brusquement, plus pâle qu'une morte. Lorcann, qui ouvrait des yeux exorbités, coassa un hoquet sanglant. En une traction brutale, Ædan arracha la dague, la laissa choir sur les dalles et sur la jonchée aromatique, pour saisir son épée. Dans le fond de la pièce, le sénéchal hurlait déjà l'alarme avec une voix puissante, le fer au poing, et se lançait vers Ædan.

« Je m'en occupe ! cria Ædan à l'adresse de Naimes, qui avait empoigné sa hache. Barre l'entrée ! »

Travaillé par l'agonie, Lorcann gisait au sol, secoué de spasmes violents. Les épées d'Ædan et d'Occila se heurtèrent avec une brutalité féroce. Dans la cour du château et le long du chemin de ronde, l'appel aux armes était repris par des voix rudes, et l'escalier de bois du tinel trembla presque aussitôt sous une houle pesante de bottes et de solerets. Naimes eut juste le temps de se ruer contre la porte et de la claquer ; elle ne fermait qu'avec une serrure à loquet, et le vieil écuyer dut s'arc-bouter contre l'huis pour l'empêcher de céder aux chocs puissants qui vinrent l'ébranler.

Au centre de la pièce, Ædan et Occila croisaient le fer dans un grand fracas de lames. Le sénéchal était un vétéran plein d'impétuosité et de force, dont l'audace était cependant balancée par le sang-froid et l'expérience. Ses assauts étaient dangereux, mais jamais irréfléchis comme l'avait été celui de Lorcann. Privé de bouclier, Ædan devait mesurer ses propres attaques, de crainte de se découvrir, et le combat entre les deux hommes s'équilibrait. Les coups contre la porte devenaient plus cadencés, provoquant des craquements sinistres. Naimes voyait les gonds et la serrure se tordre, en s'évertuant de tout son poids sur l'huis.

Ce furent les cris de la baronne et de Cœl qui firent basculer la situation. La dame de Bregor avait rapidement repris ses esprits ; voyant l'issue principale condamnée par Naimes, elle avait rassemblé les pans de sa robe et tenté de fuir vers l'arrière de la pièce. Elle voulait se glisser par la porte dérobée qu'elle avait empruntée la veille avec Ædan. Mais Cœl avait compris sa manœuvre ; il avait fait un crochet vers le corps de Lorcann, s'était emparé de la dague de son maître, et avait couru sur les traces de la dame. Alors qu'Érembourg soulevait la tapisserie, le page l'avait rattrapée, il l'avait saisie par sa longue tresse, qu'il avait tirée de toutes ses forces pour la jeter au sol. La baronne avait hurlé d'indignation et de douleur, en chutant dans un grand désordre vaporeux. De la main gauche, Cœl tirait toujours la tresse, pour maintenir la gorge de la dame exposée, et il avait piqué la naissance de son sein avec le coutelas ensanglanté.

« Reculez ! Baissez les armes ! piaillait-il d'une voix suraiguë. Reculez ou je la saigne ! Reculez ! Je ne mens point ! Sur ma tête, reculez ou je l'ouvre ! »

La voix de soprano du garçon et les feulements de la baronne finirent par attirer l'attention d'Ædan et d'Occila, qui suspendirent leur combat en découvrant le spectacle.

« Quelle est donc cette infamie ? » bredouilla le sénéchal.

Le chevalier eut un sourire goguenard.

« Je vois que votre suzeraine n'a pas su résister à mon joli petit page.

— Ordonnez-lui de la lâcher ! gronda Occila.

— C'est que le drôle n'est pas très obéissant…

— Si jamais la porte cède, s'égosillait Cœl de plus belle, je l'ouvre ! Vrai de vrai ! Je la vide comme une truite !

— Occila ! rugit la baronne, le menton rejeté vers la voûte. Qu'attendez-vous ? Faites cesser cet assaut ! »

Le sénéchal s'exécuta de mauvaise grâce, et les chocs contre la porte prirent fin. Cœl n'en délivra pas pour autant son otage. « Votre épée ! cria-t-il à l'adresse d'Occila. Jetez-la loin de vous

— Tais-toi, ordonna Ædan. Garde la dame, mais je reprends les pourparlers. »

Il s'approcha du couple grotesque formé par la grande aristocrate humiliée et le garçon qui la pressait d'une lame souillée. Le chevalier s'accroupit pour se mettre à hauteur de la baronne. Il contempla le beau visage ravagé de colère et de rage, les larmes qui fuyaient au coin des yeux en amande.

« Ce petit gueux m'arrache les cheveux, cracha-t-elle.

— Il manque encore singulièrement de manières, concéda Ædan.

— Donnez-lui l'ordre de me lâcher !

— Donnez-moi votre parole que vous nous laisserez quitter Bregor sans encombre.

— Jamais ! »

Érembourg cria, car Cœl venait d'infliger une nouvelle traction sur sa tresse. Elle se mit à sangloter, peut-être plus de fureur que de crainte.

« Jamais vous ne quitterez Bregor vivants ! hoqueta la baronne.

— Prenez garde, remarqua tranquillement Ædan. Mon Cœl possède un cœur de lion mais n'a aucune jugeote. Si vous répétez cette menace, il pourrait prendre une initiative aussi inconsidérée que malheureuse… »

Et Ædan se pencha sur la baronne, son visage proche à la toucher, comme s'il allait l'embrasser. La dame, prise entre l'étreinte du page et la proximité du chevalier, frémit de dégoût. Ædan lui adressa un sourire froid, et parla à mi-voix, de sorte à n'être entendu que d'elle et de Cœl.

« Si nous mourons, murmura-t-il, nous vous emporterons avec nous. Vous êtes de vieille race, dame Érembourg : je sais bien que vous méprisez la mort. Mais cette mort-là… en vérité, quelle fin ignominieuse ! Troussée et poignardée par un simple valet, qui de sa vie n'avait jamais touché de pucelle… On en fera un conte piquant qui durera des générations en Bregor — et ne parlons pas de Combe Noire ! On en fera des gorges chaudes à la cour ducale : votre fils sera perdu de réputation, sauf à lancer trois ou quatre gants chaque semaine. On en rira sans doute dans tout le duché, peut-être en fera-t-on des chansons de taverne jusque dans la Marche Franche ou dans la République de Ciudalia. Et vous ne serez même pas vengée, car Naimes et moi, nous nous offrirons un beau combat avant de succomber... Est-ce vraiment cette postérité-là que vous désirez ? »

La baronne avait cessé de trembler, et ses larmes s'étaient taries. Ses yeux admirables fixaient ceux du chevalier, étincelaient de haine pure. Ædan poursuivit, sur le ton de la confidence :

« Imaginez maintenant que vous nous laissiez partir... Vous n'en sortez pas la tête haute, je vous l'accorde : mais après tout, c'est une réparation honnête pour la forfaiture dont vous m'avez fait préjudice. Pour ma part, je m'estimerai quitte. Vous, de votre côté, vous pourrez poursuivre le jeu... Vous n'aurez aucune peine, je pense, à vous présenter en victime, à me camper sous les traits du félon le plus odieux. J'ai tué votre cousin, certes, mais convenez que je vous ai rendu un fier service. Je vous ai débarrassée d'un fâcheux, qui souhaitait épouser votre fief. Votre auréole de dame en détresse — et richement dotée, sans oublier vos agaçants appeaux — va vous attirer tout ce que le duché compte de chevaliers servants. Vous n'aurez que l'embarras du choix pour poursuivre la partie... Car si je vous ai tué un cousin envahissant, je vous ai également débarrassée d'un ennemi fidèle, et vous risquez de trouver l'existence bien morne sans un gibier pour tramer vos toiles. Si nous vivons tous deux, je vous livre ce piment inestimable : un objet d'exécration, un prétexte pour intriguer, l'ivresse délicieusement différée d'une vengeance bien cruelle. Je ne vous demande que peu de choses, à tout prendre ; et en échange, je vous offre beaucoup… Le sacrifice est-il si difficile ? »

La dame prit plusieurs grandes inspirations, manquant de se meurtrir contre la dague que Cœl maintenait plus ferme que jamais. Puis, elle offrit un rictus effrayant au chevalier, un sourire suant le venin et l'orgueil.

« Je ne tuerai que l'écuyer, dit-elle d'une voix mélodieuse, juste parce que c'est votre écuyer. Votre gentil page ne mourra pas de mon fait : je lui ferai seulement arracher la langue, je lui ferai seulement trancher les mains, ces mains qu'il a osé porter sur ma personne. Quant à vous, beau doux ami, vous pourrirez. Vous pourrirez ici, sous mes pieds. Vous pourrirez vivant, dans mes culs-de-basse-fosse. Vous pourrirez dans les ténèbres, dans votre arrogance et dans vos sanies, jusqu'à ce que mort s'ensuive. Je ferai appel à la moitié des chevaliers du duché, s'il le faut, et tôt ou tard, l'un d'eux vous capturera sur le champ de bataille ou sur la lice. Je verserai votre rançon. Je vous rachèterai. Je vous ferai payer… Bien sûr, pour réaliser ces beaux projets, je vous accorde aujourd'hui ma parole… Si vous quittez mon fief dans l'heure, vous ne serez pas inquiété. Mais pensez bien à Hywel. Lui, il n'avait tué que mon époux. »

Plus tard, à la nuit presque close, trois cavaliers filaient dans la brume, vers le mugissement sombre du Vernobre. Les chevaux faisaient trembler le sol gorgé sous leur cavalcade, froissaient parfois un bouquet d'herbes hautes ou les branches d'un taillis.

«Je le savais bien, grommela la voix du vieux Naimes. Nous aurions mieux fait de passer par Carroel.

— Pourquoi donc? s'étonna Ædan. Nous n'avons perdu qu'une journée, au lieu de quatre.»

UNE OFFRANDE
TRÈS PRÉCIEUSE

> *La haine sortant de terre*
> *Et combattant pour l'amour*
> *La haine dans la poussière*
> *Ayant satisfait l'amour*
> *L'amour brillant en plein jour*
> *Toujours vit l'espoir sur terre.*

PAUL ÉLUARD,
Enterrar y callar

Le chaos. Une mêlée confuse, brutale, avait éclaté à l'ombre des collines, des forêts sombres, sous une pluie drue... Il n'avait fallu que quelques secondes pour que la horde du burgrave Bratislav soit disloquée par l'ennemi. L'assaillant avait chargé en silence hors de l'obscurité des sous-bois, s'était abattu sur la colonne étirée des guerriers, avait frappé avant les premiers cris d'alerte. Des corps étaient tombés. Fauchés par des volées de flèches, percés par les lances d'un ennemi soudain proche, qui bondissait hors des arbres au milieu des figures familières. Cecht était perdu. On se battait déjà férocement autour de lui lorsqu'il comprit enfin que la horde

était tombée dans un traquenard. Il chercha des yeux
le burgrave, mais il avait la vue basse ; il ne parvint
pas à distinguer la haute silhouette au milieu des
empoignades désordonnées, des charges éparses, des
armes brandies en tous sens. Pas moyen de faire le
cercle : l'ennemi semblait partout.

Cecht abandonna son bouclier, trop lourd pour un
combat aussi confus. Il dégaina son scramasax, un
coutelas large comme un couperet, plus maniable en
corps à corps que la grande hache d'armes suspendue
dans son dos. Il chercha ses compagnons autour de
lui, étonné de ne pas encore avoir encaissé un mauvais coup. Connacht, qui marchait à côté de lui une
minute auparavant, avait disparu. À sa gauche, un
guerrier du clan slovègue fut tué par une flèche tirée
en pleine bouche. Plus loin, à quinze toises peut-être,
il devina la mort du jeune Fingell qui, luttant contre
deux soudards, ne vit pas le coutilier venu le poignarder dans les reins. On se battait encore un peu partout, des cris farouches résonnaient sous le ciel bas et
sous l'ondée froide, mais Cecht reconnut jusqu'au
plus profond de ses os la saveur des défaites.

Voilà trois jours que la horde était entrée dans le
duché. Le burgrave Bratislav ne projetait aucune
bataille ; il ne commandait qu'une expédition de
pillage. Le raid était cependant audacieux, car il
visait la Franche Foire d'automne du bourg de
Carroell, une petite ville opulente du centre du
duché. Ce n'était qu'un coup de main de plus dans la
guerre ancestrale qui opposait les clans d'Ouromagne aux grands féodaux de Brømael, mais il aurait
pu porter un coup sérieux au trésor du duc, et rap-

porter un joli butin aux guerriers du burgrave. Pour
se faufiler jusqu'au cœur du territoire ennemi, le burgrave avait suivi une route inhabituelle : en quittant
l'Ouromagne, il avait longé les Landes Grises, en
dépit de la peur qui planait sur ces terres désolées.
Puis, il avait bifurqué au travers des collines du
Chevéchin, une région peu peuplée de Bromael où
la horde pouvait essayer de progresser profondément
en territoire ennemi sans être repérée. Le chemin
choisi par le burgrave était trois fois plus long que la
route des raids traditionnels, mais il permettait d'éviter les châteaux puissamment fortifiés de Brochmail
et de Kaerlund.

La horde était entrée dans les forêts profondes du
Chevéchin très tôt, le matin même. Le burgrave avait
décidé de suivre le cours sinueux des vallées, à
l'ombre des collines couvertes de sapins bleus. Ainsi
espérait-il échapper le plus longtemps possible aux
yeux des rares charbonniers qui habitaient la région.
La chance avait d'abord semblé sourire à la horde :
une brume humide stagnait sur les terres maréca-
geuses des combes et des tourbières, et drapait la
forêt de voiles épais. Mais la situation avait pris
un tour plus inquiétant vers le milieu de la matinée, lorsqu'une stèle menaçante avait émergé du
brouillard, au milieu des troncs, juste devant les
hommes de l'avant-garde. Au sommet de la stèle, sur
la pierre usée par les intempéries et par la fuite des
siècles, on devinait une chouette gravée au milieu
d'un cercle. Dugham le Chenu, un vieillard encore
robuste malgré ses cinquante hivers, était le seul
guerrier de la horde à savoir déchiffrer les lettres. Il

s'était approché de la pierre dressée, avait gratté au couteau le duvet de mousses et de lichens qui la couvrait, et il avait découvert une antique inscription runique. Il avait alors annoncé que tout le territoire au-delà était une terre consacrée à la Vieille Déesse. Les guerriers avaient murmuré, et une ombre de peur avait passé sur les visages rudes. On n'aimait guère la Vieille Déesse en Ouromagne : on savait son culte associé à la magie, aux mystères, à la ruse et aux fourberies. Traverser une forêt qui lui était consacrée, c'était se risquer dans une expédition bien plus aventureuse qu'un coup de main contre le duché de Bromael... Mais le burgrave avait balayé leurs réticences en raillant leur lâcheté, et il avait ranimé leur convoitise en peignant toutes les richesses qui étaient maintenant à portée de main, à Carroel. Les farouches guerriers d'Ouromagne avaient secoué leurs craintes ; ils avaient passé outre l'avertissement de la pierre...

... Et quelques heures plus tard, Cecht se retrouvait dans un corps à corps sauvage, où le burgrave avait disparu, tué peut-être, où plusieurs vieux compagnons d'armes venaient de connaître une mort brutale et sans grande gloire. Une flèche ricocha contre les anneaux de sa broigne, et Cecht se décida à agir. Il lui sembla apercevoir le vieux Dugham qui venait de sabrer un solide gaillard et qui lui faisait signe de loin.

« C'est foutu, Cecht, cria-t-il au-dessus du vacarme de la bataille. Barre-toi, mon gars ! »

Il s'agissait de la voix du bon sens. Cecht se mit en branle, en direction d'un sous-bois dense, à l'écart des combats. Malgré sa silhouette trapue, malgré le poids de sa broigne et de sa hache, il zigzagua avec une grâce pataude entre plusieurs mêlées indistinctes. La sueur mêlée de pluie commençait à lui couler dans les yeux, et il n'y voyait pas très clair ; des années auparavant, un coup de masse reçu au siège de Kaellsbruck lui avait défoncé une arcade sourcilière, et depuis, il ne distinguait plus très bien tout ce qui se passait sur sa gauche. Dans un combat aussi dispersé, il craignait un coup tordu comme celui qui avait tué le jeune Fingell, et il jetait de fréquents coups d'œil au-dessus de son épaule gauche. Deux sergents d'armes tentèrent de lui couper la route : Cecht les chargea en grognant. Un coup puissant de scramasax saigna le premier jusqu'aux vertèbres. Le second soldat tenta de frapper Cecht, mais le guerrier passa sous son épée et le percuta de l'épaule, en lançant tout son poids dans le choc. Le sergent fut projeté hors de la trajectoire de Cecht, qui continua à foncer vers le bois.

Plusieurs cris de rage fusèrent dans son dos, et une flèche le dépassa, non sans avoir zébré de rouge sa main droite. C'est alors qu'une voix autoritaire couvrit les autres et lança :

« Laissez-le moi ! La tête de ce rustre me revient ! »

Et Cecht entendit ce qu'il craignait le plus : le galop lourd d'un destrier, lancé droit sur ses traces. Le couvert des arbres n'était plus qu'à une vingtaine de toises, mais le cheval de bataille était plus rapide que lui, et le guerrier comprit qu'il n'atteindrait pas le sous-bois à temps. Il se retourna, les lèvres retroussées sur un rictus féroce.

Un chevalier, monté sur un hongre énorme, le chargeait l'épée haute. Cecht aperçut vaguement un heaume au ventail orfévré, une magnifique cotte

d'arme galonnée de brocarts, un long écu armorié
d'épines sur champ d'argent. Le guerrier jura inté-
rieurement : à pied, armé d'une lame courte, il n'avait
guère de chance face à un adversaire monté. Mais il
n'avait pas le temps de s'emparer de sa hache. Alors,
il agit par purs réflexes : il se lança en avant, toute sa
force ramassée contre l'adversaire. Il tenta d'esquiver le coup de taille du chevalier aux épines comme il
avait évité l'estocade du sergent ; mais il n'y parvint
qu'à moitié, le fer de l'épée lui fendit le cuir chevelu
juste au-dessus de l'oreille et ricocha contre l'os. À
moitié sonné, Cecht parvint néanmoins à se glisser
sous la garde du cavalier et lui allongea un méchant
coup de scramasax dans le ventre. La lame mordit
dans les étoffes brodées de la cotte d'armes, mais
glissa contre les mailles d'acier du haubert. Le chevalier se dégagea au galop, laissant sur place un Cecht
titubant, la moitié de la tête en sang.

Le guerrier trébucha, tout le crâne engourdi par le
choc. Pendant une interminable seconde, sa vue se
voila, et une faiblesse insidieuse s'insinua dans ses
membres ; il mobilisa toute sa hargne contre l'inconscience, et revint rapidement à lui. Il se retourna pour
faire face derechef à l'adversaire.

Le chevalier lui coupait maintenant la route du
sous-bois. Il était déjà en train de tourner bride pour
attaquer à nouveau, et riait aux éclats en brandissant
son épée. Cecht savait qu'il ne survivrait pas à une
nouvelle charge ; il savait aussi qu'il ne pouvait se
dérober, et qu'il eut été désespéré de retourner au
cœur de la mêlée. Le chevalier fit caracoler orgueilleu-
sement sa monture pendant quelques secondes, puis

éperonna sur Cecht. Le guerrier se décida en un instant : il bondit en avant, se ruant droit sur l'adversaire. Mais il ne visait plus l'homme.

Le chevalier aux épines comprit trop tard ce qui se passait : Cecht se lançait à la tête du destrier. Le cheval de bataille et le guerrier d'Ouromagne se heurtèrent de plein fouet ; Cecht fut soulevé du sol par le choc, l'air chassé de ses poumons, et il sentit toutes ses dents vibrer sous l'impact... Mais il avait empoigné les naseaux du hongre de la main gauche, et il avait allongé une furieuse estocade de la main droite. Il frappa sous la tête de l'animal. Le scramasax s'enfonça jusqu'à la garde dans la gorge du destrier. Le cheval roula des yeux fous, poussa un hennissement noyé, crachant sang et salive à la face de Cecht. Il se cabra, rua — l'un de ses antérieurs frappa violemment la cuisse droite de Cecht, qui fut projeté à plusieurs pas. Puis, le grand hongre et son cavalier s'effondrèrent lourdement de côté.

Cecht avait roulé au sol, au milieu des ronces et des feuilles mortes. Il voulut se remettre sur pieds, mais sa jambe droite se déroba et il retomba lourdement. Il grogna, tâta sa cuisse — il ne sentait plus sa jambe, et il eut peur que l'os soit brisé. À moins de cinq toises, le destrier tremblait convulsivement et labourait l'humus de ses sabots, travaillé par l'agonie. Le chevalier sacrait abominablement, mais il semblait empêtré dans les rênes, les étriers et les courroies de son bouclier, et il ne parvenait pas à se relever. Cecht essaya à nouveau de se remettre debout, en s'appuyant surtout sur la jambe gauche. Il y parvint non sans peine ; le poids de la broigne

gênait ses mouvements, et sa hache d'armes, qui
avait glissé dans ses reins au cours de la chute, le
déséquilibrait. Lorsque enfin il fut debout, il posa
prudemment le pied droit; une onde brûlante de
souffrance lui déchira la cuisse. Cecht grimaça, mais
la douleur le rassura. Ce qui faisait mal était toujours
vivant.

Malheureusement, le chevalier lui aussi était en
train de se relever. Il avait arraché son heaume,
découvrant un visage congestionné par le port du
camail et par la colère. Il avait tiré un poignard et
tranché les sangles du harnais qui le maintenaient
prisonnier de son cheval, et il se redressait maladroitement, malgré la charge du haubert, en s'appuyant
sur son bouclier et sur son épée. Il fallait en finir;
Cecht avait perdu son scramasax dans le choc, mais
cette fois, il avait le temps de s'emparer de sa hache.
Il l'empoigna à pleines mains, et le poids familier de
la grande arme de bataille suffit à lui donner un
regain de vigueur. Il cracha avec mépris, puis il boita
vers le chevalier. Celui-ci ne riait plus, et son visage
suant rayonnait de haine; il se couvrit de son grand
écu et leva l'épée, prêt à frapper.

Les deux adversaires se jaugèrent un instant du
regard, et le chevalier entreprit un mouvement latéral
sur la droite, en restant sur la défensive. Cecht comprit
que l'autre voulait profiter de sa jambe blessée pour
l'épuiser. Si le combat durait, il tournerait à son désa-
vantage. Il fallait abréger; Cecht chargea. Il fit tournoyer sa hache dans les airs et l'abattit avec une force
terrifiante sur l'écu armorié. Le bouclier fut fendu net.
Mais le chevalier avait eu le temps de frapper de

taille ; son épée passa sous le bras gauche du guerrier, rompit les anneaux et le cuir de la broigne et s'enfonça dans l'aisselle. Cecht sentit à peine la douleur ; il voulait en finir, et, malgré le flot de sang qui jaillissait de sa nouvelle blessure, il balança à nouveau sa hache et cogna une deuxième fois. Cette fois, le bouclier vola en éclats, et le chevalier, déséquilibré par l'impact, trébucha en arrière et s'effondra sur les coudes. Cecht s'avança au-dessus de son ennemi. La terrible hache, maniée par des bras puissants, prit un nouvel élan. Le chevalier était à moitié sonné ; il tenta vainement de bloquer le coup avec son épée. Sous le choc, celle-ci lui échappa. La hache le percuta en pleine poitrine ; le haubert d'acier ne céda pas, mais Cecht entendit nettement les os du thorax craquer. Une écume rosâtre remonta aux lèvres du chevalier, qui tourna de l'œil et s'affala comme un tas de chiffons.

Par réflexe, Cecht brandit sa hache, prêt à achever l'ennemi. Ce fut seulement à ce moment qu'il sentit une violente déchirure sous le bras gauche. Il se rendit compte aussi que la plaie qu'il avait à la tête lui martelait le crâne comme un tambour, et que sa jambe droite tremblait violemment, prête à céder d'un instant à l'autre. Il respira profondément, mais le malaise persistait. Il avait l'oreille et le cou couverts de sang, et il voyait les anneaux de son armure rosir sur son flanc gauche. La pluie ruisselait froide sur son front. Ses bras devinrent mous. Les hurlements et le fracas des armes, derrière lui, se faisaient lointains. Le monde se mit à tourner, et il eut l'impression de sombrer dans un puits obscur…

Cecht se reprit à temps. Il s'appuya sur sa hache, prit trois grandes inspirations et commença à retrouver ses esprits. Il était vivant. Il avait vaincu un adversaire redoutable. Il n'allait pas s'effondrer bêtement sur le champ de bataille, pour terminer pendu à la branche maîtresse d'un arbre voisin ou égorgé par un détrousseur de cadavres. Le plus dur était fait; il n'avait plus qu'à fuir. La souffrance était lancinante, et il savait qu'elle croîtrait encore avec les heures à venir, mais il fallait passer outre. Il fallait vivre.

Il boitilla jusqu'au cheval mort et arracha le scramasax. Il l'essuya rapidement, le rangea dans son fourreau, puis, après un coup d'œil circulaire pour s'assurer que personne d'autre ne le menaçait, il claudiqua vers les bois les plus épais. Il s'enfonça sous les frondaisons lourdes, somnolentes, figées dans un crépuscule perpétuel, là où même la pluie ne se faufilait qu'en gouttes éparses. Le chant brutal du fer, des cris de ralliement et des hurlements d'agonie devint fantomatique, échos de guerre dans une forêt assoupie. Mais tout danger ne semblait pas écarté; Cecht devina une silhouette furtive qui se glissait entre les troncs noirâtres, à une portée de javelot devant lui. Il ne voyait pas très bien l'intrus, mais il affermit sa hache dans son poing, prêt à balayer l'obstacle.

« Tout doux, mon gars, lança une voix familière. C'est moi, Dugham. »

L'homme s'était arrêté à une dizaine de pas, dans l'ombre d'un grand sapin mangé de moisissures. Cecht plissa les yeux; il reconnut les mèches blanc filasse, le besant orné de pièces et l'épée à large pommeau du vieux guerrier. Le vétéran avait dû en découdre furieusement pour échapper à la tuerie ; Cecht vit qu'il était poisseux de sang des bottes jusqu'à la ceinture, comme s'il avait pataugé dans un charnier. Il baissa sa hache et leva la paume gauche en signe de reconnaissance.

« J'ai bien cru que t'allais me démolir », ricana le vieux Dugham.

Il grimaça une parodie de sourire, et ajouta :

« Je t'ai vu corriger ce champion, Cecht. Au début, j'aurais pas parié un liard sur ta tête. Quelle pilée ! T'as pas perdu la main depuis Kaellsbruck ! »

Cecht vint s'arrêter à côté du vieux guerrier, et s'appuya sur sa hache pour soulager sa jambe blessée.

« Où est le burgrave ? grogna-t-il.

— Aucune idée, répondit Dugham. Je l'ai perdu dès le début du bordel. De toute façon, on ferait mieux de s'occuper de nos fesses. Quand les hommes du duc auront fini le carnage, y a des chances qu'ils se souviennent de tes exploits. Et ils risquent de t'en vouloir sévère… »

Il assena une claque amicale sur l'épaule de Cecht, et ajouta :

« Allez, trêve de causeries. On s'arrache. »

Cecht suivit. Dugham était un vieux loup qui avait survécu tant d'années parce qu'il était plus malin que les autres, et Cecht faisait confiance à la sagacité de l'ancêtre. Tous deux plongèrent plus avant dans la forêt, et commencèrent à gravir les pentes raides d'une colline. Ils froissaient les grandes fougères jaunies par l'automne, fouettaient les branches basses dans leur course, zigzaguaient entre des arbres massifs. Cecht prit rapidement la tête ; il ne voyait pas très loin, dans la pénombre lourde qui drapait la forêt, mais il sentait que sa place était devant, pour protéger l'ancien. Du reste, Dugham commença rapidement à traîner. Sa cavalcade se faisait trébuchante, l'écume lui montait aux lèvres, et il se comprimait le flanc de la main, comme s'il souffrait d'un point de côté. Cecht aussi souffrait. Chaque pas était un supplice pour sa jambe blessée, et il se tordit plusieurs fois la cheville droite quand les muscles de la cuisse lâchaient sous l'effort. Les pulsations de la plaie qu'il portait au crâne irradiaient jusque dans son œil et dans sa mâchoire, au rythme frénétique de son cœur. Il essayait de maintenir son bras gauche loin du corps, mais les cahots de la course et les mouvements brusques pour rétablir son équilibre frottaient sans cesse la manche de sa broigne contre les chairs ouvertes de son aisselle, et il grondait des obscénités pour mater sa douleur.

Finalement, alors qu'ils parvenaient au sommet d'une pente abrupte, Dugham s'appuya contre l'écorce calleuse d'un fût. Il était livide, et il avait du mal à retrouver sa respiration.

« Un moment, haleta le vieux guerrier. Faut qu'je souffle... Tiendrai pas dix pas de plus... »

Cecht s'arrêta. Il avait perçu une intonation presque geignarde dans les mots de Dugham. Cela l'inquiéta fugitivement. Mais lui aussi avait besoin de repos ; il craignait surtout que sa jambe refusât de le porter, et l'effort lui coupait presque la respiration. Il prenait de l'âge ; il ignorait quand il était né, mais il estimait qu'il avait passé les trente hivers. C'était beaucoup : il se savait sur le mauvais versant de l'existence. Rares étaient les hommes d'Ouromagne qui espéraient vivre aussi longtemps que Dugham...

Celui-ci avait glissé le dos contre son tronc, l'épée en travers des genoux, et il inspirait à petits coups rapides, les yeux fermés. Il avait les traits tirés, ses cheveux clairsemés plaqués sur le front par la pluie et la sueur. Cecht trouva qu'il avait les joues creuses, les rides plus marquées que d'ordinaire, les paupières mangées de noir. Peut-être parce qu'il sentait le regard de Cecht, le vieux guerrier rouvrit les yeux, et grimaça sa parodie de sourire.

« Ces conneries, c'est plus d'mon âge, plaisanta-t-il.

— Les types que t'as saignés devaient penser la même chose », observa Cecht.

Dugham s'esclaffa, mais son visage se tordit brièvement de douleur, et il referma les yeux. Alors qu'ils récupéraient leurs forces, Cecht prêta l'oreille aux rumeurs de la forêt, attentif aux échos d'une traque éventuelle. Il n'entendit que la polyphonie des gouttières, le grincement grave des branches caressées par le vent, le trille solitaire d'un oiseau triste. Même la bataille ne résonnait plus au fond des bois. Peut-être tout était-il fini.

« Y'a un truc que j'aurais aimé savoir », reprit Dugham sans ouvrir les yeux.

Cecht ne répondit pas, mais le vieux guerrier enchaîna quand même.

« Qu'est-ce t'as pu faire depuis cinq ans, Cecht ? T'as disparu d'la circulation depuis... depuis la guerre sur le fief du Voïvode Brancovan. J't'ai même cru mort. Et puis v'là que tu réapparais, sans un mot, pour te lancer dans ce beau merdier. Qu'est-ce que t'étais devenu, mon gars ? »

La Femme et l'Enfant passèrent fugitivement devant les yeux de Cecht. Il se rendit compte que cela faisait des jours, peut-être même des semaines qu'il n'y avait plus pensé. Il se hâta de chasser cette image.

« T'es qu'une vieille fouine, Dugham. Tu ferais mieux de te relever. J'tiens pas à traîner dans le coin.

— Non, attends encore un peu, gémit le vieil homme. Juste un peu… »

Le ton plaintif de Dugham hérissa Cecht. Il ne l'avait jamais entendu geindre ainsi ; cela lui fit froid dans le dos. Il y avait quelque chose de cassé chez le vieux guerrier. Cecht l'observa avec une appréhension diffuse. Il vit la main serrée contre le côté, le sang qui lui poissait les jambes… Et soudain, la vérité se fraya un chemin dans sa cervelle épaisse.

« T'es touché, Dugham.

— Oui, grogna l'autre.

— T'es touché au ventre.

— Oui. Un fumier de piquier. Je l'ai eu quand même.

— T'es touché au ventre. T'es mort, Dugham. »

Un rictus hargneux tordit la trogne du vieillard.

« Tu m'trouves pas un peu bavard, pour une charogne ? cracha-t-il, l'œil mauvais.

— T'en as pour deux, trois jours. Et tu peux plus marcher. T'es foutu. Moi, je peux encore m'en tirer. Si tu veux pas rester seul, je peux te faire passer tout de suite.

— Ta gueule, Cecht ! Je suis pas encore mort, et ça me ferait vraiment mal au cul d'être buté par un toquard dans ton genre ! »

Cecht haussa les épaules.

« Comme tu veux, Dugham, dit-il. Quand je rentrerai, je dirai que t'es mort comme un chef. Après tout, t'as bien vécu.

— Putain de merde ! Mais t'es vraiment à la masse, comme gars ! Tu m'parles comme si j'étais déjà au fond du trou ! Cecht ! Cecht !... »

Mais Cecht avait déjà tourné les talons et il commençait à s'éloigner en boitillant. Dugham tenta de se relever en prenant appui sur son épée, mais une onde de souffrance ravagea son visage, et il retomba, une main crispée sur son ventre. Un sang noir fuyait entre ses doigts. Il jura, gémit, puis se remit à appeler Cecht à tue-tête. Celui-ci fit la sourde oreille. Il avait posé sa hache sur ses épaules, derrière sa nuque, et il appuyait ses mains en travers du manche. La position lui permettait de soulager son aisselle blessée, et il espérait pouvoir marcher ainsi d'un bon pas pendant longtemps avant d'être rattrapé par l'épuisement. Les cris de Dugham s'affaiblissaient entre les arbres, mêlés de supplications et d'insultes.

« Bougre de couillon, entendit-il encore. Tu sais même pas où tu vas ! J'parie que tu connais même pas la direction de l'Ouromagne... »

Le reste se perdit dans la pénombre des forêts, le chant indifférent de la pluie et le long murmure du vent sur les frondaisons. Cecht poursuivit sa route. Il se disait qu'il n'y avait rien d'autre à faire. Toutefois, à mesure qu'il dégringolait le long de grandes déclivités obscures, sous les nefs crépusculaires du bois, un doute s'insinuait dans son esprit. Les derniers mots de Dugham lui revenaient en une ritournelle obsédante, au rythme de la douleur qui vrillait sa tempe... Il avait participé à de nombreux coups de main contre le duché de Bromael, mais c'était la première fois qu'il voyageait dans le Chevéchin. Dugham avait raison : il ne connaissait pas la région. Il avait escompté tracer un large demi-cercle à travers bois, reprendre en sens inverse la piste suivie par la horde depuis les Landes Grises, mais il n'était plus très sûr de retrouver son chemin. Quand il avait fui le champ de bataille avec Dugham, il avait couru au hasard, surtout préoccupé d'échapper à l'ennemi. Il n'avait pas pris de repères. Il ne savait même pas au juste la direction qu'il avait suivie... Les arbres, autour de lui, dressaient leurs troncs séculaires et leurs branches noires vers un ciel lointain. La forêt était sauvage, vaste, sombre. Et consacrée à la Vieille Déesse...

Il ralentit. Il traîna encore la jambe quelque temps, indécis. Puis s'arrêta. Il réfléchit pesamment, immobile, indifférent aux gouttes lourdes qui tombaient des feuillages jaunissants. Il lui fallait un plan, mais il n'était pas très fort pour les plans. Il avait l'habitude de se reposer sur l'autorité d'un chef comme le burgrave, ou sur la sagesse de gens plus malins comme Dugham. Dans une horde, son rôle n'était pas de penser... À l'improviste, un souvenir revint affleurer sa conscience : il se rappela que la Femme se moquait parfois de sa lenteur d'esprit. Il jura, contrarié par ce nouveau tour que lui jouait sa mémoire. S'il avait repris les armes, c'était pour oublier. Réfléchir ne lui valait vraiment rien. Il fit demi-tour et revint sur ses pas.

Il retrouva Dugham plus tôt qu'il ne s'y attendait. Le vieux guerrier s'était traîné sur plusieurs furlongs, en laissant çà et là des empreintes sanglantes sur le tronc moucheté des hêtres et le cuir crevassé de chênes sessiles. Il s'était assis sur le tapis de feuilles mortes, contre une souche couverte de mousses et de parasites fongueux. Il respirait à petits coups, en essayant d'étancher le sang de sa blessure avec une pièce de tissu arrachée à sa manche. S'il vit ou entendit Cecht approcher, il ne le manifesta nullement. Cecht alla jusqu'à lui, et s'accroupit en grimaçant, une main serrée sur sa cuisse douloureuse.

« Je veux rentrer en Ouromagne, dit-il sans préambule. Je dois passer par où ? »

Dugham ricana faiblement, en continuant à ajuster la charpie contre sa plaie.

« Je dois passer par où ? répéta Cecht.

— Tu n'y arriveras pas, rétorqua enfin le vieux guerrier, en relevant les yeux sur Cecht.

— Si je sais par où aller, j'y arriverai.

— T'es à moitié aveugle, Cecht. Depuis Kaellsbruck, t'as un œil qui est mort, ou tout comme, et l'autre ne vaut guère mieux. Même si je te disais où aller, tu te perdrais.

— J'y vois mal, mais je saurai repérer le soleil en sortant des bois.

— Et tu veux rentrer en Ouromagne ?

— Oui.

— Même avec de bons yeux, tu te ferais tuer, Cecht. À ton avis, qu'est-ce qu'ils branlent, les vas-

saux du duc ? Tu crois qu'ils jouent peinards aux osse-
lets, avec une gueuse sur les genoux et un pichet sous
la main ? Moi, je vais te dire ce qu'ils font : ils ratissent
les frontières des Landes Grises et de l'Ouromagne,
pour serrer des types comme toi ou moi et les envoyer
danser au bout d'une corde. J'parie même que ce
grand bâtard de Brochmail a sorti toutes ses meutes,
trop content de pouvoir chasser un gibier dans ton
genre. »

Cecht changea de position, pour soulager ses
muscles froissés. Il ruminait lentement les paroles de
Dugham. Il n'avait pas envisagé les choses sous cet
angle, si toutefois il avait envisagé clairement quoi
que ce soit. Il voulait rentrer, voilà tout. S'il avait été
indemne, il aurait tenté le coup quand même, vaille
que vaille ; mais avec sa jambe folle, il savait qu'il ne
saurait rivaliser avec les mâtins et les grands dogues
du comte de Brochmail. Il se sentait piégé, et il
n'avait plus l'énergie de réagir par la colère face aux
événements.

« Qu'est-ce que tu voudrais que j'fasse ? grogna-t-il
enfin. Que j'te tienne la main en attendant que tu
crèves ? »

Un éclair mauvais passa dans le regard de
Dugham.

« Je suis pas encore mort, cracha-t-il.

— Alors qu'est-ce qu'on fait ?

— On va s'en sortir, mon gars. Seulement pour ça,
t'as besoin de moi, et j'ai besoin de toi. Tu vas me
porter, Cecht. T'es borné comme une taupe, mais t'es
bâti comme un taureau, et c'est pas tes égratignures
qui t'empêcheront de soulever mes vieux os. Et moi,

je vais te dire comment on va se tirer de cette fosse à merde. »

Malgré la fatigue et la douleur qui marquaient son visage chiffonné, une expression rusée éclaira les traits du vieux guerrier. Cecht se pencha pour mieux l'écouter.

« Ces fumiers nous attendent au sud, enchaîna-t-il, alors on va aller plein nord. On oublie l'Ouromagne pour l'instant, et on s'enfonce plus profond dans le Chevéchin.

— Mais c'est en plein dans le duché ! se récria Cecht.

— Et alors ? On s'en fout, si les hommes du duc, eux, traînent en bordure de l'Ouromagne. Et puis le Chevéchin est peu peuplé ; si on est discrets, on pourra traverser le pays ni vu ni connu. Avec un peu de chance, dans cinq jours, on entre dans la Marche Franche. Là-bas, les soldats du duc ne pourront plus nous poursuivre. On gagne Bourg-Preux, le chef-lieu, et on se refait une santé. Ça grouille de marchands de Kahad-Burg et de Ciudalia, là-bas. On se louera comme mercenaires. On finira bien par retrouver une caravane commerciale pour l'Ouromagne ou le sud de Bromael, et on rentrera chez nous incognito. Qu'est-ce t'en dis ?

— Tu connais la Marche Franche ?

— J'ai traîné mes guêtres dans la région du Fauvois et du Canton Vert, dans le temps. J'étais dans une bande qui faisait de la rapine. Ça a tourné très mal, et il n'y en a pas eu beaucoup qui ont revu l'Ouromagne… Mais ça fait plus de vingt ans, et ça m'étonnerait qu'on se souvienne de moi à Bourg-Preux. Alors, tu marches ? »

Cecht pesa quelques temps la question. Ce plan était compliqué, et il n'était guère inspiré à l'idée de s'éloigner davantage encore de l'Ouromagne. Il avait les réflexes du fauve blessé : rentrer au plus tôt dans sa tanière, quitte à attaquer quiconque s'interposerait. Mais il faisait plus confiance dans le jugement de Dugham que dans le sien. Et surtout, s'il suivait les conseils du vieux guerrier, il n'aurait plus de décision à prendre. Il se reposerait sur la jugeote de son compagnon, et serait soulagé du poids le plus insupportable : réfléchir et trouver des solutions. Marcher, lutter contre la fatigue, la douleur et la faim, affronter l'ennemi tapi au coin du bois, tout le reste était beaucoup plus simple. Tout le reste était dans l'ordre du possible.

« C'est d'accord, finit-il par gronder. Mais j'te préviens, Dugham : t'as pas intérêt à me claquer entre les doigts. »

Le vieillard s'esclaffa faiblement.

« Ça dépend de toi, mon gars. T'as intérêt à m'bichonner… »

Cecht aida Dugham à se relever. Il passa le bras droit du vieux guerrier autour de son cou, et le soutint pour marcher. Ils avancèrent ainsi sur quelques centaines de pas, mais Dugham s'affaiblissait visiblement. Chaque pas tordait son visage ridé, le tissu qu'il compressait contre son flanc se gorgeait de sang, et ils se traînaient à une allure dangereusement lente. Cecht finit par les arrêter.

« Ça suffit », dit-il.

Et, sans préambule, il chargea Dugham sur ses épaules, comme un vulgaire sac. Il fut surpris par la légèreté du vieillard : malgré son besant, ses bottes, son ceinturon d'armes et l'épée à large pommeau, Dugham ne pesait guère plus lourd qu'une jeune fille. Sans ses blessures, Cecht aurait pu le porter une journée entière. Mais sa jambe droite tremblait violemment sous la charge, et la plaie qui béait sous son bras gauche le déchirait affreusement dans l'effort. Il serra les dents, tandis qu'une sueur mauvaise lui inondait le dos et le front, et il se remit en marche, en cahotant comme un estropié.

Cecht repartit dans une direction qu'il estimait être le nord. Il traversa des hêtraies bariolées par la chute des feuilles, les cryptes enténébrées de forêts de sapins, des piémonts où charmes et érables disputaient une lumière rare aux grands chênes moussus. Il boitait lourdement le long de pentes souvent raides, où de vieilles roches affleuraient entre les feuilles mortes, l'humus et les racines. Il ne croisa nul chemin, nulle clairière de charbonniers, juste quelques pistes erratiques tracées par les animaux de la forêt. Il crut une fois apercevoir du mouvement entre les troncs, et entendit les craquements désordonnés d'une harde de daims prenant la fuite. Il croisa plusieurs arbres dont l'écorce avait été arrachée par des griffes puissantes et dont les branches basses avaient accroché des touffes de poil roussâtre. Cecht ne craignait guère les ours ; c'était le totem de son clan, et il savait que ces grands carnassiers étaient trop paresseux pour pister longtemps une proie. En revanche, il redoutait la perspective d'être

pris en chasse par une meute de loups. Eux ne lâcheraient pas prise ; ils pourraient traquer les deux
blessés sur des lieues, et attendraient patiemment
qu'ils soient trop faibles pour se défendre...

Cecht s'épuisait. Sa jambe et son aisselle tiraient
cruellement à chaque pas, et la plaie qui lui ouvrait
le crâne l'étourdissait avec l'obstination lancinante
d'une dent cariée. Il s'arrêtait tous les quatre ou cinq
cents pas pour reprendre son souffle et retrouver
quelques forces. Au début, il déposait Dugham afin
de soulager un peu son dos ; mais soulever le vieux
guerrier pour reprendre la route lui déchirait chaque
fois davantage le flanc, et il finit par décider de le
garder en travers de ses épaules. Quand il faisait une
pause, il se contentait de s'appuyer contre un tronc,
le front posé contre l'écorce rugueuse, en appui sur
sa jambe valide. La souffrance, l'effort, la pluie froide
et la pénombre hostile de la forêt finirent par se
mêler en un long cauchemar. La jambe et le bras
gauche du vieillard, qu'il maintenait contre sa poitrine, heurtaient avec une régularité obsessionnelle
son ceinturon d'armes et ses hanches. La tête de
Dugham roulait contre son cou, rendue poisseuse
par la sueur et par le sang qui lui avait coulé le long
de la nuque. Le vieillard devenait de plus en plus
froid, et grelottait de façon pathétique. Il gémissait
parfois au creux du cou de Cecht, et cette détresse
chuchotée à l'oreille du grand guerrier lui glaçait les
os.

Dugham était en train de mourir. Cecht le savait.
Cecht l'avait su dès qu'il avait découvert la nature de
sa blessure. Il s'en voulait d'être revenu sur ses pas,

de s'être laissé abuser par le bavardage du vieux truand. Mais Cecht avait fait son choix, et il était au moins convaincu sur un point : sans Dugham, il avait peu de chance de sortir du duché de Bromael. Le vieux guerrier succomberait sans doute, mais il fallait le maintenir en vie au moins pendant quelques jours, le temps de quitter le duché et de trouver la route de la Marche Franche. En fait, toutes ces idées ne traversaient l'esprit de Cecht que de façon nébuleuse ; la lutte qu'il menait contre l'épuisement, la douleur, les dénivelés abrupts des collines du Chevéchin mobilisait l'essentiel de ses moyens. Il trébuchait dans un mauvais rêve, et ses idées n'avaient guère plus de consistance que les fragments décousus d'un songe.

Au bout d'un moment, il ne sut plus très bien où il était. Parfois, il se croyait en Ouromagne, sur les terres disputées qui s'étendaient entre le territoire du Voïvode Brancovan et les forêts du clan Arthclyde. Il se disait alors que l'Enfant pesait bien lourd, que c'était bon signe car après tout, un garçon aussi bien nourri ne pouvait pas mourir avant d'avoir atteint le repaire du chamane... Puis, il réalisait que la neige avait fondu, que cette pluie était bizarre en plein hiver dans la taïga désolée d'Ouromagne, et il se rappelait brusquement qu'il était perdu dans le duché, et que le corps qu'il portait était celui d'un vieillard, non celui d'un enfant. Alors une grande amertume s'emparait de son cœur, et un goût de cendre lui envahissait la bouche.

Il tituba ainsi jusqu'au soir. Alors que la nuit insinuait ses longs doigts d'obscurité dans les sous-bois, il pataugea dans l'eau glacée d'un torrent. Le courant rugissait avec une force bouillonnante autour de rochers dont certains portaient, peut-être, des inscriptions anciennes et des figures aux trois quarts effacées. Il se hissa avec peine sur la berge nord, sans avoir lâché son fardeau humain, et poursuivit son calvaire avec un entêtement animal. Mais, au-dessus des frondaisons hirsutes de la forêt, le soleil se couchait entre des nuages encore lourds de pluie, et des ténèbres profondes rampaient sous les feuillages rouillés. Bientôt, Cecht avança à l'aveuglette. Il se prenait les pieds dans le réseau noueux des racines, il s'accrochait aux ronces et aux branches, il heurtait parfois de plein fouet des fûts massifs. Chaque choc ravivait ses blessures comme autant de coups de couteau, et faisait gémir Dugham contre son oreille. Presque à regret, il comprit qu'il fallait s'arrêter. À tâtons, il trouva un arbre couché, et il étendit son compagnon sous le maigre abri du tronc écroulé. Le vieillard était secoué de longs frissons et ne parlait plus que par monosyllabes. Cecht rassembla des branches mortes et tenta d'allumer un feu ; mais son bois était mouillé, et il ne parvint pas à en tirer la moindre flamme. Il avait perdu son paquetage, sans doute au cours du combat contre le chevalier aux épines. Il ne lui restait plus qu'une outre de peau, qui contenait un fond d'eau-de-vie ; il en donna un peu à Dugham, et en avala lui-même quelques gorgées pour se réchauffer. Puis, il s'allongea contre son compagnon, et le prit dans ses bras pour essayer de lui communiquer un peu de chaleur.

Il perdit le fil du temps. Il avait froid, faim, et ses blessures le travaillaient avec des fers opiniâtres. Peut-être sombra-t-il dans l'inconscience, peut-être dormit-il. Il eut l'impression de faire une chute brutale et ouvrit soudain les yeux. Dugham grelottait contre sa poitrine, et il sentait tout le corps du vieillard se crisper parfois dans un spasme de douleur. Cecht lui-même était transi ; l'eau gouttait du haut des arbres, sourdait de l'humus gorgé d'humidité. Elle s'était infiltrée sous sa broigne, imprégnait sa chainse et ses braies de grosse toile. Un noir de poix occultait le monde. Cecht avait beau écarquiller les yeux, il avait l'impression d'avoir la tête dans un sac ou d'avoir perdu la vue. Il entendait pourtant le dégouttellement indolent d'une pluie lente sur les feuillages finissants, la rumeur lointaine du vent, dans quelques vallons éloignés, qui lui procurait une impression d'espaces vertigineux. Il s'agita un peu, pour tromper le froid et essayer d'oublier ses douleurs — sa tête tourna, et il vit de la lumière.

Il crut d'abord à un tour joué par la fièvre. Il cligna des paupières, mais la lumière était toujours là. C'était une lueur lointaine, un point orangé, à peine grand comme une tête d'épingle, perdu au plus profond de la forêt. La flamme vacillait parfois, s'effaçait presque, et faisait jouer des ombres fugaces dans les colonnades obscures du bois. Cecht en jura de saisissement. Il secoua Dugham, essaya de lui montrer la lumière, mais le vieux guerrier gémit sans formuler une parole. Cecht réfléchit, tout en dévorant du regard la minuscule lueur. C'était sans doute un foyer de charbonniers ou de bûcherons ; à moins que ce ne fût un bivouac des soldats du duc. Dans tous les cas, c'était un feu : cela signifiait de la chaleur, sans doute de la nourriture, des peaux ou des couvertures. Tout ce dont les deux fugitifs avaient cruellement besoin.

Cecht pourrait mendier ou voler ce qui leur faisait défaut. Peut-être s'agissait-il d'ennemis : il pourrait alors tenter de les surprendre et de les tuer dans leur sommeil s'ils n'étaient pas trop nombreux et s'ils menaient une garde relâchée... Le guerrier sentit s'éveiller en lui un sentiment mêlé, un ferment d'espoir, de rapacité et de peur. Il décida d'agir.

Il se leva, et recouvrit en grande partie Dugham de feuilles mortes pour le dissimuler et essayer de le protéger du froid. Après une brève hésitation, il décida de laisser sa hache sur place ; son scramasax se prêtait davantage à une attaque par surprise. Il plongea ses mains dans l'humus boueux et se frictionna le visage et le torse ; il ne voulait pas être trahi par la tache claire de son visage ou par les reflets du feu sur les anneaux de son armure. Il huma l'atmosphère, attentif au moindre souffle d'air ; il y avait peut-être des chiens ou des chevaux près du foyer, et il voulait rester sous le vent pour éviter de leur donner l'alerte. Puis, il se faufila avec prudence en direction du point doré.

Cecht se rendit compte que les distances étaient trompeuses. Dans la grande forêt enténébrée, il marcha longtemps sans avoir l'impression de se rapprocher du feu. Il le perdit même de vue, car un vallon profond s'ouvrit devant lui, et le versant opposé lui masqua le reflet lumineux lorsqu'il s'enfonça dans la combe. Il avançait à tâtons, avec de grandes précautions pour éviter de faire du bruit ou de tomber dans un trou imprévu. Des branches osseuses lui égratignaient le visage, les griffes barbelées de ronciers accrochaient parfois ses vêtements, il se prenait les pieds dans les ramifications reptiliennes des racines. Il gravit péniblement une longue pente, et la lumière réapparut, beaucoup plus proche. Elle projetait une fantasmagorie mouvante d'ombres et d'éclats rougeâtres au milieu des troncs. Cecht se tassa sur le sol, et plissa les yeux ; mais sa mauvaise vue ne lui permit pas de distinguer grand-chose. Dans un halo flou, il aperçut le rayonnement dansant d'un petit feu, à une centaine de pas. Il ne perçut pas de mouvement, ce qui le rassura un peu.

Il se mit à ramper en silence, avec des gestes très lents. Même un guetteur attentif, posté à quelques pas, aurait eu grand mal à déceler sa reptation prudente ; seuls ses yeux, points blancs au milieu de sa figure barbouillée de boue, reflétaient la lueur dorée du foyer. Ainsi parvint-il à une dizaine de toises du feu, en essayant de discipliner les battements de son cœur et l'accélération de son souffle.

Les flammes d'un maigre foyer éclairaient la façade d'une hutte misérable, nichée entre les fûts de deux très vieux chênes. La bicoque devait être à moitié enterrée : ses murets de pierres sèches ne s'élevaient pas à plus d'une coudée du sol, et son toit de branchages touchait quasiment le tapis de feuilles mortes. Cecht devinait une ouverture basse, sans porte, qui devait descendre à l'intérieur par quelques marches de terre tassée. Tout d'abord, le guerrier ne vit ni homme ni bête. Puis, avec un haut-le-cœur, il réalisa que ce qu'il avait pris pour une souche devait être *quelqu'un* : une ombre, immobile, assise en tailleur devant le feu. C'était une silhouette indistincte et frêle, vêtue d'une robe informe, qui avait jeté un sac de jute sur ses épaules et l'avait tiré profondément sur son visage en guise de capuchon. Cecht ne distinguait que ses mains : de grandes serres fragiles et ridées, offertes au rayonnement des flammes. Le guerrier mut lentement sa tête de droite et de gauche, essayant de discerner d'autres présences ; cependant, la silhouette qui se chauffait devant le foyer semblait solitaire. Peut-être y avait-il d'autres personnes dans la hutte, mais Cecht décida de courir le risque. Très doucement, il descendit la main vers la poignée de son scramasax.

« C'est inutile, dit une voix sèche. Je sais que tu es là, et je n'ai pas d'arme. »

Cecht se figea, pétrifié. Il lui fallut un temps interminable pour réaliser que c'était bien à lui qu'on s'adressait. Sous son capuchon grossier, la silhouette parut redresser le menton dans sa direction. Ses mains offraient toujours aussi paisiblement leurs paumes à la chaleur du feu.

« Tu n'as rien à craindre, Barbare, reprit la voix. Je suis seule. »

L'intonation était nette, précise, empreinte peut-être d'une pointe d'ironie qui réfrigéra Cecht. Son cœur se mit à battre la chamade. Il pressentait quelque chose de puissamment anormal dans cette situation, et comprit soudain ce qui lui paraissait si troublant : on ne lui parlait pas en léonien, la langue usitée dans le duché de Bromael. La voix avait parlé dans le vieux dialecte des Clans, qu'on ne pratiquait qu'en Ouro-magne.

« Qu'as-tu donc à rester tapi dans l'ombre ? railla la voix. Je croyais les guerriers d'Ouromagne plus coura-geux… »

D'ordinaire, l'insulte aurait fait bondir Cecht ; mais, dans ces circonstances, elle ne fit qu'accroître son trouble. Lorsqu'on se trouvait isolé dans une région sauvage, il fallait être fou ou suicidaire pour injurier un guerrier d'Ouromagne en maraude, fût-il blessé. Une telle assurance recelait une menace voilée. Tou-tefois, Cecht comprit qu'il était inutile de rester caché. Il se redressa, la main posée sur la garde de son cou-peret, et boitilla vers le feu, semblable lui-même à un ogre surgi des chapitres les plus obscurs de la légende. La silhouette ne se leva pas, mais se tourna avec indo-lence vers lui, sans que Cecht parvînt à distinguer son visage dans l'ombre du capuchon. Ses mains, vues de plus près, paraissaient encore plus décharnées, et étaient mouchetées de taches de vieillesse.

« Tu as froid et tu es fatigué, dit la silhouette. Installe-toi et réchauffe-toi. »

La voix était celle d'une femme. Elle avait le timbre grave et bien posé, presque masculin, et Cecht fut sensible à l'autorité impérieuse qu'elle dégageait. Elle dotait cette frêle forme d'un charisme palpable, sem-blable au rayonnement d'un grand chef de guerre. Cecht eut du mal à résister à sa volonté, à rester debout et défiant au lieu d'abolir toute méfiance et de s'asseoir face à elle.

« Qui es-tu ? » demanda-t-il abruptement.

Elle émit un rire silencieux, et dans le mouvement qui fit un peu glisser le capuchon, Cecht entrevit un menton aigu, les cordes tirées des tendons dans un cou rachitique.

« Voilà un comportement bien grossier, railla-t-elle. C'est plutôt à l'invité de décliner d'abord son nom et son origine.

— Je suis Cecht, fils de Gwydden, housekarl du clan Arthclyde.

— Oui, dit la femme. Et tu es entré en Bromael avec la bande de pillards que dirigeait Bratislav, le burgrave.

— Comment sais-tu tout cela ? » s'écria Cecht.

La silhouette imprima une danse étrange à ses mains diaphanes, frôlant les flammes du feu.

« Je suis Onirée, psalmodia-t-elle. Je suis la Gardienne de ces bois, et j'ai vu la bataille que des hommes féroces ont livrée à la mi-journée, dans le Val de Finnoetd.

— Tu es vieille, observa Cecht. Es-tu vraiment capable d'avoir fait tout ce chemin en moins d'un jour ? »

Elle haussa ses épaules étroites.

« Et toi, en es-tu capable avec tout le sang que tu as perdu ? rétorqua-t-elle. Mais je n'étais pas à Finnoetd. Les arbres, les oiseaux, le vent m'ont apporté les échos du combat.

— Tu es une sorcière, gronda Cecht.

— Si tu entends m'honorer de ce nom, chuchota-t-elle. Moi, je dirais plutôt contemplative, devineresse, et guérisseuse. »

Le guerrier la toisa avec méfiance.

« Guérisseuse ? releva-t-il. Sais-tu fermer les plaies, chasser la fièvre ?

— Je sais soigner les corps et les âmes », murmura-t-elle.

Il y avait un sourire ambigu coulé au milieu de ses paroles. Ce disant, elle baissa légèrement la tête, et son visage invisible sembla s'ensevelir plus profondément dans les ombres du capuchon. Cecht fronça les sourcils ; il y avait un piège, il en était persuadé, mais il ne parvenait pas à déterminer d'où venait la menace. Il jeta un nouveau coup d'œil aux alentours, presque sûr de découvrir des soldats du duc embusqués derrière les arbres, juste au-delà de la lumière du feu.

« Je n'ai d'allégeance pour personne, homme ou royaume, intervint Onirée. J'appartiens à un sacerdoce très ancien, bien antérieur au duché de Bromael ou aux fragiles lignées des clans d'Ouromagne. Tu n'as aucune trahison à redouter de ma part, Cecht fils de Gwydden.

— Je n'ai rien dit, s'écria Cecht.

— Il n'est nul besoin de paroles pour qui sait lire. Et tu ne m'as pas offensée… »

Les mains osseuses se refermèrent à demi, et le capuchon se tourna à nouveau vers Cecht. Une longue mèche grise s'en échappa et vint balayer la poitrine plate de la femme.

« Qui est l'autre homme ? demanda-t-elle.

— Quel homme ? gronda Cecht, sur la défensive.

— Celui qui grelotte et qui souffre, là-bas, au-delà de la combe. Le connais-tu, Cecht fils de Gwydden ? Est-ce un compagnon d'armes, ou est-ce un ennemi que tu as abandonné après l'avoir terrassé ?

— Tu as dit que tu es guérisseuse. Pourrais-tu le soigner ? »

Onirée ne répondit pas, mais Cecht crut deviner un sourire au milieu de l'ombre de la capuche. Elle inclina légèrement la tête.

« Je n'ai pas de quoi te payer », aboya Cecht.

Elle émit un rire sec, chargé de mépris.

« Amène-moi ton compagnon. Nous parlerons du prix plus tard. »

Cecht faillit la menacer, mais il craignait de provoquer à nouveau son rire. Il se pencha, saisit un brandon enflammé dans le foyer et tourna les talons. Onirée ne bougea pas, mais Cecht sentait son regard peser sur sa nuque, aussi lourdement que si elle y avait posé l'une de ses longues mains tavelées. La jambe blessée du guerrier se remit à trembler de façon presque incontrôlable, et il serra les dents pour éviter de se retourner. Il mit du temps à retrouver Dugham ; il crut même avoir perdu le lieu où frissonnait le mourant, et, sans la torche qu'il avait prélevée sur le feu d'Onirée, il n'aurait sans doute jamais repéré l'arbre couché où il avait laissé son compagnon et sa hache. Il récupéra l'un et l'autre, et repartit en direction de la lumière au fond des bois. Il peina douloureusement sur le chemin. Son bref repos n'avait pas suffi à restaurer ses forces, et Dugham pesait plus lourdement sur son corps endolori. Il dut s'arrêter souvent pour reprendre son souffle et résister aux assauts de la souffrance. La lueur du feu semblait glisser sournoisement toujours plus loin, comme si Cecht s'égarait interminablement dans un labyrinthe tissé de charmes obscurs.

Le guerrier réussit cependant à se traîner jusqu'au repère de la guérisseuse. Celle-ci l'attendait debout ; et Cecht réalisa avec un choc qu'elle était de très haute taille, peut-être même plus grande que lui. Sa silhouette élancée accentuait sa maigreur ; sa robe informe pendait en drapés flasques, comme si le vêtement avait été suspendu à un cintre d'os. Sans un mot, elle tendit un long bras grêle vers le feu ; Cecht remarqua qu'elle avait aménagé une couche de fougères et d'herbes près du foyer. Il y étendit Dugham, qui geignit un peu et ouvrit fugitivement des yeux vitreux. Onirée s'approcha du mourant. Elle porta ses mains à son capuchon, et découvrit sa tête. L'espace d'un instant, Cecht sentit son pouls s'accélérer, et une angoisse vague lui étreignit la poitrine. Mais il ne découvrit ni mufle de bête, ni la face rongée d'une nécromancienne. Le visage d'Onirée était celui d'une vieille femme ; il était creusé, fripé, mais il portait encore l'empreinte d'une ancienne beauté. Elle avait le front haut, le nez tranchant, des lèvres fines et crevassées qui avaient peut-être été sensuelles. Ses yeux étaient d'un bleu très pâle, presque surnaturel, qui rappela à Cecht la teinte des étangs gelés en hiver.

Elle s'agenouilla au chevet de Dugham, étendit ses mains décharnées sur lui et examina sa blessure.

« Il est touché au centre, dit-elle. C'est le siège de l'équilibre ; son souffle vital se réfugie comme il peut, aux extrémités, mais ton ami ne peut pas mobiliser ses forces seul. »

Elle se pencha sur Dugham pour délacer son besant ; ce faisant, elle arrêta son profil de rapace au-dessus du ventre sanglant, et huma la blessure.

« A-t-il bu quelque chose ? demanda-t-elle.

— Oui, répondit Cecht.

— De l'alcool ?

— Oui, pour le remonter.

— As-tu nettoyé sa plaie avec du vin ? »

Cecht haussa un sourcil, surpris. L'idée lui paraissait complètement saugrenue.

« Sa plaie sent l'alcool, expliqua Onirée. Il a la maladie de la soupe : ses viscères sont percés. Il est condamné.

— Ça, je l'avais compris tout seul, gronda Cecht. Mais tu as dit que tu étais guérisseuse : tu dois pouvoir le soigner. »

Onirée caressa le front de Dugham, avec une tendresse étrange.

« Ce que tu me demandes dépasse de beaucoup le savoir d'une simple guérisseuse. Les simples, les onguents et les baumes sont impuissants à traiter une blessure aussi grave. »

Cecht fixa Dugham, avec une attention butée. Il ne se résolvait pas à reconnaître qu'il avait fait le mauvais choix. Il ne pouvait admettre qu'il s'était donné tant de mal pour rien — pour se retrouver perdu dans une nuit hostile, face à une femme inquiétante qui lui rappelait un autre guérisseur, un autre échec.

« Tu es magicienne, non ? » grogna-t-il.

Onirée tourna vers lui son long visage froissé, et plongea ses yeux d'opale droit dans son regard. Cecht se sentit transpercé jusqu'au fond de l'âme par les prunelles pâles. La guérisseuse sourit — la beauté affleura avec plus de force dans le visage âgé, ainsi qu'une expression complexe, où se disputaient bienveillance, ironie et ruse. Un frisson glaça l'échine de Cecht ; confusément, il pressentait qu'Onirée affermissait l'autorité qu'elle exerçait sur lui, qu'il n'était qu'un jouet grossier entre les mains frêles de la vieille femme. Il prit sur lui, et déglutit en essayant de cacher son malaise.

« J'ai des connaissances dans ces arts, finit-elle par murmurer après un long silence.

— Alors fais ta magie, rétorqua Cecht. Tu dois pouvoir le soigner. »

Onirée rit en silence ; ses yeux se réduisirent à deux fentes sarcastiques, ses lèvres desséchées découvrirent des incisives jaunes et ses joues se creusèrent de sillons cruels.

« Ce n'est pas aussi simple, Cecht fils de Gwydden, ronronna-t-elle.

— Je n'ai pas d'or, mais j'ai du fer, éructa Cecht. Je pourrais te forcer à utiliser ta magie.

— Oui, tu sais tuer, rétorqua la vieille femme. Mais si un homme n'a pas d'échelle, ce n'est pas parce que tu le menaces de mort qu'il parviendra à grimper au sommet d'un rempart.

— Je ne te demande pas d'escalader un mur.

— La magie est la plus périlleuse des ascensions, Barbare. On ne s'y livre pas sans préparatifs. »

Cecht essaya de soutenir le regard délavé de la vieille femme, mais sa volonté fléchit, et il détourna le visage. Il aurait pu lui casser les dents d'une seule gifle, lui briser le cou entre ses mains puissantes, la poignarder droit au cœur… Ces images violentes traversaient son esprit engourdi, mais il savait qu'il avait perdu la partie. Pour tenir tête à la guérisseuse, il lui aurait fallu la repartie de Dugham, ou la brutalité collective de la horde. Mais il était seul, perdu, blessé, fatigué. La vieille femme détenait une sagesse qui, dans l'univers grossier de Cecht, ressemblait à un abîme. C'était une sorcière. Rares étaient les guerriers qui savaient triompher des sortilèges d'une sorcière.

« De quoi as-tu besoin ? finit-il par grogner.

— La magie ne ressemble pas à une recette de cuisine ou à un tour de jongleur, répondit lentement Onirée. C'est l'art du bâtisseur qui jette un pont entre les deux rives d'un fleuve, c'est le pas sûr du funambule qui cherche l'équilibre au cœur de l'instable, c'est une négociation où il faut donner pour recevoir. Donner beaucoup, pour recevoir parfois peu.

— Je ne te suis pas. Tu me demandes de l'or ?

— Je ne te demande pas d'or. Enfin, peut-être pas. Mais tu dois comprendre, Barbare : cette nuit, si tu cherches la guérison de ton compagnon, la magie ne viendra pas de moi. Je ne serai que l'instrument. Cette requête est ta requête ; cette magie sera ta magie. »

Cecht secoua la tête avec réticence.

« Je ne connais d'autre magie que la rage dans la bataille. Je ne suis pas un guérisseur.

— Je te guiderai, susurra Onirée. Cette magie n'est pas affaire de savoir ; elle ne fonctionne que si tu fais une offrande. Il te faut retrancher quelque chose de précieux pour que celui qui t'est précieux te soit rendu.

— Tu veux un sacrifice ? demanda Cecht avec méfiance.

— J'ai parlé d'offrande, éluda Onirée.

— Je te l'ai dit, je n'ai rien à te donner, s'obstina le guerrier.

— Tu as beaucoup à offrir, rétorqua la guérisseuse. Ton courage. Tes bras. Tes armes... Tout ce que tu n'as pas, tu peux l'obtenir. Il te suffit de vouloir. »

Cecht la regarda, sans comprendre.

« Tu n'as pas d'offrande, mais tu as la vaillance, poursuivit la vieille femme. Moi, j'ai le savoir, mais je n'ai pas ta force. Je peux te dire où trouver l'offrande... Une offrande propice au marché de vie que tu désires... Une offrande très précieuse .. Après, il ne tiendra qu'à toi de l'obtenir. Et si tu la rapportes, je pourrai t'aider à guérir ton compagnon.

— Cette magie là, je la comprends mieux, ricana Cecht. S'il faut tuer ou voler, je suis ton homme. Mais je ne travaille pas pour rien : quand je te rapporterai ton butin, tu auras intérêt à remplir ta part du contrat. »

Onirée lui adressa un sourire énigmatique.

« Le marché est équitable », dit-elle.

Puis, en reposant une main décharnée sur le front de Dugham, elle ajouta :

« Mais il te faudra agir avec hâte. Ton ami a déjà fait une longue route ; il nous sera bientôt impossible de le rappeler. Je crains que tu ne doives agir sur l'heure, sans délai et sans repos.

— Que faut-il faire ? »

La guérisseuse contempla la nuit sous les arbres. Ses yeux de givre bleuté devinrent rêveurs. Elle brandit un long doigt effilé vers les ténèbres, dans la direction d'où Cecht avait émergé de la forêt.

«Si tu viens de là-bas, avança-t-elle, tu as dû franchir un torrent. Il est à moins d'une heure de marche ; quand le vent souffle du sud, on entend sa voix gronder au fond des combes.

— Oui, je l'ai franchi, dit Cecht.

— Il faut le retrouver, susurra Onirée. Quand tu auras rejoint sa rive, remonte vers l'amont. Tu t'enfonceras dans une vallée encaissée ; la forêt y est si dense que la nuit s'y attarde en plein jour. Tu finiras par découvrir un vieux bassin ; dépasse-le, et au-delà, tu entreras dans des ruines. C'est là, au milieu des arbres et des pierres très anciennes, que tu chercheras l'offrande. C'est une chose très précieuse, mais c'est aussi une chose difficile à trouver. Il te faudra sans doute employer toutes tes ressources pour exhumer l'objet dont tu as besoin.

— Qu'est-ce que c'est ? Un bijou ? Un totem de magicien ?

— Je ne saurais te le dire. Même pour moi, ce que tu chercheras là-bas est un mystère.

— Pourquoi est-ce que tu n'y vas pas, toi ? Il y a du danger ?

— Cette magie est ta magie, pas la mienne. Et l'on est toujours en grand péril, lorsque l'on cherche une telle offrande.

— Alors c'est pour cela que tu as besoin d'un guerrier. »

Cecht boitilla jusqu'au chevet de Dugham. Il se pencha sur le mourant, l'inspecta longuement sans un mot, appuyé sur sa hache. Puis, il se tourna vers Onirée, et, en se forçant à la fixer droit dans les yeux, il grogna :

«Je vais te rapporter ton trésor, sorcière. Mais quand je reviens, je veux que mon ami soit toujours vivant. Sinon, tu pourras me pourrir de sortilèges, ça ne m'empêchera pas de te fendre le crâne.»

Sur ces mots, il récupéra un faisceau de branches enflammées pour improviser une torche et tourna gauchement les talons, sans chercher à vérifier l'effet produit par ses menaces. Du moins n'entendit-il pas le rire de la vieille femme ; mais il resta sur la désagréable impression qu'elle était restée de marbre, le regard aussi inexpressif qu'une mare gelée.

Cecht quitta rapidement le campement d'Onirée. Il plongea dans les ombres épaisses de la forêt, vers le sud, en songeant confusément qu'il revenait ainsi droit vers d'éventuels poursuivants. Mais l'idée n'était pas pour lui déplaire. Croiser les soldats du duc, voire tomber dans une nouvelle embuscade, impliquerait une solution définitive, dans un sens ou dans l'autre. Il serait dans son domaine. Il remuait vaguement ces pensées violentes, tout en boitant résolument dans le sous-bois dévoré d'obscurité. Ainsi dépassa-t-il la combe où il avait déjà trébuché en tous sens, l'arbre couché où il s'était reposé avec Dugham, les futaies où il avait titubé au crépuscule. Sa torche grésillait et crachait sous les gouttières tombant en rideaux scintillants des ramures noires ; des ombres bondissaient dans une danse inquiétante autour de sa maigre lumière. Cecht y voyait assez clair pour éviter de se heurter aux troncs et aux branches, mais la fatigue et peut-être la fièvre émoussaient ses sens ; le contact du manche de sa hache ou de son brandon lui parvenait

cotonneux, et une ébriété vague brouillait sa vue déjà
basse.

Il finit par entendre l'appel froid du torrent. Le flot
emplissait la nef sonore des forêts d'un vacarme indifférent et brutal. Cecht déboucha bientôt près de la
rive. Sa torche projeta quelques reflets fugaces sur les
eaux noires. Une haleine glaciale s'exhalait par bouf-
fées des tourbillons et de l'écume, et Cecht frissonna,
mordu par l'humidité. Le guerrier se pencha au-dessus
du cours d'eau, pour repérer le sens du courant. L'eau
limpide bouillonnait autour de vieilles roches ; il crut
revoir les sillons aux trois-quarts effacés de bas-reliefs
brisés. Au fond du lit, au milieu des galets, sous les
vagues rendues brillantes par le flambeau, il y avait
d'antiques visages calcaires, qui paraissaient contempler Cecht de leurs yeux aveugles. Beaucoup semblaient juvéniles — sans doute avaient-ils été polis par
la force de l'eau — et le guerrier se sentit rattrapé par
une réminiscence angoissante, qu'il se hâta de chasser.
Il entreprit de remonter vers l'amont.

Le cours d'eau se précipitait dans le fond d'un vallon, en suivant une pente douce, et Cecht apprécia de
ne plus avoir de côtes escarpées à gravir. Ses plaies
brûlaient maintenant avec l'opiniâtreté rageuse d'un
abcès, et il sentait les élancements de douleur courir
sous sa peau, dans sa poitrine et tout autour de son
crâne. Concentré sur l'effort et sur sa souffrance,
c'est à peine s'il faisait attention à ce qui l'entourait.
Le grondement assourdissant du torrent, cependant,
résonnait de façon de plus en plus caverneuse, car
les flancs de la vallée s'étranglaient et devenaient
abrupts. Des rubans de brume s'accrochaient ici et là

à la base des troncs, ou s'enroulaient paresseusement
au-dessus du flot rapide. La nuit elle-même semblait
se faire plus vaste et plus sombre ; les arbres s'espaçaient, mais ils s'élançaient à des hauteurs vertigi-
neuses, car le vallon était colonisé par de grands
épicéas noirs.

La torche de Cecht finit par projeter des reflets
ondulés sur une grande étendue d'eau. Le guerrier
découvrit ainsi un vaste étang rectangulaire, dont le
courant ridait à peine la surface. Les bords du bassin
étaient formés par une maçonnerie de belles pierres
de taille, rongées par l'érosion des flots. Cecht crut y
déceler le fantôme usé de vieilles inscriptions, ordon-
nées comme une armée en marche. L'onde semblait
profonde ; le fond disparaissait sous un enchevêtrement pelucheux de branches mortes, et des bouquets
d'algues se tordaient avec langueur dans le courant,
çà et là, comme de longues chevelures noires. Au delà
du plan d'eau, le terrain semblait bouleversé. Cecht
discernait confusément des fossés à moitié comblés,
des talus abrupts, des cairns, des tertres et des dénivelés vaguement géométriques. Il éleva sa torche dans
la main gauche, s'empara de sa hache dans la droite,
et s'avança à pas prudents.

Le sous-bois était envahi de roches. Il s'agissait de
moellons, de blocs, de pierres d'angle éparpillés çà
et là, dans l'anarchie des éboulis. Cecht devinait les
fragments cylindriques de colonnes abattues, étirés
par la chute, à moitié enfouis comme les vertèbres
d'un monstre archaïque. Ici et là, un pan de mur couvert de lichens saillait encore, à demi disloqué par des
nœuds de racines. Le sol se dérobait parfois brutale-

ment, ouvert sur la bouche obscure de puits larges
comme des caveaux — la voûte crevée de très vieilles
cryptes ou de cachots oubliés. Par endroits, les dalles
brisées d'un pavage ancien affleuraient encore sous
l'humus. Les ruines résonnaient du grondement du
torrent, et du gazouillis de plusieurs sources, dont
certaines se perdaient dans les caves éboulées avant
de rejoindre, sans doute, le bassin.

Cecht s'arrêta, déconcerté. Tout cela était d'une
antiquité qui dépassait son imagination. Où devait-il
chercher ? Que devait-il chercher ? Il n'y avait là que
de la terre, de vieilles pierres, des arbres, et une nuit
qui devait être tombée depuis des siècles. Tout ce
qu'il y avait à voler devait avoir disparu depuis plusieurs générations. Les souterrains n'étaient peut-
être pas tous effondrés — peut-être de vieux trésors
y dormaient-ils encore, mêlés à des lames d'épées
rouillées et à des ossements pourris… Mais Cecht
répugnait à violer de tels sanctuaires ; il redoutait la
colère des morts, et les terribles malédictions dont le
clergé du Desséché frappait les pilleurs de tombe.
Comme un écho à ses craintes, un cri lugubre,
presque humain, résonna dans le bois, glissant avec
une rapidité anormale dans les ramures. Cecht eut
un sursaut en apercevant une grande forme grise
traverser le halo de sa torche, planant juste en-
dessous des premières branches. Ce ne fut que lorsqu'il entendit un second cri funèbre, qui s'éloignait,
qu'il reconnut la voix d'un grand rapace nocturne.

Il se remettait de son émotion lorsqu'il entendit un
autre bruit, qui le maintint en alerte. Au sud, il perçut
la rumeur de grandes éclaboussures dans le torrent.

Quelqu'un ou quelque chose pataugeait lourdement dans le cours d'eau, et c'était probablement cet intrus qui avait fait fuir l'oiseau de nuit. Cecht lâcha aussitôt sa torche, mais la laissa brasiller sur le sol. Il se retira dans la ténèbre d'arbres proches, et, saisissant à deux mains sa hache de bataille, il attendit, les yeux fixés sur la faible lueur. Il n'eut pas à guetter longtemps ; une grande ombre émergea de l'obscurité, et s'avança avec lenteur jusqu'à quelques pas du flambeau. Au début, Cecht crut reconnaître Onirée ; la silhouette portait un long manteau, et un profond capuchon était tiré sur son visage. La capuche tourna d'un côté et de l'autre, à la recherche du propriétaire de la torche ; Cecht réalisa alors que l'intrus avait une carrure beaucoup trop large pour être la guérisseuse. En outre, la gaine d'une épée dépassait sous la frange de sa cape, et les flammèches du brandon se reflétaient sur des grèves et des solerets de fer. Il s'agissait d'un homme de guerre — sans doute un des soldats du duc.

L'homme se redressa de toute sa taille, et cria quelque chose. Sa voix était autoritaire et haineuse, mais Cecht, qui parlait mal le léonien, ne comprit que le mot « barbare ». Il ne douta pas, cependant, que l'autre lui adressait un défi ; éclairé par sa torche, il devait avoir été visible de loin. Il tendit l'oreille, se fiant à son ouïe plus qu'à ses yeux pour déceler la présence d'autres hommes d'armes, mais les bois retentissaient seulement du vacarme de l'eau. L'intrus réitéra son défi, avec un ton chargé d'un tel dédain que Cecht sentit éclore en lui une colère irraisonnée. Quelque chose dans le timbre même du soldat éveillait une étrange pulsion de rage chez Cecht. Il sortit de l'ombre et vint se planter devant l'inconnu.

« Ah, enfin », dit simplement l'homme.

De la main droite, protégée par un gantelet d'acier, il tira une longue épée hors du fourreau. La lame, souillée de sang séché et ébréchée par un combat récent, rappela quelque chose à Cecht. L'homme rabattit les pans de son manteau, pour se préparer au combat ; Cecht reconnut alors le haubert aux mailles d'acier, la cotte d'armes aux étoffes galonnées, les armoiries semées d'épines…

« Toi ! s'écria-t-il. Mais je t'ai tué au milieu de la journée. »

Le chevalier ricana.

« On ne tue pas aussi facilement les liges du comte de Brochmail. Tu as saigné mon cheval, pourceau, et cela, c'est une affaire qui est restée pendante entre nous. Nous allons la régler ici même, puisque tu as enfin cessé de fuir.

— Soit, gronda Cecht. Mais avant de te livrer ta ration de fer, juste un mot : que sais-tu de cet endroit ?

— Que t'importe ? cracha l'autre. Nous ne sommes nulle part. Nous sommes aux portes de la mort. »

Et il se fendit brutalement en avant, l'épée pointée sur la poitrine de Cecht. Le guerrier faillit être surpris ; il ne se déroba que d'un cheveu, et le métal tinta contre les anneaux de son armure. Ce geste brusque ranima une explosion de douleur dans son côté et dans sa jambe. Le chevalier porta trois nouvelles attaques, que Cecht stoppa non sans difficulté avec le manche de son arme. Chaque choc ébranlait le guerrier comme si on l'avait martelé à coups de masse, et il comprit qu'il ne tiendrait pas très longtemps s'il restait sur la défensive. Ses plaies le privaient de la souplesse nécessaire pour se livrer à un jeu de feintes et d'esquives. En parant un nouvel assaut, il bloqua l'épée de son adversaire entre le fer et le manche de sa hache ; lui infligeant une brusque torsion, il parvint à l'éloigner suffisamment pour prendre du champ. Il put alors se mettre en position offensive. Il fit tourbillonner sa hache en moulinets rageurs, trop rapides pour être suivis. Le chevalier recula devant cette tornade de fer ; il tenta de porter deux estocades, mais les lames de l'épée et de la hache se heurtèrent à grand fracas, dans une gerbe d'étincelles, et le chevalier ne parvint pas à percer la garde de Cecht.

La torche clignotait sur le sol boueux, dispensait une clarté de plus en plus tremblotante. Les flammes vacillantes éclairaient par dessous les deux combattants, déformant les grimaces de rage ou d'effort en rictus démoniaques, projetant leurs ombres gigantesques dans les ogives végétales des branches. Parfois, la lame d'une de leurs armes accrochait un reflet de lumière et semblait nimbée de feu liquide. Les cris et les impacts retentissaient avec une force surnaturelle, répercutés en échos multipliés dans les combes ténébreuses de la forêt. Au cœur de l'action, Cecht éprouva une impression bizarre : ce duel lui sembla faux. Il était habitué aux charges pataudes, aux engagements désordonnés, aux tueries brouillonnes ; ce combat-là ne ressemblait pas à son expérience de la guerre. Il eut l'intuition étrange qu'on l'égarait, que quelque chose lui échappait, qu'il y avait un leurre... Sa distraction faillit lui coûter cher. Son adversaire trompa sa garde et sabra sa gorge en oblique. Dans un réflexe désespéré, Cecht se jeta en arrière, et la pointe de l'épée ne fit que lui balafrer le menton ; mais la mauvaise jambe du guerrier céda sous l'effort, et il s'écroula lourdement sur le dos.

Avec un grondement de triomphe, le chevalier se rua sur Cecht, l'épée brandie pointe en bas, pour tuer. Le guerrier ne chercha pas à se relever ; de la seule main droite, il fit tournoyer sa hache parallèlement au sol et en frappa l'adversaire sous les genoux. Celui-ci perdit l'équilibre ; son coup s'égara, et il s'effondra maladroitement à côté de Cecht. Le guerrier abandonna sa hache, trop lourde pour un corps à corps, et se projeta sur le chevalier. L'autre lui assena un coup de garde sur le front, qui fit danser mille phosphènes dans son champ de vision, mais Cecht put saisir entre ses mains épaisses la tête de son adversaire. Il la balança violemment contre un rocher proche ; sonné, le chevalier lâcha son épée, mais commença à chercher sa dague à tâtons. Cecht ne lui laissa pas le temps de trouver son arme ; il heurta derechef le crâne de son ennemi contre la pierre. Il sentit quelque chose céder sous ses doigts ; les yeux du chevalier se firent troubles, un filet de salive lui coula sur la joue, et son corps devint mou. Cecht dégaina son scramasax d'un coup sec, arracha brutalement la mentonnière du chevalier et lui posa son couperet sur la gorge.

Une impression étrange arrêta son geste. Avec la faible lueur de la torche en train de s'éteindre et de la sueur dans les yeux, il voyait mal le visage de son ennemi. Était-ce un effet de la fièvre ? Une illusion née des reflets vacillants des flammes ? Les traits du chevalier s'étaient détendus en sombrant dans l'inconscience ; ils étaient très pâles, les yeux cernés de sombre, mais ils semblaient soudain doux, juvéniles, presque féminins. Ils se superposèrent dans l'esprit de Cecht avec les figures entrevues dans le fond du torrent, et avec un souvenir plus ancien : celui de l'Enfant, abandonné dans ses bras, alors qu'il luttait contre les bourrasques de neige dans la taïga.

Le guerrier hurla, et écarta sa lame du cou du chevalier comme s'il s'était brûlé. Ses yeux tombèrent alors sur le rocher contre lequel il avait martelé la nuque de son adversaire. C'était un bloc de taille imposante, le chapiteau fendu d'une colonne écroulée. On pouvait encore distinguer quelques bas-reliefs usés sur la pierre ; l'un d'eux accrocha le regard de Cecht. Il s'agissait d'une chouette sculptée au centre d'une roue. Le guerrier hurla à nouveau, et il mutila l'oiseau de tuffeau d'un coup de scramasax. Il se releva d'un bond, traça une embardée pour ramasser sa hache et la torche, puis bondit à travers bois vers la sortie des ruines. Le flambeau ne tarda pas à grésiller et à s'éteindre. Cecht le jeta et poursuivit son chemin à l'aveuglette, heurtant de plein fouet des obstacles rugueux, dans une course hagarde, ponctuée de chutes violentes lorsque sa cuisse le lâchait ou lorsqu'il se prenait les pieds dans des ronciers. Il s'écarta rapidement du torrent, coupant au travers de la forêt dans la direction approximative du campement d'Onirée. Il lui sembla replonger dans un long cauchemar, dans lequel les arbres se jetaient sur son passage pour l'assommer ou l'éborgner, dans lequel il ne savait plus si le souffle de bête qui ronflait à ses oreilles était le sien ou celui du chevalier. Enfin, au terme d'une interminable descente aux enfers, il devina vaguement un point lumineux dans le lointain. Il rassembla ses dernières forces et se rua vers le petit feu. Dans sa course erratique, il faisait autant de bruit qu'un aurochs en pleine charge. Lorsqu'il déboucha dans le cercle de lumière, il était sillonné de griffes et d'éraflures, et ses yeux flamboyaient d'un éclat meurtrier au milieu de sa figure croûtée de boue. Il éleva sa hache à deux mains, les lèvres retroussées sur ses dents irrégulières, fit quelques pas, et tomba à genoux, fauché par l'épuisement. Il laissa choir son arme devant lui, et s'appuya des deux mains contre le sol, reprenant une respiration sifflante. Il vit que les feuilles mortes étaient maculées de gouttes sombres sous son flanc gauche.

« Sorcière ! haleta-t-il entre deux inspirations rauques. Sorcière ! »

Onirée avait repris sa place, assise devant son petit foyer. Elle se tenait au chevet de Dugham, qui disparaissait sous de vieux plaids et des couvertures en peau de chèvre. Elle avait remis son capuchon, mais on pouvait deviner son visage aigu dans l'ombre de sa coiffure. Elle tourna avec calme la tête vers le guerrier.

« As-tu trouvé l'offrande ? demanda-t-elle sur un ton neutre.

— Sorcière ! gronda Cecht, alors qu'il retrouvait peu à peu son souffle. Je vais te tuer ! C'était un piège.

— Je t'ai dit que l'entreprise était dangereuse, répondit Onirée sur un ton uni. Tu étais averti, et, manifestement, tu as su te tirer d'affaire. As-tu l'offrande ? »

Les traits de Cecht se crispèrent de rage, alors qu'il posait la main sur la poignée de son scramasax.

« Tu m'as envoyé dans un temple, cria-t-il. Dans un temple de la Vieille Déesse ! Il n'y a rien, là-bas ! Rien, sinon des pierres et des maléfices ! Tu voulais me perdre, sorcière !

— Tu n'as rien trouvé ?

— Rien ! éructa-t-il en dégainant lentement sa lame.

— C'est impossible », articula posément la guérisseuse. L'assurance de la vieille femme refroidit un peu la colère de Cecht. Il n'en gronda pas moins :

« Rien ! Rien que des vieilles pierres, des arbres, de l'eau. Et des sortilèges néfastes.

— Quels sortilèges ?

— Un homme que j'ai tué ce jour même, et qui a surgi de la nuit pour me défier à nouveau.

— L'as-tu affronté ?

— Je l'ai vaincu une deuxième fois. »

Les yeux pâles d'Onirée devinrent de glace.

« L'as-tu tué ? demanda-t-elle sèchement.

— C'est toi que je vais tuer, grogna Cecht en se relevant.

— L'as-tu tué ? » insista-t-elle.

Cecht affronta à nouveau les yeux d'opale. Il dominait la vieille femme de toute sa taille, et tout le poussait à frapper : sa fatigue, sa colère, sa souffrance, sa peur, le poids du couperet dans sa main, la fragilité d'Onirée. Mais il se heurtait à une détermination dure et lisse comme le granite le plus pur. Il crispa doulou-

reusement son poing sur la poignée du scramasax, et
détourna le regard.

« Pourquoi l'as-tu épargné ? demanda abruptement Onirée.

— Je ne l'ai pas épargné, grogna Cecht.

— Tu ne l'as pas achevé non plus, enchaîna la
vieille femme. Qu'est-ce qui a arrêté ton bras ?

— Des maléfices, cracha le guerrier, très bas.

— Je ne te crois pas », dit Onirée.

Elle se désintéressa de Cecht, ramassa un petit
fagot et le jeta dans le foyer pour alimenter son feu.
Les flammes crépitèrent, plus hautes et plus lumineuses. Le visage raviné d'Onirée fut fugitivement
éclairé par des tons chauds et des ombres mouvantes.

« Qui est l'enfant ? » demanda-t-elle sans préambule.

Cecht fit un écart, comme s'il avait été frappé ou
mordu. Un instant, le meurtre dansa à nouveau dans
ses prunelles fauves, et le scramasax se plaça en position d'attaque de façon presque autonome.

« Comment sais-tu cela ? » siffla-t-il entre ses dents
serrées.

Onirée haussa les épaules.

« Je te l'ai dit, énonça-t-elle avec indifférence, je
sais lire. Et puis ton compagnon est au plus mal ; par
moments, la fièvre le rend bavard. Il a dit que tu l'as
traité parfois comme un petit enfant quand tu le portais.

— C'est pas tes affaires, gronda Cecht.

— Certes, mais c'est ton affaire. Et ce que tu me
demandes, c'est ta magie. Ne m'as-tu pas prise comme
guide ? »

Le guerrier secoua négativement la tête, comme sonné.

« Ça n'a rien à voir », protesta-t-il avec incrédulité.

Onirée reporta sur lui ses yeux de givre. Elle le regarda avec une insistance nouvelle, peut-être de l'inquiétude, de la compassion — ou une forme particulièrement subtile de cruauté.

« Cet enfant, c'était ton fils, dit-elle lentement.

— Oui, abdiqua Cecht.

— Et ton fils est mort, poursuivit-elle.

— Oui, chuchota le guerrier.

— Et tu portes cette mort en toi, sans pouvoir l'accepter ni t'en délivrer.

— Je m'en étais presque délivré, gronda Cecht. J'oubliais. Mais depuis que je suis entré dans cette forêt, il revient sans cesse. Il me harcèle. Il réapparaît dans le corps de Dugham, dans l'eau du torrent, dans le visage de mes ennemis. C'est une malédiction de la Vieille Déesse !

— Est-ce une malédiction, ou une épreuve ? demanda doucement Onirée.

— C'est la même chose, grogna Cecht. Mon fils est parti. Il ne reviendra pas.

— Non, ce n'est pas la même chose, murmura Onirée. Ton fils est parti, mais toi tu cherches à la fois à le garder et à le fuir. Ce maléfice là, ce n'est pas la Vieille Déesse qui te l'a jeté ; c'est toi qui te l'imposes.

— Tu cherches à m'embrouiller, sorcière. Je ne comprends même pas ce que tu me dis.

— Je vais être plus claire, enchaîna Onirée. Ton compagnon va mourir, et toi aussi peut-être. Pourquoi ? Parce que tu es incapable de réaliser une magie

de vie tant que tu es une tombe. Or tu es une tombe,
Cecht fils de Gwydden. Ton fils pourrit en toi.

— Mon fils est mort. Je suis devenu une tombe du
jour où il a rendu son dernier souffle.

— Mais tu es toujours vivant. Et ton compagnon,
lui, malgré son âge et ses blessures, est plus vivant
que toi encore. Et peut-être existe-t-il une issue…

— Quelle issue ? aboya Cecht. De nouvelles sor-
celleries ?

— Agis en guerrier, Housekarl du clan Arthclyde.
Cesse de fuir. Affronte ce qui te remplit de peur
— ou de chagrin.

— Mais comment, Sorcière ? Je n'ai d'autres armes
que ma hache et mon coutelas. Comment puis-je chasser un fantôme avec de tels outils ? »

Un sourire subtil erra sur les lèvres desséchées de
la vieille femme.

« Continue ce que tu viens d'entreprendre, Cecht
fils de Gwydden, chuchota-t-elle.

— Qu'est-ce que je viens d'entreprendre ?

— Parle-moi. Parle-moi de ton fils. »

Cecht la regarda, interloqué. La colère bouillonna
derechef en lui, un élancement brûlant de haine envers
cette étrangère qui osait, ainsi, s'immiscer dans ce qu'il
avait de plus secret. Son bien le plus intime, le plus
douloureux. Et le plus précieux, sans doute, aussi…
Sa gorge se noua. Une intuition vague commençait à
faire jour en lui. Il voulut refuser l'idée qui s'insinuait
dans son esprit épais, mais la fureur commençait déjà à
refroidir en lui. Il sentit le souvenir l'envahir : une
expérience rare, un sentiment d'autant plus fort que
sa sensibilité avait été émoussée par des années de

guerres, de violence, d'apathie. C'était une émotion puissante, débilitante, une détresse abyssale, et pourtant étrangement désirable : il retrouva la saveur amère sur sa langue, le vide brûlant dans sa poitrine, le nœud d'angoisse impuissante dans son ventre. Onirée avait raison : tout son corps portait la mort de l'Enfant. Et soudain, les mots se bousculèrent sur ses lèvres, imprévus, impérieux, maladroits, chargés de sens par un si long silence et par une peine si lourde.

« Ce... C'était... C'était un petit garçon... Il ne me ressemblait pas beaucoup... Je crois... qu'il m'aimait », bégaya Cecht, la voix étrangement rauque.

Il reprit son souffle, à moitié asphyxié, comme s'il venait de soutenir un long combat. Son cœur battait la chamade, ses muscles se dénouaient, et la vieille broigne qui le cuirassait lui semblait soudain peser de façon écrasante.

« C'était... C'était après Kaellsbruck, poursuivit-il sur un ton haché. J'étais revenu sur les terres du Clan, mais les blessures que j'avais reçues au cours de la prise de la ville ne se refermaient pas. J'avais... J'avais des crises de haut mal. Je perdais la vue, par moment. Une femme m'a soigné. Une veuve du Clan ; son mari avait été tué pendant le siège. Elle avait peur de rester seule. J'ai partagé sa couche, et elle est devenue ma compagne. Je ne pensais pas rester plus d'une saison. Depuis la sortie de l'enfance, j'avais toujours été un guerrier. J'avais rarement passé plus d'un hiver au même endroit... »

Il s'interrompit à nouveau, et, presque machinalement, il toucha son arcade sourcilière brisée, la vilaine cicatrice qui lui barrait le front. Ses yeux devenaient injectés et vagues, comme ceux d'un homme ivre. Cependant, il avait aussi l'impression déroutante de s'éveiller d'une longue léthargie, de devenir plus vivant à mesure que les mots sortaient. Il dut cependant faire de nouveaux efforts pour continuer :

« Le garçon… Le garçon n'était pas de mon sang… C'était le fils de l'autre, de celui qui était resté à Kaellsbruck… Quand je suis revenu du siège, il commençait tout juste à marcher… Mais très vite… Très vite, il m'a pris pour son père… Au début, je ne savais pas quoi faire avec lui. Il me gênait. Les enfants, je ne savais pas ce que c'était. J'ai guéri, peu à peu. Je suis resté un hiver, puis un printemps. Au début, c'était pour la femme. Mais ensuite, ça a été pour l'Enfant. Je suis resté quatre ans avec eux.

— Il n'y a pas eu d'autres enfants ? demanda doucement Onirée.

— Une petite fille, gronda Cecht, mais elle était morte à la naissance. Sa mère aussi a failli mourir. Après, il n'y a plus eu d'autre grossesse. Nous n'avions… que le garçon. Aux yeux de tous, il était devenu mon fils. J'avais abandonné les armes. Je chassais, je travaillais la terre, je louais mes bras. Je n'avais plus de butin, plus de victoires, plus de gloire, mais chacun de mes jours était rempli. C'était comme si… Comme si j'étais devenu quelqu'un d'autre. Tout cela grâce à… Enfin, il ne me ressemblait pas beaucoup… Mais ça n'a pas duré. La guerre a fini par me rattraper. »

Il fit une longue pause, les yeux perdus dans le feu. Ses traits se crispèrent sous le masque de terre et de sang. Ses mains s'ouvraient et se fermaient, comme dotées d'une vie indépendante.

« Ce n'était même pas la guerre entre le duché et l'Ouromagne, finit-il par cracher. Il y avait une ancienne rancune entre la famille du Voïvode Brancovan et le Clan Arthclyde. Il y a eu des provocations des deux côtés, et les vieilles querelles ont été ranimées. J'avais gardé un sens pour la guerre ; l'été où les troubles ont éclaté, j'avais senti venir le vent, et j'avais mis à l'abri la Femme et l'Enfant dans la forêt. J'avais eu raison. Il y a eu des coups de main, des pillages, des tués, même dans le hameau où je m'étais installé. Les récoltes ont été brûlées. Parce que j'avais été prudent, la Femme et l'Enfant ont survécu à cette guerre. Ils sont revenus chez nous à la mauvaise saison, quand la neige a empêché toute expédition. Mais le grain avait disparu dans l'incendie des champs et des greniers. Avant le solstice d'hiver, la disette régnait partout. Beaucoup tombaient malades. Mon garçon... lui aussi, est tombé malade. Je passais mes journées à chasser, enfoncé jusqu'aux cuisses dans la neige, luttant contre le froid et parfois contre les loups, que la faim rendait audacieux face à un homme isolé. Mais la viande ne suffisait pas à soigner le garçon. Il dépérissait. Une nuit, la femme m'a réveillé, affolée : l'enfant grelottait, il était brûlant de fièvre. Il était en train de mourir. J'ai cru... J'ai cru que j'allais devenir fou. Il y avait un chamane renommé pour ses dons de guérison dans la région ; mais son repaire était situé assez loin, et surtout, son repaire était situé sur les terres du Voïvode. J'ai pris mes armes, j'ai jeté un manteau sur mon dos, j'ai enroulé l'enfant dans une peau de mouton, et je suis parti en pleine obscurité, au milieu de l'hiver, pour le territoire ennemi. J'entends encore la femme qui criait depuis la porte. Il y avait un blizzard terrible cette nuit-là, un froid coupant comme une volée de flèches, et la neige tombait en tourbillons serrés. Je me suis enfoncé dans une forêt qui craquait de gel, en luttant contre le vent qui hurlait comme mille démons. Je n'y voyais rien, mes lèvres se crevassaient de froid, et chaque respiration me lançait comme un coup de couteau. Tout le temps, j'ai parlé à l'enfant. Tout le temps. Il était à la fois si lourd et si léger… J'ai trouvé le repaire du chamane un peu avant l'aube. C'est lui qui m'a dit… que le garçon était mort. Il était déjà bleu. Je ne sais même pas… même pas quand il est parti. »

Cecht se tut. Son regard était hanté, et sa puissante stature semblait affaissée.

« Pourquoi ne le nommes-tu pas ? » demanda Onirée.

Il secoua la tête, l'air farouche.

« Je ne peux pas, marmonna-t-il. C'est… c'est trop difficile.

— Tu as déjà fait le plus dur », dit doucement la vieille femme.

Il hocha négativement la tête. À trois reprises, avec de longues hésitations. Puis, il fut secoué par un hoquet, ses yeux devinrent troubles.

« Il s'appelait Liselin », chuchota-t-il dans un souffle.

Alors, son visage se décomposa, son menton frissonna, et des larmes vinrent tracer des sillons brunâtres dans son masque de boue. Ses épaules massives furent secouées de spasmes, au rythme incontrôlable des sanglots qui lui secouaient la poitrine. Le nom de l'enfant revint à plusieurs reprises sur ses lèvres, en une litanie à peine audible, douloureuse, libératrice. Au bout d'un moment, Onirée tendit un long bras maigre vers lui, et posa délicatement ses doigts décharnés sur la patte grossière du guerrier. Ce contact fit frémir Cecht ; il lui communiqua un sentiment oublié, inattendu, humain : une vague de compassion qui fit redoubler ses larmes, lui permit de mesurer l'étendue de la solitude qu'il avait connue. Ils restèrent longtemps ainsi, près du petit feu dans la forêt. Cecht sentait les barrières et les murailles céder une à une en lui. Il perdit la notion du temps. Il avait retrouvé le nom de son fils.

« C'est bien, finit par murmurer la vieille femme. Maintenant, tes yeux se sont ouvert, Cecht fils de Gwydden. Tu commences à voir clair. »

Et, après un long silence, elle ajouta :

« Alors, es-tu sûr de ne rien avoir trouvé dans le temple ?

— Non, souffla Cecht.

— Qu'as-tu trouvé dans le temple ?

— J'ai vu son visage. J'ai vu son visage dans les traits de mon ennemi.

— Et où est l'offrande ?

— Je l'ai laissée là-bas. Je refusais de voir.

— Sais-tu ce qu'il te reste à faire ?

— Oui », gronda Cecht.

Il essuya son visage avec une manche sale, et se releva, ignorant l'immense lassitude de son corps. Il

fit quelques pas pour s'éloigner du feu, puis se
retourna vers la vieille femme. Celle-ci n'avait pas
bougé, mais sa capuche semblait retomber plus profondément sur son front.

« Je ne sais pas si je dois te remercier ou te mau-
dire, gronda Cecht. Mais il y a une chose que je viens
de comprendre : Onirée n'est pas ton vrai nom. »

Elle conserva la rigidité d'une statue ; toutefois,
Cecht crut deviner derechef un sourire ambigu dans
les ombres du capuchon.

« Je ne suis que ce que j'ai dit, sussura-t-elle ; la
gardienne de ces bois.

— On m'a trompé sur toi. Tu es différente de tout
ce qu'on nous enseigne.

— Tu es un homme ignorant, Cecht fils de
Gwydden.

— Sans doute. Mais maintenant, il faut que je
retourne le chercher. J'espère que cette fois, je ne
me tromperai pas d'offrande. »

Sur ces mots, il tourna les talons, sortit de la faible
lumière du feu et s'enfonça dans les ténèbres de la
forêt.

Cecht entendait une voix lointaine. Une voix lointaine, qui semblait crier son nom dans un puits rempli d'échos. Il avait l'impression d'être giflé par des
branches, au cours d'une longue glissade dans une
forêt obscure. Puis, il se rendit compte peu à peu
qu'il était immobile, qu'il grelottait de froid, qu'il
était trempé, et que le sol était dur sous son dos.
Plusieurs douleurs cisaillaient son corps, dans sa

jambe, sous son bras gauche, sur le côté de son crâne. Il ouvrit les yeux.

C'était la nuit. Il n'y voyait pas grand-chose, sinon une silhouette floue penchée au-dessus de lui.

« Secoue-toi un peu, mon gars ! grommela une voix familière. C'est vraiment malsain de s'prélasser dans le coin ! »

Cecht reconnut progressivement la trogne rusée de Dugham. Le vieux guerrier ne semblait pas blessé ; en revanche, une douzaine de bagues scintillaient à ses doigts, et une quinzaine de bourses et d'aumônières surchargeaient son ceinturon d'armes. Cecht essaya de se redresser, et grimaça sous le coup de boutoir de la douleur.

« Ça va ? Tu peux marcher ? murmura Dugham en l'aidant à s'asseoir. Sainte-Vérole ! J'étais persuadé qu't'étais resté sur le carreau. T'as une carcasse en acier de Kahad-Burg, mon salaud ! »

Cecht jeta un coup d'œil autour de lui. Il ne percevait pas grand-chose, car un brouillard épais opacifiait la nuit. Il aperçut néanmoins la masse sombre d'un grand destrier crevé, et le corps cuirassé d'un chevalier à quelques pas. Il comprit alors qu'il était toujours sur le champ de bataille.

« Si j'étais pas rev'nu en douce pour vaquer à quelques affaires personnelles, t'étais quand même foutu », ricana le vieux guerrier, l'air assez satisfait de lui-même.

Cecht porta la main à la plaie qui lui lançait à la tête.

« Qu'est-ce que c'est que cette histoire ? grogna-t-il. Où sont les hommes du duc ? »

« — Ils sont occupés. À la chasse. Le burgrave a réussi à s'tirer du guêpier, avec une poignée de gars. Les soldats du duc sont sur ses talons ; il doit les amuser, quelque part au sud, du côté de Brochmail. Mais on a pas intérêt à s'éterniser dans les parages ; ils reviendront tôt ou tard, ne serait-ce que pour compter les morts. Tu peux marcher ? »

La jambe blessée de Cecht semblait encore trop faible pour le porter. Il tâtonna sur sa hanche, trouva son outre de peau, but quelques gorgées d'eau-de-vie et la tendit à Dugham. Le vieil homme avala une rasade, fit claquer sa langue, puis lui rendit son alcool. Cecht regarda à nouveau le chevalier qui gisait à quelques pas de lui. Après une brève hésitation, il rampa vers lui.

« Il a son compte, lança Dugham. Maintenant, faut filer. »

Cecht se traîna néanmoins jusqu'au buste de son ennemi. Il reconnut le haubert d'acier, les étoffes précieuses du tabard, les armoiries aux épines sur champ d'argent. Il posa la main sur la gorge du corps ; après quelques secondes, il sentit le pouls, sans aucun doute possible. L'homme était vivant. En grognant, il s'assit et posa la tête du chevalier sur sa cuisse valide. Il l'agrippa par les joues, força les mâchoires à s'ouvrir et, lui calant le goulot de son outre entre les dents, lui administra d'autorité une généreuse quantité d'alcool.

« Bordel ! Mais qu'est-ce que tu fous ! s'indigna Dugham.

— Ta gueule ! gronda Cecht. C'est mon prisonnier. J'en fais ce que je veux. »

La liqueur coulait le long du menton du chevalier ; toutefois, il se mit très vite à tousser et à recracher en partie ce qu'il avait bu. Ses paupières battirent, et ses yeux, d'abord vagues, se fixèrent avec stupéfaction sur la face sanguinolente de Cecht.

« N'aie pas peur, Épine, gronda Cecht. Je vais te laisser vivre. Ne bouge pas : tu as des os cassés dans la poitrine. Bientôt, les soldats du duc devraient revenir. En attendant, je te laisse ça pour lutter contre le froid. »

Et il lui fourra son outre dans la main. Puis, il abandonna le chevalier, rampa jusqu'au destrier et récupéra son scramasax. Dugham le rejoignit après avoir ramassé la hache de bataille, et l'aida à se remettre debout.

« T'as pris un coup de trop sur le crâne, grogna le vieux guerrier, en hochant la tête d'un air désapprobateur. Tu pourras marcher, au moins ?

— Je crois, oui, grommela Cecht.

— Ben t'as intérêt, parce que c'est pas moi qui te porterai. »

Cecht s'appuya lourdement sur sa hache, tandis qu'il sentait le sang circuler à nouveau dans sa jambe blessée.

« Et maintenant, qu'est-ce qu'on fait ? » grogna-t-il.

Une lueur sagace joua dans les yeux de Dugham.

« T'en fais pas pour ça, mon gars, sourit-il. J'ai un plan. Pour l'instant, on va un peu oublier la frontière de l'Ouromagne, et on va filer plein nord, vers Bourg-Preux et la Marche Franche…

— Ça me va, grommela Cecht.

— Ouais, mais c'est maintenant ou jamais. Alors on file illico, et je m'arrêterai pas pour t'attendre. »

Et Dugham joignit les actes aux paroles. Il se détourna, quitta les épaves du champ de bataille et s'enfonça dans la forêt et la brume. Cecht resta sur place encore un instant, les yeux fixés sur les frondaisons obscures des arbres. Il murmura quelques mots de gratitude, puis il partit en boitant sur les traces de son compagnon.

LE CONTE DE SUZELLE

> *Seulete sui et seulete vueil estre,*
> *Seulete m'a mon douz ami laissiee;*
> *Seulete sui, sans compaignon ne maistre,*
> *Seulete sui, dolente et courrouciee,*
> *Seulete sui, en langueur mesaisiee,*
> *Seulete sui, plus que nulle esgaree,*
> *Seulete sui, sans ami demouree.*

CHRISTINE DE PISAN,
Ballade

C'était une petite fille comme il en existe mille autres : une frimousse semée de taches de son, un nez mutin et des yeux pétillants. Mais elle était plus menue que les gamines de son âge, et ses vêtements de grosse toile ne mettaient guère en valeur ses grâces enfantines. Parfois, quand elle menait les cochons dans la chênaie, elle tressait des couronnes de feuillages et de fleurs ; mais elle n'était pas très habile, et une fois parée de ses atours champêtres, elle tenait davantage de la dryade échevelée que de la nymphe virginale. Elle était étourdie et maladroite ; c'était un feu follet plein de vie, une cervelle d'oiseau tournant à tous les

vents, babillarde et effrontée. Elle avait un don pour
animer la métairie à sa façon — en renversant le lait,
en laissant la porte de la bergerie ouverte ou en affolant les poules, et sa mère lui répétait quinze fois par
jour :

« Suzelle, ma petitelle, t'es qu'un sac à misères ! Il
n'est point de gars qui voudra de toi pour te marier. »

Toutefois, il ne passait guère une journée sans que
Suzelle inventât une nouvelle polissonnerie. L'affaire
terminait invariablement par une paire de gifles
sonores, infligées par les mains calleuses de maman.
La petite filait dans un coin et pleurait un peu ; puis,
elle apercevait un joli papillon ou le roquet des voisins, et elle courait leur donner la chasse, le nez au
vent et les tresses en bataille. Toutes larmes oubliées,
prête pour de nouvelles aventures...

Au village de Giraucé, tout le monde connaissait
Suzelle. La petite dernière du Clos Vouillot était l'un
des sujets de conversation favoris des commères. En
général, on riait à gorge déployée de ses facéties — du
moins, tant que ce n'était pas chez soi qu'elle avait
promené ses pieds crottés ou renversé le chaudron de
soupe... Suzelle bénéficiait donc d'une petite renommée. Cela lui attirait parfois le clin d'œil complice d'un
grand-père ; cela lui valait plus souvent d'être chassée
à grands cris par des ménagères acariâtres, alarmées
de la voir rôder dans leur cour ou dans leur lopin.
Même lorsque Suzelle était sage, son arrivée générait
inévitablement une grande agitation. La gamine se
vexait souvent. Après cela, on s'étonnait de la voir
s'ingénier à de nouvelles sottises...

De temps en temps, les choses tournaient vraiment à l'aigre : à la suite d'une prouesse plus brillante, le père lui-même partait à sa recherche, de sa démarche lente de paysan, le poing fermé sur une baguette de coudrier. Tout Giraucé savait ce que cela signifiait ; le maréchal-ferrant arrêtait un instant de battre le fer, les vieux dans leurs alleus s'appuyaient sur leurs bêches, les bûchiers suspendaient un moment leurs cognées au-dessus de leurs billots. La trogne réjouie, tout ce petit monde suivit des yeux le métayer du Clos Vouillot s'apprêtant à officier. Les plus farauds l'interpellaient, la bouche en coin :

« Adoncques, li Bouvet, c'est-y ta p'tite perle dont t'es en peine ? »

Le père ne rétorquait jamais. Il marchait, l'allure égale, la mâchoire dure et les oreilles un peu trop rouges. Le père n'était guère causant, mais il y avait silence et silence, et Suzelle savait que ce mutisme-là était éloquent. S'il ne répondait rien aux voisins, il n'en enregistrait pas moins tous les sarcasmes, et c'était le postérieur de la petite peste qui payait l'addition. Quand Suzelle sentait venir l'orage, elle prenait donc soin de disparaître le plus loin possible de la civilisation. Avec l'espoir — toujours déçu — que la mémoire paternelle flancherait d'ici le soir...

Que ce fût pour fuir l'ire paternelle ou pour garder les cochons, Suzelle vagabondait souvent hors du village. Au moins, elle n'y attirait pas le regard courroucé des commères, les quolibets des gamins de son âge, et esquivait par la même occasion les corvées domestiques dont sa mère était une dispensatrice inépuisable. Très tôt, la petite fille connut les environs mieux que nombre de vieux du pays. Parfois, les femmes du hameau lui faisaient la leçon, en lui affirmant qu'à force de courir les bois seulette, elle finirait croquée toute crue par les loups ou par les gobelins. Suzelle n'en avait cure. Au plus sombre des futaies, elle apercevait parfois les loups, des bêtes grises et furtives qu'elle s'amusait à effaroucher de ses cris perçants ; quant aux gobelins, elle n'en avait jamais vus, en dépit de tous ses efforts pour en trouver...

Lorsque le ciel était pur et qu'un grand vent chassait les nuages, elle aimait monter sur la vieille butte, une colline ronde, couverte de brande, où émergeaient çà et là de gros rochers usés. Au sommet de la butte, Suzelle jouait au busard, les bras déployés face aux bourrasques, la toile de sa robe claquant comme un étendard contre ses jambes maigres. Elle riait aux éclats dans les gifles rageuses du vent, s'imaginait planer loin au-dessus des toits de chaume et des murets de pierre sèche. C'est à peine si elle prêtait attention aux tours de la forteresse de Sacralia, que l'on apercevait par temps clair dans les lointains, au-delà de la forêt de Bellegarde.

Le soir, quand elle était à peu près sûre de n'y croiser personne, elle se rendait à la chaussée des lavandières. Au bord du gros ruisseau qui baguenaudait dans le vallon de Giraucé, une roche plate, large comme le seuil d'un château, penchait doucement de la berge dans la rivière. Les femmes du village, depuis des générations, s'y rendaient pour laver leur linge et pour bavarder ; usé par le courant, par les genoux et les frottoirs des paysannes, le rocher avait acquis un beau poli. Toutefois, on y discernait encore çà et là de gracieux entrelacs, un écheveau fluide de motifs floraux et aquatiques qui, jadis, avaient dû tresser une frise élégante tout le long de la pierre. Suzelle aimait venir patauger dans le ru, chasser la grenouille à la main, faire des ricochets avec des galets. Puis, lorsqu'elle était un peu lasse, elle s'allongeait à plat ventre sur le rocher, et s'efforçait de suivre du doigt le fil à demi effacé d'un entrelacs, dans le labyrinthe patiné de la frise. Les yeux perdus dans les méandres gravés, elle s'abîmait alors dans une rêverie ramifiée, le cœur bercé entre comptines et pressentiments de merveilles anciennes.

Il arrivait parfois que Suzelle s'en allât fort loin du hameau. Si elle avait une après-midi devant elle (ou si elle s'efforçait de fuir la colère paternelle), la petite fille musardait dans les chemins creux jusqu'à la Pierre des Trois Sires, puis coupait à travers lande vers l'ermitage de Damevive. Dans une combe peu profonde, quelques bâtiments bas aux toits de chaume abritaient un sanctuaire de la Déesse Douce : une modeste chapelle, une chaumière habitée par la prêtresse, et quelques dépendances agricoles. À la belle saison, Suzelle arrivait avec un bouquet de fleurs sauvages ; à l'automne, avec une brassée de feuilles dorées et fauves, et une poignée de châtaignes. Elle trottinait jusqu'à la chapelle, descendait les deux marches usées qui la menaient dans la pénombre du petit temple. Au fond de la nef ronde, la Déesse lui souriait, taquine et tendre. C'était une toute jeune fille, aux yeux en amande, au visage joli comme un pré de primevères ; elle adoptait une pose déhanchée et gracieuse, une main légère posée sur son ventre rond où sommeillait toute l'enfance du monde.

Suzelle déposait son offrande champêtre au pied de la statue et adressait une prière qui, pour être décousue et naïve, n'en était que plus sincère. Les yeux de pierre de la Déesse semblaient la caresser avec tendresse. Suzelle puisait dans cette intimité paisible avec l'idole le courage d'affronter les corrections du père, les jérémiades des voisines, les corvées domestiques. Rassasiée de l'amour subtil qui imprégnait la petite nef, elle sortait de la chapelle et partait à la recherche de Sœur Amaryllis, la prêtresse de l'ermitage. Elle la trouvait souvent préparant des baumes dans la cuisine de sa chaumière, soignant une bête malade qu'un paysan lui avait confiée ou herborisant aux alentours.

Sœur Amaryllis était une femme mûre, grande et calme, aux cheveux veinés d'argent. Elle accueillait Suzelle avec un sourire, posait sa paume longue sur la joue de la petite fille, murmurait une bénédiction ou une gentillesse. Elle acceptait toujours la compagnie de la fillette ; avec elle, Suzelle était sage comme une image et rendait volontiers de menus services. Souvent, la prêtresse et l'enfant restaient silencieuses. Suzelle, assise sur un tabouret, observait son hôtesse préparer ses onguents ; ou alors, elle la suivait dans prairies et sous-bois en quête d'herbes médicinales, et Sœur Amaryllis lui apprenait les vertus des plantes. Quand l'après-midi tirait à sa fin, la prêtresse jetait une houppelande sur ses épaules, allait chercher un bâton dans son bûcher, et prenait le chemin de Giraucé avec la petite fille. Elle avait toujours un ancien démuni ou un malade à aller visi-

ter, prétendait-elle. Elle raccompagnait Suzelle jusqu'à la métairie familiale, et acceptait rarement plus
qu'un quignon de pain et un verre d'eau du puits
pour remerciement. Parfois, en cours de route, Sœur
Amaryllis racontait des histoires simples. Elle disait
le cycle de la lune et des saisons, elle disait le cours
des sources et des rivières, elle disait la croissance
des arbres et l'usure des collines.

De temps à autre, Sœur Amaryllis restait à la
veillée. Elle s'installait au coin du feu, à la place
d'honneur que lui cédait le père, et tout le voisinage
venait s'entasser dans la petite salle, à la lueur de
l'âtre et de rares chandelles. La prêtresse écoutait
les potins, examinait les vieux et les enfants malades,
prodiguait conseils et soins. Puis, quand la nuit se
faisait bien noire et que la brume remontait du ruisseau entre les maisons de Giraucé, l'assemblée faisait
silence, et Sœur Amaryllis parlait.

Elle racontait des histoires anciennes, des chroniques séculaires, des légendes à demi oubliées, ense-
velies dans un passé fabuleux. Elle racontait la Geste
de Leodegar le Resplendissant, ses batailles, ses victoires, l'union des clans autour du jeune héros habité
par le souffle d'un dieu. Elle racontait le Vieux
Royaume à l'époque de sa splendeur, Chrysophée
aux murailles dorées, la prospérité et l'harmonie
des campagnes, les forteresses orgueilleuses des
trois duchés. Elle racontait aussi la décadence de
Leomance, le dernier roi étranglé sous les murs de
Ciudalia, la discorde entre les dynasties ducales, la
nécromancie insane des Archontes. Aux heures
froides de la nuit, quand les vieux et les petits

s'assoupissaient doucement dans l'auditoire silencieux, elle rapportait parfois les heures terribles de la guerre des Grands Vassaux : les morts marchant mêlés aux vivants dans les armées de Malvern ; Chrysophée incendiée dans le soir ; les derniers héros de Leomance, de Kahad Burg et de Valanael, ivres d'horreur et de désespoir, livrant combat pour défendre la berge de la Listrelle…

Tout le petit peuple des laboureurs, des manouvriers, des pâtres et des charbonniers était suspendu aux lèvres de Sœur Amaryllis. On écoutait sans se lasser la voix posée et douce de la prêtresse, et mille images anciennes et brillantes surgies au détour d'une phrase partaient vagabonder dans les ombres de la charpente ou dans les éclats du feu. Au premier rang des enfants, à plat ventre sur le sol de terre battue, la tête posée sur ses paumes, Suzelle ouvrait des yeux et des oreilles immenses. Sous le charme de la conteuse, elle pouvait demeurer tranquille des heures durant. Mais de toutes les légendes que rapportait Sœur Amaryllis, celles qui parlaient du Peuple Ancien étaient ses préférées.

La prêtresse évoquait parfois les aurores du monde, bien avant la venue d'Ocann le Dévoreur. Le Vieux Royaume était alors un jeune royaume, et même seulement un royaume en devenir, dont le nom chantait comme une mélodie jouée sur une harpe. Dans l'harmonie sereine des forêts vaguaient les Elfes, insoucieux et souriants. Ils vivaient dans l'émerveillement constant de la vie, de ses tableaux, des chants des sources et des feuillages. Ils contemplaient l'âme du monde avec un ravissement perpétuel, spectateurs du cycle des saisons et de la lune, des naissances et des disparitions, de l'énergie opiniâtre de l'eau, de la sève, de la lumière et de l'air. Pas plus que les gens de Giraucé, Suzelle ne saisissait le sens profond du discours de la prêtresse, mais les enluminures brillantes du récit éveillaient des échos en cascade dans le cœur de la fillette. Dans le vagabondage merveilleux du Peuple Ancien, Suzelle retrouvait les bourrasques de la vieille butte, les chemins creux près de la Pierre des Trois Sires, la lande roussâtre non loin de Damevive.

Lorsque le sommeil emportait Suzelle à l'improviste, bercée par la parole de Sœur Amaryllis, ses rêves se déployaient sous un azur ancien, chatoyant de toutes les couleurs du conte. Elle voyait la suite chamarrée du prince Ossirian, l'étendard dansant aux lévriers blancs de Valanael, la poussière d'or allumée par le crépuscule sur les lances des Elfes. Elle entendait le rire clair des ruisseaux descendus de la montagne, la prosodie délicate des luths, et des voix pures bavarder dans le soir, plus mélodieuses qu'une chanson. Ses nuits s'alanguissaient, lumineuses et réparatrices, dans ces chimères très anciennes ; et, à son insu, Suzelle saisissait peut-être une trame fugitive et précieuse, une bribe de bonheur…

Ainsi s'écoulait l'enfance de Suzelle. Elle semblait s'étirer, immuable, aux yeux de la petite fille. Les étourderies, les taloches, les criailleries des voisines, les colères froides du père, les escapades sur la vieille butte ou au sanctuaire de Damevive, l'enchantement des veillées rythmaient un quotidien intemporel, où

demain se confondait avec hier. Même le cours des
saisons et les fêtes religieuses participaient, à tout
prendre, au cycle d'un présent toujours recommencé.

Deux événements marquèrent un peu plus les
mémoires, au Clos Vouillot. Une nuit, deux brebis
furent attaquées par le chien de la ferme Créquelin, et
le reste du maigre troupeau s'égailla dans la nature. La
faute en revenait une fois de plus à Suzelle, qui, selon
son habitude, avait oublié de fermer la bergerie. Il
fallut une grande journée au père et à la maisonnée
pour retrouver et rassembler les bêtes. La petite fille,
épouvantée, disparut trois jours ; ce fut Gervold, le
maréchal-ferrant, qui la retrouva cachée dans son
bûcher, passablement affamée. Le père la battit
comme plâtre, avec d'autant plus de cœur qu'il s'était
fait du souci pour elle ; et, pendant quelques semaines,
Suzelle promena des hématomes violacés et un œil
gonflé comme un œuf de poule.

Au printemps suivant, un ours quitta les bois et vint
semer une belle pagaille dans les troupeaux du pré
communal. C'était un vieux plantigrade efflanqué,
doté d'une dent féroce par son hiver de disette, qui
avait trouvé plus commode d'aller se servir dans le
cheptel des manants plutôt que de sillonner la forêt
en quête de baies et de ruches sauvages. Giraucé
connut l'agitation du poulailler visité par le renard ;
les commères galopèrent en tous sens récupérer leur
marmaille et se barricader dans leurs chaumines.
Seuls une dizaine de solides gaillards, armés de
fourches et de fléaux, partirent affronter l'ours et
défendre leurs bêtes. L'affaire fut chaude — encore
que les hommes restèrent à distance prudente des

griffes de l'ours, tandis que le fauve évitait de se frotter de trop près aux fourches. Au premier rang des rustauds, Suzelle s'égosillait, plus mauvaise qu'un essaim de mouches, en lançant des mottes de terre sur le mufle de la bête. Les piaillements de la fillette couvraient sans peine les cris gutturaux des hommes et les grondements féroces de l'ours. Après beaucoup d'agitation et de fureur, le fauve abandonna le pré. Ce fut un vrai triomphe chez les braves, qui firent de Suzelle leur héroïne. Certes, cela ne dispensa pas la gamine d'une solide paire de gifles maternelles, pour avoir été se fourrer dans les jambes des gars par une si terrible affaire... Mais la petite fille était devenue la mascotte des gros bras ; par la suite, l'histoire de la pucelle de Giraucé, qui avait bouté l'ours hors du bourg et l'avait renvoyé dans son bois, devint matière à fabliau et fit le tour des villages de la région.

Cependant, l'événement majeur dans l'existence de Suzelle devait toujours rester ignoré de tous. Quand la petite atteignit l'âge de douze ans, la mère commença à l'envoyer seule à la rivière, faire la lessive de la maisonnée. Suzelle se rendait à la chaussée des lavandières ; mais elle ne goûtait guère les railleries des commères du village, aussi ne prenait-elle sa corbeille, son battoir et son savon que dans l'après-midi, quand les autres lavandières avaient déjà étendu leur linge sur les prés. Un après-midi d'été, alors qu'elle trempait des chausses, elle devina une présence derrière elle. Mais il était trop tard pour se retourner : on l'avait déjà empoignée et brutalement poussée en avant. Avec un cri, elle chut cul par-dessus tête dans l'eau froide du ruisseau, où elle heurta assez rudement un gros rocher. Elle se releva, ruisselante, la chainse collée au corps et l'épaule meurtrie, pour apercevoir deux jeunes ribauds qui se contorsionnaient de rire sur la berge. C'étaient les fils de la ferme Créquelin, Boson et Corbe ; deux drôles un peu plus âgés que Suzelle, la trogne boursouflée d'acné, qui avaient déjà la silhouette râblée du laboureur. Les deux gars ne rataient jamais l'occasion de lui jouer un mauvais tour ou de lui faire endosser la responsabilité de leurs propres sottises.

Suzelle vit rouge. Elle plongea le bras jusqu'au fond du ru et en remonta un galet bien lourd, qui fendit bientôt les airs en une belle parabole, avant de claquer contre les côtes de Boson. Le jeune rustaud eut le souffle coupé ; une étincelle méchante dans le regard, Corbe se pencha pour ramasser un caillou ; mais un deuxième galet, quoique lancé de façon erratique, lui percuta la pointe du coude dans une explosion de douleur. Comme Suzelle plongeait des deux mains dans le ruisseau en quête d'autres projectiles, les deux farceurs s'esquivèrent. Mais la petite n'en avait pas fini avec les mauvais plaisants : les mains lestées de galets, elle pataugea jusqu'à la berge et courut derrière les malandrins. Elle leur donna la chasse dans le pré des lavandières, piétinant au passage le linge à sécher ; elle les poursuivit tout le long du sentier vicinal, jusqu'à l'orée de la forêt. Mais elle était trempée ; sa robe, alourdie d'eau, lui collait aux jambes, et les deux farceurs prirent rapidement de la distance. Elle lança en pure perte ses deux pierres, puis, à bout de souffle, s'assit sous un arbre.

Elle ne perdit guère de temps à remâcher sa colère ; alors qu'elle tordait sa robe pour en essorer l'eau, elle aperçut un gros taillis de mûriers. Elle en oublia de se sécher, et fila se gaver de mûres. Les joues poisseuses d'un jus rose, elle retourna au soleil, dans un pré, pour se réchauffer. Elle cueillit des fleurs des champs, s'en fit une couronne, puis s'en alla baguenauder dans les bois. Elle connaissait tous les coins à champignons de Giraucé, et partait souvent en quête de cercles de fées quand il avait plu. Mais ce jour-là, l'après-midi était chaud et ensoleillé, et sa quête se révéla infructueuse. Elle visita le chêne creux de Chenançay, chassa l'écrevisse dans un ruisseau frais comme une bise d'hiver, rôda dans une clairière où, parfois, au crépuscule, venait jouer un couple de renards.

L'après-midi tirait insensiblement vers le soir ; le ciel devenait pâle, et les ombres s'allongeaient dans la forêt. Suzelle commençait à avoir faim. Elle reprit le chemin du village. Elle débaula dans la métairie, gaie comme un pinson, les narines chatouillées par les odeurs de soupe et de pain chaud. La mère était penchée sur le pot, où chantonnait doucement le bouillon. Elle se releva à l'irruption de sa fille, et fronça aussitôt les sourcils.

« Hahai ! Suzelle, qu'est-ce donc que cette guische ? Et ta corbeille ? Et mon linge ? Tu ne m'as point meschibé mes cottes, j'espère ! »

La petite resta coite, et devint écarlate. La lessive ! Avec sa cervelle d'oiseau, voilà qui lui était complètement sorti de la tête ! Et le linge qui était resté tout l'après-midi sur le bord du ruisseau, à la portée du premier croquant venu ! La prise de conscience fut si abominable que Suzelle ne vit pas venir les gifles : un solide aller-retour, appliqué avec une vigueur due à une longue pratique.

« Je m'en vas t'acorser, mauvaise ! braillait la mère. Va-t-en jusqu'au ru, et dépêche-moi mes cottes, sinon c'est le père qui t'en causera ! »

Suzelle jaillit hors de la métairie, traversa Giraucé avec un claquement sonore de sabots, fila tête baissée dans le pré des lavandières. Elle déboula si vite sur la berge qu'elle faillit choir dans l'eau. Aussi ne s'en aperçut-elle qu'au dernier moment : sur la chaussée des lavandières, il y avait quelqu'un. Quelqu'un assis avec nonchalance au bord de l'onde. Quelqu'un qui la considérait avec curiosité.

Suzelle n'avait pas froid aux yeux, mais la surprise lui donna un haut-le-corps. Et la peur s'accrut quand elle réalisa que l'intrus n'était pas l'un des coquins de la ferme Créquelin, ni une commère venue faire une lessive tardive. C'était un parfait inconnu. L'étranger — ou peut-être l'étrangère — ne ressemblait à rien de ce que la gamine connaissait. Il était souple et gracile ainsi qu'une fille, et ainsi qu'une fille, il portait les cheveux longs et libres ; des cheveux sombres, lisses, brillants comme de la soie. Mais sa vêture était masculine : des bottes légères, un justaucorps, des hauts de chausses, une longue dague dont le fourreau barrait coquettement les fesses. Suzelle n'avait jamais vu pareil costume : elle était habituée aux sarraus et aux braies informes des paysans, aux cottes d'armes et aux mailles brunies des fer-vêtus qui passaient parfois sur le chemin de Sacralia. L'inconnu portait des vêtements joliment ajustés sur sa silhouette étroite, taillés dans des étoffes si fines, si veloutées, qu'elles attiraient la main.

Il la regardait par-dessous, entre ses mèches folles, avec une expression amusée ; et Suzelle réalisa qu'elle le dévisageait comme une sotte. Seulement, pas plus qu'elle n'avait jamais contemplé de tels atours, elle n'avait jamais vu de tels yeux ni un tel sourire. Des yeux d'un cyan très pur, où pétillait un esprit complexe, curieux, pénétrant ; un sourire empreint d'ironie légère et de courtoisie impérieuse, qui suffit, à peine esquissé, pour que Suzelle se sentît petite, gourde et laide. Suzelle avait essuyé une paire de gifles, elle avait couru d'une traite jusqu'au ruisseau, elle avait eu peur : son cœur s'emballa et elle devint très rouge.

« Très flatté, ma mignonne, ronronna l'inconnu, mais n'en oubliez pas votre linge. »

Il avait la voix douce, agréable, et incontestablement masculine. Ses paroles étaient infléchies par un soupçon d'accent, qui sonnait à la fois familier et un peu bizarre aux oreilles de Suzelle. Il déplut à la gamine, comme elle eut la certitude que lui déplaisaient ce timbre trop suave, ces afféteries de dameret, ce regard d'azur violent. Mais elle n'aurait su dire pourquoi, sa tête était aussi creuse qu'une courge, ses oreilles cuisaient, et une ivresse puissante dévastait sa poitrine. Avec vertige, elle se pencha sur le bord du ruisseau et ramassa les vieilles chainses du père, les cotillons usés de la mère, les culottes rapiécées de ses frères. Elle serrait les nippes gorgées d'eau contre son buste maigre, et le linge détrempait sa robe.

« Peut-être votre corbeille serait-elle utile… »

L'inconnu avait parlé en détournant la tête, l'œil attiré par une libellule verte qui rasait la surface de l'eau. Écarlate, Suzelle récupéra le panier qui gisait renversé au milieu du cresson, y fourra à la diable ses hardes, son battoir, son savon et sa pierre ponce. Et voilà qu'elle avait peur, réellement peur, car qui donc était ce damoiseau arrivé de nulle part, apparu dans le soir sur la chaussée des lavandières ? Ni loup, ni ours, ni gobelin, et pourtant plus redoutable que tout ce que Suzelle aurait pu imaginer. Elle s'apprêtait à fuir, quand il se retourna vers elle et lui dit :

« Pourriez-vous m'accorder une faveur ? »

Et Suzelle demeura immobile et coite, la corbeille déjà perchée sur le chef, avec l'eau qui lui gouttait entre les brins d'osier sur le nez et sur les épaules.

« Il s'agit juste de satisfaire ma curiosité. Depuis combien de temps avez-vous bâti votre village ? »

Suzelle ouvrit des yeux ronds. Pour une question saugrenue, c'était une question saugrenue !

« Ben… depuis toujours… »

Le sourire de l'inconnu se fit un peu mordant, et peut-être un peu triste.

« Voilà un mot bien long, petite fleur des haies. »

Suzelle était déjà rouge, mais ses joues devinrent plus chaudes encore. On ne l'avait jamais appelée « petite fleur » ; l'expression, proférée par l'extravagant damoiseau, lui parut à la fois très déplacée et infiniment flatteuse. Elle ne s'en sentait pas moins cruche, avec cette maudite corbeille juchée sur le crâne.

« Naguère, les miens vivaient ici, » ajouta l'étranger, l'expression adoucie par un air rêveur.

Il effleura avec respect les entrelacs usés sur la pierre.

« Ils n'ont guère laissé d'empreinte, soupira-t-il. Mais la rivière chante toujours le même refrain. »

Il trempa l'extrémité de ses doigts dans l'eau, observant le plissement liquide provoqué par le courant à la surface. Lèvres closes, il entonna une mélodie à la fois lente et vive. Le timbre de sa voix semblait changé, plus simple, plus fluide, chargé d'intimité sensible. Avec un frisson étrange, qui partit du bas du dos et remonta jusqu'à la racine des cheveux, Suzelle se rendit compte que l'air fredonné par l'inconnu formait le contrepoint parfait de la chanson du ruisseau. Mais elle n'eut pas le temps de se laisser bercer par l'émotion : l'inconnu s'était interrompu, et la fixait avec des yeux rieurs.

« Eh bien, eh bien, ma jolie, avec des chansons, on vous mènerait n'importe où. »

Il se redressa, s'étira avec une grâce insupportablement maniérée. Suzelle saisit soudain ce qui la perturbait dans la diction du damoiseau : sa voix était ferme et masculine, mais son élocution avait l'accent désuet des très vieilles gens, comme celui de la Vielette, l'ancienne toute cassée qui vivait dans une cahute au bout du village.

Avec moins de piquant, l'étranger ajouta :

« Ils sont rares, les nouveaux venus qui savent encore entendre. Petite fleur sauvage, mais non dénuée de charme… »

Il saisit un sac déposé près de lui, le jeta avec nonchalance sur son épaule. Le chevillier délicat d'un luth en émergeait.

«Tout le plaisir fut pour moi, minauda-t-il. À l'occasion, quand mon loisir me ramènera dans les environs, je vous rapporterai la fleur à laquelle vous me faites penser. Dans les Cinq Vallées, nous l'appelons *Llinillaur'ë*. C'est une variété de cymbalaire, qui pousse dans les colonnades de nos bosquets. Comme vous, elle vient orner nos vieux souvenirs de pierre, avec des pétales pleins de discrétion et de fraîcheur. »

Il s'inclina avec une galanterie très affectée.

« Annoeth Veiddawc, votre serviteur. »

Plein de vivacité et d'indolence, il se détourna. Il n'emprunta pas le chemin du village, mais franchit le ruisseau en marchant sur les pierres traîtresses qui affleuraient la surface, comme il aurait glissé sur un parquet. En l'espace de quelques battements de cœur, il était sur l'autre rive, il fendait le rideau de roseaux et de saponaires, il se perdait dans un froissement de verdure et d'inflorescences.

Suzelle demeura seule sur la chaussée des Lavandières. Seule, très soulagée ; et tout à coup très désappointée.

Ce soir-là, quand elle rentra à la métairie, Suzelle n'entendit guère les jérémiades de la mère, qui pestait parce que le linge était mouillé et d'une propreté douteuse. Elle ne toucha pas au bon pain chaud, avala distraitement quelques gorgées de bouillon et ne décrocha pas deux mots de la veillée. La nuit, sur sa paillasse, elle resta les yeux grand ouverts ; dans l'obscurité saturée des odeurs de chèvre et de feu de bois, elle entendait le père ronfler pesamment, les bûches chuchoter dans l'âtre, les bêtes s'agiter dans la bergerie. Mais elle ne prêtait guère attention à ces bruits familiers. Elle tendait l'oreille pour saisir les murmures du vent dans les bosquets, l'aboi d'un chien dans un village voisin, et la rumeur ténue de l'eau courant entre des berges herbues. Elle se sentait étrange, très vivante, attentive aux appels vagues de la nuit.

Au matin, Suzelle prit prétexte d'aller chercher de l'eau pour courir au ru. Aux petites heures du jour, elle se leva et traversa une brume pénétrante, dans l'atmosphère grise qui prélude au lever du soleil. Un froid vif la saisit quand elle déboucha sur la chaussée des lavandières ; le cœur un peu rapide, elle regarda alentour. Hormis les remous de l'onde, elle ne vit que la course effarouchée d'une loutre, surprise dans les herbes de la rive. Suzelle se sentit soudain lasse ; toute la fatigue d'une nuit sans sommeil vint alors peser sur ses épaules frêles.

Distraite et somnolente, elle collectionna oublis et maladresses au cours de la journée. La mère ne passait pas une heure sans la gourmander, et le père gronda quand elle renversa le lait de la traite. Pourtant, dès la fin de l'après-midi, elle s'éclipsait et filait à nouveau vers le ru. L'eau prenait des éclats dorés dans le soir, une poussière de moucherons dansait dans les rayons obliques, et Suzelle demeura seule, un long moment, dressée sur la pierre aux entrelacs. Elle ne rentra qu'au crépuscule.

Elle se fit tancer pour avoir rôdé si tard, et laissé refroidir sa bouillie.

Chaque jour, au lever et au coucher du soleil, Suzelle retourna au ru. Toutes les raisons lui étaient bonnes : elle allait remplir la cruche, pêcher des écrevisses, cueillir des roseaux pour joncher le sol de terre battue de la métairie. Elle se porta volontaire pour toutes les lessives familiales ; la mère trouva ce zèle un peu bizarre, et elle estimait que Suzelle tardait à la tâche, mais force lui fut de reconnaître que le linge revenait propre.

Un après-midi, un peu avant la fête des moissons, Suzelle se rendit à l'ermitage de Damevive. Une brise tiède faisait courir de longues vagues sur les blés et les prairies, bruissait dans les feuillages opulents de la forêt ; des criquets s'éparpillaient devant les pieds de la petite, des papillons aux ailes claires jouaient entre pollens et graminées ; mais Suzelle, la mine rêveuse, marchait droit vers le sanctuaire de la Déesse Douce, absente à tout ce qui avait fait ses joies d'enfant. Suivant son habitude, elle visita d'abord la Déesse ; mais elle avait les mains vides en pénétrant dans la nef, et elle ne retrouva pas la plénitude qui l'envahissait d'ordinaire dans la chapelle. Elle contempla longuement le visage de pierre : elle fut troublée de retrouver dans le sourire de l'idole une ironie légère, qu'elle n'avait jamais décelée jusqu'alors, et qui lui semblait refléter l'expression complexe d'Annoeth Veiddawc.

Quand Suzelle rejoignit Sœur Amaryllis dans le verger qui jouxtait le temple, elle se sentit paralysée par une timidité inconnue. Elle était pourtant venue poser une foule de questions qui la hantaient depuis des semaines : où se trouvaient les Cinq Vallées ? Qui habitait Giraucé avant l'arrivée des gens du cru ? Qui

avait gravé les entrelacs de la chaussée des Lavandières ? Dans quel pays portait-on un nom aussi
étrange qu'Annoeth Veiddawc ? Mais la seule vue
de la prêtresse, qui prélevait le miel de ses ruches,
environnée d'un essaim bourdonnant d'abeilles, suffit à nouer les mots au fond de sa gorge. Bizarrement
intimidée, Suzelle resta coite un long moment. Pour
finir, elle demanda d'une toute petite voix à quoi
ressemblaient des cymbalaires.

Avec les travaux exténuants des récoltes, suivis de
la fête du Bain de la Déesse, l'automne passa rapidement. L'hiver tomba sur Giraucé comme le loup au
coin du bois, et l'on se réfugia frileusement au coin du
feu. Les chaumières faisaient le gros dos sous leur
courtine de neige, les champs sommeillaient de léthargie blanche, et les arbres paradaient dans leur manteau de givre, étincelants au soleil, fantomatiques dans
le soir. Quand il arrivait à Suzelle de descendre au ru,
elle y était accueillie par les rires et les cris des autres
gamins, qui venaient patiner sur l'eau gelée. Elle finissait par les rejoindre, se livrait à force glissades et
bousculades ; mais elle n'y trouvait plus le plaisir vif
des années passées.

Ce fut aussi cet hiver-là que la Vielette mourut. Un
matin de froid féroce, les voisines s'étonnèrent de ne
voir aucune fumée sortir de sa cahute. Elles allèrent
frapper à la porte, et comme elles ne recevaient nulle
réponse, elles entrèrent. La Vielette était allongée
sur sa paillasse, les lèvres bleues, les doigts noirs
d'engelures. En mettant de l'ordre dans ses pauvres

322   *Janua vera*

hardes, les commères firent une trouvaille étonnante.
enveloppée dans un chiffon, elles découvrirent une
gracieuse broche d'argent, dont les entrelacs suggéraient peut-être une fleur de fantaisie, peut-être un
oiseau prenant son vol. On caqueta beaucoup au
sujet de la babiole : depuis des décennies, la Vielette
vivait chiche et solitaire, alors que la vente du bijou
lui aurait procuré un confortable pactole. Pour finir,
on consulta Sœur Amaryllis, bien que son sacerdoce
ne couvrît point les rites funéraires. La prêtresse
accueillit la nouvelle de la mort de la Vielette avec
une tristesse résignée ; cependant, quand une pay-
sanne lui montra la broche, une expression fugace,
mais vive, altéra l'expression d'ordinaire si égale de
la prêtresse. Ses yeux devinrent brillants, et une
compassion profonde embua son regard. Leur curiosité piquée, les commères firent bien sûr assaut de
questions, mais Sœur Amaryllis éluda. Tout ce qu'elle
consentit à dire, c'est qu'elle recommandait qu'on
laissât le bijou à la Vielette. Si elle l'avait conservé si
précieusement de son vivant, ce n'était que justice
qu'elle reposât avec lui.

Serrée au milieu des manants, Suzelle se haussait
sur la pointe des pieds. Le nez glissé entre les épaules
robustes de deux paysannes, elle essayait d'apercevoir la broche. Elle put y jeter un rapide coup d'œil :
le motif fluide des entrelacs lui rappela les frises de la
chaussée des Lavandières.

Avec le dégel revint la chanson du ruisseau, reten-
tissante de la fonte des neiges. Les terres noires et

brunes des lopins s'étiraient en silence dans une humidité lasse ; çà et là pointaient des bourgeons, sur les arbres encore hébétés de frimas ; les perce-neige s'épanouirent à la lisière des bois. Parfois, un coup de vent charriait encore une giboulée de flocons, et il fallait de temps en temps casser la glace au fond des puits ; l'hiver restait embusqué au détour du chemin des Landes Grises. Au village, on se serrait la ceinture. C'était l'époque de la soudure, quand les réserves devenaient rares, dans l'attente des semailles. Toutefois, à mesure que les jours se faisaient plus cléments et le ciel plus bleu, primevères, coucous et jonquilles se répandirent dans les prés. Ce fut bientôt le retour de la fête des Fleurs, où les nouveau-nés et les fiancés de l'année étaient emmenés en farandoles jusqu'à l'ermitage de Damevive, pour y recevoir la bénédiction de la Déesse.

Avec l'embellie du printemps, Suzelle revint rôder plus que jamais autour du ru. À trotter dans la bise encore coupante des aurores, elle attrapa une mauvaise toux, qui tarda à passer. Mais la reverdie et la respiration puissante de la sève fouettaient son jeune sang, la trouvaient au petit jour vibrante comme une corde d'arc. Chaque matin, Suzelle filait pleine d'entrain et d'espérances diffuses. Avec la fin de la mauvaise saison, les chemins redevenaient praticables et l'on revoyait des groupes de voyageurs sur la route de Sacralia. Tôt ou tard, Annoeth réapparaîtrait pour une pause près du ru, entre deux étapes de son vagabondage mystérieux. Il suffisait à Suzelle d'être patiente, et de se rendre jour après jour au bord de l'eau.

Suzelle apprit donc la patience.

Chaque soir, elle rentrait un brin lasse, l'oreille remplie de la chanson du ru et le cœur un peu serré. Toutefois, dès qu'elle était allongée, elle laissait son imaginaire vagabonder et trouvait une consolation dans le cours sans cesse répété de la même rêverie. Un soir ou un matin, alors qu'elle ne s'y attendait plus, la berge toute entière était transfigurée par une présence. La silhouette racée du bel inconnu se dessinait en un crayonné brouillé, dans l'atmosphère brumeuse, et le cœur de Suzelle cessait de battre un instant, avant de repartir dans une folle chamade. L'étranger lui adressait un compliment courtois et un peu cruel ; ou peut-être un compliment cruel et rempli de charme… Suzelle avait du mal à lui prêter des propos : il était trop éloigné de son monde. Mais elle entendait le velours ancien de sa voix ; mais elle se perdait dans le bleu orage de ses yeux ; mais elle fondait devant l'énigme de ce sourire, subtil comme celui de la Déesse. Il tirait de son pourpoint un brin de cymbalaire, et le tendait à Suzelle ; pour le saisir, la petite frôlait les doigts effilés du musicien. Puis elle piquait la fleur dans ses cheveux, et elle goûtait un bonheur intense et flou. Ses rêveries connaissaient des variations mineures, mais n'allaient jamais au-delà. Suzelle savourait seulement la présence d'Annoeth, et le gage que représentait la promesse tenue.

La somnolence la surprenait au milieu de ces chimères, et le charme se poursuivait souvent dans son sommeil, peuplant sa nuit de rencontres improbables, de mièvreries fragiles, de ballades sentimentales. Au

matin, la tête encore grisée de songes, Suzelle saisissait le seau cerclé de corde et filait au ruisseau. Quand
elle arrivait près de la chaussée des Lavandières, la
même émotion, toujours neuve, venait lui nouer la
gorge et lui piquer les yeux. Bien sûr, elle ne voyait
personne. Peu lui importait ; dès le soir, on la voyait
revenir au ru.

Le printemps devint chaud et ensoleillé ; le blé
germa dans les lopins. Il leva et prit une belle teinte
verte. Puis les journées s'alanguirent dans l'interminable torpeur estivale. Le blé gagna une nuance
blonde, et l'on se félicitait de la récolte à venir. Dans
les cours des fermes, on commença à aiguiser les
lames des faux. La belle saison s'étira, s'assoupit
dans les dernières chaleurs, dans les gerbes couchées
sur les chaumes.

Suzelle attendait toujours.

Un deuxième été passa, puis un autre encore, et
Annoeth ne réapparut pas.

Suzelle apprit la patience.

Elle se mit à grandir. En l'espace de quelques saisons, la petite fille aux mines naïves ou effrontées
devint une jolie fleur sauvage. Les voisins disaient
qu'elle poussait comme de la mauvaise herbe, mais
les jeunes gars et même les hommes rassis commençaient à la lorgner d'un autre œil. Elle n'était pas
seulement devenue plus fine et plus élancée : son attitude aussi avait changé. Certes, elle était toujours distraite, et la mère criaillait sans cesse contre le sort qui
lui avait donné une fille avec la tête plus creuse qu'une

cosse ; mais son bavardage s'était tari, son allant s'était
émoussé, son impertinence dissoute. Elle devenait
songeuse, presque contemplative, un peu languide,
souvent fuyante ; elle s'effarouchait parfois du contact
des gens, elle qui naguère courait à l'aventure avec
une solide assurance. Au milieu des rustiques, elle
s'épanouissait telle une plante fragile et rare, un peu
pâle, subtilement différente. Parfois, des chevaliers et
des écuyers en route pour Sacralia menaient leurs
montures boire au ru ; ils attardaient alors leur regard
sur cette jolie gueuse, qui rêvassait au bord de l'eau.

Au bout de quelque temps, les voisines entreprirent la mère. Elles lui firent observer qu'il serait
peut-être temps de marier Suzelle. La gamine avait
grandi : elle prenait des formes et des poses, et ses
allures mélancolieuses en disaient long sur les fre-
daines qui devaient lui farcir la cervelle. À trop la
laisser rêver et battre la campagne, sûr qu'elle allait
faire la bagatelle. Il fallait y mettre bon ordre avant
qu'un malheur n'arrive. La mère repoussa d'abord
ces conseils si avisés : Suzelle était trop jeune, elle
n'avait point de trousseau, et puis elle ne saurait
même pas tenir son ménage. Mais l'idée fit son chemin ; elle finit par en parler au père. Celui-ci haussa
les épaules : de toute façon, il faudrait bien la marier,
Suzelle ; et puis cela ferait une bouche en moins à
nourrir.

La mère prit donc les choses en main. Elle fit le
tour du village et chercha les partis. Elle se rensei-
gnait mine de rien, courbée avec les voisines pour
aller faner les champs, en revenant du bois avec son
fagot, en filant quenouille à la veillée. Mais on avait

le nez pour ces affaires-là, et tout Giraucé sut bientôt
que les métayers du Clos Vouillot cherchaient à caser
la petite dernière. Seule Suzelle ne voulait rien voir ;
elle consacrait trop de temps au fantôme évanescent
d'Annoeth pour flairer ce qu'on tramait dans son dos.

La réalité finit pourtant par rattraper Suzelle. Un
soir, on accueillit le père Créquelin à la métairie, et
on lui offrit de partager le pot. On causa du temps,
des récoltes à venir, des coupes dans le bois Bidaude,
des taxes de gruage qui ne cessaient d'augmenter.
Puis, on en vint au fait : il s'agissait d'arranger les
épousailles de Suzelle et de Corbe. Pour la forme, on
consulta la petite ; celle-ci, assommée par la nouvelle,
eut une montée de larmes. La mère lui remontra aussitôt avec aigreur que le mariage était chose sérieuse,
qu'on ne comprenait point quand on était jeune et
follette ; plus tard, elle remercierait ses parents de
l'avoir ainsi établie avec un gars du voisinage, qui lui
permettait de rester au pays. Comme Suzelle, tête
baissée, faisait de grands efforts pour réfréner ses
sanglots, on tint son consentement pour acquis.

Alors, on passa aux choses sérieuses : il fallait fixer
les conditions du mariage. Créquelin et le père négo-
cièrent fort avant dans la nuit, comme deux maqui-
gnons discutant le prix d'une pouliche. Le père, qui ne
voulait pas se faire avoir, remarqua que Corbe n'était
que le cadet, et que la ferme reviendrait à son aîné.
Créquelin eut beau jeu de répondre que Suzelle non
plus n'apporterait pas grand-chose dans sa corbeille.
On pensa alors à établir le jeune couple à la Bidaude :
les chevaliers du Sacre y ouvraient de nouveaux fermages sur les terrains récemment déboisés. Comme

tout était à bâtir, les baux étaient francs de loyer pour trois ans; cela permettrait d'installer les mariés à moindre coût. Après force marchandages, les deux paysans finirent par tomber d'accord : Suzelle apporterait le linge, un coffre, une marmite, une cruche, une couple de chevreaux et une autre de porcelets; Corbe fournirait les outils, le bois de charpente, six sacs d'orge et six de blé. On topa là, on but un godet pour sceller le marché, et le père Créquelin rentra chez lui.

Suzelle sanglota une grande partie de la nuit. Arrachée au cycle doux-amer de ses rêves, elle avait l'impression d'être vendue, jetée en pâture, affrontée à toute la brutalité du monde. Elle ne pourrait dire non : si elle refusait de se soumettre, elle trouverait tout le village ligué contre elle, et même sœur Amaryllis ne s'opposerait pas à la décision des deux familles. Elle brûlait de s'enfuir, mais ne connaissait nul refuge où se cacher. Elle n'envisagea bientôt plus qu'un recours; un recours ténu, chimérique, plus volatil qu'un fil de soie… Avant l'aurore, elle traversa le village endormi, elle fila au ru.

Il ne lui restait qu'Annoeth. Lui seul pouvait encore la soustraire au maquignonnage des parents, à l'asservissement avec ce gars qu'elle n'aimait pas. Dans un coin de sa tête, une petite voix lasse lui chuchotait que ce dernier espoir n'était qu'un nouveau mirage, que la coupe n'en serait que plus amère. Mais dans les contes, n'était-ce pas quand tout allait de mal en pis qu'un prince sortait de la nuit des légendes, rétablissait l'harmonie et la justice?

Suzelle se laissa choir sur la chaussée des Lavandières ; la pierre humide la pénétra de froidure, et la petite pleura tout son saoul. Ses cheveux dénoués tombaient sur ses épaules, lui conféraient une sensualité défaite, plus mûre que cette fin d'enfance ; sa pauvre robe, étalée en corolle sur la berge, lui donnait la grâce fragile des demoiselles en détresse, de celles qui attirent les chevaliers servants au regard mélancolique. Sans y croire, mais vibrante d'une attente désespérée, Suzelle quêta de la brume et de l'obscurité le secours qui la soustrairait à son destin. Annoeth pouvait redescendre nonchalamment le ru et se dessiner imperceptiblement, fantôme gris, dans les ténèbres silencieuses. Annoeth pouvait fendre la roselière sur l'autre rive, émerger indistinct dans un froissement de hampes et de feuilles lancéolées. Annoeth pouvait arriver en silence derrière Suzelle, et poser une main consolatrice sur son épaule. Vingt fois, la petite sentit un fourmillement sur sa nuque, une présence proche à la toucher. Une clarté indécise finit par gagner le ciel, et les nuages prirent des nuances pastel. Les coqs de Giraucé lancèrent des cris enroués, quelques commères apparurent sur le pas de leur porte pour jeter les eaux sur le fumier. Encore chiffonnés de sommeil, des bûchiers se dirigèrent vers les bois, la cognée sur l'épaule.

Fidèle à lui-même, Annoeth n'était pas venu.

À pas lents, le visage encore rouge de larmes, Suzelle regagna la métairie. Sourde au village qui s'éveillait, elle ramenait avec elle une grande brassée de désillusions, de rêves fanés, de perspectives vides. Même la souffrance s'était émoussée ; elle découvrait

que la résignation avait un goût d'indifférence.
Devant sa porte, quelqu'un l'attendait. C'était Corbe.
Le jeune gars se dandinait d'un pied sur l'autre, l'air
très mal à l'aise. Il avait tenté de peigner sa tignasse et
enfilé son sarrau des jours de fête ; il tenait son bonnet dans une main, et serrait un bouquet de fleurs des
champs dans l'autre. Quand il vit sa future, il devint
écarlate et baissa le nez ; il marmonna quelques mots
inaudibles, ne sachant que faire de ses fleurs. Il avait
si piteuse mine que Suzelle partit d'un fou-rire.

Ce fut en riant qu'elle lui dit oui.

Le printemps suivant, Suzelle et Corbe étaient
mariés. Ils s'installèrent à la Bidaude, sur un fermage
négocié par le père et Créquelin avec un intendant
de Sacralia. Le temps se mit à filer comme une eau
vive. Tout était à faire : il fallut bâtir une chaumière,
un enclos pour les bêtes, creuser un puits, brûler les
friches, arracher les souches, épierrer et écobuer les
champs. Dans tout ce harassement, les jeunes époux
n'eurent guère le temps d'apprendre à se connaître.
Ils trimaient de l'aube au couchant, et, le soir,
s'essayaient à des étreintes rapides avant de sombrer
dans un sommeil de brutes.

À tout prendre, Corbe n'était pas un mauvais mari ;
il n'était ni très causant ni très malin, mais il travaillait
comme dix et ne levait que rarement la main sur
Suzelle. C'était un paysan solide qui ne s'intéressait
pas au jupon des voisines et ne mangeait pas son bien
aux dés ou à la taverne. On aurait pu tomber sur pire.
Suzelle se fit une raison. De toute façon, quand les
enfants arrivèrent, elle n'avait plus le choix.

Suzelle eut six enfants. Deux ne vécurent que quelques jours. La petite Liliola, un farfadet aux boucles dorées et aux yeux verts, fut emportée par les fièvres avant son quatrième été. Il resta à Suzelle une fille et deux garçons. Basine, l'aînée, était une gamine lente et placide ; Guérin, le puîné, tenait de son père, opiniâtre et fermé. Bucelin, le cadet, n'était ni très futé, ni très beau, mais il ressemblait à l'enfant qu'avait été Suzelle : étourdi, maladroit, aventureux et rêveur. Suzelle trouvait pour lui les tendresses et l'indulgence dont elle avait toujours été privée ; Corbe grognait parfois qu'à trop le mignonner, elle ne ferait rien de bon de son dernier.

Même quand la ferme fut achevée, il y avait du pain sur la planche, à la Bidaude. Il fallait payer le loyer aux chevaliers du Sacre, et les baux ne cessaient d'augmenter. La rumeur courait qu'il y avait des troubles sur les marches de Fémènie, et que les chevaliers se heurtaient de plus en plus aux tribus barbares des Bœgars. Les gens de guerre affluaient à Sacralia, et les gens de guerre coûtaient fort cher. Le pauvre peuple payait. Même malade, même enceinte jusqu'au cou, Suzelle filait, tressait, ravaudait, lavait, glanait, sans oublier la tonte et la traite des bêtes, la culture du potager, les récoltes à engranger, le cochon à saler, le pain à cuire et le pot à bouillir, les petits dont il fallait bien s'occuper. Bucelin naquit même en plein champ, au milieu des moissons. Après ses couches, Suzelle ne se permettait jamais plus de deux ou trois jours de repos ; elle fêtait rapidement ses relevailles, puis reprenait le travail, avec un nouveau marmot sur le bras.

Les maternités successives, le rude labeur de la terre, les deuils et les nuits d'insomnie au chevet des petits malades imprimèrent rapidement leur marque sur Suzelle. En peu d'années, elle perdit la grâce fragile qui l'avait habitée quelques saisons. À vingt-cinq ans, Suzelle avait attrapé les hanches lourdes et la carrure trapue de ses voisines ; avant trente ans, elle ressemblait à sa mère. Elle n'avait guère le loisir de se pencher sur le passé. Parfois, en faisant sa lessive sur la chaussée des lavandières, elle se redressait en posant une main sur ses reins pour soulager son dos douloureux ; au cours de cette brève pause, la chanson du ruisseau lui rappelait un écho mélodique, l'air troublant fredonné par un inconnu sur la berge. Parfois, quand un petit avait la fièvre, elle restait les yeux ouverts dans la pénombre domestique ; attentive aux rumeurs de la nuit, une réminiscence vague de l'attente, de ses magies et de ses déceptions venait alors hanter son cœur assoupi.

Une des rares douceurs dans la vie de Suzelle, c'est qu'elle avait désormais un chez soi où accueillir sœur Amaryllis. Le temps semblait s'écouler selon une pente différente pour la prêtresse : avec l'âge, elle s'affinait, gagnait en rayonnement, et ses cheveux devenus blancs soulignaient la jeunesse intangible de son sourire. Quand elle se rendait au village, elle passait régulièrement la veillée à la Bidaude ; elle y reprenait les vieilles histoires que Suzelle connaissait sur le bout des doigts, mais qu'elle avait toujours autant de plaisir à entendre. Lorsque la conteuse évoquait le prince Ossirian, un visage flou au regard très bleu flottait au-dessus des travaux de couture sur lesquels Suzelle était penchée.

Parmi les enfants, Bucelin était le plus avide à boire les paroles de la prêtresse ; ses récits préférés étaient la geste de Leodegar, la conquête du Vieux Royaume, la guerre des Grands Vassaux, l'épopée de la compagnie des Preux. Souvent, sœur Amaryllis disait à Suzelle : « Bucelin est l'enfant où tu te survivras. » C'était comme un secret qu'elles partageaient toutes deux, et qui leur permettait de retrouver la complicité d'antan. Aveuglée par la tendresse qu'elle nourrissait pour ce fils, Suzelle tarda cependant à comprendre le chemin qu'il prenait. Bucelin était rêveur, mais c'était un garçon, et son imaginaire vibrait à l'évocation de clameurs guerrières, de hauts faits d'armes, de sacrifices héroïques. Quand une troupe de gens de guerre traversait Giraucé, il abandonnait séance tenante ses jeux ou ses corvées et filait au-devant des hommes d'armes. Il trottait à côté de la bande, et s'il y chevauchait quelques chevaliers, il levait un regard ébloui sur le harnais des destriers, les étoffes chamarrées des cottes d'armes, le plissé orgueilleux des bannières. Plus d'une fois, il sortit du village sur les talons de la soldatesque, et la suivit fort avant ; il lui arrivait de ne rentrer qu'à la nuit close. Corbe le battait alors, mais cela ne semblait pas donner une once de jugeote au gamin.

À quinze ans, Bucelin affirma qu'il voulait devenir sergent dans l'arrière-ban des chevaliers du Sacre. Corbe manqua de s'étrangler : la place d'un bon gars était auprès de ses parents, à travailler la terre, et non à courir les routes avec des fer-vêtus qui s'engrais-

saient sur le dos des pauvres gens. Bucelin tint tête à
son père, et reçut une volée de coups. Mais le garçon
avait la tête dure : il devint maussade et fainéant, il
disparaissait parfois des journées entières en laissant
son travail en plan. Suzelle tremblait qu'il ne disparût
un jour tout de bon, en rejoignant une bande de
soudards sans feu ni lieu. Quand il rentrait, c'était
des scènes terribles avec son père, qui s'expliquait du
poing et du bâton. À deux reprises, Corbe laissa
Bucelin ensanglanté sur le carreau, sans comprendre
que ces corrections sauvages n'étaient bonnes qu'à
endurcir le garçon. Des mois durant, Suzelle souffrit
en silence, soignant les plaies de son fils et s'efforçant
d'apaiser les colères de son homme. Elle ne prenait
pas parti, et elle savait que c'était par lâcheté : elle
n'avait pas peur de Corbe, mais elle craignait le grand
vide que laisserait le départ de Bucelin. Pour cela,
elle faisait mine d'adopter le point de vue de son
mari, en espérant que les choses se tasseraient, que
Bucelin apprendrait la docilité et renoncerait à ses
rêves. Mais les choses ne se tassaient pas : elles empi-
raient plutôt. Alors, pour sauver son garçon, Suzelle
accepta de le perdre. Elle prit fait et cause pour lui, et
devant cette ligue formée par sa femme et son fils,
Corbe dut fléchir.

À seize ans, Bucelin quitta Giraucé et partit s'engager à Sacralia. Pendant près d'un an, il ne donna pas
signe de vie. Puis, un matin, on le vit surgir au coin du
chemin creux. Ce fut un petit événement à Giraucé,
car on eut bien du mal à le reconnaître : il avait grandi
et mûri, et sanglé dans sa cotte d'armes blasonnée
d'un soleil, il avait des airs de noblesse qui firent can-

caner tout le village. Il ne pouvait guère rester: son service l'attendait dans la forteresse des chevaliers. Il laissa un peu d'argent à ses parents; et le soir, Suzelle passa un long moment de bonheur douloureux auprès de ce fils prodigue.

Il revint de temps en temps à Giraucé, jamais plus d'un jour ou deux. Comme il rapportait toujours une partie de sa solde, Corbe y trouva son compte. Le paysan finit même par étaler une grande fierté d'avoir un fils paladin. Mais les mois se faisaient longs entre deux visites de Bucelin; pour Suzelle, ils s'étiraient, monotones et froids, dans un foyer que l'étincelle avait déserté.

Lorsque Suzelle attrapa des cheveux gris, la guerre s'abattit sur le pays.

Dans les steppes de Féménie, les Bœgars s'étaient multipliés comme des loups et s'étaient regroupés en une horde terrible. Les barbares avaient submergé les défenses méridionales des chevaliers du Sacre, et ils fonçaient désormais vers les riches terres de Sacralia.

Un soir, un héraut d'armes déboucha au galop dans la seule rue de Giraucé et ordonna l'évacuation générale. Les paysans devaient gagner au plus vite la forteresse de Sacralia avec les animaux qu'ils pourraient emmener. Ce fut une belle panique dans le bourg; au milieu de l'affolement général, Suzelle accrocha l'étrier du messager, et lui demanda des nouvelles de Bucelin. Le héraut ne connaissait pas le garçon, ni le seigneur sous lequel il combattait; Suzelle voulut aussi savoir si sœur Amaryllis était prévenue du danger. Avant de piquer des deux, le cavalier lui apprit que la prêtresse avait été informée, mais qu'elle avait refusé de quitter l'ermitage.

Laissant à Corbe et à leurs aînés le soin de rassembler les bêtes, Suzelle jeta une pèlerine sur ses épaules et fila à travers lande vers la combe de Damevive. À l'ermitage, elle trouva sœur Amaryllis, qui balayait paisiblement le seuil de la chapelle. Toute à son émotion, Suzelle se mit à crier sur la prêtresse comme sur un enfant : elle lui ordonna de vider les lieux, de se joindre aux gens de bon sens qui allaient s'enfermer derrière la muraille des chevaliers. Mais sœur Amaryllis lui adressa un sourire triste, et refusa avec douceur. L'ermitage était consacré à la Déesse, et elle ne pouvait abandonner le sanctuaire. Des sanglots dans la gorge, Suzelle exigea alors de rester avec son amie ; la prêtresse déclina à nouveau, avec une fermeté sereine. Amaryllis appartenait à la Déesse, Suzelle appartenait à son mari et à ses enfants ; leurs chemins suivaient des cours différents. La prêtresse l'engagea même à repartir au plus vite, pour éviter de se trouver distancée par ses voisins ; puis elle bénit Suzelle, et, pour la première fois de leur vie, la prit dans ses bras.

Giraucé était désert quand Suzelle s'en retourna. Ravalant ses larmes, elle dut forcer le pas pour rattraper les réfugiés ; elle ne les rejoignit qu'à la nuit close, à l'orée de la forêt de Bellegarde. Le lendemain, peu après midi, leur colonne grossie par d'autres villages en fuite franchissait la poterne monumentale de Sacralia. C'était la première fois que Suzelle entrait dans la forteresse : l'épaisseur des remparts, les cours fraîches comme des caves, le gigantisme des tours l'effrayèrent plus qu'ils ne la rassurèrent. Mais elle se raccrochait à l'espoir qu'elle pourrait sans doute retrouver Bucelin.

Les manants furent entassés dans la cour basse, leurs bêtes confisquées pour garantir les réserves en cas de siège. Suzelle ne tenait pas en place : elle courait au-devant de tous les hommes de guerre qui passaient, en quête de renseignements sur Bucelin. On l'ignorait souvent, on la rudoyait parfois, et Corbe lui remontrait qu'elle était folle de se jeter dans les jambes de chevaux dressés pour la bataille. Mais Suzelle s'obstina tant qu'au bout de deux jours, elle finit par attirer la sympathie d'un vieux banneret : le chevalier s'informa pour elle, et lui apprit que Bucelin ne cantonnait pas à la forteresse, mais qu'il combattait dans les troupes engagées au Bois Someron.

Suzelle en conçut de l'épouvante : son garçon était au contact de l'ennemi, dans des accrochages d'arrière-garde destinés à retarder la progression des barbares. Corbe voulait n'en rien montrer, mais lui aussi était inquiet. Presque chaque matin, des bandes de chevaliers puissamment cuirassés, escortés de fantassins lourds, quittaient la forteresse dans un tonnerre de sabots et de clameurs. Au soir, on les voyait rentrer épuisés et sanglants ; certains, le visage crispé par la douleur, penchaient dangereusement sur l'arçon ; il revenait régulièrement trois ou quatre destriers sans cavalier. Au bout d'une semaine, on aperçut des fumées noires dans le ciel ; la nuit, le sommet des remparts vibrait de reflets rougeâtres. Les villages du pays brûlaient.

Pourtant, Sacralia ne fut pas investie. Les Bœgars étaient des nomades, ignorants des techniques de siège. Ils ne purent même pas approcher des puissantes murailles : une nuit, toute la forteresse fut réveillée par des sonneries de cor. Trois écuyers couverts de sang rapportaient la nouvelle d'une grande victoire, arrachée sur les coteaux d'Orfenté. Le grand maître Venance avait chargé l'ennemi de flanc depuis les hauteurs et il s'en était suivi un terrible carnage. Les pertes étaient lourdes de part et d'autre, mais chez les barbares, plusieurs capitaines avaient trouvé la mort. Les Bœgars avaient plié après une défense acharnée, et les chevaliers du Sacre les talonnaient désormais vers le sud.

Les paysans des cantons nord reçurent l'autorisation de rentrer chez eux. Le surlendemain, les habitants de Giraucé retrouvaient leur village dévasté : les cultures avaient été ravagées, et il ne restait des chaumières que murs crevés et charpentes noircies. Sans s'attarder sur cette désolation, Suzelle prit le chemin de Damevive ; l'ermitage avait subi le même sort que le bourg. Seul le silence répondit aux appels de Suzelle ; alors, les yeux gonflés de larmes, elle entreprit de fouiller cendres et décombres. Sous une poutre carbonisée, elle retrouva la statue mutilée de la Déesse. Mais de sœur Amaryllis, elle ne découvrit nul reste. Elle demeura deux jours entiers dans les ruines de l'ermitage, à retourner les gravas, à crier le nom de son amie dans l'espoir où elle se serait cachée dans le voisinage ; au village, on crut même que Suzelle était tombée sur des maraudeurs attardés, et qu'elle ne reviendrait pas. Elle revint cependant, mais de Sœur Amaryllis, on ne devait jamais retrouver signe de vie.

Tout était à rebâtir. Ravalant son chagrin, Suzelle se mit à la tâche avec son mari, Basine et Guérin. Ils travaillèrent dur, et au bout de quelques semaines, il ne leur restait plus que la moitié du toit à couvrir. Ce fut alors qu'ils reçurent la visite de sire Odon, le vieux banneret qui avait pris Suzelle en pitié à Sacralia. Le chevalier avait estimé indigne de charger un autre du message qu'il leur apportait : Bucelin avait trouvé la mort. Il avait été tué dès le début des combats, au plus fort de l'offensive ennemie. Pour adoucir leur peine, sire Odon offrit de l'or à Suzelle et à Corbe, leur affirma que le sacrifice de Bucelin avait contribué à les sauver tous et honorait ses parents.

Mais Suzelle n'avait que faire de l'honneur, et sans Corbe, elle aurait jeté l'or aux orties. Quelque chose se cassa en elle. Elle pleura peu. Elle ne put même pas se recueillir sur la tombe de son fils : Bucelin avait été inhumé à l'autre bout du pays, avec ses compagnons tombés sur le champ de bataille. Elle pleura peu. Elle n'avait plus de larmes. Mais son regard devint vide, sa silhouette se voûta, ses cheveux blanchirent.

Suivirent des années de labeur et de disette. La guerre avait détruit les réserves du pays, et il fallait trimer dur pour gagner une maigre pitance. Sans l'argent laissé par sire Odon, Corbe n'aurait pas été capable de continuer à régler le fermage. Mais il s'épuisait à la tâche : Basine avait quitté la maison, en faisant un beau mariage avec un meunier du Gardois

Guérin avait épousé une fille du village, Herrade; cependant la bru faisait la délicate et n'abattait guère de travail. Suzelle ne chômait certes pas, mais ses malheurs avaient éteint toute ardeur en elle, et on la surprenait souvent, gagnée par l'immobilité, les yeux vagues.

Corbe travaillait donc pour trois, mais il prenait de l'âge. Il fallut quatre ans pour remettre en état les cultures et retrouver le rendement d'antan. Alors que l'embellie se dessinait, le paysan tomba foudroyé dans son champ, lâché par son cœur; et il rendit l'âme au milieu du blé encore vert, pas très loin de l'endroit où Bucelin avait vu le jour. Suzelle en ressentit une peine vive, et se rendit compte un peu tard combien elle s'était attachée à ce mari qu'elle n'avait pas voulu.

Pour la veuve, la vie à la Bidaude devint vite intenable. Sa bru, Herrade, se considérait désormais chez elle puisque Guérin était devenu l'homme de la maison, et elle montait son mari contre Suzelle. Celle-ci avait beau avoir construit la ferme de ses mains, elle ne se révolta pas. Au bout de quelques mois, elle comprit qu'elle n'avait plus sa place chez son aîné : elle décida de partir. Elle quitta le village et s'installa à Damevive. Au milieu des ruines de l'ermitage, elle demanda à Guérin de lui construire une cahute, à peine plus grande qu'un clapier; elle souhaita également qu'il redressât la statue de la Déesse, et elle planta des cymbalaires au pied de l'idole noircie. Elle défricha un carré de terre dans l'ancien jardin médicinal du sanctuaire, y fit pousser quelques légumes. Dans le verger redevenu sauvage, elle pouvait encore faire une petite cueillette de pommes et de prunes. Elle vécut chichement, mais les gens du village venaient de temps en temps la consulter pour sa science des herbes, et amélioraient son ordinaire avec un quignon de pain ou quelques tranches de lard.

Suzelle devint très solitaire. À la mauvaise saison, quand les chemins viraient fondrières et que les loups sortaient du bois, elle pouvait passer des semaines entières sans voir âme qui vive. Si une éclaircie venait illuminer la combe, elle s'asseyait devant sa porte, à prendre le soleil. Les yeux clos, elle réchauffait ses vieux os, et laissait son esprit vagabonder dans le passé. Ses disparus revenaient à elle dans la clarté vespérale : Corbe penché sur ses outils ; Amaryllis errant paisiblement sur les lisières ; Bucelin petit accroché à ses jupes, Bucelin enfant plein d'odeurs de forêt, Bucelin guerrier en cotte d'azur... Derrière ces ombres se profilait souvent un autre fantôme, plein d'une séduction floue, brouillé comme une promesse oubliée.

Les années passèrent, sans épargner Suzelle. Elle se tassa avec l'âge, perdit ses dernières dents, devint frêle et cassante comme une vieille brindille. Elle trottinait à pas menus autour de sa chaumine envahie de mousses et de lierre, prenait des repas de souris, binait à grand peine son potager. Quand elle recevait de la visite, elle ne reconnaissait plus grand monde : les enfants avaient poussé comme des champignons, les jeunes étaient devenus gâteux, et la plupart des connaissances de jadis avaient disparu. Même Herrade était morte en couches, et Guérin, incapable de tenir seul la ferme, avait quitté Giraucé. Toutes ces nouvelles têtes donnaient le tournis à Suzelle : elle confondait les noms et les familles. Et puis les gens avaient adopté un drôle de parler, avec un accent bizarre et des mots nouveaux, qui la rendaient étrangère à son propre pays. À tout prendre, Suzelle préférait rester seule. Comme elle n'avait plus guère d'attaches à Giraucé, elle se laissa progressivement abandonner.

À la belle saison, elle vivotait tranquillement, en picorant dans son jardin. Mais quand les jours se faisaient courts, quand l'air devenait sombre et coupant, quand la nuit figeait la lande sous une haleine de givre, alors venaient les mois terribles. L'hiver courait assiéger Suzelle, livrant assauts de méchanceté et de malice. Il hululait des couplets funèbres dans les branches désolées du verger, il insinuait ses griffes glacées sous le pas de la porte, il tourbillonnait en bourrasques blanches autour du fragile logis. Suzelle luttait, recroquevillée au-dessus d'un feu maigre, le ventre vide et les os grignotés de froidure.

Une année, une tempête de neige fit rage une semaine durant. Suzelle se claquemura chez elle, s'emmitoufla dans ses hardes, se rencogna au coin du feu. Elle se réchauffait de son mieux, en écoutant les flammes pétiller, le vent siffler, les poutres gémir et les branches craquer sous le poids de la neige. Mais les jours passaient, nulle éclaircie ne s'annonçait. Parfois, Suzelle entrouvrait sa porte pour jeter un œil dehors : une poussière blanche se précipitait alors à l'intérieur en sarabande fantasque, et on ne voyait que midi gris comme un crépuscule, obliques infinies de flocons, congères étouffant la chaumine et les arbres. Au troisième jour, la réserve de bois de Suzelle était basse ; il lui aurait fallu sortir pour refaire un fagot, mais le blizzard secouait l'huis en hurlant, et à l'extérieur, Suzelle craignait de geler debout. Elle se fit économe, n'alimentant plus que parcimonieusement son foyer. Son feu se réduisit à une modeste lueur, clignotant pauvrement dans la pénombre ; des fleurs de glace et de givre s'épanouirent sournoisement sur ses murs.

Elle tint encore deux jours, brûlant lentement ses dernières bûches et ce qui lui restait de petit bois. Mais vint le moment où la dernière braise s'éteignit, exhalant une fumerolle grise. La cahute sombra dans l'obscurité ; Suzelle se sentit enveloppée par une étreinte froide, et le vent chantait un lamento triomphant dans son âtre. Sans feu, elle était sûre de mourir. Perdue pour perdue, elle décida de sortir et d'affronter l'hiver.

Dehors régnait une nébulosité blanche, accueillante comme un couperet. La bise saisit Suzelle d'un coup, avec voracité : elle lui piqua un millier d'aiguilles dans le nez et les oreilles, lui mordit rageusement les doigts et les orteils. Enfonçant jusqu'aux genoux, courbée contre la tourmente, Suzelle se traîna vers un bois proche de la combe. Elle grelottait si fort qu'elle trouvait à grand peine la ressource de casser des branches basses ; à travers les chiffons enroulés autour de ses paumes, le bois gelé lui brûlait la peau, réveillait les douleurs vives qui déformaient ses articulations.

Dans ces tourbillons aveuglants, Suzelle ne le vit pas arriver ; elle ne l'entendit même pas. Soudain, son fagot lui parut plus léger ; puis, elle crut qu'on le lui volait. Une silhouette indistincte se dressait à côté d'elle, qui venait de s'emparer du bois si durement acquis ; avec un coup au cœur, Suzelle comprit qu'elle ne survivrait pas à un tel larcin. Elle entendit alors une voix aimable, absurdement urbaine dans la sauvagerie de l'hiver :

« Voyons donc, petite mère ! À votre âge, sortir par un temps pareil ! Voilà qui n'est guère prudent ! »

Elle ne le reconnut pas immédiatement. Mais cette voix de velours infléchie par un soupçon d'ironie éveilla en elle une foule d'échos, noua sa gorge d'une émotion enfouie au plus loin de sa jeunesse. Elle tremblait de tous ses membres, et ses yeux se remplissaient de larmes, mais elle ne savait plus si c'était de froid ou de saisissement.

« Montrez-moi le chemin, dit Annoeth. Je vais rapporter votre bois jusque chez vous. »

Car c'était Annoeth. Sans nul doute possible, c'était bien Annoeth. L'esprit rempli de confusion, Suzelle comprit pourquoi elle avait eu du mal à le remettre : il n'avait pas changé. Les saisons, les années, les générations même avaient passé sur lui comme une brise câline sur un étang aux eaux profondes. Certes, il portait un autre costume ; une cotte hardie coquettement fourrée de vair, des bottes élégantes qu'un duc n'eut point reniées, des gants si fins qu'ont les eut crus façonnés sur la main d'une dame. Mais il n'y avait qu'Annoeth pour porter avec tant de naturel une mise si extravagante ; mais il n'y avait qu'Annoeth pour dégager avec nonchalance un charme si impérieux ; mais il n'y avait qu'Annoeth pour avoir ce regard de soir d'été. L'hiver même se faisait caressant avec l'enchanteur : le grand froid donnait des couleurs délicates à ses joues, soulignait le tracé sensuel de ses lèvres, et les flocons venaient se nicher avec tendresse dans sa chevelure soyeuse.

Suzelle fut incapable de décrocher un mot. Elle se sentait si vieille, si tordue, si ridée, qu'elle rougit comme une pucelle, comme l'autre Suzelle, là-bas, sur la berge d'une autre vie. D'une main hésitante, elle indiqua la direction de sa chaumine. Comme elle peinait dans l'épaisse couche de poudreuse, Annoeth lui tendit courtoisement son bras libre. Elle s'accrocha à lui, de ses doigts gourds et noueux. Sous l'étoffe plus douce qu'un duvet, elle devina une chair mince et ferme, emplie d'une vitalité de jeune aulne. D'une certaine façon, c'était plus que tout ce qu'elle avait rêvé, et son cœur s'affolait comme celui d'une jeune fille, et les bourrasques glacées devenaient presque chaleureuses. Mais elle éprouvait aussi la certitude déchirante que cela arrivait trop tard, comme la première rencontre avait eu lieu trop tôt ; et elle ne parvenait pas à démêler si cette réapparition d'Annoeth était vraiment une bénédiction, ou un dernier tour joué par le sort.

Il la raccompagna jusqu'au pas de sa porte, où il déposa son fagot. Il prit congé avec une politesse un peu impertinente, en recommandant à Suzelle de s'enfermer chez elle, de se tenir au chaud et de boire sans tarder une tisane ou un bouillon. Puis il tourna les talons. Suzelle avait été incapable de prononcer une parole. Le voir partir était un soulagement immense, car elle serait morte de honte plutôt que de lui montrer son intérieur misérable ; le voir partir était un déchirement, parce qu'il avait ranimé en un instant un cœur qui avait mis des décennies à s'éteindre.

Alors qu'il disparaissait déjà à demi dans les tourbillons de neige, il se frappa le front et se retourna.

« Dites-moi, petite mère, lança-t-il, ne serions-nous pas dans le voisinage d'un hameau nommé Giraucé ? »

Suzelle opina à peine du chef, submergée soudain par une émotion si violente qu'elle crut tomber.

« Il y a là-bas une petite que j'ai croisée sur le perron-fée, il y a un an ou deux, poursuivit Annoeth. Je ne sais pas comment elle s'appelle ; elle semble plutôt ordinaire, mais elle possède un je ne sais quoi qui la distingue. Si vous la voyez, dites-lui que ne n'ai pas oublié ma promesse. À l'occasion, lorsque je repasserai dans les environs, je lui rapporterai la fleur dont je lui ai parlé. »

Puis, Annoeth salua, d'un geste de la main plutôt désinvolte. Il se détourna et se fondit dans les flocons.

JOUR DE GUIGNE

Griesche ne me lest en pais,
Moult me desroie,
Moult m'assaut et moult me guerroie ;
Jamés de cest mal ne garroie
Par tel marchié.

RUTEBEUF,
La griesche d'yver

Ce matin-là, Maître Druse Calame cassa la clef de son logis, et acquit la conviction que la journée serait mauvaise. Fort dépité, il fixa le fragment qui restait dans sa main tachée d'encre, tenta d'extraire le pêne coincé dans la serrure et ne parvint qu'à l'enfoncer davantage, non sans se piquer cruellement sur une écharde. Il suça son doigt blessé en lâchant une bordée de jurons très académiques. Il se retrouvait enfermé dehors, sur le pas de sa porte, c'est-à-dire à une hauteur d'environ vingt pieds au-dessus du lacis tortueux des ruelles. Maître Calame logeait en effet au sommet d'un escalier de bois branlant, accroché à la façade d'une maison étriquée et bancale.

Du haut de ce perchoir, on pouvait embrasser le

fouillis des toits de la ville basse. C'était un beau désordre de pignons pointus et de faîtes dentelés, nimbé par la brume montée du lac de Croquerive, par les fumées languides qu'exhalaient cent cheminées tordues — et par les vapeurs équivoques du fumier répandu dans les rues. Mais Maître Calame n'était guère d'humeur à apprécier la poésie parfumée du panorama. Il enfouit le tronçon de clef dans son aumônière, dévala quatre à quatre les marches vermoulues qui dégringolaient vers la rue. Dégringoler fut, en l'occurrence, le terme tout à fait approprié. Tout à sa contrariété, Maître Calame oublia la quinzième marche, qu'un charpentier facétieux avait posée avec une certaine désinvolture. D'ordinaire, Maître Calame se méfiait de cette quinzième marche, qui avait développé une synergie remarquable avec l'art périlleux des faux-pas, culbutes et autres acrobaties ; mais la tête emplie de soucis, il posa le pied où il n'aurait pas dû le poser, ou plus exactement il ne le posa pas du tout... Et Maître Calame roula cul par-dessus tête dans une cascade assez réussie, de la quinzième marche à la première, non sans découvrir ses chausses de façon un peu indécente, et pérenniser l'exploit par une douzaine d'ecchymoses aux coloris triomphants. Après quelques soleils improvisés, égayés par les pièces qui tourbillonnaient en tous sens hors de ses poches, le digne personnage termina sa trajectoire dans les eaux grasses du ruisseau.

Passé un instant d'hébétude, Maître Calame souleva son visage hors de la fange. Et releva un museau maculé sur les jupes opulentes de dame Plectrude, sa logeuse. La conviction de Maître Calame devint alors une certitude : il y avait du maléfice dans l'air.

Dame Plectrude était la propriétaire de la mansarde louée par Maître Calame. Elle occupait le reste de la demeure, vaste et biscornue, où elle régnait en despote matriarcal sur une cohue innombrable de fils, filles, brus, gendres, neveux, nièces, cousins germains et issus de germains, petits-enfants, petits-neveux, petites-nièces, petits-cousins et autres collatéraux à la parentèle complexe. Dans cette tribu aux ramifications planétaires, Maître Calame vouait une détestation particulière aux enfants, des petits chiards dont le loisir favori consistait à voler le passe de leur grandmaman pour s'introduire en douce chez lui et pisser dans sa marmite, plier son lit en portefeuille ou vider ses encriers dans ses souliers. Pour l'heure, les chiards en question venaient de s'abattre comme une volée de moineaux sur la menue monnaie dispersée sur le pavé, et fauchaient avec célérité tout ce qui leur tombait sous la quenotte. Mais le pire de l'affaire restait incontestablement de tomber nez-à-nez — ou plutôt nez à pied — avec la très grasse dame Plectrude. Cette digne veuve avait trois passions : sa famille tentaculaire, son défunt mari et l'argent qui garnissait ses coffres. Une grande pratique du lavoir, des chambres d'accouchée, des veillées mortuaires et autres lieux de convivialité féminine lui avait en outre forgé un don insurpassable pour le commérage vipérin et le bavardage itératif. Maître Calame, lorsqu'il fut relevé avec l'aide de la brave femme, se sut donc condamné à une heure de verbiage construit autour des trois sujets incontournables : la rougeole du petit Liébault, les exploits du défunt consort et les trois sous qu'il devait toujours à sa logeuse — un rappel qui fut d'ailleurs assorti de considérations sur la cherté de la vie et l'augmentation du prix des radis.

Tout en pépiant, dame Plectrude aidait Maître Calame à ramasser les pièces qui avaient échappé à la picorée de la marmaille. Elle en profita pour prélever d'autorité les trois sous à payer, plus un quatrième pour les intérêts. Satisfaite de l'opération, elle enchaîna sur ce pauvre Ethelbert, son époux disparu. Le défunt avait été dizainier dans la compagnie du Guet, et, depuis sa mort, il avait gagné des traits singulièrement héroïques dans le discours de sa veuve. Dame Plectrude évoquait en poussant les hauts cris le dernier crime sanguinaire qui avait eu lieu dans le quartier du temple d'Ululata ; elle prenait à témoin la Vieille Déesse que si son homme avait encore été de ce monde, le meurtrier aurait balancé depuis belle lurette au sommet de la Tour du Gibet. Maître Calame opinait distraitement de la tête, tout en essayant mentalement de chiffrer ses pertes financières. Du reste, ce que la rumeur lui avait rapporté du dizainier Ethelbert le faisait douter des considérations de sa logeuse. Le grand soldat, qui avait acheté sa maison en «protégeant» une dizaine de commerces de la rue du Pavois, connaissait certes très bien la pègre : mais c'était surtout pour avoir été un pilier de taverne dans des établissements aussi respectables que *Chez Tromblon* ou *Le gros brochet*. Trois ans plus tôt, on avait repêché son corps dans le lac de Croquerive, non loin du marché au poisson, gorgé d'autant de piquette que d'eau. Les voisins se

perdaient en spéculations sur le responsable de l'accident, malandrin ou cruchon...

Il eut été toutefois déplacé de rappeler ces doulou-
reuses circonstances à dame Plectrude — surtout
quand dame Plectrude était votre propriétaire.
Maître Calame jugea aussi plus prudent de passer
sous silence le larcin des galopins : dame Plectrude,
en digne veuve d'officier du Guet, se serait fait un
devoir d'infliger six ou sept déculottées cuisantes,
mais Maître Calame redoutait les représailles qui
auraient inévitablement suivi : marmite transformée
en pot d'aisance et autres mignardises enfantines...
Tout en continuant à hocher du chef — dame
Plectrude évoquait maintenant, avec un luxe de
détails sordides, les autres crimes non élucidés de la
rue du Rempart — Maître Calame cherchait désespérément à se soustraire à la logorrhée de sa logeuse.
Son lutrin l'attendait certes au scriptorium de la
Chancellerie, mais rappeler que son office le requé-
rait n'aurait été d'aucune utilité : dame Plectrude
était illettrée, et estimait que la copie n'était pas un
métier d'homme. En finale, Maître Calame se rappela brusquement un rendez-vous auprès du sieur
Grindion Pesot, changeur rue de la Monnaie, et pré-
texta une lettre de crédit qu'il devait instamment percevoir au nom de la Chancellerie. Dame Plectrude
n'avait qu'une idée très nébuleuse de ce que pouvait
être une lettre de crédit, mais il était question
d'argent, et tout ce qui était affaire d'argent avait
une importance capitale dans son système de valeurs.
Maître Calame parvint donc à s'esquiver. Il frissonna
simplement en se remémorant l'œil soudain allumé

de sa logeuse ; il espérait qu'elle n'allait pas augurer
qu'il était plus riche qu'il n'en avait l'air, et en profiter pour augmenter son loyer, au nom de la cherté de
la vie et du prix des radis...

Notre héros fila donc le long des venelles animées
en direction de la ville haute. Bien loin de vouloir
gagner la demeure du sieur Grindion Pesot (qui était
usurier en plus d'être changeur, et auquel Maître
Calame devait huit sous qui, avec le temps, continuaient sournoisement à faire des petits), Maître
Calame désirait retrouver au plus vite son lutrin de
la Chancellerie, à l'Académie des Enregistrements.
L'Académie des Enregistrements était l'une des plus
vieilles et des plus honorables institutions de la bonne
ville de Bourg-Preux. Fondée à l'origine pour conserver les chartes et les édits promulgués par le Conseil
des Échevins, l'Académie des Enregistrements était
devenue, au fil des siècles, une vaste administration
aux multiples charges, qui accueillait des départe-
ments aussi variés que la Chancellerie, la Librairie,
le Collège et l'Index Ésotérique. Maître Calame avait
jadis poursuivi des études de lettré au Collège sous la
badine de l'Écolâtre, et occupait à présent la charge
de copiste-adjoint polygraphe (spécialités : Onciale,
Caroline, Gothique et Gothique Cursive), préposé
au scriptorium de la Chancellerie, bureau des Repro-
ductions des Minutes Judiciaires. C'est donc vers
l'Académie des Enregistrements que notre copiste-
adjoint polygraphe se hâtait, car il soupçonnait y
trouver la cause de la guigne qui s'était abattue sur
lui ce matin-là.

En chemin, une poisse opiniâtre s'acharna sur lui. Bien qu'il ait pris le soin de raser les murs sous les encorbellements, la tête entre les épaules et l'échine basse, un seau d'ordures et d'eaux usées déversé d'un troisième étage vint le gifler de plein fouet. Dans la Rue-Qui-Grimpe, son justaucorps imprégné d'un parfum entêtant (fleur de graillon relevée par une pointe de pissou nocturne, avec garniture de vieilles épluchures) vint chatouiller le flair d'une bande de chiens errants, qui témoignèrent de leur curiosité de façon fort importune. Maître Calame tenta de les chasser à coups de pied, mais ne parvint qu'à exciter leur agressivité. Pour sauver son postérieur — déjà bien tuméfié — de morsures malséantes, Maître Calame prit ses jambes à son cou, poursuivi par les aboiements de trois molosses pelés, sous les éclats de rire des bourgeoises caquetant à leurs fenêtres. En débouchant au galop sur la Place d'Armes, notre héros heurta de plein fouet un élégant, vêtu d'un magnifique costume de Ciudalia. Le passant percuté fronça le nez avec répugnance, manifestement plus incommodé par la puanteur de Maître Calame que par le choc assez rude qu'il venait d'essuyer. Du reste, il se garda bien d'émettre un propos désobligeant : les marchands ciudaliens sont connus pour leur tact. Ils sont aussi connus pour être flanqués d'escortes féroces, chargées d'éloigner les malandrins de tout poil. L'honorable négociant télescopé par Maître Calame ne faisait pas exception à la règle : bien mieux, il avait récemment augmenté sa garde, à cause de cette inquiétante histoire de meurtres non élucidés dans la ville basse… aussi Maître Calame se retrouva-t-il incontinent happé, soulevé, souffleté, colleté, cogné et rossé dans les règles de l'art par quatre brutes épaisses, avant de conclure par un nouveau plongeon dans le ruisseau. Un des chiens errants qui l'avaient talonné jusque là profita sournoisement du pugilat pour lui planter ses crocs dans la fesse gauche.

C'est donc dans un bien triste équipage (pourpoint saccagé, lèvre fendue, coquard violacé, chausses déchirées et fesse percée) que Maître Calame se traîna à travers la Place d'Armes vers le bâtiment de l'Académie des Enregistrements...

Les différents corps de l'Académie des Enregistrements formaient un hybride enchevêtré d'architectures naine, elfique et léonienne. Deux cloîtres lui servaient de cours intérieures ; on chuchotait au sein du peuple nombreux des scribes, clercs et copistes qu'un troisième cloître apparaissait aléatoirement, dans une zone indéterminée (et mouvante) de ce dédale de scriptoriums, de bibliothèques, de corridors et de niches. Ce palais anarchique et miteux était dominé par la Tour Penchée, une des curiosités de Bourg-Preux, renommée bien au-delà des frontières de la Marche Franche. La Tour Penchée occupait l'angle nord de l'Académie ; elle faisait six étages et gîtait dangereusement sur la Place d'Armes, menaçant de son ombre une des tourelles de la Maison Forte. Tout un échafaudage de vieilles charpentes la maintenait dans un équilibre frémissant, mais il n'était pas rare qu'un bloc de cimenterie ou qu'une ardoise du toit vînt éclater avec fracas sur le pavé. L'entrée de la Tour Penchée était formellement interdite à toute personne étrangère au personnel de l'Académie ; en fait, on chuchotait que la tour penchait plus à l'intérieur qu'à l'extérieur. Les spéculations les plus folles couraient parmi les archivistes au sujet de cette bizarrerie ; une opinion communément admise supputait que l'intérieur de la Tour glissait aussi vers un autre plan d'existence...

Ce fut donc dans ce bâtiment séculaire que Maître Calame finit par se traîner. Il franchit en titubant les portes monumentales et trébucha, hagard, dans les corridors et les escaliers menant au scriptorium de la Chancellerie. Trois archivistes du bureau des Héritages Intestats s'émurent de sa pathétique dégaine. Croyant que Maître Calame venait d'échapper aux griffes du tueur mystérieux de la ville basse, ils se portèrent aux nouvelles avec l'empressement d'un essaim de mouches ; toutefois, les grognements du copiste-adjoint et le fumet suave qu'il exhalait leur firent rapidement changer d'avis et de secteur administratif... Lorsque Maître Calame finit enfin par trébucher dans le scriptorium de la Chancellerie, ses collègues lui jetèrent des coups d'œil effarés au-dessus de leurs codex ou derrière leurs besicles en cul-de-bouteille. Mais notre héros rampa jusqu'à son écritoire, auquel il s'agrippa avec un râle de triomphe, dispersant par la même occasion ses plumes, grattoirs, pierres à polir, pigments et encriers. Il s'empara fébrilement du document sur lequel il travaillait depuis la veille, se traîna vers une fenêtre géminée et brandit le parchemin à la lumière du jour.

Il s'agissait du double de l'amendement récent d'une vieille loi, qui rappelait les sanctions encourues par les habitants du quartier de la Nainerie s'ils creusaient des galeries sous les fondations de la Capitainerie. Un texte indigeste, rempli de gloses juridiques, d'alinéas, d'addenda et de dérogations, d'autant plus inutile qu'il était de notoriété publique que les habitants de la Nainerie avaient excavé une véritable champignonnière sous la Capitainerie depuis des générations... Toutefois, ce n'était pas le texte de loi qu'il avait recopié la veille (dans une Gothique élégante, avec les addenda en Cursive) qui intéressait Maître Calame... Ce qu'il détaillait avec attention — dans la mesure où son coquard enflé le lui permettait — c'était la qualité du parchemin. Un parchemin recyclé. C'est-à-dire un parchemin qui avait déjà porté un texte, et qu'un employé subalterne de la Librairie avait gratté pour le rendre réutilisable. Et ce fut dans un coin où le gratte-papier négligent de la Librairie avait expédié son travail à la diable que Maître Calame découvrit ce qu'il cherchait... Par transparence, il devina le fantôme de l'ancien texte : quelques fragments de lignes très pâles, inscrits avec une graphie gracieuse, orgueilleuse, subtilement reptilienne. Avec un frisson, Maître Calame reconnut les glyphes mystérieux du sinaséen, une langue morte, très ancienne, qui n'était plus guère connue que des sorciers et des nécromanciens...

Il se tourna alors vers ses confrères copistes, qui continuaient à le contempler avec une stupéfaction unanime, et, la voix tremblante, il annonça :

« Estimés collègues, je crois... je crains fort d'être frappé par le Syndrome du Palimpseste... »

Un frisson d'horreur parcourut tout le scriptorium. Les besicles chutèrent, les bouches béèrent, les yeux s'exorbitèrent, les teints devinrent médicamenteux, et — comble de l'horreur! — quelques plumes déraillèrent même sur les documents, balafrant des heures de copie besogneuse. Après une seconde de stupeur, ce fut la débandade: apprentis myopes, enlumineurs chenus et scribes maigrelets se ruèrent sur la porte, à grands renforts de horions et de ruades, pour fuir l'antre d'abomination qu'était devenu le scriptorium de la Chancellerie. Au fond de la vaste salle de travail, seul demeura l'honorable Symphorien Codicillus, Maître-Greffier de la Chancellerie. Le grave personnage s'était réfugié sous un lutrin, d'où dépassait son postérieur canonique, et il brandissait un énorme volume du *Petit manuel d'inquisition et de tourment judiciaire* pour se garantir des influences néfastes dégagées par Maître Calame.

«Êtes-vous devenu fou? piailla le Maître-Greffier. Comment osez-vous seulement nous adresser la parole? Vous voulez vraiment contaminer tout le scriptorium!... Disparaissez! Trouvez le Maître-Archiviste! Lui seul est peut-être en mesure de vous porter secours...

— Mais où le trouver? Je n'ose entrer à l'Index Ésotérique dans mon état...

— Gardez-vous en bien! chevrota une voix qui semblait sortir du *Petit manuel d'inquisition et de tourment judiciaire*. Le Bailli de Justice est venu rendre visite au Maître-Archiviste ce matin. Selon leur habitude, ils doivent deviser dans le Cloître aux Six

Secrets… Et maintenant, *vade retro* ! Filez répandre vos calamités ailleurs ! »

Maître Calame quitta le scriptorium en traînant la jambe. Une onde de panique s'était propagée depuis les locaux de la Chancellerie, et se diffusait de plus en plus largement dans les ateliers de reliure, les bureaux d'enregistrement, les archives et les halls de lecture, tant et si bien que notre héros traversa des corridors vides et des salles de travail désertées. À son grand étonnement, il accéda sans péripétie au Cloître des Six Secrets, où il trouva effectivement le Maître-Archiviste et le Bailli de Justice. Tout heureux d'avoir échappé à de nouvelles catastrophes, Maître Calame se reprit même à espérer : peut-être la crise était-elle en train de passer — ou peut-être avait-il transmis le Syndrome à un infortuné collègue…

Le Maître-Archiviste et le Bailli de Justice conversaient avec animation, et n'avaient pas remarqué la présence de Maître Calame, ni même l'affolement qui venait de souffler en bourrasque dans les couloirs de l'Académie. Notre héros dut se signaler par un toussotement discret, qui attira d'abord l'attention du Bailli, puis, avec un net retard, celle du Maître-Archiviste.

Maître Hortus, le Maître-Archiviste, était un petit vieillard au teint blafard, portant besicles et barbe hirsute ; il se distinguait par une magnifique robe de taffetas rouge, brodée d'étoiles et de lettrines en fil d'argent. Maître Hortus était renommé pour ses tentatives de rangement dans la Tour Penchée ; tentatives vaines, puisque les livres prenaient un malin plaisir à se mélanger, quand ce n'était pas les pièces qui changeaient de place... En fait, le désordre de la Tour Penchée avait fini par contaminer le Maître-Archiviste. Celui-ci perdait tout, voire se perdait lui-même. Il n'y avait que dans les locaux de l'Académie des Enregistrements qu'il conservait un sens de l'orientation infaillible ; mais en ville, on le croisait souvent complètement égaré, et réduit à demander son chemin aux passants. Quand on lui avait indiqué la bonne route, il s'exclamait : « Par la Déesse ! Mais bien sûr ! », puis se précipitait généralement dans la direction opposée... À l'exception de ces excentricités notables, Maître Hortus était capable de donner des avis judicieux et d'exhumer (parfois) des documents rarissimes dans les archives. De plus, il protégeait l'Académie des Enregistrements à l'aide de charmes et de rituels ésotériques, qui semblaient avoir dissuadé les voleurs jusqu'à présent. Des rumeurs terrifiantes couraient sur les pièges magiques dont il aurait parsemé l'Académie. Rumeurs sans doute largement infondées... Il lui arrivait régulièrement de déclencher ses propres alarmes, quand il avait oublié leur mot de passe.

Maître Hortus avait beau être de petite taille, il dépassait de plusieurs têtes l'honorable Grugeot Papelin, Bailli de Justice de Bourg-Preux. Car le Bailli de Justice était un gnome. Un gnome affable, érudit et un poil suffisant, mais un gnome, auquel ses trois pieds de haut posaient un problème insoluble d'image et d'autorité. Il compensait d'ordinaire sa petite taille par un goût appuyé pour les estrades de justice, par une attitude superbe et par une élégance recherchée... Il arborait d'ailleurs ce jour-là un superbe surcot de brocart bleu nuit, un manteau à col brodé d'argent et une toque ornée de perles baroques. Ses cheveux étaient frisottés avec goût, sa barbe parfumée, ses mains délicates étaient manucurées et scintillantes de pierres. Maître Papelin affectait la bonne humeur et aimait plaisanter, aussi bien avec ses pairs qu'avec les gens du peuple, mais exclusivement lorsqu'il était perché au sommet de la vertigineuse cathèdre du tribunal. Il devenait toutefois beaucoup plus susceptible lorsqu'on le regardait de haut — ce qui arrivait dès qu'il quittait le siège de sa fonction... Et exciter la susceptibilité du Bailli de Justice était une très mauvaise idée, car Maître Papelin devenait alors un légiste féroce, tatillon et procédurier. La procédure judiciaire incluant des interrogatoires dans la cave de la Maison Forte, cave connue pour ses chevalets, ses braseros et ses vierges de fer, le Bailli de Justice était immensément respecté dans toute la ville !

L'Académie des Enregistrements archivant entre autres les dossiers judiciaires du Bailli, celui-ci rendait fréquemment visite à l'institution. En outre, Maître Hortus et Maître Papelin siégeaient tous deux au Conseil des Échevins de la Marche Franche, et sans doute délibéraient-ils de quelque affaire de haute politique quand notre infortuné héros vint tituber dans le Cloître aux Six Secrets...

Le Maître-Archiviste n'accorda tout d'abord qu'une attention très distraite à Druse Calame et marmonna qu'il signerait ces papiers plus tard... Mais le Bailli de Justice, avec l'œil exercé de sa fonction, remarqua que notre héros n'apportait ni plume ni papier, et qu'il semblait davantage être passé sous la charge d'une horde de Bœgars que sorti d'un bureau quelconque. Il en fit l'observation à Maître Hortus. Le Maître-Archiviste, relevant enfin le caractère passablement débraillé de son subalterne, le tança alors longuement sur la négligence de sa tenue. Maître Calame endura patiemment la remontrance, tandis que le petit Bailli de Justice s'éventait légèrement de la main, cherchant de droite et de gauche d'où provenaient les remugles nauséabonds qui offusquaient son odorat. Lorsque enfin Maître Hortus eut fini son exorde, notre copiste-adjoint polygraphe osa prendre la parole et annoncer ce qui l'amenait.

« Le Syndrome du Palimpseste ? s'écria le Maître-Archiviste. Fichtre ! Et vous ne pouviez pas le dire plus tôt ? »

Maître Calame bredouilla des excuses contrites, tandis que le petit Bailli de Justice nasillait (le nez entre le pouce et l'index) :

« Le Syndrome du Palimpseste ? Qu'est-ce donc, Éminent Confrère ?

— Une affection fort rare, répondit le Maître-Archiviste. Elle frappe essentiellement les lettrés, et plus spécifiquement les lecteurs ou les copistes ; vous n'êtes pas sans savoir qu'un palimpseste est un parchemin que l'on a gratté pour pouvoir y écrire un nouveau texte. Il arrive parfois que l'ancien texte comprenait une formule magique ou des inscriptions runiques ; si le copiste qui a effacé le texte n'a pas suivi la procédure normalisée de recyclage ésoté-

rique, il est possible que la magie, altérée par la disparition des verrous idéographiques, suinte hors du
parchemin, et imprègne toute personne longtemps
exposée à ses émanations... comme un scribe, par
exemple. C'est ce que l'on appelle le Syndrome du
Palimpseste.

— Par la Déesse ! s'exclama le Bailli — tout en
fronçant un sourcil sur Maître Calame, car il venait
d'identifier l'origine de la puanteur ambiante. Et
cette affection est-elle contagieuse ?

— Cela dépend du sujet, glosa le Maître-Archiviste
tout en se désintéressant de celui qu'il avait sous
les yeux. En fait, on a répertorié une vingtaine de
variétés au Syndrome du Palimpseste. Ces diverses
variantes sont conditionnées par des facteurs très
complexes, comme la nature initiale de la magie
dégradée, la durée d'exposition du sujet, la perméa-
bilité de son corps astral, la position de la lune, les
influences parasites d'autres charmes locaux... Certaines variétés du Syndrome du Palimpseste sont
effectivement contagieuses, mais le cas est rare ; la
plupart ne génèrent que des nuisances indirectes, la
malchance qui s'acharne sur les patients ayant parfois
des retombées sur son entourage immédiat... »

Cette dissertation magistrale fut interrompue par
un éternuement intempestif de Maître Calame, qui
venait d'attraper la goutte au nez — sans doute une
complication due à ses plongeons dans le ruisseau.
Maître Hortus revint donc au malheureux copiste
polygraphe.

« Mon ami, avez-vous une idée de la nature exacte
du mal dont vous souffrez ?

— Hélas non… C'est pour cette raison que je suis venu vous consulter, Doctissime.»

Le Maître-Archiviste tira songeusement sur sa barbe.

«Procédons par ordre, finit-il par dire. Avant d'émettre un diagnostic, il nous faut établir l'anamnèse. Avez-vous identifié le parchemin qui vous a contaminé ?

— Je crois que oui, Doctissime.

— Avez-vous réussi à percevoir la langue du document initial ? S'agissait-il de léonien ? D'elvalié ? De kalogon ?

— Il me semble qu'il s'agissait de sinaséen, Doctissime…

— Grands dieux ! Vous auriez pu tomber sur mieux, mon pauvre ami !

— J'en suis malheureusement conscient, Doctissime.

— Quand avez-vous été contaminé ?

— Hier, au cours de la journée, je pense.

— Combien de temps l'incubation a-t-elle duré ?

— Toute la nuit, Doctissime. J'ai ressenti les premières atteintes du mal ce matin, en m'apprêtant à rejoindre l'Académie.

— Avez-vous eu des problèmes de serrure ?

— J'ai cassé ma clef, Doctissime.

— Avez-vous eu des accidents ?

— Dans mon escalier, Doctissime.

— Avez-vous perdu de grosses sommes d'argent ?

— On m'a volé ce matin, Doctissime.

— Avez-vous tendance à chuter dans tous les points d'eau que vous croisez ?

— Hélas… Et les eaux ont tendance à me tomber dessus…

— Avez-vous été mordu par des chiens ?

— Un seul ; mais je cours vite, Doctissime.

— Avez-vous été attaqué par des assassins ?

— Des assassins ?… Heu… Eh bien… Non, pas par des assassins…

— Comment ça, non ?

— Par les gardes du corps d'un marchand ciudalien, oui. Ils ont bien failli me tuer, d'ailleurs…

— Mon ami, je ne vous parle pas de gardes du corps, je vous parle d'assassins. Soyez précis, que diable !

— Eh bien alors non… Puisqu'ils ne m'ont pas tué, je suppose que ce n'étaient pas des assassins…

— Voilà qui est très bizarre », observa le Maître-Archiviste en haussant un sourcil.

De son côté, le Bailli de Justice prit soudain un air très intéressé, et posa un regard perçant sur Maître Calame en marmonnant : « Tiens, tiens, tiens… » Mais notre malheureux copiste polygraphe n'y fit pas attention, et, espérant que la grande sagacité du Maître-Archiviste trouverait remède à son problème, il demanda d'un ton implorant :

« C'est grave, Doctissime ? »

Maître Hortus s'éclaircit la voix, joignit l'extrémité de ses dix doigts, lorgna son patient au-dessus de ses besicles et, après une seconde de réflexion interminable, énonça enfin :

« Il semble que vous souffriez d'une crise de Nefasie aiguë ; ce que l'on appelle le « mauvais œil » en langue vulgaire. Vous noterez bien que j'ai dit : « Il semble ».

Le fait que vous n'ayez pas été agressé par des assassins est atypique, et ne me permet pas d'être absolument sûr de mon diagnostic. Toutefois, le reste des symptômes est concordant.

— Et ça se soigne, Doctissime ? » demanda Maître Calame avec espoir.

Le Maître-Archiviste rajusta ses besicles, prit un air magistral, et se lança alors dans un long discours savant et extrêmement abstrus. Au milieu de digressions philosophiques, d'analogies intertextuelles et de raisonnements hermétiques, Maître Calame crut saisir quelques bribes compréhensibles. En substance, Maître Hortus commença par démontrer pendant dix bonnes minutes que la pharmacopée habituelle était inopérante contre un mal d'essence magique. Il disserta ensuite très longuement sur les risques que présentait l'emploi de contre-sorts : la Nefasie aiguë ne pouvait en effet être neutralisée par un choc-en-retour (rituel défensif-offensif très prisé dans les duels de sorcellerie) puisque nul sorcier ne l'avait invoquée ; le contre-sort risquait donc de se retourner contre le sujet qu'il était censé protéger, et aggraver d'autant sa situation... Maître Hortus aborda enfin les contre-mesures théologiques, en évoquant la possibilité de faire appel au chapitre des Mystagogues du Temple de la Vieille Déesse ; toutefois, le Maître-Archiviste confessa son pessimisme. Les exorcismes du clergé ne fonctionnaient habituellement que contre des esprits malveillants ; or la Nefasie aiguë n'était pas un esprit, mais juste un accident fâcheux dû à une exposition à de la magie dégradée. Maître Hortus conclut donc en supputant que les Mysta-

gogues du Temple de la Vieille Déesse se révéle-
raient complètement impuissants.

« Il n'existe donc pas de remède, se lamenta
Maître Calame.

— Si, il existe un remède ! rétorqua le Maître-
Archiviste, l'œil soudain impérial.

— Et quel est-il ? s'écria Maître Calame dont le
moral faisait des montagnes russes.

— La quarantaine ! proclama triomphalement le
Maître-Archiviste.

— La... la quarantaine ?... bredouilla Maître
Calame.

— La quarantaine ? intervint le petit Bailli de Justice, qui n'avait pas perdu une miette de l'entretien. Je
vous rappelle toutefois, Éminent Confrère, que vous
venez de dire que ce Syndrome n'était pas contagieux.

— Rarement, tout au plus, répondit le Maître-
Archiviste. Mais entendons-nous bien : il ne s'agit pas
de protéger le monde extérieur de la contagion du
patient ; il s'agit plutôt de protéger le patient du
monde extérieur... Les problèmes générés par le Syndrome du Palimpseste, même s'ils sont intrinsèques,
ne deviennent graves que lorsqu'ils sont relayés par
des complications extrinsèques, si vous me suivez
bien... Si l'on soustrait le patient à tous les accidents
et à toutes les agressions potentielles jusqu'à ce que le
Syndrome se résorbe naturellement, on a de fortes
probabilités de rémission.

— Fascinant ! s'écria le Bailli de Justice qui couvait
des yeux Maître Calame avec une attention insistante.
Et au bout de combien de temps peut-on espérer la
guérison ?

— Je serai très prudent sur ce pronostic, reprit le Maître-Archiviste. Les statistiques sont difficiles à dresser ; en effet, la plupart des victimes de Nefasie aiguë trouvent une mort prématurée avant d'être prises en main par des praticiens compétents. On les retrouve souvent le cou rompu par une chute, à moitié dévorées par des bandes de chiens errants ou égorgées par des assassins…

— Des assassins… releva le Bailli de Justice, en adressant un sourire ambigu à Maître Calame. C'est positivement captivant !

— Bref, dans ces conditions, je suppose que vous comprenez le bien-fondé thérapeutique d'une mise en quarantaine, conclut le Maître-Archiviste.

— Mais tout à fait ! s'écria le Bailli de Justice, coupant la parole à Maître Calame. D'ailleurs, je serais ravi de vous fournir l'assistance du bailliage dans ces circonstances délicates, Éminent Confrère. Possédez-vous un local adapté à cette mise en quarantaine ?

— Eh bien, réfléchit Maître Hortus en se grattant le crâne sous son calot, peut-être y aurait-il quelques annexes de l'Index Ésotérique… encore que la présence d'un Syndrome du Palimpseste dans une pièce remplie d'ouvrages magiques ne me semble guère recommandée… Il y aurait aussi un placard à balai sous l'escalier qui mène à la papeterie… mais je crains que tous les scribes de la Librairie ne se mettent en grève s'ils doivent travailler à proximité d'une Nefasie aiguë…

— Très cher ami, ne cherchez plus ! le coupa le petit Bailli. Nous disposons de locaux tout à fait appropriés au traitement de ce type de patients dans les sous-sols

de la Maison Forte : les cachots. Isolés du monde extérieur par des murs de six coudées et des portes de
chêne massif, gardés par les meilleurs Sergents du
Guet et les tourmenteurs ordinaires du bailliage, ils
devraient représenter la thérapie idéale pour votre
malheureux copiste. Naturellement, les geôliers amé-
lioreront l'ordinaire de la maison : ils peuvent fournir
toutes sortes de services contre rémunération... »

Maître Calame mit une grande seconde avant de
réaliser ce qui l'attendait. Il leva un doigt timide et
voulut prendre la parole, pour objecter qu'il n'était
pas assez riche pour graisser la patte des geôliers et
qu'il se sentait même plutôt mieux... Suffisamment
pour se soigner chez lui (en omettant sa clef cassée)
... Mais le Maître-Archiviste lui coupa l'herbe sous le
pied une fois de plus.

« Votre proposition me paraît aussi généreuse que
judicieuse, dit-il en saluant le Bailli de Justice. J'émet-
trai juste une réserve : ne fournissez que le service
minimum au patient. Pas de repas, pas même de pain
sec et d'eau. Les victimes du Syndrome du Palimpseste souffrent fréquemment d'intoxications alimen-
taires et d'hydropisie, quand elles ne meurent pas
étouffées par une gorgée de bière... Une bonne diète
est hautement recommandée. »

Maître Calame voulut protester derechef, mais les
deux échevins avaient déjà conclu le marché. Ils se
félicitaient d'avoir trouvé une solution à cette épi-
neuse affaire, et ils froncèrent un sourcil sévère
lorsque Maître Calame bredouilla qu'il souffrait de
claustrophobie et qu'il supportait mal l'humidité...
Le Maître-Archiviste exhorta longuement son subal-

terne pour lui montrer les bienfaits de la docilité, de l'abnégation et des séjours en cul-de-basse-fosse, ce qui laissa au Bailli le temps de convoquer un dizainier du Guet à l'Académie des Enregistrements. Bref, une heure après avoir franchi la porte de la vénérable institution, Maître Calame en ressortait encadré par des sergents du Guet aux trognes féroces, et prenait le chemin des geôles de la Maison Forte.

Il suffisait de traverser la Place d'Armes pour aller de l'Académie des Enregistrements à la Maison Forte ; toutefois ce trajet fort court suffit pour que les passants aperçussent Maître Calame et son escorte. Comme l'air penaud et les hardes déchirées de Maître Calame suggéraient une arrestation musclée, la populace le prit pour un criminel. Le bas peuple de Bourg-Preux ne ratait jamais une aubaine lorsqu'elle se présentait : la foule se mit donc à huer, à siffler, à beugler force quolibets et injures, qui furent très vite relayés par une grêle de pierres, de trognons de choux et de fruits pourris. Les sergents, dont les casques et les corselets de fer carillonnaient sous l'avalanche, hurlèrent des sommations et menacèrent la populace de leurs fauchards ; cela ne fit qu'attiser l'hystérie générale. Le chahut tournait à l'émeute : des maillets, des gourdins, des pieds de chaise apparaissaient déjà entre les mains des agitateurs. Au cœur de la tourmente, à la fois protégé et bousculé par les sergents du Guet, Maître Calame tremblait de tous ses membres. Il voyait déjà la Place d'Armes transformée en champ de bataille, la Maison Forte prise d'assaut, l'Académie des Enregistrements incendiée, et — ce qui le chagrinait le plus dans l'affaire — lui-même

sauvagement lynché par la foule. Ou encore pendu
sur ordre du Bailli, par mesure de représailles. Fort
heureusement, la situation fut sauvée par un renfort
venu de la Capitainerie. Un détachement du Guet
chargea la foule piques basses et dispersa l'émeute.
Les sergents qui escortaient Maître Calame en profitèrent pour l'extraire du pugilat et l'expédier manu
militari au plus profond de la Maison Forte. Passablement échauffés par l'affaire, les hommes d'armes ne
firent guère attention au confort de leur client : celui-
ci, au cours de la longue dégringolade d'escaliers à vis
en escaliers à colimaçon, de cave en souterrain et de
souterrain en cul-de-basse-fosse, heurta divers cham-
branles de la tête et perdit quelque peu le fil des
événements...

Maître Calame flotta un moment dans des limbes à
moitié cauchemardesques... Sa tête endolorie était
le théâtre d'une insurrection dirigée par Dame
Plectrude, qui prenait d'assaut le scriptorium de la
Chancellerie. La brave veuve mettait à sac lutrins et
écritoires, lacérait les précieux ouvrages et menait une
bacchanale endiablée ; enfin, elle exigeait la lettre de
crédit du sieur Grindion Pesot, afin de rembourser la
serrure brisée du logis de Maître Calame...

Ce fut une morsure de rat qui ramena notre
copiste à la réalité. Il chassa en hurlant le gros ron-
geur qui venait de s'attaquer à son pouce gauche, et
se retrouva fort marri en prenant connaissance du
décor. Il était assis sur la paille pourrissante d'une
geôle ; les murs de pierre de taille suintaient une

ténèbre épaisse, et une odeur de caveau humide imprégnait l'atmosphère. Tout en suçant son pouce, Maître Calame tenta de se rassurer. Après tout, il suivait l'ordonnance préconisée par Maître Hortus, et s'il se retrouvait en prison, du moins avait-il la satisfaction de ne pas être prisonnier. Il se rendait bien compte que son raisonnement, posé en ces termes, avait quelque chose de spécieux ; mais il ne tenait pas vraiment à approfondir la question.

Du reste, il fut bientôt beaucoup trop occupé pour continuer à philosopher. Tout commença sournoisement par quelques picotements désagréables à l'aine et sous les aisselles. Maître Calame se gratta machinalement, mais les démangeaisons se firent plus vives. Lorsque les piqûres commencèrent à lui larder les chevilles et à lui remonter le long des mollets, le copiste réalisa avec horreur que la paille de la geôle devait grouiller de puces. S'ouvrit alors pour notre héros un combat désespéré contre les hordes bondissantes qui infestaient les profondeurs des cachots ! Maître Calame tenta tout d'abord de se cuirasser contre les vagues d'assaut de l'ennemi : il laça étroitement les jambières de ses chausses et les manches de son pourpoint, enfonça son calot jusqu'aux oreilles, serra le col de sa chemise à s'étrangler... Hélas, les accidents dont notre homme avait souffert au cours de la matinée avaient ouvert des brèches dans ces fortifications : l'assaillant s'engouffra par les déchirures, se répandit comme en ville conquise et s'abandonna à une furieuse picorée ! Bientôt, notre digne polygraphe fut aux abois, bondissant en tous sens, l'épiderme en éruption, poursuivant de tous ses ongles une bataille frénétique contre un prurit généralisé…

Maître Calame livra donc une guerre toujours plus cuisante, qui lui sembla s'éterniser des jours entiers. Tout occupé à tressaillir sous la caresse d'un million de piques, dards, trompes, aiguillons, échardes, griffes, mandibules et barbelures vénéneuses, ce fut à peine s'il se rendit compte que les ténèbres des prisons de la Maison Forte se peuplaient de cris et de hurlements pathétiques. Le Guet avait arrêté les meneurs de l'émeute, et, sur ordre du Bailli, les tourmenteurs procédaient aux interrogatoires de routine dans les bureaux du quatrième sous-sol… Les cris des suppliciés faisaient chorus avec les souffrances de Maître Calame, qui s'écorchait vigoureusement le cuir chevelu et le postérieur. Perdu dans ce cauchemar plein de lamentations et d'urticaire, notre copiste en vint à imaginer les bourreaux comme de gigantesques tiques et de monstrueux poux, penchés sur les chevalets ou rampant sur les murs des souterrains…

Le bruit du verrou qu'on ouvrait le surprit alors qu'il avait la main enfoncée dans les chausses, à la poursuite d'un parasite particulièrement retors. Il tenta de se redonner une contenance, et cligna des yeux de chouette effraie, ébloui par une lueur de torche. Une petite silhouette se dessinait dans l'embrasure de la porte, dominée par la carrure contrefaite d'un geôlier. Maître Calame reconnut avec surprise Maître Grugeot Papelin, le Bailli — tout en gigotant contre l'envie impérieuse de se gratter l'entrejambe. Le Bailli se méprit sur ses frissons, et s'empressa de préciser :

«N'ayez aucune crainte, Maître Calame. Nous ne venons pas vous interroger.»

Poings et dents serrés pour résister aux démangeaisons, Maître Calame n'éprouvait aucune crainte de ce type. Il ne pouvait concevoir pire torture que celle qu'il endurait depuis des heures... De son côté, le Bailli jeta un coup d'œil suspicieux sur la paille pourrie, les rigoles d'eau grasse, le débraillé et les plaques écarlates qui dévoraient l'épiderme de son invité. Il jugea plus prudent de rester sur le seuil du cachot, mais reprit d'un air affable :

«Comment vous sentez-vous, Maître Calame ?

— Débordant d'énergie, sire Bailli, chevrota le copiste, tout en grimaçant pour maintenir ses mains éloignées de ses cuisses.»

Un nuage d'inquiétude assombrit le visage de Maître Papelin.

«Pensez-vous déjà entrer en convalescence ? demanda-t-il.

— Si j'en juge par le nombre insensé de puces et de poux que j'ai pu glaner dans votre établissement, j'en doute fort, sire Bailli», sanglota presque le copiste.

Le Bailli en soupira d'aise.

«Vous m'en voyez bien fâché, dit-il sur un ton qui signifiait tout le contraire. En fait, je suis venu pour régler avec vous certains détails administratifs. Êtes-vous en état de m'accorder un petit entretien ?»

Maître Calame hocha la tête d'un mouvement saccadé, les yeux presque révulsés, tandis que ses doigts, animés d'une vie propre, se mettaient à ramper sous sa chemise.

« J'ai un petit problème à vous soumettre, poursuivit le Bailli. Il y a eu des troubles inacceptables au centre-ville, ce matin… Mais je crois que vous êtes au courant. Le Guet a procédé à de nombreuses interpellations dans les milieux séditieux, et les prisons de la Maison Forte sont surpeuplées. Dans ces conditions, vous comprendrez que nous ne pouvons plus vous accueillir gracieusement… »

L'espace d'un instant, Maître Calame eut l'espoir fou qu'on allait le relâcher et qu'il allait fuir cette fosse à pulicidés. Mais le Bailli poursuivait imperturbablement :

« … aussi suis-je dans la désagréable obligation de vous demander une participation financière pour être en mesure de maintenir votre isolement sanitaire. Pour cette seule journée, mon service comptable a estimé à cinq sous la location de cette cellule. En limitant les frais au maximum, je pourrai vous proposer un forfait de dix sous pour un séjour d'une semaine. »

Maître Calame ouvrit des yeux ronds — et en oublia un moment la civilisation galopante qui était en train de prospérer sous son linge de corps. Dix sous ! Alors qu'il avait déjà bien des difficultés à régler un loyer mensuel de trois sous à Dame Plectrude, et qu'il était surendetté chez l'usurier Pesot… Il allait protester et se lamenter lorsque Maître Papelin reprit la parole :

« Je suis conscient qu'il s'agit d'une grosse somme, admit-il, une lueur rusée au fond des yeux. Je m'en suis ouvert auprès de votre supérieur, l'estimable Maître Hortus ; celui-ci, avec sa magnanimité habituelle, a accepté un arrangement que je lui ai proposé. Voici l'affaire, en deux mots : vous dépendez toujours de la Chancellerie de l'Académie des Enregistrements, mais vous êtes temporairement détaché au Bailliage. C'est-à-dire que vous entrez à mon service ; dans la mesure où vous acceptez d'effectuer un petit travail pour le Bailliage, vous pourrez bénéficier gratuitement de votre isolement sanitaire. C'est un marché honorable, non ? »

Le marché semblait effectivement honorable à Maître Calame. Certes, son changement d'affectation paraissait un peu improvisé et pas complètement réglementaire, mais il était difficile au copiste polygraphe de réfléchir alors qu'il luttait contre le désir forcené de sautiller en tous sens et de se gratter simultanément en une vingtaine d'endroits.

« De quel travail s'agit-il ? » parvint-il tout au plus à dire, en espérant vaguement que sa tâche lui permettrait de fuir le cachot et ses hordes abrasives.

Le Bailli eut une réaction bizarre. Il jeta un coup d'œil circonspect au-dessus de son épaule, jaugeant avec méfiance le geôlier. Puis, l'air conspirateur, il coula un regard calculateur vers Maître Calame, et demanda à mi-voix :

« Avez-vous entendu parler des meurtres de la rue du Rempart ?... »

Maître Calame hocha distraitement le chef, pour l'heure plus préoccupé d'agressions intimes et urticantes que des crimes abominables dont toute la ville jasait.

« Alors vous devez savoir qu'à notre connaissance, il y a déjà eu neuf victimes depuis cinq semaines. J'ai mis mes meilleurs sergents sur l'enquête, j'ai fait

Janua vera

appel aux oracles du Temple de la Vieille Déesse, j'ai
interrogé (en suivant la procédure extraordinaire)
une quinzaine de témoins, j'ai soudoyé la moitié des
mendiants du Marché au Poisson... En vain, jusqu'à
présent. Tout ce que nous présageons, c'est qu'il n'y a
qu'un assassin, car il mutile ses victimes de façon très
particulière. Mais cet assassin semble être un fantôme : tout le monde en parle, les patrouilles du Guet
quadrillent la ville basse, mes informateurs furètent
dans les impasses les plus reculées... et rien ! Pas la
moindre piste ! Pas l'ombre d'un indice ! Les témoins
soumis à la torture (en suivant la procédure extraordinaire) ont certes fourni des informations, mais elles
se contre-disaient toutes. Ils ne parlaient que pour
abréger le cours normal de l'interrogatoire — il va
sans dire que je les poursuis pour faux témoignage et
obstruction à la justice... Toutefois, cela ne m'avance
pas dans mes recherches, et le tueur, lui, continue à
massacrer au hasard. Car il massacre : les corps que
nous avons retrouvés ont eu les yeux arrachés, le
visage réduit en bouillie à coups de griffes ou de
hachoir, et trois ou quatre doigts dévorés jusqu'à
l'os... Et il massacre au hasard, car il ne semble appli-
quer aucune logique dans le choix de ses victimes :
deux filles de joie du *Gros Brochet*, une marchande
de poisson, un truand de la Guilde des Fifrelins, une
petite fille de maraîchers, un batelier, un mendiant,
un porteur d'eau et même un frère mineur du Temple
du Resplendissant. Il n'y a pas de mobile crapuleux,
car la plupart des cadavres n'ont pas été détroussés...
C'est un vrai casse-tête, et la situation s'aggrave de
jour en jour !... »

Le Bailli de Justice s'interrompit, le front pensif. Cet exposé avait fini par éveiller l'inquiétude de Maître Calame, qui en avait oublié sa retenue et se grattait le fond de culotte.

« Mais pourquoi me faites-vous part de tout ceci ? demanda notre héros, le visage soucieux. Je ne suis qu'un copiste subalterne... Je ne vois pas quel travail je pourrais accomplir pour le Bailliage dans le cadre de cette affaire... »

La lueur rusée revint danser dans les yeux du Bailli. Devenu tout miel, le sourire enjôleur, il prit une voix caressante pour répondre :

« Détrompez-vous, Maître Calame. En vérité, vous êtes l'homme providentiel. C'est la Déesse elle-même qui vous envoie pour sauver les bourgeois innocents de cette ville...

— Mais en quoi puis-je vous être utile ? bredouilla le copiste.

— Vous êtes frappé par le Syndrome du Palimpseste, susurra Maître Papelin. Vous souffrez d'une malchance exceptionnelle, surnaturelle, exemplaire, qui semble concentrer sur votre personne toutes les disgrâces les plus redoutées. Mieux encore : d'après le très estimé Maître Hortus, la variété de Syndrome dont vous pâtissez est une *Nefasie aiguë, qui a pour propriété d'attirer les assassins* ! C'est une véritable bénédiction, les quatre Dieux en soient loués ! Saisissez-vous mieux en quoi vous pourrez m'être utile ? »

Maître Calame déglutit, la gorge soudain sèche. Pour saisir, il saisissait !

« Vous allez me servir d'appât, poursuivait le petit Bailli avec une expression devenue vraiment machiavélique. La nuit est en train de tomber sur Bourg-Preux : vous allez sortir et flâner dans la ville basse, mine de rien, de préférence du côté de la rue du Rempart... Après, laissez faire le Syndrome. Je suis sûr que l'assassin ne résistera pas au puissant magnétisme que vous exercerez sur lui... Bien entendu, vous serez discrètement filé par trois de nos meilleurs hommes. Dès que vous serez agressé, ils interviendront, ils maîtriseront le criminel, et vous pourrez revenir profiter tranquillement — et gratuitement — de votre quarantaine dans nos locaux. »

Mais Maître Calame n'envisageait pas du tout les choses sous le même angle. Il voyait une foule de bonnes raisons à objecter au raisonnement du Bailli, à commencer par la peur galopante qui lui révolutionnait les entrailles.

« Toutefois... commença-t-il.

— Je connais bien votre logeuse, dame Plectrude, le coupa vivement Maître Papelin. Son défunt mari fut l'un de nos... meilleurs officiers. Si vous acceptez cette mission, je pourrai sans doute la convaincre de se montrer plus arrangeante avec les impayés.

— Cependant... reprit Maître Calame.

— J'ai aussi entendu dire que vous deviez quelque argent à la maison Pesot, interrompit derechef le petit Bailli. Une imprudence, si vous me permettez un avis personnel. Nous effacerons l'ardoise dès que l'assassin sera entre nos mains — grâce à votre aimable collaboration, bien sûr.

— Néanmoins... s'obstina Maître Calame.

— Je connais un excellent serrurier dans le quartier de l'hospice de la Déesse Douce, ajouta aussitôt Maître Papelin. Si vous alliez le trouver avec ma recommandation, je suis persuadé qu'il vous proposerait des prix très intéressants ! »

Maître Calame avait encore un « nonobstant » sur les lèvres, mais une colonne de parasites belliqueux choisit ce moment précis pour mener une offensive contre son pli fessier. Notre héros bondit sur ses jambes comme s'il était monté sur ressorts, et hurla presque :

« De grâce ! Faites-moi sortir immédiatement ! »

Le petit Bailli de Justice lui adressa un sourire ravi.

« J'étais certain que je pouvais compter sur vous, répondit-il. Permettez-moi de saluer votre courage, votre civisme et votre sens du sacr… du devoir, Maître Calame. »

Les trois hommes d'armes chargés de filer Maître Calame étaient réellement impressionnants. Notre héros fit brièvement leur connaissance après avoir quitté sa geôle et perdu son souffle dans une interminable ascension vers le rez-de-chaussée de la Maison Forte. Le sergent Teudon était petit, extraordinairement large de panse et d'épaules, et il possédait des mains épaisses comme des battoirs à linge ; le sergent Notker était grand, chauve et borgne, avec le visage couturé de balafres inquiétantes ; enfin, le chef de patrouille, le dizainier Trudulf, était un colosse au mufle de fauve. Son cuir avait été tanné par le soleil d'innombrables campagnes, et un seul de ses sourires aurait suffi à disperser une armée entière de truands. Les trois gaillards ne respiraient pas l'intelligence, mais des muscles puissants roulaient sous leurs cottes de mailles, des poignards larges comme des glaives étaient coincés sous leur ceinturon et leurs masses noircies auraient pu servir à défoncer un mur d'enceinte.

Le dizainier Trudulf broya dans son gantelet la main du calligraphe, et, se méprenant sur la grimace de notre héros, trouva bon de préciser :

« Faut pas vous en faire, mon p'tit sire. Dès qu'ça chauffe, on court sus.

— On lui casse les dents, à l'aut'fumier, enchaîna le sergent Teudon.

— On lui pète la gueule, renchérit le sergent Notker.

— Pis on lui pile les côtes », conclut le dizainier Trudulf.

Maître Calame marmonna qu'il était enchanté de rencontrer de si vaillants paladins, qu'il était très honoré d'être placé sous leur protection et pleinement rassuré par leur tactique audacieuse. Il décampa néanmoins sur la Place d'Armes avant que, dans un élan de fraternité virile, le sergent Teudon et le sergent Notker ne lui serrassent la main.

Le soir tombait sur Bourg-Preux. Une brume diaphane se levait sur le lac de Croquerive et risquait de longs doigts sinueux dans les venelles. Les cris des petits métiers et des maraîchers s'espaçaient, une cloche fêlée sonnait la fermeture des portes, et toute une foule vespérale baguenaudait en quête d'un

pichet de bière ou d'un bon repas dans une des nombreuses tavernes de la ville. Des lueurs chaudes apparaissaient derrière les fenêtres étroites, tandis que la
nuit et le brouillard envahissaient le lacis des ruelles.
Ce fut au milieu de cette animation crépusculaire que
Maître Calame trotta vers la ville basse. Rongé par
des démangeaisons infernales, notre homme ne son-
geait guère aux trois colosses qui le filaient, ni à la
félicité de respirer à nouveau la saine puanteur des
rues de Bourg-Preux ou au monstre sanguinaire qui,
quelque part, devait être aimanté par le Syndrome du
Palimpseste. Pour l'heure, Maître Calame n'avait
qu'un objectif en tête : parvenir à la rue du Mortier
avant la fermeture de toutes les boutiques d'apothicaire.

En chemin, le copiste connut diverses mésaventures, suivies de loin par les trois dogues cuirassés.
Une charrette lui écrasa les orteils, un malandrin
profita d'une bousculade pour lui faire les poches,
deux ivrognes le prirent à parti et un chien errant,
inexplicablement, devint agressif et le poursuivit tous
crocs dehors sur trois pâtés de maison. Lorsque
Maître Calame déboula enfin rue du Mortier, seule
une lueur mauve éclairait encore le ciel, au-dessus
des toits, et la dernière échoppe était en train de
fermer. Maître Calame se précipita et supplia l'apothicaire de le servir. Mais le bourgeois avait fini sa
journée, il était en train de clore les volets de son
étal ; il refusa. Enragé par ses brûlures eczémateuses,
Maître Calame se livra alors pour la première fois de
son existence à un scandale qui le laissa proche de
l'apoplexie : il jura, trépigna, hurla, sacra, blasphéma,

s'étrangla, cracha, s'égosilla de si belle manière que l'apothicaire, épouvanté par la mauvaise publicité que pouvait lui faire cette scène, finit par lui offrir gratuitement tout ce qu'il voulait. Maître Calame exigea une décoction à base de plantain et d'asphodèle ; le bourgeois se hâta de la fournir avec les compliments de la maison, puis cadenassa son échoppe à toute allure.

Maître Calame se déshabilla avec furie au milieu de la voirie et frictionna vigoureusement son corps maigrelet avec l'onguent médicinal. Il fut bientôt presque intégralement barbouillé de sève verte et grasse, mais gémit de soulagement : le plantain commençait à engourdir les piqûres, et les puces fuyaient en formations nauséeuses l'odeur de l'asphodèle écrasée… Au coin de la rue, trois brutes du Guet hoquetaient de rire.

Notre héros ne goûta guère la béatitude que lui donnait son épiderme apaisé. Un vent coulis le fit grelotter, et lui fit réaliser que la nuit était complètement tombée. Dans un sens, c'était heureux, car Maître Calame était nu comme un vers au milieu de la rue. Mais d'un autre côté, il se rappela avec un frisson que c'était sans doute l'heure où le tueur se mettait en chasse. Tout en claquant des dents de froid et de peur anticipée, il rassembla ses hardes et se rhabilla. Puis, il coula un regard vers le coin de la rue. Dans la pénombre, il vit les trois hommes d'armes qui essuyaient des larmes de rire. Le dizainier Trudulf finit néanmoins par lui faire signe en direction de la rue du Rempart, et, la mort dans l'âme, Maître Calame se mit en marche vers son destin.

Le quartier où l'assassin éparpillait des corps n'était plus guère éloigné. En courbant craintivement l'échine, Maître Calame remonta la rue de la Monnaie, franchit le pont de la Listrelle et s'enfonça dans les bas-fonds au-delà de la rue de la Bataille. Dans cette zone, la ville s'étranglait entre le lac de Croquerive et le rempart, et les venelles étaient inondées par une eau lourde et boueuse à chaque crue de printemps. Les murs des bicoques vétustes et des maisons borgnes portaient les traces noirâtres laissées par les inondations des années précédentes; plus que partout ailleurs, la fange qui faisait office de chaussée était profonde et spongieuse. Les murs penchés, les colombages moisis, les encorbellements pourrissants luisaient d'humidité et gouttaient dans une chanson de caveau. La brume épaisse crachée par le lac stagnait en volutes funèbres, que trouaient de loin en loin un lampion sinistre ou la lanterne rouge de quelque bordel. Même en plein jour, Maître Calame ne se risquait jamais dans ce quartier. Toute la lie et toute la misère de Bourg-Preux y avaient échoué; c'était le havre des épaves, des délinquants et des débauchés; et, assez logiquement, c'était le fief de la Guilde des Fifrelins, la corporation locale de coupe-jarrets. À présent qu'il s'y retrouvait plongé, dans une nuit obscurcie de nuées, Maître Calame tremblait de tous ses membres. Il voyait rôder dans les ténèbres un peuple d'ombres furtives: des mendiants mutilés se traînaient sur des béquilles de fortune; des silhouettes suspectes se fau-

filaient, capuchons rabattus sur des museaux rusés ;
des galopins crasseux vagabondaient en bandes, l'œil
effronté et cruel ; des belles de nuit racolaient le passant, avec des vulgarités lasses et des charmes éventés. Ici ou là, un ivrogne cuvait dans le ruisseau,
soigneusement ratissé de tous ses biens, souliers
compris.

Dans des circonstances normales, Maître Calame
n'aurait pu faire plus de cent pas dans ce quartier
sans se retrouver agressé et dépouillé jusqu'au dernier liard. Son costume de bourgeois un peu étriqué,
ses manières de scribe délicat, l'expression effarée
que lui donnait l'endroit en auraient fait la cible dési-
gnée de la moitié des truands de la ville. Paradoxalement, ce furent les infortunes accumulées par notre
héros qui lui fournirent la meilleure protection : son
coquard, ses bosses, ses haillons déchirés et terreux,
l'emplâtre verdâtre qui séchait sur sa peau lui donnaient un air suffisamment miteux pour qu'il se fondît
dans la population du cru. On ne lui accordait pas
plus d'attention qu'à l'un des mendigots du quartier.
Il erra donc dans ce labyrinthe voué à la perdition,
traînant derrière lui, presque invisibles, trois ombres
menaçantes, et tremblant à la perspective d'être
débité en morceaux par un tueur mystérieux...

Pendant plusieurs heures, notre héros promena
son angoisse dans ces ténèbres misérables. Le quartier était empli d'une animation louche qui lui
communiqua nombre de frayeurs : des rires sauvages
ou des plaintes affreuses partaient de certaines maisons, à peine assourdis par les portes bancales... Des
bagarres au couteau éclataient parfois dans des tri-

pots enfumés, pour une putain vérolée ou pour un mauvais coup de dés… Dans d'autres bouges, on braillait si abominablement que Maître Calame n'osait imaginer s'il s'agissait de réjouissances ou de cris d'égorgés… Même les feulements des matous locaux, qui se disputaient âprement un toit crevé ou une minette étique, donnèrent plus d'une fois des palpitations à notre copiste ! Toutefois, au fil des heures, le quartier sombrait peu à peu dans une torpeur trouble et avinée. Les chansons à boire, de plus en plus éraillées, s'espacèrent ; les cris, les coups et les chuchotements lubriques qu'on entendait parfois sous les porches déclinèrent ; même les vieux chats couturés jugèrent sans doute avoir sauvegardé l'intégrité de leurs empires et disparurent de la circulation. Seuls quelques gros rats noirs, remontés des pontons du lac, fouillaient encore les ordures dans les ruelles…

La nuit s'étirait, froide, interminable, et le calme retombait sur le quartier de la rue du Rempart. L'aube ne tarderait plus. Perdu dans une brume qu'épaississait l'approche du jour, Maître Calame s'étonnait fort d'être encore de ce monde, et même, tout compte fait, de n'avoir pas subi quelque effroyable mésaventure depuis plusieurs heures. Une espérance incrédule commençait à lui réchauffer le cœur : après tout, peut-être le tueur n'était-il pas en maraude cette nuit-là… Ou s'il était en chasse, peut-être le Syndrome du Palimpseste était-il en rémission, ce qui aurait expliqué la chance dont Maître Calame semblait bénéficier depuis qu'il s'était enfoncé dans les bas fonds… Ce fut au moment pré-

cis où Maître Calame s'autorisait un timide sourire
qu'il entendit du bruit.

Un bruit bizarre.

Un bruit bizarre, quelque part dans son dos.

Son cœur s'emballa avec violence. Des cris de
rage, des rumeurs d'échauffourées, des hurlements
de femme, des tabourets fracassés sur des crânes, il
en avait entendu son comptant dans la soirée.
C'étaient des bruits bizarres, surtout pour un calligraphe habitué à l'atmosphère studieuse du scriptorium, mais c'étaient des bruits bizarres *normaux*. Ce
que Maître Calame entendait maintenant, c'était un
bruit bizarre *anormal*. D'abord, c'était un bruit très
faible : une sorte de cliquetis léger, ou encore un
grincement à peine perceptible, comme en aurait pu
produire une girouette rouillée. Et ensuite, cela provenait de derrière lui, à une vingtaine de pas dans le
brouillard... là où, selon toute logique, devaient
s'embusquer les trois gardes du Guet !

Maître Calame se retourna très lentement et, à
demi tétanisé, scruta les fumerolles fantomatiques
du brouillard. Quelque part dans la brume, quelque
chose continuait obstinément à grincer. Notre copiste
attendit un long moment, animé tout entier par une
furieuse velléité de fuite, mais le bruit restait égal à
lui-même, et ne semblait ni approcher, ni s'éloigner.
La gorge serrée par l'angoisse, Maître Calame finit
par coasser timidement :

« Ohé ?... Sire Trudulf ?... Sergents ?... Êtes-vous
là ?... »

Seul un grincement régulier et plaintif lui fit écho.

« C'est moi, Maître Calame, reprit notre héros sur un ton pleurard. Vous ne m'avez pas laissé tout seul, quand même ?... »

Nulle réponse dans le brouillard. Quelque chose s'obstinait à grincer avec une lenteur presque langoureuse, et de lourdes gouttes ricochaient ici ou là du haut des toits. Parfois, Maître Calame pouvait même percevoir de lointains clapotis sur le lac, distant de deux pâtés de maisons, et les chocs sourds de quelques barques heurtant faiblement les quais de bois. Mais pas la moindre parole. Pas même un bruit de pas, ou une respiration. Maître Calame fut tenté de croire à une farce douteuse de la part des hommes d'armes, et pensa même à geindre que cela n'avait rien de drôle. Il délibéra longtemps avec lui-même, mais finit par convenir que continuer à appeler manquait de dignité. Alors, à pas de loup, il revint en arrière — non sans se traiter de fou, d'inconscient, et penser que l'absurdité qu'il était en train de commettre devait être dictée par le Syndrome lui-même…

Maître Calame remonta ainsi jusqu'à l'angle de la rue de la Bataille. Le grincement semblait maintenant tout proche, un cliquetis vague qui faisait confusément penser au déplacement d'un forçat enchaîné — ou à l'errance d'un spectre… Après avoir pris son courage à deux mains, notre copiste risqua un œil prudent derrière le coin de la rue. Ce qu'il découvrit était si atroce qu'il lui fallut une bonne seconde pour réaliser ce qu'il voyait. Ses cheveux se hérissèrent sur son crâne, et son teint devint aussi verdâtre que sa décoction de plantain et d'asphodèle !

Le sergent Teudon pendait, les bras ballants, suspendu par les pieds à l'enseigne d'un ferronnier. On
l'avait saigné comme un vulgaire cochon, et ses mains
qui traînaient dans la boue avaient les doigts soigneusement grignotés. Maître Calame devina qu'il s'agissait du sergent Teudon d'après sa petite taille, car le
corps massacré n'avait plus de visage : on l'avait énu-
cléé, et la figure n'était plus qu'une bouillie sanglante
d'où émergeaient çà et là esquilles d'os et chicots fracassés. Une bise froide montée du lac balançait doucement le cadavre au bout de sa potence improvisée,
avec un grincement languide que notre copiste ne
connaissait maintenant que trop bien…

Dans cette situation extrême, Maître Calame fit ce
que les circonstances exigeaient : le cœur au bord des
lèvres, il tourna les talons et décampa tête baissée
avec une célérité tout à fait extraordinaire. Sa
panique était telle qu'il aurait très bien pu faire le
tour de la ville sans s'arrêter, mais le fait est qu'il
n'alla pas très loin. Alors qu'il venait à peine de parcourir deux cents foulées athlétiques, quelque chose
ou quelqu'un gargouilla de façon horrible, quelque
part devant lui, dans la brume. Notre héros pila net,
toute l'échine parcourue de frémissements tecto-
niques. Les yeux hagards, il vit une silhouette se
découper dans le brouillard. Une silhouette familière, mais qui se déplaçait bizarrement, et surtout,
qui émettait des grognements particulièrement répu-
gnants… Il reconnut le sergent Notker : le soudard
titubait comme un homme ivre, un œil exorbité et le
teint cadavérique. Des deux mains, il essayait de
contenir les giclées de sang artériel qui pulsaient

hors de sa gorge ouverte. La terreur de Maître Calame déferla depuis les ongles douteux de ses orteils jusqu'aux pointes dressées de ses cheveux. Il bondit à trois coudées de hauteur, fit derechef volte-face et fonça à nouveau vers la rue de la Bataille, tandis que le sergent Notker s'effondrait dans un râle tremulant.

Mais notre valeureux héros ne fit pas plus de cinquante pas, avant de s'écraser le nez sur de puissants pectoraux bardés d'acier. Il allait hurler lorsqu'une poigne de fer s'abattit sur lui et le musela. Il reconnut alors la carrure massive et la trogne farouche du dizainier Trudulf. De soulagement, notre copiste crut qu'il allait défaillir comme simple pucelle.

«Dites donc, faut pas tourner d'l'œil, chuchota Trudulf. L'aut'fumier rôde dans l'coin, et j'ai pas de trop d'mes deux mains…

— Qu… qu… qu… qu… qu'est-ce que c'est? gémit Maître Calame en claquant des dents.

— J'en sais foutre rien, gronda le dizainier. Il est drôlement rapide, le salaud! Faut pas rester dans mes pattes, mon p'tit sire. Ça va cogner sous peu, et les beignes vont voler bas dans l'secteur…»

Maître Calame trouva les remarques du dizainier remplies de bon sens, et les officiers du Guet remontèrent considérablement dans son estime intellectuelle. Trudulf lui indiqua du pouce une venelle qui coupait la rue du Rempart, et recommanda au copiste de filer par là pendant qu'il couvrirait les arrières. Le calligraphe ne se le fit pas répéter deux fois et bondit dans la ruelle. Sans réfléchir. Ce ne fut que lorsqu'il aperçut la masse granitique du rempart émerger de la brume, face à lui, qu'il fut effleuré par un doute glacé. Pourquoi diable le dizainier l'avait-il envoyé dans une impasse ? Il n'eut pas le temps de se poser d'autres questions : il trébucha sur un corps étendu en travers de la chaussée. Ses yeux tombèrent sur un cadavre de soldat... un cadavre aux doigts soigneusement rongés, à la trachée béante, au visage sauvagement taillardé... mais pas assez pour le rendre méconnaissable. Une bourrasque d'horreur ébranla la raison du copiste, et il se sentit vaciller aux frontières de la démence. Le mort lui était familier. C'était le dizainier Trudulf !

Hébété, Maître Calame se retourna. Avec une lenteur de cauchemar, le dizainier Trudulf fendait les volutes du brouillard et se dirigeait vers lui, la trogne barrée par un sourire sinistre. Pourtant, le dizainier Trudulf gisait aussi dans la boue, juste derrière le copiste, le cou ouvert jusqu'aux vertèbres. Les miasmes délétères de la folie caressèrent l'esprit de Maître Calame, qui sentit que la réalité lui échappait par lambeaux... Il se dit qu'il rêvait, qu'il avait dû abuser des vins du Canton Vert, ou qu'il souffrait d'une intoxication alimentaire (après tout, il avait envie de vomir), ou encore que tout ceci n'était qu'un mauvais tour de plus de la marmaille de dame Plectrude... Ce devait bien être un songe, un mauvais songe, car tout en s'approchant, le dizainier Trudulf se mit à onduler comme un mirage... Sa taille se réduisit, ses épaules s'affaissèrent, sa cotte de mailles se fondit dans un surcot crasseux... Son front s'allongea, une barbiche clairsemée couvrit son menton, et un coquard violacé vint même gonfler son œil gauche... Et bientôt, dans la ruelle enténébrée, il n'y eut plus que le corps massacré du dizainier Trudulf, et deux maîtres Calame qui se faisaient face !

Maître Calame se crut fou ! Définitivement et incurablement fou ! Il avait l'impression de se trouver devant un miroir, mais nulle vitre ne le séparait de son reflet, proche à le toucher, parfaitement semblable à lui, jusque dans ses bosses, ses vêtements déchirés, son emplâtre écaillé. Finalement, tout cela était horriblement drôle, et, alors que ses yeux se remplissaient de larmes, il crut qu'il allait partir d'un rire irrépressible... Mais le rire s'étrangla dans sa gorge ! Brusquement, il comprit la situation. Le souvenir d'un vieux Codex de l'Index Ésotérique, feuilleté clandestinement jadis, lui apporta la clef de cette situation insensée. Un Changeur de Forme ! L'assassin était un Changeur de Forme ! Voilà qui expliquait tout : les mutilations rituelles qui accompagnaient chaque meurtre, le caractère insaisissable du tueur, sa capacité à venir à bout des victimes les plus solides... Et Maître Calame vit que l'autre avait compris qu'il avait compris, car un rictus hideux vint déformer le visage du double.

Les Changeurs de Forme étaient des abominations anciennes, que l'on croyait éteintes depuis des siècles dans la Marche Franche. Il s'agissait de créatures à demi-bestiales, corrompues dans un lointain passé par une magie néfaste... Au cours de la décadence du Vieux Royaume, les Archontes du Culte du Desséché avaient usé de leur nécromancie la plus noire pour leur donner le talent de prendre, à volonté, la forme de n'importe quel être intelligent. Non seule-

ment un Changeur de Forme pouvait imiter l'apparence d'une autre personne, mais on pensait même
qu'il était capable d'adopter en partie les souvenirs,
les habitudes, l'accent et certaines compétences
de son modèle... Les Changeurs de Forme avaient
représenté un corps d'élite dans la Horde du Roi-
Idiot, pendant la guerre des Grands Vassaux. Une
vingtaine d'entre eux pouvaient infiltrer et décimer
une armée de plusieurs milliers de braves en quelques
jours. On les rendait responsables de la chute de
Chrysophée, des trahisons qui avaient dressé les maisons nobles de Leomance les unes contre les autres,
de la guerre intestine qui avait ravagé l'Ordre du
Sacre... Mais tout cela appartenait à un passé fabuleux dont seules les épopées et les vieilles chroniques
gardaient la trace... Et Maître Calame frissonna de
plus belle en se demandant de quelle fosse oubliée,
de quel ossuaire pouvait sortir la créature qui se
tenait devant lui.

« Les temps changent, siffla la contrefaçon de
copiste. Les choses anciennes se réveillent... »

Et son regard devint vitreux, plus trouble qu'un
miasme de charnier.

Maître Calame chercha avec affolement une échappatoire à cette situation épouvantable. Il se souvenait
vaguement qu'il existait des formules de conjuration
pour repousser les mauvais esprits, mais, lorsqu'il
était écolier, il séchait régulièrement les cours de
magie appliquée, et aucun verset incantatoire ne lui
revint en tête. En désespoir de cause, il plongea ses
mains dans ses poches — s'aperçut qu'il lui manquait
son aumônière — et sortit un petit couteau. C'était un

canif ridiculement court, qui lui servait d'ordinaire à tailler ses plumes, et qu'il brandit sans conviction devant lui. Le faux maître Calame émit un ricanement condescendant, et, avec une lenteur calculée, tira de sa manche une arme de cauchemar : un coutelas noirâtre, au fer vaguement courbe, vicieusement barbelé, maculé de caillots de sang... Notre héros loucha sur les dents irrégulières de ce couperet, déglutit trois fois de suite et acheva de se persuader que les événements tournaient au plus mal.

Maître Calame fit alors la seule chose sensée qui lui restait à faire : il inspira à fond, ouvrit la bouche et hurla ! Avec un timbre de fausset, il clama absolument tout ce que la situation lui dictait :

À MOI ! À L'AIDE ! AU GUET ! À LA GARDE ! ALERTE ! AUX ARMES ! AU SECOURS ! AU MEURTRE ! À L'ASSASSINAT ! AU FEU ! MISÉRICORDE ! GRÂCE ! PITIÉ ! UN HOMME AU RUISSEAU ! ON ME TUE ! ON M'ÉGORGE ! ON M'ÉCORCHE ! ON M'ÉNUCLÉE ! ON ME MASSACRE ! ON M'ANATOMISE !...

Notre copiste aurait pu encore continuer longtemps dans cette veine, car il se sentait singulièrement inspiré, mais le Changeur de Forme interrompit ce beau morceau d'éloquence. Avec un grondement sourd, il se fendit en avant, la lame crochue de son poignard pointée sur la gorge de l'orateur... Il se passa alors quelque chose de très inattendu. Le mouvement quasi reptilien du Changeur de Forme trahissait une longue pratique du combat rapproché, qui ne laissait aucun espoir à un gratte-papier pacifique et un peu lâche. Mais, au cours de son attaque, le faux Maître

Calame écrasa un gros rat alléché par le cadavre du dizainier, se tordit la cheville et s'abattit de façon inélégante à côté de sa cible. Interloqué, notre héros considéra l'assassin étalé, puis sauta sur l'occasion pour détaler. Hélas, la tête tournée vers la créature qui se remettait déjà sur pied, il ne fit pas attention à ce qu'il avait devant lui : il heurta de plein fouet la poutre basse d'un encorbellement, vit trente-six chandelles et vacilla, stoppé net. Le faux Maître Calame bondit à nouveau, le coutelas pointé, comme le dard d'un insecte venimeux. Mais les genoux de notre héros, sérieusement sonné, cédèrent ; cette défaillance lui permit de réussir une esquive désespérée, qu'il ne serait jamais parvenu à faire dans son état normal. La lame du poignard lui effleura le cuir chevelu et se ficha profondément dans le colombage du mur situé derrière lui.

Le Changeur de Forme cracha un chapelet de blasphèmes avec une voix d'archidémon (parfaitement incompatible avec son physique d'emprunt) et s'arc-bouta pour arracher son arme du mur. La lame cassa sous l'effort, et le faux Maître Calame tituba en arrière avant de s'effondrer de tout son long dans le ruisseau. Les éclaboussures giflèrent notre copiste, qui reprit ses esprits et, fort étonné d'être toujours de ce monde, entreprit à nouveau de filer sans demander son reste. Hélas, le sort — ou le Syndrome — s'acharnait sur lui : il dérapa dans un étron qu'un chien indélicat avait abandonné sur la chaussée... Il moulina artistiquement des bras et faillit se donner un tour de reins en tentant de rétablir son équilibre, mais chut à son tour dans le cloaque, une

dizaine de pas plus loin. Le Changeur de Forme était
déjà sur ses talons. Abandonnant le tronçon de son
arme, il fondit sur sa victime, avec des mains d'étran-
gleur largement ouvertes. Il se laissa tomber de tout
son poids sur notre héros, mais bondit aussitôt en
arrière en sifflant de douleur, tous les membres
rétractés comme ceux d'un gros insecte. Il s'était jeté
sur le canif de Maître Calame, qui s'était profondément enfoncé entre ses côtes. Malheureusement, il
en fallait beaucoup plus pour venir à bout d'un
Changeur de Forme. Le faux Maître Calame referma
une main sur le manche qui saillait hors de sa poitrine, et, avec un rictus malsain, il l'arracha lentement, laissant un liquide épais et grumeleux fuir de
la plaie.

Un pugilat des plus étranges s'engagea alors entre
les deux Maître Calame, l'un essayant par tous les
moyens de se dérober, l'autre tentant toutes les
prises pour l'en empêcher. Ce fut un bien curieux
ballet, une pantalonnade où les duettistes se livrèrent
à un festival de faux-pas, glissades, entrechats hasardeux, grands écarts, voltes chaloupées, rétablisse-
ments ratés, gadins pathétiques... Les combattants
semblaient s'être mués en comiques de foire, faisant
assaut de malchance et de ridicule. Sur les tréteaux
d'un théâtre, sans doute auraient-ils remporté un
franc succès... D'ailleurs, au bout d'un moment, ils
se rendirent compte qu'ils avaient du public.

Les cris de Maître Calame avaient réveillé tout le
voisinage. Accoutumés aux agressions et aux détrous-
sages qui faisaient le folklore du quartier, les habitants
avaient décelé dans les appels de notre héros une note

de panique tout à fait inhabituelle. Ils avaient aussitôt
fait le rapport avec le tueur fou qui ensanglantait la
ville basse depuis quelque temps. Or ils avaient des
comptes à régler avec ce triste sire… Pour commencer, il n'était pas enregistré sur les listes de la Guilde
des Fifrelins ; il empiétait donc sur les privilèges des
honnêtes assassins agréés. De plus, il avait beaucoup
tué à tort et à travers, et nombre de bonnes gens
avaient une nièce, un cousin ou un ami qu'on avait
retrouvé saigné au fond d'une impasse. Enfin, une
plus large part de la population du quartier avait dans
son entourage des témoins, qui avaient été tout aussi
efficacement massacrés par la procédure d'interrogatoire du Bailliage. Tout cela faisait un lourd passif, et
avait poussé les habitants des alentours à sortir en
chemise de nuit, les mains serrées sur des armes
improvisées.

En se relevant de sa quatorzième chute dans le
ruisseau, Maître Calame s'aperçut enfin qu'une véritable foule s'était rassemblée. Le bon peuple, mal
réveillé, contemplait avec une certaine stupeur les
deux jumeaux qui se livraient à des cabrioles
comiques. L'un des deux Maîtres Calame brandit
alors son doigt sur son vis-à-vis et brailla :

« C'est lui ! C'est l'assassin ! »

Le second Maître Calame désigna le premier, et
beugla avec autant de conviction :

« C'est lui ! C'est l'assassin ! C'est un Changeur de
Forme ! »

Et comme la foule restait stupide, le second copiste
montra une vilaine entaille sur sa poitrine et gémit :

« Regardez ! Il a tenté de me poignarder ! »

Aussitôt, la situation parut devenir claire aux yeux des spectateurs. Et la foule, devenue menaçante, écarta le copiste blessé et marcha sur le copiste indemne — ou à peu près... Maître Calame n'en crut ni ses yeux, ni ses oreilles : il vit le demi-cercle hostile de la populace prendre la protection du tueur et se rapprocher, en brandissant gourdins, tisonniers, ciseaux, hachoirs à viande, masses de tonnelier et haches de charpentier... Tout en reculant pas à pas devant la horde compacte, il harangua ces braves gens pour rétablir la vérité, fit des effets de manche, accusa l'autre de ne pas être lui, expliqua de façon très confuse que tout était de la faute du Syndrome du Palimpseste, cria à l'erreur judiciaire, prit les quatre dieux du panthéon cyclothéiste à témoin... Mais rien n'y faisait : plus il s'égosillait, plus les visages de la foule se fermaient, plus les mâchoires devenaient dures et les regards mauvais. Des poings se tendirent, des cris haineux partirent çà et là, et Maître Calame heurta la muraille derrière lui. Il était acculé.

Derrière la foule, il vit son double lui adresser un sourire cruel, puis se faufiler vers une bicoque et grimper jusqu'au sommet de la façade comme une grosse araignée. Maître Calame tendit le doigt pour montrer l'horrible prodige, mais les paroles s'étranglèrent dans sa gorge. Déjà, les ombres des tisonniers, des haches et des maillets couvraient son visage. Le faux copiste, trois étages plus haut, se pencha au-dessus de la corniche d'un toit pour assister au carnage. Ce geste décida du destin des deux Maîtres Calame. Les lauzes de la bordure du toit cédèrent

brusquement sous le poids du Changeur de Forme :
celui-ci fut précipité dans le vide, avec un cri hideux
qui glaça toutes les échines dans la foule. Alors qu'il
le voyait tourbillonner dans les airs, Maître Calame
comprit en un éclair le fin mot de l'affaire : en adoptant sa Forme, la créature avait attrapé elle aussi le
Syndrome du Palimpseste... et bon nombre de victimes trouvaient une mort stupide dans un accident !

Le Changeur de Forme s'écrasa dans la rue au
milieu d'un déluge de lauzes, dans un fracas mou d'os
brisés. Il eut un bref sursaut d'agonie, puis mourut.
Aussitôt, une métamorphose répugnante déforma le
cadavre brisé : les traits de Maître Calame s'effacèrent
pour laisser place à un humanoïde grisâtre, squelet-
tique, à l'épiderme rongé de lichens et de scrofules.
La foule, interdite, s'était retournée et avait formé un
cercle horrifié autour du monstre. Maître Calame en
profita très sagement pour s'éclipser. Après tout,
peut-être y avait-il dans la presse quelques braves artisans un peu lents, qui désiraient toujours lui fendre le
crâne et lui arracher le cœur, juste par acquit de
conscience...

À son grand regret, le conteur de cette histoire doit
convenir que Maître Calame ne tira guère bénéfice
de son comportement héroïque. Ce fut le bon peuple
de la rue du Rempart qui fut couvert de lauriers pour
l'élimination du monstre sanguinaire. Par mesure de
reconnaissance, la Guilde des Fifrelins baissa pendant
quelque temps les contributions sociales qu'elle prélevait dans le quartier, et le Conseil des Échevins vota

une motion orale pour saluer le courage de ses administrés.

Maître Calame accepta avec humilité d'abandonner sa gloire légitime à ceux qui avaient failli le tailler en pièces. Cependant, il ne perdit pas tout dans l'affaire. Était-ce à cause du choc salutaire provoqué par ses frayeurs successives ? Était-ce parce que le mal était passé sur le Changeur de Forme ? Toujours est-il que notre héros guérit sur l'heure du Syndrome du Palimpseste. Cela lui valut de figurer au nombre des très rares survivants à ce type d'affection.

Par mesure de précaution et de gratitude, le Maître-Archiviste et le Bailli de Justice lui imposèrent néanmoins de terminer sa quarantaine dans les culs-de-basse-fosse de la Maison Forte. À sa sortie, il put réintégrer son lutrin au scriptorium de la Chancellerie, mais il souffrait d'un impétigo que lui avaient donné les puces. Finalement, ce fut ce désagrément qui lui laissa le souvenir le plus vivace, car pendant plusieurs mois, il gratta ses croûtes...

UN AMOUR DÉVORANT

> *Ce que nous appelons « instinct » est une pul-*
> *sion physiologique, perçue par les sens. Mais ces*
> *instincts se manifestent aussi par des fantasmes, et*
> *souvent ils révèlent leur présence uniquement par*
> *des images symboliques. Ce sont ces manifesta-*
> *tions que j'appelle les archétypes. Leur origine*
> *n'est pas connue. Ils réapparaissent à toute*
> *époque et partout dans le monde, même là où il*
> *n'est pas possible d'expliquer leur présence par*
> *des transmissions de génération en génération, ni*
> *par des fécondations croisées résultant de migra-*
> *tions.*
>
> CARL GUSTAV JUNG

Le plus souvent, c'est dans le clair-obscur des
futaies que le drame se noue.

Deux hommes courent dans les bois. Ils ne vont pas
de pair ; le plus jeune précède le plus vieux, de quatre
cents ou cinq cents pas. Le plus âgé patauge lourdement dans les fondrières du Val Hellequin ; autour de
lui, ses chiens bondissent à grands efforts pour
s'extraire de la boue noire et des eaux qui stagnent.
Le damoiseau maintient l'écart ; il a le souffle court

d'avoir remonté au galop une pente abrupte, glissante d'humus et de feuilles pourries ; il ne s'en élance pas moins de toutes ses forces sous la nef chauve d'une hêtraie. Trop de distance entre les deux coureurs pour qu'ils puissent se voir ; la forêt dresse entre eux le mystère de ses fûts moussus, le fouillis de ses taillis, le chaume touffu de ses bras noueux et nus. Mais les bruits portent dans un sous-bois. À défaut de se voir, ils s'entendent. Une branche qui craque, des éclaboussures grasses, l'aboi puissant des chiens, et les cris, les cris que poussent deux voix saturées d'émotion, tout cela traverse la somnolence boisée comme une flèche chargée d'inquiétude. Les deux hommes ne peuvent se voir, mais ils se savent proches. Ils ne mettent que plus d'ardeur dans leur élan.

Le plus jeune, qui ouvre la course, garde un capuchon profondément enfoncé sur son visage. Son manteau de voyage le gêne, s'accroche dans les branches basses et dans les broussailles ; mais le gaillard est vif, et il arrache dans sa course ramilles et tortils barbelés des ronces. Ses bottes de cavalier sont crottées jusqu'au mollet, et il a perdu un éperon. Il porte une dague de guerre glissée contre les reins, et une épée au côté ; une main posée sur le pommeau, il la redresse en arrière, pour éviter de l'empêtrer dans ses jambes. Il y a des traces de sang sur ses gants. Il est bien mal équipé pour une partie de chasse.

Le plus vieux, qui ahane en attaquant le bas de la pente, est vêtu d'une tunique matelassée et de chausses de daim. C'est un coutelas de chasse qu'il a accroché à la ceinture, avec un petit cor. À la main, il porte un épieu court et fort, doté de larges butoirs : une arme robuste, conçue pour arrêter la charge d'un sanglier. Mais l'homme n'est pas un simple piqueur ; les chiens qui filent maintenant devant lui sont des bêtes de race, et la bague massive qui brille sur sa dextre a tout d'un sceau.

Le damoiseau est plus fin, plus léger, plus rapide. Lorsqu'il franchit une clairière, lorsqu'il remonte une saignée forestière, il pousse des pointes de vitesse qui creusent la distance. Le second est plus lourd, il a le crin poivre et sel, il s'essouffle plus vite ; mais dans les taillis, il compense son allure plus lente par la puissance. Il ne zigzague pas : il froisse la végétation roussie comme s'il traversait une brume inconsistante, il écrase les arbustes, il bouscule baliveaux et jeunes arbres flexibles.

Les deux hommes se livrent à un manège incertain. Parfois, le jeune oblique brutalement, semble semer le vieux qui poursuit tout droit ; mais les chiens, eux, flairent le subterfuge, retrouvent la piste. Parfois, ce sont les chiens qui accrochent l'odeur d'un autre gibier, et qui égarent le vieux ; alors le jeune semble hésiter, se met à tourner en rond, et gaspille son avantage. La trajectoire des deux hommes est erratique ; qui aurait le courage et les jambes de les suivre se rendrait compte qu'ils ne vont nulle part. Ils courent en tous sens, ils recoupent souvent leurs propres traces, ils négligent les cerfs et les chevreuils qu'ils aperçoivent dans la pénombre fauve. Le vieux hurle même sur sa meute lorsqu'elle veut leur donner la chasse.

Cette ruée interminable, éreintée, apparemment absurde, traverse les heures, les jours, peut-être les saisons. Ils ne parviennent pas à se rejoindre, ils ne parviennent pas à se perdre. Comment pourraient-ils échapper l'un à l'autre ? Malgré leur cœur qui bat la chamade, malgré la respiration rauque qui soulève leur poitrine, ils n'arrêtent pas d'appeler. Dressés au cours d'une brève pause, les mains en porte-voix ; parfois juchés sur une souche ou sur un rocher, pour que l'appel porte plus loin ; en plein effort, expulsant leur cri dans l'expiration brutale qui rythme la course. Il ne s'agit ni d'insultes, ni d'encouragements, ni de directives. Ils ne s'adressent pas l'un à l'autre. Mais, forcément, ils s'entendent ; forcément, ils se repèrent à l'oreille ; forcément, ils ne peuvent pas oublier l'autre, qui court, quelque part, invisible, mais pas si loin.

Ils ne crient qu'un mot, un seul mot, toujours le même. Un long appel, scandé avec désespoir, avec rage, avec désarroi. Un appel insistant, qui roule sonore et lugubre, se perd dans les halles aux troncs crépusculaires, fuit au fond des chemins de traverse, jaillit hors des lisières embroussaillées. Un appel obsessionnel, craché avec tant de force qu'on entend bien qu'il écorche la gorge, qu'il va casser le timbre, qu'il doit arracher l'âme.

Un seul mot. Un seul nom.

Un nom de femme.

C'est dans les futaies de Noant-le-Vieux que se noue toujours le drame.

Il s'agit d'une région incertaine, aux confins de la Marche Franche, où la forêt, depuis des siècles, regagne insensiblement sur les prairies et les champs cultivés. Jadis, presque tout le pays était ouvert ; le blé, l'orge et le seigle y ondoyaient avec une grâce fluide sous les brises d'été ; les labours gras et bruns y sommeillaient dans la quiétude des frimas. Les arbres n'étaient alors que l'ornement d'un pays aux horizons dégagés : ils s'alignaient sagement le long des chemins creux, des vergers que l'automne magnifiait de fruits dorés. En cette époque lointaine, le château qui s'enracine sur le rocher d'Esseve dressait encore ses hourds, ses toits pentus et ses girouettes. En cette époque lointaine, le chef lieu n'était pas encore Bourg-Preux, la ville industrieuse et crasseuse du nord, mais l'élégante bourgade de Plaisance, où les ducs d'Arches tenaient leur cour d'hiver.

Mais cet âge d'abondance et de douceur est révolu depuis bien longtemps. Il y a des siècles que le dernier roi de Leomance est mort. Il y a des siècles que les ducs d'Arches sont tombés au combat, il y a des siècles que l'aimable Plaisance a brûlé dans les convulsions qui ont disloqué le vieux royaume. Huit générations, disent les anciens ; c'est assez pour que la langue mue, pour que la mémoire se brouille, pour que les arbres s'avancent.

Dans les campagnes dépeuplées par la guerre, les friches ont envahi le sommet des collines, les combes humides, les champs abandonnés. Les ronciers et les herbes folles ont précédé les arbustes, puis des taillis anarchiques où s'insinuaient déjà, en avant-garde, quelques saules et bouleaux. Enfin, la troupe majes-

tueuse des hêtres, des chênes et des frênes s'est levée
sur le pays : la forêt triomphante a haussé ses frondaisons ombreuses sur les reliefs, a descendu avec une
majesté lente coteaux et jachères, est venue encercler
les derniers villages, frileusement nichés dans des
clairières menacées.

Noant-le-Vieux est de ces hameaux. C'est un troupeau serré de toits de chaume, où les masures paysannes sont dominées par quelques greniers à
colombage délabrés. Des porcs au poil noir et des
poules engourdies y errent dans des venelles étriquées, entre tas de fumier et charrettes à l'abandon.
Le village fut jadis florissant ; sur les berges de la
Freloire, on voit encore les ruines d'un moulin seigneurial, et le vieux pont de la route de Plaisance
dresse toujours son dos d'âne au-dessus de la petite
rivière. Non loin des dernières chaumières, un lam-
beau de brume s'attarde souvent sur l'étang, autrefois
le vivier où les sires d'Esseve venaient approvision-
ner leur table en beaux poissons d'eau douce. On y
pêche toujours des truites argentées, de longues
carpes goûteuses et des brochets abominablement
dentés ; mais voilà des décennies que le plan d'eau
n'a plus été vidé, et le fond s'envase tandis qu'un
tapis d'herbes aquacoles couvre peu à peu sa surface
assoupie.

Une étrange torpeur règne sur le hameau. On s'y
lève plus tard qu'ailleurs, et on s'y couche avant les
poules. Les gens du pays évitent autant que possible
de sortir aux heures incertaines, entre chien et loup,
où la clarté touche à la nuit. Et comme les lisières
enserrent le vallon de toutes parts, le soleil met plus

de temps qu'ailleurs à se hisser au-dessus des collines chevelues, le soir tombe plus vite depuis les sous-bois où il reste embusqué. Le jour est bref, à Noant-le-Vieux. Sans doute cela explique-t-il la décrépitude indolente qui gagne le village, qui circonscrit les champs et les lopins dans un maigre rayon autour des dernières maisons. S'il n'y avait l'étang et son poisson, on vivrait bien chichement dans le hameau.

Pourtant, cette paresse collective a attiré une bénédiction inattendue sur le pays. Est-ce parce qu'elles y travaillent moins qu'ailleurs ? Est-ce parce qu'elles y sont moins exposées au soleil et aux intempéries ? Est-ce parce qu'une bonne fée a élu domicile dans ce vallon endormi ? Les filles de Noant-le-Vieux sont plus jolies les unes que les autres. Grandes et fines, elles ont des poitrines dessinées et fières, des tailles délicieusement déliées, des cous longs et graciles. Les robes modestes et les coiffes rustiques ne suffisent pas à effacer leur grâce innée, une délicatesse inconsciente de jeune biche. D'ailleurs, Noant-le-Vieux est connu dans tous les cantons sud de la Marche Franche pour la beauté de ses filles. On vient parfois de loin dans l'espoir d'une bonne fortune, aventure ou mariage. Au village, tant qu'il n'y a pas d'histoires trop lestes, on est plutôt fier de cette attraction. Cela permet de voir un peu de monde, dans cette région perdue.

Alors, comme les filles sont jolies, on leur donne des noms pleins de séduction. Elles s'appellent Élianor, Armide ou Passerose ; sur les chemins crevés de flaques, on croise des Flore, des Lutisse et des Aëlis. Certains noms anciens, mais remplis d'un charme désuet, sautent les générations de grand-mère en petite fille, comme Carélia, Aiglante et Bellissente ; il est d'autres prénoms dont une reine pourrait s'enorgueillir, des Oriabel, des Roxane ou des Esclarmonde, et que ces simples paysannes portent sans rougir, tant la beauté leur est naturelle.

Toutefois, dans ce répertoire féminin, il est un nom connu de tous, mais qu'on ne donne jamais. C'est un beau nom, pourtant, encore qu'on ne sache plus très bien ce qu'il a pu signifier ; c'est un nom à la fois épuré et aristocratique, qui aurait pu enluminer l'héroïne d'un roman de chevalerie. Peut-être qu'ailleurs, il est des pucelles ou des demoiselles pour le porter. Les malheureuses seraient bien malvenues à Noant-le-Vieux. On s'en écarterait très vite, comme si elles apportaient la lèpre ou le mauvais œil.

Car dans le hameau, depuis huit générations, nulle fille n'a jamais reçu le mystérieux prénom d'Éthaine.

Le plus souvent, c'est dans le clair-obscur des futaies que le drame se noue.

Si les habitants de Noant-le-Vieux le savent, ce sont bien les seuls. Non qu'ils n'aient pas parlé de l'étrange poursuite qui traverse leurs bois ; mais par un bizarre tour du sort, ce sont les seuls à entendre les *appeleurs*. Lorsque les gens des pays voisins font un crochet par le hameau, pour traiter une affaire ou approcher un joli brin de fille, ils ne perçoivent rien. Lorsqu'une petite troupe bien armée de Convoyeurs, les gardes-frontières de la Marche, fait halte au village, ils se moquent de ce conte local. Le gyrovague Phasma, qui rôde d'inquiétante manière dans le canton et qui, quant à lui, accorde crédit aux récits des paysans, le gyrovague lui-même reste sourd aux cris qui roulent derrière les lisières.

Mais pour les gens de Noant-le-Vieux, cela n'a rien d'une légende. Ces appels forcenés, tantôt ténus et lointains, tantôt redoutablement proches, sont une manifestation bien réelle, que tous n'ont entendue que trop souvent. Contrairement à ce que disent les hommes d'armes en riant, les villageois ne se montent pas la tête avec des histoires à dormir debout : à la veillée, on bavarde d'autre chose, on rapporte d'autres contes, mais on évite soigneusement d'aborder le sujet des *appeleurs*. Cela pourrait porter malheur. Cela pourrait les attirer hors du bois ; et si le phénomène est rare, on ne sait que trop qu'il s'est déjà produit. Certains en frissonnent encore. Il n'est vraiment pas besoin d'en parler pour savoir qu'ils existent : tous ont encore leurs longs appels dans l'oreille. Tous, sauf Hunaud le charbonnier, bien sûr, qui est sourd comme un pot. Mais ce qui est arrivé à Hunaud, en définitive, est bien plus effrayant.

C'est dans le clair-obscur que le drame se noue. car les deux ombres qui courent dans le bois ne se manifestent pas n'importe comment. Elles peuvent crier de jour comme de nuit, mais c'est toujours dans une atmosphère crépusculaire et incertaine, un entre-deux aqueux qui plonge le paysage dans une somnolence brouillée. Les jours de grand soleil, les nuits bien noires sont sans danger. Mais que la brume se lève, que la grisaille d'hiver éteigne le jour, qu'une lune blonde épande sa luminosité fantôme dans la

forêt nocturne : alors, collines et coteaux se peuplent
de longs appels rageurs ou implorants, dont les échos
s'étirent dans les halliers et les sous-bois. C'est même
la raison pour laquelle on est couche-tôt et lève-tard,
à Noant-le-Vieux : les *appeleurs* ont les habitudes des
grands prédateurs, ils entrent en chasse dans l'aube
et dans le soir, et l'on préfère alors se claquemurer
chez soi, en évitant de prêter l'oreille à ce qui se
passe dehors. Les imprudents qui manquent à la coutume courent le risque d'être approchés.

Tel fut le cas de Bellissente, celle du Clos Cointet,
dont le lopin donne sur le bois. Un après-midi, elle
s'est attardée dans son alleu : elle voulait finir de
bêcher son carré de raves, elle n'a pas pris garde au
soleil qui baissait, ni aux voisins qui rentraient.
Quand l'ombre des arbres a commencé à assombrir
son jardin et à effleurer ses sabots, elle s'est rendu
compte que le temps avait passé plus vite qu'elle ne
pensait. Mais elle n'avait qu'une rangée à finir, alors
elle est restée encore un peu. Un peu trop. L'*appeleur* se tenait juste derrière la lisière, à moins de vingt
pas. Elle ne l'a pas entendu venir ; c'était sans doute
le jeune, le plus léger, celui que n'accompagne point
le vacarme de la meute. Un frisson l'a prévenue,
comme le coulis malsain que la fièvre vous fait courir
dans les reins, juste avant de vous abattre sous
l'assaut d'une méchante grippe. Et puis le cri a jailli
des feuillages, écorché et brutal, aussi sauvage que la
charge d'une bête blessée. Il a frappé Bellissente de
plein fouet, avec la violence d'une rafale de grésil ; la
malheureuse a cru que son cœur lâchait, tandis que
la bêche lui tombait des mains et que sa peau deve-

nait grenue comme celle d'une oie plumée. Elle a filé sans demander son reste, en abandonnant ses sabots et en retroussant sa robe pour courir plus vite. Mais il est difficile de courir plus vite que le malheur. La nuit même, alors qu'elle tremblait encore d'effroi, elle est tombée malade : un terrible flux d'entrailles, dont on a bien cru qu'il allait l'emporter. Ni son mari, ni ses enfants n'osaient l'approcher, de crainte de prendre le mal sur eux. Finalement, Sisenand, un cousin qui venait aux nouvelles, s'est emporté contre leur couardise et s'est occupé d'elle. Sans doute Bellissente lui doit-elle la vie. Mais le brave homme a été bien mal récompensé : une semaine plus tard, la ruade d'un cheval lui cassait une jambe. Cette année-là, il n'a pu faire la moisson, et depuis, il est resté boiteux.

Il n'y a pas que la maladie et la malchance qui menacent à se frotter de trop près aux *appeleurs*. Il y a aussi une malveillance plus maligne, plus insidieuse, qui a attiré à Noant-le-Vieux un autre oiseau de mauvais augure. Hors du hameau, tout le monde pense que ces histoires sont simples contes. Les Convoyeurs et leur chef, le centenier Gaidéris, se sont déplacés une fois, quand on a cru trouver des cadavres dans la forêt ; mais ils ont fait chou blanc, naturellement, et ils ont menacé de mettre les villageois à l'amende s'ils les dérangeaient une autre fois pour des fariboles. Si les hommes d'armes sont repartis, et s'ils ne repassent que trop épisodiquement à l'occasion de leurs patrouilles, la rumeur a par contre attiré plus durablement un personnage sinistre, le gyrovague Phasma.

Son arrivée a suffi en soi à frapper les esprits. Il n'est pas venu par les chemins du nord, qui courent vers Bourg-Preux ou vers les vignobles de Fraimbois. Il est venu du sud, du cœur de la forêt, par la vieille route de Plaisance, qui n'est plus qu'une sente envahie d'herbes et de feuilles mortes, parfois encombrée d'arbres couchés. C'est un homme livide, émacié, qui flotte dans ses robes sombres et son scapulaire brodé d'ossements. C'est un prêtre du Desséché, le dieu de la morte saison et des défunts, et c'est bien sûr le parfum de mort et de maléfice qui l'a attiré à Noant-le-Vieux.

Le clergé du Desséché est investi d'un sacerdoce funéraire. Ses membres sont chargés de la levée des corps, de leur toilette, de l'embaumement des puissants, de leur mise en terre. La plupart de ses prêtres sont sédentaires, et perpétuent le culte dans les Bosquets du Dieu, qu'il s'agisse de cimetières ruraux ou de nécropoles urbaines. Mais le gyrovague Phasma fait partie des prêtres itinérants : car le clergé du Desséché s'occupe de tous les défunts, y compris de ceux qui trouvent leur fin loin de chez eux, dans la solitude, dans la violence ou dans le dénuement. Les gyrovagues cherchent les morts perdus : les vagabonds gelés dans un fossé, les voyageurs assassinés par des brigands, les noyés charriés par le courant d'une rivière. Si l'on respecte les prêtres du Desséché, on les craint aussi, car ils incarnent la toute-puissance de la mort, car ils sont ceux entre les mains desquels chacun se sait destiné à finir. Les gyrovagues sont les plus redoutés : non seulement ils se chargent des besognes les plus infâmes, des corps les

plus putréfiés, mais il faut bien qu'ils les retrouvent…
Ce sont donc des fureteurs patentes, des bavards
inquisiteurs, des fouineurs indélicats. Pour localiser
une épouse acariâtre murée dans une niche, un nourrisson oublié dans un puits, un marchand qui a trébuché dans un four à chaux, il en faut, de la curiosité
mal placée. Ils s'y entendent donc non seulement à
exhumer les morts faisandés, mais aussi à déterrer les
vieilles histoires, les secrets de famille, les haines ran-
cies. L'ombre des baillis et des échafauds de justice
n'est jamais très loin d'un gyrovague du Desséché.

C'est l'histoire des corps abandonnés dans la
Combe de Tence qui a amené le gyrovague Phasma.
Bien que les hommes d'armes et le centenier Gaidéris
n'y aient rien retrouvé, il est venu quand même, par
acquit de conscience. Lui non plus, il n'a pas découvert de restes humains, mais il a flairé quelque chose
d'anormal. Il s'est incrusté au hameau. On l'a bien
traité, naturellement : mieux valait gagner ses bonnes
grâces plutôt que ses soupçons. Mais c'est un homme
sévère : il se nourrit de peu, et il a refusé toutes les
gourmandises qu'on lui offrait, les fougassines, les
petits pâtés, les civets de lamproie et les anguilles
farcies. Son regard cave restait éteint et terne devant
le sourire des filles, il est vrai un peu contraint. Seul
ce qui se passait dans la forêt lui importait. Les cris
sinistres des sous-bois, qu'on ne lui a pas cachés, ont
éveillé une lueur d'intérêt dans sa pupille pâle. À la
différence des autres étrangers, il n'a pas mis en
doute la parole des paysans.

Il a fait bien pis. Il s'est mis à chercher les *appeleurs*.

Armé d'un solide bâton de marche, de médaillons funèbres et d'un codex de *Litanies*, il s'est enfoncé dans la forêt, il a sillonné les bois en tous sens. Il est retourné dans la Combe de Tence, il a fouillé chaque fossé et chaque fondrière, il a inspecté les terriers, il a battu les ronciers et les taillis. Il a aussi rôdé autour de la cabane désaffectée de Hunaud, dans la clairière charbonnière; il a éparpillé les bûches moisies des stères, il a creusé la cendre du fourneau affaissé, il a fouiné dans la cahute au toit crevé. Il a également gagné les ruines du château d'Esseve, qui sombrent doucement dans un enchevêtrement de lierre, de mûriers, de lianes et de troncs tordus: il a sondé les pavages fendus, il a retourné les éboulis, il a grimpé les escaliers qui débouchent sur le vide, il s'est faufilé sous les voûtes de caves effondrées. Partout, il n'a trouvé que solitude, abandon, torpeur. Silence…

Il est retourné au village. Il avait de nombreuses questions, des questions investigatrices et déplacées, mais posées avec une voix insinuante, une tension insistante, une fébrilité froide auxquelles il était difficile de résister. Il a vite arraché le nom, le nom qu'on ne donne jamais aux filles, le nom qui vient de la forêt. Par bribes, il a obtenu d'autres renseignements: le fait que les *appeleurs* sont deux hommes, le fait que l'un semble plus jeune que l'autre, le fait que le second est accompagné par une meute dont le long aboi hulule sous les futaies comme une toux féroce. Il s'est enquis aussi de ce que les villageois savent sur l'origine du phénomène. Pour la plupart des habitants de Noant-le-Vieux, il y a toujours eu des cris dans la forêt; mais les plus vieux en connaissent un peu plus. Les *appe-*

leurs seraient les anciens sires d'Esseve. Ils cherchent une épouse ou une fille, disparue pendant une chasse qui aurait mal tourné, ou au cours de la retraite terrible après la chute de Plaisance, vers la fin de la guerre. Certains vieux ont même admis que leurs propres anciens, jadis, en savaient plus, qu'il y avait une faute terrible derrière tout ce trouble. Mais la mémoire s'en est perdue : on n'en parlait guère, de crainte d'appeler le malheur sur la communauté, et un jour, le secret s'est éteint avec son dernier dépositaire.

Faute de pouvoir remonter aux origines, le gyrovague Phasma a entrepris de rassembler des témoignages plus récents. Il a rencontré Bellissente et Sisenand, bien sûr, quoique le boiteux n'ait pas été en mesure de lui apprendre grand chose. Mais pardessus tout, il a interrogé des témoins directs. Pas seulement ceux, nombreux, qui ont entendu les *appeleurs* ; mais ceux, beaucoup plus rares, qui les ont vus.

C'est le petit Faron qu'il a d'abord longuement interrogé ; car après tout, c'est Faron qui avait provoqué la venue des Convoyeurs et du gyrovague. Faron est un jeune rustaud de quinze ans pas très dégourdi. Par temps clair, on le charge souvent d'amener les cochons à la glandée. Il rassemble donc les porcs noirs du village et les emmène en forêt. C'est la raison pour laquelle il les guide souvent vers la Combe de Tence : ce coin-là est une grande chênaie, où les bêtes trouvent une pitance abondante. Une fois sur place, il les laisse fouiller les feuilles mortes à leur aise : un cochon, c'est gros et méchant, et ça ne craint guère le loup. Faron se cherche donc un coin confortable où il paresse en attendant l'heure du retour, vers le milieu de l'après-midi, pour être au village bien avant le soir.

Le jour où les choses ont tourné de travers, Faron a commis une imprudence. Dans sa musette, il avait emporté un casse-croûte appétissant, une soringue d'anguilles. Il a fait un petit feu pour réchauffer son poisson, qui a embaumé la chênaie comme l'âtre d'une auberge. Puis, une fois son repas avalé, il a déniché une souche confortable, capitonnée de mousse ; il y a calé son dos, il a étendu ses jambes sur le tapis de feuilles mortes, il a rabattu son chapeau sur son nez, et il a piqué un petit somme... Un petit somme qui s'est transformé en grande sieste.

C'est le vacarme que faisaient les cochons qui a fini par le réveiller. Il était transi : son petit feu était éteint, et une brume humide se condensait à deux ou trois pieds du sol. Il commençait à faire sombre : l'après-midi tirait à sa fin, et Faron a réalisé avec un coup au cœur qu'il s'était trop attardé. Mais dans l'immédiat, c'était l'agitation bruyante des bêtes qui se révélait des plus bizarres. En se relevant, le garçon n'en a vu aucune autour de lui : mais tout le sous-bois résonnait de leurs petits cris porcins, de leurs grognements avides, de leurs reniflements gras. Il s'est dirigé vers la source de toute cette excitation. Les cochons s'étaient rassemblés en un groupe compact, à deux cents pas. Ils se bousculaient avec goinfrerie, comme autour d'une auge ; mais l'auge, ici, était une bouillie sanglante. Faron a compris qu'ils avaient trouvé une charogne, peut-être même plusieurs. Toutefois, ce n'est qu'en arrivant juste derrière les porcs qu'il a aperçu, sous les oreilles frétillantes et les groins maculés, un visage livide qui fixait le ciel. Les charognes étaient des hommes.

Faron prétend avoir tenté de rassembler les bêtes avant de revenir au hameau ; mais la plupart des gens de Noant-le-Vieux en doutent. Ce soir-là, il est rentré ventre à terre, blanc comme un linge, complètement paniqué. Et seul. C'est Thibert, le pêcheur, qui l'a vu le premier sortir du bois, et qui a eu bien du mal à le calmer. L'affaire a secoué tout le village. Les corps dans la forêt, bien sûr, ça vous donnait froid dans le dos ; mais après tout, il pouvait s'agir de voyageurs assassinés par des voleurs. Le plus terrible, c'était d'avoir laissé les cochons dans le bois, avec le soir qui tombait. C'est qu'il s'agit d'une vraie richesse, un cochon. Cela représente quasiment toute la viande d'une année pour un foyer : si le cochon meurt ou disparaît, c'est l'assurance d'un hiver de disette pour toute une famille. Alors, malgré la nuit qui tombait, malgré la peur des *appeleurs*, les gars les plus courageux ont décidé de se regrouper et d'aller chercher les bêtes. Il y avait là Thibert, Éloi le maréchal-ferrant, le gros Macle, les frères Garin, et le courageux Sisenand, malgré sa jambe folle. Ils ont proposé à Hunaud de les accompagner, car Hunaud est fort et il connaît les bois comme sa poche ; mais Hunaud a fait mine de ne pas comprendre. Le charbonnier est certes sourd, mais on a bien saisi qu'il ne voulait pas y aller, surtout avec la montée des ombres. Depuis ce qui lui est arrivé dans sa clairière, Hunaud refuse obstinément de retourner dans la forêt.

Ils n'étaient pas fiers, les six paysans, quand ils ont franchi la lisière où le crépuscule tendait déjà ses grandes draperies obscures. Ils restaient collés les uns aux autres, aux aguets comme le chevreuil qui a senti l'odeur du loup. À la nuit presque close, ils ont atteint la Combe de Tence. Ils ont bien retrouvé les cendres du feu de Faron, et même la musette que le jeune gars, dans sa frayeur, avait oubliée. Mais ils n'ont découvert nulle trace des corps, ni des cochons. Il aurait fait jour, ils auraient bien appelé les bêtes ; mais le sous-bois sombrait dans une grisaille uniforme, la brume gagnait en densité, et ils craignaient trop que quelqu'un *réponde* à leurs cris. Ils ont décidé de battre retraite vers le village, et de reprendre les recherches le lendemain, tout en faisant appel aux hommes d'armes.

Mais le lendemain, les paysans pas plus que les Convoyeurs n'ont trouvé trace des cadavres. Certes, les porcs sont voraces, mais l'humus du sous-bois était vierge de sang. Le centenier Gaidéris, qui s'était déplacé en personne depuis Bourg-Preux, était furieux. Selon lui, on avait monté en épingle les sornettes d'un petit benêt, qui avait inventé cette histoire pour essayer de se couvrir, après avoir perdu les cochons à cause d'une trop longue sieste. Au moins les hommes d'armes ont-ils aidé à rassembler les bêtes, qui s'étaient éparpillées un peu partout. Mais la récupération du cheptel n'a guère soulagé les villageois : un bon tiers des porcs étaient malades. Des goitres boursouflés déformaient leur cou épais, et ils haletaient en roulant des yeux blancs, comme s'ils étaient sur le point d'étouffer. Le centenier Gaidéris avait déjà vu ces symptômes dans d'autres villages, et il a reconnu le mal. C'était une fièvre charbonneuse. Les bêtes allaient mourir sous quelques jours : une fois qu'elles seraient crevées, elles lâcheraient un sang infect par la gueule, par la vulve, par l'anus, et elles contamineraient les autres animaux, vaches et chevaux compris. Les hommes qui mangeraient leur viande, ou les hommes qui toucheraient simplement ces charognes, connaîtraient le même sort. Alors, il a ordonné qu'on abatte de suite les porcs malades, et il a fait brûler les carcasses par ses gens. Tout le village en a été empuanti ; et finalement, l'hiver s'est annoncé maigre pour pas mal de monde, à Noant-le-Vieux.

Ce qui intéressait le plus le gyrovague Phasma, quand il a ensuite interrogé Faron, c'était ce que le jeune gars avait vu sous les cochons. Malheureusement, le rustaud avait eu si peur qu'il n'avait pas pris le temps d'observer quoi que ce soit. Il prétendait avoir battu les bêtes pour les éloigner, mais son regard fuyant contredisait ses paroles, avouait malgré lui qu'il avait détalé sans attendre. À force de questions patientes, le prêtre est néanmoins parvenu à lui extorquer quelques bribes d'information. L'un des deux cadavres était déjà trop abîmé pour être identifiable, mais Faron était sûr d'une chose : il ne connaissait pas celui dont il avait vu le visage. Ce mort-là avait une plaie bien nette qui lui ouvrait la gorge, trop propre pour avoir été faite par les porcs : on l'avait donc probablement tué au couteau. Un autre détail a fini par revenir à l'esprit du garçon : abandonnée dans les feuilles mortes, il y avait une arme non loin des corps. Une lance courte au fer trapu, dotée de butoirs. Il l'avait presque oubliée parce que cela ne l'avait pas choqué comme la découverte des dépouilles. Et puis parce que l'épieu, pas plus que les corps, n'avait été retrouvé par la suite.

Il n'y avait guère à tirer de Faron, qui n'est pas une lumière. En revanche, le gyrovague a obtenu bien plus du témoin suivant. Et pour cause : il s'agit de la vieille Arsinoé, une fine mouche, celle-là, et bien appréciée par le voisinage. C'est la guérisseuse du hameau, et c'est aussi une sage-femme pleine d'expérience. Bien sûr, son histoire dans les bois ne l'a pas épargnée, elle en est restée un brin toquée. C'est une folie douce qui surprend un peu, mais qui n'a vraiment rien de méchant, et même qui fait gentiment rire : Arsinoé est devenue une maniaque de la propreté. Elle fait une toilette trois à quatre fois par jour, et elle passe son temps au lavoir, à lessiver ses vêtements. Elle s'obstine à le faire quotidiennement, même en plein hiver, quand il faut casser une pellicule de glace à la surface des puits et du bassin. C'est un peu inquiétant pour elle, quand même : ses mains sont dévorées de crevasses et d'engelures, et une mauvaise toux la secoue à tout bout de champ, qui lui imprime de grandes cernes. Souvent, alors qu'elle bavarde tout à fait normalement avec des voisins, elle se rapproche sans prévenir d'un causeur, presque à le toucher ; et avec une lueur inquiète au fond de l'œil, elle chuchote : «Tu sens quelque chose ? Dis-moi, je sens quelque chose ?»

Arsinoé est pourtant loin d'être une étourdie. Elle a de la jugeote, elle a toujours montré une grande prudence vis-à-vis de la forêt : ce n'est pas elle qui aurait commis la bévue d'un Faron ; ce n'est pas elle qui se serait attardée dans son jardin, comme Bellissente, à l'approche du soir. Ce qui lui est arrivé est d'autant plus injuste.

Elle s'y connaît en herbes médicinales, Arsinoé. Elle n'a pas son pareil pour fabriquer poudres, cataplasmes, tisanes et décoctions. Mais il faut bien qu'elle aille par les prés et par les bois pour faire sa cueillette, et c'est ainsi que son aventure lui est arrivée. C'était un jour d'été. Elle est sortie par une matinée superbe : cela faisait deux semaines qu'il faisait un soleil éclatant, et une telle chaleur qu'on recherchait les coins d'ombre ou les berges fraîches de la rivière et de l'étang. Au-dessus des toits et des arbres, le ciel était d'un azur violent, que la chaleur éclaircissait un peu en une nébulosité plus pâle sur les lointains. L'ombre dans les sous-bois restait légère et accueillante, emplie de luminosité verte ; le soleil déferlait à torrent dans l'échancrure des feuillages, brillait dans la trouée des chemins, mouchetait les fougères d'éclats dorés. Une bien belle journée, en vérité, où l'on n'avait rien à craindre dans la forêt.

Arsinoé vaguait donc tranquillement, concentrée sur la flore. Elle marchait sans se hâter, un peu courbée, obliquait de-ci, de-là, et son œil exercé identifiait les espèces à la forme des feuilles, à la taille des tiges et des pédoncules, à la couleur des pétales, des styles

et des étamines. Elle se gardait d'arracher les racines
en cueillant les plantes, sauf lorsqu'elles présentaient
une vertu spécifique ; et elle ne prélevait qu'un pied
sur deux ou trois, pour garantir les floraisons futures.
Elle avait déjà une jolie gerbe d'achillées à fleurs
blanches posée sur la pliure du bras, et tenait à la
main un bouquet plus petit de bleuets, d'aigremoines
et de germandrées. Son parcours sinueux et lent a
fini par l'amener assez profondément dans le bois.
Elle a commencé à avoir très chaud, même à l'ombre
des arbres : le soleil se faisait de plomb, l'atmosphère
étouffante, Arsinoé sentait la sueur perler sur son
front et couler sur ses aisselles. C'est alors que le
tonnerre a grondé dans les lointains, presque doucement.

   La guérisseuse a relevé le nez, pour flairer le fond
de l'air. Elle a réalisé qu'elle était plus éloignée du
village qu'elle ne le pensait. À ce moment, une
rumeur sourde est née au fond de la forêt, a fait
frémir les frondaisons en un long murmure grave, et
un coup de vent tiède a giflé Arsinoé, porteur d'un
parfum d'orage. Il ne lui en fallait pas plus pour la
décider à rentrer : elle a fait demi-tour et elle est
partie d'un bon pas. Autour d'elle, des souffles
brusques agitaient maintenant les arbustes et les fougères, inclinaient les arbres avec une majesté roide.
Elle n'avait pas fait trente toises que la lumière se
décomposait déjà, gagnait une nuance vitreuse et
maladive, ces teintes jaunâtres chargées de menace
de grêle. Et puis la pénombre a chu d'un coup, sans
transition : les dernières couleurs se sont fanées en
un instant, tandis qu'un crépuscule presque surnatu-

rel tombait sur le bois. Le tonnerre a craqué derechef, pas trop proche encore, mais tendu d'une violence mal contenue.

Cependant, il y avait pire. Arsinoé n'en était pas
certaine, mais il lui avait bien semblé percevoir un
aboiement féroce au fond des bois, à moitié couvert
par le grondement de l'orage. Bien sûr, elle avait
peut-être mal entendu. Bien sûr, il s'agissait peut-
être des chiens du village, qui donnaient de la voix à
l'approche de la tourmente. Elle tentait de se rassurer
comme elle le pouvait, mais elle ne savait que trop
que le village était devant elle, et que la bête qui avait
crié était derrière elle. Et cette lumière morte qui
l'entourait maintenant, trouble comme une eau sta-
gnante, semblait remonter d'une époque enfouie où
palpitaient encore des choses éteintes. Elle a serré ses
fleurs contre elle, elle a un peu relevé ses jupes, et
malgré ses jambes qui ne sont plus très jeunes, elle
s'est mise à trotter.

La forêt n'en finissait pas de s'assombrir, Arsinoé
avait l'impression qu'il n'y avait pas de terme à la
plongée dans l'obscur. Les premières gouttes ont
claqué comme si un insensé avait jeté des deniers
d'argent à pleines poignées dans le sous-bois. Espacées encore, elles ont picoré lourdement la végétation, animé les feuillages d'une vie désaccordée, à
contretemps des longs balancements du vent. Parfois,
un éclair jetait une lumière blanc cru qui élargissait
démesurément les futaies ; puis, quand le noir retombait, le ciel tout entier semblait se disloquer à grand
fracas. Cette fois, c'est une voix d'homme qu'Arsinoé
a cru entendre entremêlée au tonnerre. Elle n'est

plus parvenue à museler sa peur, elle s'est mise à courir.

Un bruissement ample, démesuré, a remonté les bois dans son dos. Soudain, les arbres autour d'elle se sont ébroués dans un frémissement rageur, et une pluie diluvienne s'est déversée. En moins de temps qu'il n'en faut pour le dire, la guérisseuse s'est retrouvée trempée et transie. Le déluge croulait en trombes épaisses, des gouttières giclaient à jets continus du faîte des branches, l'eau rejaillissait en une écume frénétique sur le sol, où couraient déjà mille rigoles, ou gonflaient des mares bouillonnantes. Arsinoé a dû ralentir : elle y voyait mal dans la bourrasque, elle se sentait transpercée jusqu'aux os, l'étoffe gorgée de sa robe entravait ses cuisses. Assourdie, à moitié aveuglée, elle n'a deviné un mouvement anormal qu'au dernier moment. Sur sa gauche, une forme indistincte galopait à travers les broussailles fouettées par la tempête. Cela se déplaçait un peu bizarrement, mais très vite ; cela coupait les bois en oblique, et cela allait franchir le sentier devant elle, peut-être à une dizaine de pas. La lueur fugace d'un éclair a découpé la silhouette d'un homme qui bondissait avec la vivacité d'une bête sauvage, la tête couverte d'un capuchon et le manteau grotesquement dressé en arrière sur le fourreau d'une épée. Il a failli traverser le chemin d'une traite, et se perdre dans la futaie comme il était apparu.

Mais l'éclair a aussi dévoilé Arsinoé.

Le coureur a dérapé brutalement, accrochant un tronc pour pivoter dans son élan, et il est revenu se planter devant la guérisseuse, à moins de cinq toises.

Elle s'est arrêtée net, toute frissonnante de froid. L'homme est resté immobile devant la pauvre femme, pendant un moment qui lui a paru interminable : il reprenait son souffle, elle voyait nettement son torse soulevé par une respiration puissante ; et pourtant, les inspirations de l'inconnu chuintaient de façon pénible, avec le sifflement éraillé qui encombre une trachée tuberculeuse. Sous le manteau et le capuchon, Arsinoé ne distinguait pas grand-chose, sinon l'étui de l'épée, des bottes usées jusqu'à la trame, et l'éclat saugrenu d'un unique éperon d'or. La silhouette masculine était bien plus grande qu'Arsinoé, mais elle lui a semblé aussi très frêle. L'inconnu ruisselait littéralement, comme s'il venait d'émerger d'un cuveau : peut-être ses vêtements gorgés, qui lui adhéraient au corps, accentuaient-ils l'impression de maigreur.

L'homme a fini par prendre la parole, sur un ton presque trop bas dans les grondements de la pluie et du tonnerre.

« Le bonjour, la vieille... Dis-moi, as-tu vu dame Éthaine dans ce bois ? »

Il avait parlé avec autorité, mais il avait la voix complètement enrouée, si cassée qu'il semblait à deux doigts de devenir aphone. Arsinoé s'est mise à trembler comme une feuille. Elle a serré absurdement ses bouquets détrempés contre sa poitrine. Elle n'avait même pas la force de tourner les talons et de fuir. De toute façon, ça ne l'aurait pas menée bien loin ; elle ne pourrait courir ni très vite, ni très longtemps. Elle est demeurée tétanisée et coite, sans même trouver la force de détourner le regard.

« Allons, allons, la vieille, a marmonné l'*appeleur*, je ne t'ai pas posé une question bien compliquée. »

D'ordinaire, Arsinoé n'a pas sa langue dans sa poche : mais la frayeur ou quelque tortueux maléfice la privait de tous ses moyens. Et comme si l'orage n'avait pas encore épuisé toute sa violence, voici qu'un nouveau vacarme secouait la forêt essorée : un crépitement régulier, dru, rageur. La guérisseuse a vu quelques jolis petits cailloux blancs rebondir sur le sol, se nicher dans les plis de la cape de l'*appeleur* ; elle-même a été heurtée par ce qui ressemblait à des gravillons. . À peine le temps de réaliser ce que c'était, et la grêle s'abattait avec furie, hachait les feuillages, lapidait rudement Arsinoé, couvrait l'humus et les feuilles mortes d'un névé cristallin. Instinctivement, bêtement, la guérisseuse a pensé aux champs et aux vergers, à la catastrophe qui menaçait le village, et elle n'a toujours pas répondu à l'homme sombre devant elle, qui disparaissait à moitié dans la bour rasque de glace.

Alors l'*appeleur* s'est avancé. Ses bottes ont fait craquer le tapis de grêlons, et il s'est dressé devant Arsinoé, proche à la toucher. Il avait des vêtements aristocratiques, ornés de broderies, à la coupe élégante ; mais ils semblaient épouvantablement vieux et miteux. Le soleil et les intempéries en avaient terni les couleurs, leur seul lustre provenait d'une usure ancienne. La broche qui fermait la cape, les boucles du baudrier craquelé étaient piquées par la corrosion. Bien qu'il l'ait dominée de toute sa taille, Arsinoé distinguait mal le visage de l'homme sous le capuchon. Elle a deviné de longues mèches dégoulinantes et noires, un menton prognathe, des lèvres gercées, des joues creuses où une barbe sale tranchait sur l'épiderme livide. Et pourtant, à la grande horreur de la guérisseuse, il s'est penché sur elle, comme s'il voulait l'embrasser ou la mordre. Mais il s'est arrêté au dernier moment. Arsinoé a pu distinguer l'arête d'un nez pincé et maigre, au bout duquel l'orage faisait couler un mince filet d'eau.

L'*appeleur* a flairé la guérisseuse, à longues inspirations sifflantes. Juste devant ses yeux, elle a vu les lèvres crevassées ébaucher un sourire cruel, dévoiler des incisives longues et jaunes. Et il lui a dit, très doucement, quelque chose qui l'a glacée bien plus profondément que les giboulées de grêle.

« Tu me caches quelque chose, la vieille. Tu sais très bien où se trouve dame Éthaine : je sens son parfum sur toi, son parfum secret. Dis-moi où elle est, et je ne te ferai pas de mal. »

Tout en parlant, il a écarté les pans effrangés de son manteau, pour dégager la poignée d'une vieille épée. Ses mains flottaient un peu dans des gants de cuir trop large, des gants sur lesquels la pluie diluait du sang frais en filaments rosâtres. Arsinoé s'est mise à claquer des dents, ce qui ne lui simplifiait pas les choses pour faire la conversation.

« Tu ne m'as pas entendu ? Tu es peut-être sourde, la vieille ? Peut-être faut-il crier pour que tu comprennes ? »

Et l'*appeleur* a alors pris son souffle. Il a ouvert la bouche, un orifice béant et noir, large comme un puits, comme une fosse, comme une tombe désertée. Il a hurlé à la face d'Arsinoé un maelström de désolation, et le monde s'est déchiré dans une insoutenable lumière, tandis qu'un arbre de feu fendait le ciel et le chêne juste dans le dos du monstre. L'impact a traversé Arsinoé comme si son corps n'était que fumée, et dans un silence soudainement absolu, plusieurs branches maîtresses, déchiquetées, se sont abattues avec lenteur autour d'elle.

Arsinoé n'a pas souvenir de ce qui s'est passé ensuite. On l'a retrouvée à la fin de l'orage, grelottant non loin de l'étang ; elle avait les sourcils et les mèches roussis. Elle ne se rappelle pas comment elle est arrivée là, elle ne se souvient même pas de la façon dont ses voisins l'ont ramenée chez elle. Il lui a fallu plusieurs jours pour recouvrer ses esprits, raconte-t-on au village. Mais dès le lendemain de son aventure, encore mutique et hagarde, elle avait mis la main sur un savon et sur une pierre ponce, et penchée sur un seau d'eau de pluie, elle se frottait, elle se frottait, à s'en écorcher.

Le troisième témoin que le gyrovague Phasma a mis à contribution, c'est bien sûr Hunaud, le charbonnier. Ça ne s'annonçait pas facile. Hunaud ne tient pas à raconter ce qui lui est arrivé ; il est fort comme un ours, les cicatrices affreuses qui boursouflent sa trogne pelée le rendent hideux, et seul un prêtre du Desséché pouvait trouver l'aplomb de lui tenir tête. Et puis Hunaud est sourd : certes, il lit un peu sur les lèvres, mais il ne comprend que ce qui l'arrange. Parler des *appeleurs*, ça ne l'arrangeait pas du tout. Pourtant, le gyrovague a trouvé un moyen assez simple de dépasser les réticences du charbonnier. Il lui a rapporté ses outils, qui prenaient la rouille depuis près de quatre ans dans la forêt. Quand il a vu ses pelles, ses pics et ses cognées, Hunaud a eu un grand frisson, et ses yeux sont devenus humides. Il a refusé de récupérer ses biens, quoique des outils de fer soient un vrai trésor pour un paysan, mais il a accepté de confier son histoire.

C'est la maladie qui a fait de Hunaud un être à part. S'il est capable de parler, c'est parce qu'il n'est pas né infirme. Mais dans son enfance, il endurait souvent de violents maux d'oreille, il est même arrivé qu'on lui en retire du pus. À seize ans, il était sourd comme un pot. La perte de l'ouïe, c'était embêtant : faute d'entendre ce qui se passait autour de lui, il risquait des accidents. Mais ce dont il souffrait le plus, c'était de se sentir mis à l'écart. Au village, on ne lui parlait guère, même si on s'amusait beaucoup sur son dos. Il y avait toujours des commères pour dire à haute voix des méchancetés en sa présence, qui provoquaient des fous rires auxquels il ne comprenait goutte. Vingt fois par jour, des plaisantins le surprenaient par-derrière. Cela semblait innocent aux gens du hameau, mais cela entretenait chez lui une aigreur permanente. Souvent, il avait des réactions violentes ; comme il était costaud et qu'il tapait dur, sa réputation en a vite pâti. Il est devenu un mouton noir.

La forêt, pour lui, représentait un refuge. Une fois qu'il s'était enfoncé assez profondément dans les bois, il était à peu près sûr d'y être tranquille. Tout particulièrement tôt le matin, et tard le soir, quand tous les autres villageois restaient enfermés dans leurs chaumines. Il y avait bien des bêtes sauvages, mais Hunaud est fort, et il ne s'en inquiétait guère. Il y avait bien les *appeleurs*, mais Hunaud n'entend rien, alors au bout de quelques années, ils ont purement et simplement cessé d'exister pour lui. Les *appeleurs*, c'étaient des croquemitaines pour les autres, les entendants, mais pas pour lui. La peur est partie progressivement, presque en catimini : et quand il a enfin réalisé qu'il n'avait plus aucune crainte dans la forêt, il est alors devenu un autre homme. Et même, à sa façon modeste, un homme qui a réussi.

Depuis plusieurs générations, il n'y avait plus de charbonnier à Noant-le-Vieux. La raison en était simple : le charbon de bois, ça se cuit en forêt, dans des clairières charbonnières. Et un fourneau, ça brûle trois semaines sans discontinuer, trois semaines qui nécessitent une surveillance constante, nuit et jour. Personne, au village, ne serait resté dehors à l'approche du crépuscule : le métier était donc devenu impossible, et le maréchal-ferrant faisait venir son charbon des pays voisins, à grands frais. Quand Hunaud a réalisé qu'il était devenu insensible à la peur de la forêt, il a trouvé sa voie. Il serait charbonnier : cela lui permettrait de vivre tranquillement, en solitaire, et en gagnant bien sa vie, car tout le village dépendrait de son charbon.

Il s'est construit une existence rude et sauvage, mais qui lui apportait une véritable plénitude. Le charbonnage, c'est un sacré métier, qui nécessite patience, énergie, obstination. Hunaud s'est aménagé une clairière en plein bois, sur un terrain qu'il a fallu ouvrir, essoucher et aplanir. Le charbonnage, c'est aussi tout un art. Il faut d'abord choisir les arbres de coupe, pas n'importe lesquels : le sapin et le mélèze ont un faible rendement, c'est le chêne et le hêtre qui donnent le meilleur charbon. Il faut abattre les arbres, les laisser reposer une quinzaine pour qu'ils commencent à sécher, puis il faut les débiter en bûches, qu'on rapporte sur la charbonnière ; et quand vous êtes seul à la tâche, ça n'est pas une mince affaire. Après, on dresse la meule : quatre grands rondins au centre, posés verticaux pour délimiter le puits de chauffe. Tout autour, on range les bûches sur quatre couches superposées, en pyramide, jusqu'à la hauteur d'un homme et demi. On habille ensuite la meule d'un double manteau protecteur, des feuilles sèches d'abord, puis de la terre mêlée de cendre. Quand le fourneau est prêt, on appuie une échelle sur son flanc, pour monter jusqu'à la bouche du puits : on y fourre du petit bois, et on allume. Puis on couvre. Sous les feuilles et la terre, les bûches brûlent alors à l'étouffée, trois grandes semaines. Au charbonnier d'être vigilant sans désemparer, pour que la combustion reste progressive et lente, pour que l'habillage ne crève pas et ne gâche pas le processus par un apport d'air. On ouvre juste dans la couche protectrice des évents, avec le manche d'une pelle ou d'une hache, pour que le feu prenne là où on entend le diriger. Après presque un mois, le fourneau se tasse, et quand il est refroidi, le charbonnier en ouvre la croûte pour recueillir une belle pierre friable, aux reflets bleu acier.

C'est un bien rude métier, mais il a rendu Hunaud heureux pendant de longues années. Lui qui était déjà costaud, le bûcheronnage en a fait un véritable colosse. Les longues veilles près du fourneau lui ont appris toutes les nuances des heures, des saisons et des lumières. La connaissance intime qu'il a acquise du bois, de l'air et du feu ont réveillé chez lui une sensibilité que la surdité et les mauvais traitements avaient émoussée. Car le feu est une fête pour les sens, même si l'un d'eux fait défaut. Hunaud s'est initié à la beauté changeante des fumées, épaisses et bleues quand le bois perd son eau, puis translucides et légères quand il se métamorphose en charbon ; Hunaud s'est longuement grisé des arômes dégagés par le fourneau, l'odeur poussiéreuse de terre brûlée, le parfum des feuillages grillés, le bouquet chaleureux du bois consumé à petit feu ; Hunaud s'est offert avec délice au rayonnement doux et puissant, à la caresse ondoyante des soupirs chauds et des haleines incandescentes. Une fois achevé le rude labeur de la construction de la meule, c'était pour lui le début d'une longue féerie secrète, l'ouverture d'un bal lent où Hunaud s'enchantait de sa propre magie.

Quand il est parti s'installer dans les bois, les gens du hameau ont pensé qu'il était fou. Les plus sages ont éprouvé quelques remords pour toutes les petites misères infligées au sourd ; les plus insouciants ont moqué la bêtise du gaillard, et prédit qu'il rentrerait bien vite, l'*oreille basse*. Mais Hunaud a trompé toutes les craintes et toutes les prévisions. Il n'est pas revenu au village, sinon à l'occasion, pour troquer son charbon. Lui qui était naguère tourmenté et hargneux, il paraissait maintenant assuré et placide. Il a gagné l'estime de certains, en particulier celle d'Éloi, le maréchal-ferrant, qui est devenu son principal client. Si quelqu'un poussait jusqu'à sa charbonnière, il offrait une hospitalité silencieuse et simple. Les patrouilles de Convoyeurs ont pris l'habitude de faire une pause dans sa clairière, et il leur donnait toujours un coup à boire, une tranche de lard sur du pain. À Noant-le-Vieux, on s'est accoutumé à sa présence dans la forêt. Insensiblement, son statut a glissé ; ses longues absences, ses apparitions imprévues, sa stature puissante, son visage et ses vêtements noirs de suie ont fini par en faire un personnage un peu inquiétant, un homme des bois qui tutoyait le surnaturel. Quand il venait se ravitailler au village, il y avait toujours un curieux pour lui demander : « Et les *appeleurs* ? Ils ne te font pas de la misère ? » Mais la plupart du temps, il n'entendait même pas la question. Quand il comprenait, il haussait une épaule, et parfois il grognait : « Tout ça, c'est des contes », ou encore : « Dans le bois, il n'y a que ce qu'on y met. » Au bout de dix ans, on a admis que la surdité du charbonnier lui avait conféré un don : comme les étrangers, il était protégé.

Et puis il y a eu une nuit d'hiver, une nuit qui a tout changé. Celle où Hunaud a invité un *appeleur* à partager son feu.

C'est arrivé au cœur de la mauvaise saison. C'était une nuit claire : la neige, dans les sous-bois, réverbérait faiblement un mince croissant de lune. Il gelait à pierre fendre : un froid vif, chargé de rasoirs, qui faisait miroiter la neige comme une poussière de perles. Malgré l'atmosphère glaciale et l'heure tardive, Hunaud était dehors. Il était assis sur le seuil de sa cabane, devant un petit feu de copeaux. Une quinzaine de pas devant lui, le fourneau haussait sa masse sombre dans la nuit cristalline : la meule en était à sa troisième semaine de combustion, et le charbonnier devait veiller à ce qu'aucun tassement ne provoque un appel d'air. Hunaud ne souffrait pas de l'atmosphère coupante : il était emmitouflé dans plusieurs épaisseurs de vêtements, il avait jeté une peau de mouton sur son dos. De plus, le rayonnement du fourneau avait fait fondre la neige dans la clairière, une zone de tiédeur obscure dans la pâleur de la forêt givrée.

Pour s'occuper l'esprit et l'estomac, Hunaud réchauffait un chaudumel de brochet. Il était en train d'arroser la belle chair du poisson sur son vieux poêlon quand il a aperçu un mouvement furtif à la lisière. C'était une bête, cela ressemblait à un loup, sans doute attiré par le fumet de cuisine. Il a ramassé un brandon, il s'est levé et a lancé le projectile enflammé pour chasser l'intrus. La flamme, en traversant les airs, a brièvement éclairé d'autres silhouettes. D'autres animaux, deux ou trois ; et puis au milieu, un homme

Cela l'a brièvement inquiété, Hunaud, cette apparition. Une rencontre nocturne dans les bois, ça réveille toujours une appréhension particulière, qu'on ne devinait pas tapie si profondément. D'un autre côté, le charbonnier est pétri de bon sens : si un voyageur avait été surpris par la nuit dans la forêt, il était normal qu'il ait été attiré par sa clairière, le seul endroit où l'on voyait du feu à des lieues à la ronde. Et si c'était un braconnier ou un truand, il valait mieux que Hunaud l'ait sous les yeux, dans la lumière, plutôt que de le laisser rôder dans les ombres ; alors, après avoir vérifié d'un coup d'œil que sa cognée était à portée de main, il a invité l'inconnu à approcher, d'un grand geste, puis il s'est réinstallé pesamment.

Dans la pénombre de la lisière, le visiteur a paru hésiter, comme s'il était pris de court. Puis il s'est avancé d'un pas rapide, escorté par les formes dansantes de grands chiens efflanqués. Hunaud a bien noté que l'objet tenu à la main par l'inconnu n'était pas un bâton de marche, mais un épieu ; toutefois, il a fait celui qui n'avait rien vu. Quand l'homme est entré dans la lueur de son petit foyer, il lui a fait signe de prendre place devant lui. Une fois de plus, l'étranger a marqué un temps d'arrêt, presque décontenancé ; puis, prenant appui sur la hampe de son arme, il s'est assis. Dans son mouvement, il a posé une main sur un genou, comme si l'articulation lui faisait mal. Le feu a accroché un reflet brillant sur une grosse bague.

L'homme était large, presque aussi fort que Hunaud, qui a pourtant une sacrée carrure. Il portait une tunique matelassée qui avait connu des jours meilleurs. Cela devait faire un moment qu'il cheminait dans le froid : ses cheveux, ses sourcils et sa barbe étaient festonnés de givre, et ses lèvres, dépourvues de couleur, étaient douloureusement gercées. Les chiens, restés debout et défiants, étaient des animaux de race ; mais Hunaud les a jugés bien mal en point. Ils haletaient péniblement, leur pelage mité battant des flancs étiques, où l'on pouvait compter les côtes. Et tous ne s'étaient pas approchés avec leur maître ; Hunaud en devinait toujours un à la lisière, qui humait de loin les odeurs de cuisine, avec un air faux. Le charbonnier a tiré son couteau et a coupé la belle chair du brochet en deux parts.

« Tu veux du poisson ? a-t-il dit en tendant le poêlon à son visiteur. Sers-toi. »

Mais l'homme a refusé d'un geste brusque, qui a failli renverser le plat. Les bêtes, surprises, ont sursauté et brièvement montré les dents. Un frisson étrange, porteur d'une inquiétude impalpable, a traversé toute la clairière ; et le charbonnier a réalisé qu'il y avait encore d'autres chiens plus loin sous les arbres, car plusieurs prunelles phosphorescentes ont scintillé dans le bois. Toutefois, c'est le refus de son hôte qui a le plus choqué Hunaud. D'abord, c'était incroyablement grossier. Et puis surtout, c'était incompréhensible. Le voyageur était visiblement gelé, il avait besoin d'un bon plat chaud ; il aurait dû accepter avec reconnaissance le mets appétissant qu'on lui offrait. Au lieu de cela, l'homme se mettait à parler, peut-être pour s'expliquer.

« J'entends pas, a grogné Hunaud. Je suis sourd. »

L'autre n'en a pas moins continué à discourir, comme si lui aussi était incapable d'entendre ce qu'on lui disait. Le charbonnier a essayé de le comprendre, en fixant ses lèvres ; mais il ne saisissait que des bribes. Toutefois, le peu qu'il devinait ne lui plaisait guère. L'homme s'exprimait vite, avec une rage contenue. Il y avait des insultes qui hachaient le fil de son discours, « gueuse », « rouée », « félon », « bâtard ». Et puis des choses sinistres, comme « trahison », « perdu », « tuer mes gens ». Une expression revenait sans cesse sur les lèvres crevassées, mais Hunaud ne parvenait pas à

distinguer si l'étranger prononçait « ma femme » ou
« ma fille ». Le charbonnier sentait croître en lui un
malaise insidieux, entretenu par le propos haineux
qu'il ne parvenait pas à suivre, mais aussi par autre
chose, par l'intuition d'une anomalie chez son interlo-
cuteur.

L'homme avait un certain âge ; le givre qui héris-
sait sa barbe et ses cheveux ne tranchait guère sur son
crin argenté. Le petit feu, qui l'éclairait par-dessous,
étirait les rides amères nées de la commissure de ses
narines, arrondissait ses pommettes hâves, noyait son
regard dans deux poches d'obscurité jumelles. Quand
il avait repoussé le poisson, Hunaud avait eu l'attention accrochée par ses mains : longues et maigres, aux
ongles crasseux, peut-être noircies d'engelures. Tout
cela, toutefois, ne permettait pas à Hunaud de comprendre le sentiment glaçant qui lui poignait maintenant le cœur. Il y avait quelque chose de terriblement
inquiétant, là, sous son nez, et il ne parvenait pas à
l'identifier. Peut-être n'était-ce pas le visiteur par lui-
même, mais ses chiens. Hunaud était distrait par les
mouvements de plus en plus visibles qui animaient la
lisière. De minute en minute, de nouvelles bêtes
émergeaient d'entre les arbres, osseuses et furtives,
toujours plus nombreuses, et bientôt le charbonnier
n'arrivait plus à en faire le décompte.

Quand son œil est revenu sur l'inconnu, il avait
complètement perdu le fil de ce que l'autre essayait
de lui dire. L'homme tentait manifestement de lui
faire comprendre quelque chose. Ses gestes saccadés
témoignaient d'une irritation croissante, et il répétait sans cesse le même mot ; mais Hunaud, sur les

lèvres exsangues, ne saisissait qu'un ordre insistant et absurde : «Éteins ! Éteins !» Cela lui semblait d'autant plus stupide que le visiteur commençait seulement à se réchauffer : exposés à la chaleur douce du bivouac, ses vêtements givrés se mettaient à fumer... Et soudain, avec la violence d'une rafale, Hunaud a réalisé ce qui ne collait pas chez l'inconnu. L'homme n'avait pas d'haleine. Voilà un moment qu'il pérorait dans l'air mordant d'une nuit d'hiver, et voici même qu'il semblait bien se mettre à crier : pourtant nulle buée, nulle fumerole fantasque ne s'exhalait de cette bouche gercée. Si l'homme respirait, son souffle devait être froid comme le vent glacé qui court entre les étoiles. Avec une horreur incrédule, presque distanciée, le charbonnier a compris qu'il avait vécu des années dans l'égarement, dans l'illusion de la sécurité. Comme tous les gens de Noant-le-Vieux, il était vulnérable à la malveillance qui hante la forêt, et loin de s'en être protégé, il l'avait méprisée, il l'avait ignorée, au point de commettre l'impensable, au point d'inviter un *appeleur* à partager son propre repas. Car maintenant, il ne comprenait que trop ce que l'être sinistre, accroupi face à lui, n'arrêtait plus de crier. Il n'ordonnait pas : «Éteins ! Éteins !» ; il appelait : «Éthaine ! Éthaine !»

Seulement, Hunaud, c'est un gars à part. Ce n'est pas un freluquet couard comme Faron, ce n'est pas une frêle petite chose comme Arsinoé. Hunaud, c'est une force de la nature, et avec un sale caractère encore. La peur, chez lui, n'était bonne qu'à réveiller la colère.

«Je sais qui tu es, a-t-il grondé. Je veux pas de toi ici. Dégage.»

L'*appeleur* s'est tu, mais sa main décharnée s'est posée sur le manche de l'épieu. Le charbonnier n'en a pas attendu davantage : de toutes ses forces, il a frappé son visiteur en pleine face, avec le poêlon brûlant. L'*appeleur* a été projeté en arrière, la moitié du visage fumant comme une viande trop cuite. Hunaud était encore déséquilibré par le coup qu'il venait de porter quand les chiens ont bondi sur lui. Il est parvenu à parer l'assaut de celui qui visait sa gorge ; mais seulement au prix de son avant-bras, sur lequel une gueule puissante s'est refermée. Un autre a attaqué le ventre : la ceinture du charbonnier l'a un peu protégé, mais il n'en a pas moins senti une douleur aiguë lui accrocher un bourrelet de chair. Un troisième s'est abattu sur son dos, a failli le déséquilibrer dans le feu, a fouillé brutalement de ses crocs la peau de mouton pour lui broyer la nuque.

Hunaud a hurlé en silence dans cette explosion de violence. Il s'est ébroué avec la rage pataude d'un aurochs. À mains nues, il a arraché les bêtes, laissant entre leurs crocs dentelés de longs lambeaux ensanglantés. Il n'a eu que le temps de ramasser sa hache et une poignée de brandons : déjà, il était cerné par une meute d'une dizaine de chiens, et il voyait quantité d'autres silhouettes véloces converger depuis les lisières.

Cela ressemblait à un hallali. Hunaud a compris que sa cognée ne lui serait guère utile, que seul le feu pourrait le protéger. Alors, faisant tournoyer sa torche autour de lui, il s'est rué vers le centre de la

clairière ; en quelques foulées, il a gagné son fourneau. Lâchant son faisceau de branches enflammées,
il a grimpé l'échelle jusqu'au sommet, près de l'ouverture du puits de chauffe. En équilibre instable, il s'est
retourné

Il avait vu juste. Le rayonnement puissant de la
combustion arrêtait les bêtes à quelques pas de la
meule. Il percevait autour de lui un grouillement
menaçant de formes animales, une constellation
méchante de prunelles sulfureuses, et l'éclat terne des
crocs découverts sur des gencives malades. Les ondes
torrides soufflées sous ses pieds agaçaient ses blessures, avivaient la douleur des morsures. Du sang coulait au bout de ses doigts et le long de ses cuisses,
crachait de petites fumerolles lorsqu'il gouttait entre
les barreaux de l'échelle jusqu'à l'habillage du fourneau. Mais c'était dans les mains que se concentrait
toute l'horreur éprouvée par Hunaud : il avait touché
les chiens à paume nue. Il conservait encore l'impression tactile de sacs de peau et d'os, friables comme des
fagots pourris.

Une silhouette humaine s'est dessinée au milieu de
la meute. L'*appeleur* s'était relevé, et avançait sans
hâte vers le fourneau. Il s'est arrêté au pied de
l'échelle ; la fournaise souterraine demeurant obscure, Hunaud ne parvenait plus à distinguer les traits
de l'adversaire. Le charbonnier a brandi sa hache
d'une main, l'autre toujours accrochée à un barreau.
Si le monstre essayait de grimper à son tour, le paysan occupait une position qui, pour instable qu'elle
soit, lui donnait néanmoins l'avantage. Il espérait

qu'il pourrait la tenir, jusqu'à ce que le soleil chasse les ombres.

Mais l'*appeleur* n'a pas essayé de rejoindre Hunaud. Il a patienté une minute, parfaitement immobile, comme s'il évaluait la situation. Puis, le charbonnier a cru voir ses épaules animées par une secousse saccadée, peut-être un rire. Le monstre a retourné son épieu, pointe en bas ; il l'a saisi à deux mains, et il l'a fiché profondément dans la couverture du fourneau, un peu en biais, contre l'un des montants de l'échelle. Puis, en se servant de son arme comme d'un levier, il a exercé une traction brutale. L'échelle et Hunaud ont basculé latéralement.

Le paysan s'est abattu maladroitement sur l'habillage brûlant du foyer. Sous le poids de l'homme, la mince surface de terre et de feuilles a crevé : une lueur sourde et rougeoyante a percé les ténèbres, juste sous sa figure, tandis qu'étincelles et escarbilles prenaient un essor gracieux dans l'atmosphère glaciale. Avant même d'éprouver la première déferlante de souffrance, Hunaud a été submergé par l'épouvante. Épouvante de l'artisan devant son travail ruiné, épouvante de l'animal soudain jeté sur un lit de braises. Puis, avec un choc à vous emporter le cœur, le charbonnier a senti la paume de ses mains qui se mettait à frire. En beuglant, il s'est relevé sur la pente friable, il a secoué ses manches auxquelles s'accrochaient de jolis tortillons de flammes, il a tenté de sauter à terre. Mais la meule avait travaillé à feu doux pendant vingt jours, et venait d'être ébranlée par la chute... Sous la tension, le bûcher s'est affaissé. Hunaud a senti les stères ardentes cra-

quer sous son effort, se dérober sous son talon ; et au
milieu de la flambée brutalement libérée, il s'est
enfoncé dans le brasier.

Hunaud a pris feu. Il n'entendait rien, mais le hulu-
lement de panique absolue qu'il a poussé a traversé
les bois et réveillé les chiens de ferme, à Noant-le-
Vieux, qui se sont mis à geindre et à hurler. Une
créature qui brûle vive ne connaît rien d'autre : quand
la fournaise s'empare d'elle, elle n'est plus qu'une
frénésie de souffrance, cent mille plaies ouvertes au
fer rouge, une âme carbonisée qui se recroqueville
dans la certitude d'une fin atroce. Oublié, l'*appeleur* ;
oubliée, la meute. C'est la douleur incommensurable
conjuguée à la force du bonhomme qui l'ont sauvé. Il
y a puisé l'énergie pour se débattre contre les bûches
qui s'effritaient et cédaient, contre l'étreinte dévo-
rante du fourneau en train de s'effondrer, contre la
danse vorace du feu tourbillonnant dans l'appel d'air.
En trois bonds désespérés, il trébuchait hors du
bûcher. Ses vêtements, sa peau de mouton, sa chevelure, sa chair flambaient. Un arôme épouvantable de
suint frit et de grillade lui emportait les muqueuses.

De toutes ses forces, Hunaud s'est mis à galoper,
en traçant des embardées démentes. C'était la folie à
ne pas faire : le souffle de sa course a alimenté les
flammes, l'a transformé en torche vivante, un feu
follet de cauchemar au milieu de la forêt d'hiver.
C'était une folie, qui lui a coûté ses cheveux, une
grande partie de sa peau et même son apparence
humaine ; mais cette folie, paradoxalement, lui a permis d'échapper à l'*appeleur*. Le feu a maintenu la
meute à distance. Lorsqu'à bout de forces, il est

tombé, il a roulé dans la neige. La morsure froide a étouffé celle du feu, substitué une nouvelle brûlure à l'autre... Et Hunaud, fumant et gelé, a pu ramper vers le village ; le lamento de chiens bien vivants y a accueilli son apparition effroyable.

Peu de temps après avoir collecté ces témoignages, le gyrovague Phasma a disparu plusieurs mois. Comme il n'avait avisé personne de son départ, on s'est dit qu'il était reparti tout de bon, qu'il avait repris la vieille route de Plaisance ; ou peut-être qu'à trop fureter dans les sous-bois, un sort cruel avait fini par le récompenser de sa curiosité malsaine...

Il n'en était rien. Si le prêtre avait quitté le hameau, c'était pour approfondir son enquête. Les ministres du Desséché ne sont pas de simples officiants funéraires : la mort, sa géographie, ses itinéraires et ses accidents forment l'objet de leur étude. C'est une science que l'on s'abstient de nommer devant les profanes, tant elle risque d'être confondue avec la sorcellerie ; mais comme ses pairs, le gyrovague Phasma n'en est pas moins maître ès nécromancie. Et le matériau rassemblé à Noant-le-Vieux avait troublé le prêtre, car les *appeleurs* sont dûment répertoriés dans les *Codex Nécromantiques* de son culte. Ce sont les manifestations d'âmes en peine, qui expriment leur détresse avec une malveillance plus ou moins affirmée. Celles de Noant-le-Vieux avaient paru remarquablement nocives au gyrovague, et il avait estimé indispensable d'agir, aussi bien pour la paix des vivants que pour celle des morts. Malheureusement,

les renseignements obtenus sur l'identité des deux
ombres étaient bien trop vagues. Pour apaiser un
défunt tourmenté, il faut au minimum connaître son
nom, la faute ou l'injustice qui le privent de repos, et
le lieu où gisent ses restes. Tout cela faisait défaut au
gyrovague. Alors, puisque les paysans de Noant-le-
Vieux n'avaient pas conservé la mémoire de leur
passé, le prêtre espérait en retrouver des traces dans
les archives de la Marche Franche.

Le gyrovague savait qu'il n'exhumerait rien dans
les ruines de Plaisance ; quant aux recherches menées
dans les ruines du château d'Esseve, elles s'étaient
déjà révélées infructueuses. Deux siècles plus tôt, la
guerre des Grands Vassaux avait provoqué la destruction de nombreux trésors manuscrits. Mais le gyrovague Phasma est un lettré, qui sait que chroniques et
capitulaires possèdent un étrange instinct de survie, et
traversent parfois en pointillés les catastrophes de
l'histoire. Aussi a-t-il pris la route de Bourg-Preux : il
caressait l'espoir d'y retrouver peut-être des documents, jadis emportés par des érudits qui auraient
tenté de se soustraire au conflit.

Il s'est d'abord rendu au Bosquet de Bourg-Preux.
Avec l'aide du nécrophore Nefas et du greffier
Apophusis, il s'est immergé de longues semaines dans
la bibliothèque de la nécropole et dans ses enfers. Il
recherchait des exemplaires des Codex de Plaisance
et d'Esseve, ou à tout le moins leurs copies, mais ses
efforts se sont révélés infructueux. Les ouvrages
n'avaient pas été sauvés : sans doute avaient-ils brûlé,
deux siècles plus tôt, au cours des incendies qui
avaient ponctué l'offensive dévastatrice du Roi-Idiot

Cette piste ayant débouché sur une impasse, le gyrovague a adopté un nouvel angle. Il a sollicité l'autorisation de consulter les fonds civils et judiciaires de
l'Académie des Enregistrements, au centre-ville. Il
lui a fallu mobiliser toute sa détermination pour
triompher de nombreuses obstructions : les clercs de
l'échevinat, qui ne désiraient guère voir un prêtre du
Desséché fouiner dans leurs archives, ayant fait assaut
d'arguties réglementaires et de passivité pour décliner
sa requête… Accéder aux archives de l'institution
s'est du reste avéré décevant pour le gyrovague.
Registres, chartes, capitulaires et minutes judiciaires
étaient remisés dans le plus grand désordre ; certains
index avaient disparu ; l'humidité et les rats avaient
même détérioré des parchemins anciens. Dans ce
fouillis, le prêtre s'est astreint à des recherches métho-
diques et patientes, dont il n'a tiré qu'un résultat bien
maigre. Tout au plus a-t-il exhumé de rares traces
notariales, la cession de quelques tenures par des seigneurs d'Esseve. Mais ces transactions avaient été
conclues vingt à trente ans avant la guerre : rien
n'assurait que les noms qui y apparaissaient, Yon et
Renouart d'Esseve, aient pu avoir un rapport avec les
ombres de Noant-le-Vieux.

Ces investigations ingrates prenaient le plus clair
de son temps au prêtre, et l'amenaient à négliger ses
autres tâches. Sa hiérarchie, en la personne du nécrophore Nefas, a fini par le rappeler aux devoirs de son
sacerdoce. À regret, le prêtre s'est donc résolu à sus-
pendre son enquête, pour retourner à son itinérance
et à la charge des défunts expatriés ou perdus. Rattrapé par une routine processionnelle et funèbre, le

gyrovague Phasma s'est habitué à l'idée qu'il ne
découvrirait jamais le fin mot des mystères de Noant-
le-Vieux et qu'il lui faudrait, en toute humilité,
admettre son échec.

Quelques mois plus tard, une coïncidence a toutefois ranimé sa curiosité. Au cours d'un voyage
d'affaires, un maquignon de Fraimbois était mort
loin au nord, à Vinealate, à la frontière de la république de Ciudalia. Ayant rapatrié le corps, le gyrovague Phasma s'est trouvé associé aux procédures
légales de succession. En dressant avec les héritiers
un inventaire des biens du défunt, il a été frappé par
la découverte de trois couverts d'argent blasonnés,
de facture ancienne, que les enfants du marchand
ont identifiés « aux armes d'Esseve ». Les proches du
mort, interrogés à propos de cette argenterie, ont
affirmé qu'il s'agissait de vieux biens de famille ;
mais ils en ignoraient la provenance, et doutaient
être apparentés réellement aux seigneurs d'Esseve,
dont à la vérité ils ne connaissaient rien.

Cette trouvaille n'en a pas moins intrigué le gyrovague. Il s'est demandé si le Desséché, dans sa
sagesse, ne l'avait pas guidé jusqu'à un surgeon éloigné de la famille d'Esseve : les descendants d'une
branche cadette ou illégitime. Malgré le caractère
bien mince de cette nouvelle piste, le prêtre a consulté
les archives du Bosquet de Fraimbois. En parcourant
inventaires et clauses testamentaires, il a patiemment
remonté les générations, suivant à rebours la trans-
mission des trois couverts d'argent de testateur en
légataire. Ainsi a-t-il fini par découvrir leur provenance : ils avaient été apportés dans le trousseau de

mariage d'une certaine Berthilde, femme de Noant-
le-Vieux, qui s'était unie deux ans avant la guerre
avec un ferronnier de Fraimbois. Avant de s'établir
avec son mari, Berthilde avait été chambrière au château d'Esseve ; les couverts lui avaient été donnés par
ses anciens maîtres.

Le renseignement était maigre, mais le gyrovague
est un homme tenace ; ce fil si ténu, il était bien
décidé à l'exploiter. Abandonnant la section testa-
mentaire de la bibliothèque du Bosquet, il est allé
consulter le *Liber lacrimarum* du sanctuaire de
Fraimbois ; et son entêtement a fini par payer, car
enfin, au détour d'un parchemin tout craquant de
vieillesse, le nom d'Éthaine d'Esseve est apparu au
milieu d'un texte à la calligraphie dense.

Le *Liber lacrimarum* d'un Bosquet répertorie les
confessions des défunts : il s'agit, pour les prêtres du
Desséché, de consigner ce qui peut troubler le repos
des morts, afin d'avoir la possibilité d'y remédier.
C'était la confession de Berthilde que le gyrovague
avait cherchée et trouvée ; et c'était dans cette confession qu'il avait enfin déniché des informations sur les
derniers seigneurs d'Esseve.

Dans ses jeunes années, Berthilde avait été la ser-
vante et la confidente de la châtelaine d'Esseve,
dame Méroflède, épouse du baron Renouart. Dame
Méroflède, après une longue maladie, était décédée
dans les dernières années qui avaient précédé la
guerre ; sur son lit de mort, elle avait légué à
Berthilde les trois couverts d'argent, mais elle lui
avait aussi arraché une promesse : celle de veiller sur
son enfant unique, Éthaine. La mourante chérissait

sa fille, qui malgré sa jeunesse était déjà dangereusement belle ; et par-dessus tout, elle craignait l'intem-
pérance de son propre mari, Renouart, et de l'âme
damnée de celui-ci, son écuyer Brumant. Or ce que
Berthilde avait confessé aux prêtres du Desséché,
c'était d'avoir manqué à sa parole ; en se mariant,
elle avait abandonné la pucelle. Quitter le château
avait été un soulagement pour elle, car le seigneur
Renouart et le jeune Brumant étaient des hommes
violents, qui prenaient sans scrupule tout ce qu'ils
désiraient. Mais Berthilde avait conscience d'avoir
abandonné sa charmante maîtresse, dans tout l'éclat
de sa beauté ; et à la fin de ses jours, cette trahison la
bourrelait de remords.

La découverte de cette confession a rempli le gyrovague de jubilation. Enfin, il tenait quelque chose ! Il
était à peu près assuré d'avoir découvert l'identité des
deux *appeleurs*. Sans hésiter, il a repris la route de
Noant-le-Vieux. Certes, certains éléments lui faisaient
toujours défaut ; mais il en savait assez sur la noirceur
de l'âme humaine pour bâtir les hypothèses qui lui
permettaient de deviner, en grande partie, le drame
qui s'était noué deux siècles plus tôt. Au cours de sa
carrière, le gyrovague Phasma ne les avait que trop
rencontrés, ces nobles arrogants et durs, qui croyaient
que leur naissance les plaçait au-dessus des autres.
Renouart d'Esseve et l'écuyer Brumant devaient
avoir été de ces hommes dépourvus de frein ; sans
doute s'étaient-ils entendus comme larrons en foire,
l'immoralité du vieux encourageant la perversion
naissante du jeune, la complaisance intéressée du
jeune facilitant les débordements du vieux. Et ce

compagnonnage dans le vice avait provoqué une escalade dans le désordre, avait fait fuir les serviteurs honnêtes comme Berthilde, et fini par déboucher sur une
catastrophe.

La tête inclinée sur la boue et les ornières des
chemins, le gyrovague a essayé de reconstituer ce
qui s'était passé. Quelque chose avait fini par retourner le seigneur et son écuyer l'un contre l'autre. Les
témoignages d'Arsinoé et de Hunaud convergeaient :
Brumant avait du sang sur les mains, il avait probablement assassiné d'autres personnes au château. Ce
qui avait occasionné cette querelle n'était que trop
clair : la beauté d'Éthaine avait dressé le jeune et le
vieux l'un contre l'autre. C'était le détail des événements qui demeurait flou. Brumant avait-il séduit
Éthaine ? Avait-il projeté de l'enlever, et avait-il tué
au cours de cette tentative ? Mais dans ce cas, pourquoi continuait-il à chercher la jeune fille ? Ou plus
brutalement, avait-il violé la pucelle, provoquant la
rage du père ? Dans ce cas, le jeune imbécile se serait
contenté de fuir, sans continuer à rechercher sa victime. Ou bien était-ce à son propre père qu'Éthaine
avait cherché à se soustraire, peut-être en subornant
l'écuyer ? Mais le prêtre en revenait toujours à ce
problème : pourquoi n'était-elle pas avec Brumant ?
Et la conscience du gyrovague lui soufflait alors la
solution la plus sinistre : la jeune fille, en fait, avait
fui les deux hommes, qui se la déchiraient comme un
gibier de prix.

Et qu'était-il advenu, au cours de cette traque, pour
que des siècles plus tard, deux ombres s'obstinent
encore à en pourchasser une troisième ? Éthaine

avait-elle bel et bien réussi à échapper à ses poursuivants ? Ou avait-elle trouvé une mort obscure, tuée en
un lieu écarté par une bête sauvage ou par une chute
de cheval, disparue à jamais, et condamnant ses per-
sécuteurs à une errance sans fin ? Quant aux deux
chasseurs, quelle extrémité avaient-ils rencontrée ?
Avaient-ils fini par se retrouver, et par se combattre à
mort ? Logiquement, la meute aurait dû donner un
avantage déterminant à Renouart ; d'un autre côté,
les chiens étaient aussi familiers de Brumant, et il
était crédible que l'écuyer s'en était occupé dans son
service. Peut-être les bêtes s'étaient-elles contentées
de faire le cercle, et avaient-elles observé avec effroi
leurs maîtres qui s'entretuaient, attendant de voir qui
serait le dominant... Il y avait une possibilité encore
plus simple. Si le drame s'était noué quand la guerre
faisait rage, peut-être les trois protagonistes étaient-ils
tombés sur les maraudeurs d'une des armées ; peut-
être avaient-ils été assassinés pour leurs bottes, pour
quelques bijoux, et cette fin absurde les cueillant au
paroxysme de la colère et de la jalousie les aurait alors
privés de repos.

Quand il a réapparu, le gyrovague a provoqué la
stupéfaction à Noant-le-Vieux. Mais il ne s'est guère
attardé au hameau : il n'est resté que le temps de poser
quelques questions. Il voulait savoir si les gens du cru
avaient entendu parler de Renouart et de Brumant,
sans préciser ce qu'il avait lui-même découvert. Les
paysans lui ont répondu par la négative, et le prêtre a
estimé qu'ils étaient sincères. Alors, sans perdre de

temps, il s'est enfoncé dans la forêt. Compte tenu de la prégnance avec laquelle les *appeleurs* occupent les bois, il était persuadé que connaître leur nom serait suffisant pour les convoquer ou pour les attirer, et pour mettre enfin terme à cette interminable détresse. Il espérait qu'une poignée de jours lui suffiraient pour se faire entendre par les deux ombres. Il a depuis quelque peu déchanté... Mais il n'en demeure pas moins convaincu qu'il est en son pouvoir de remettre de l'ordre dans les lisières abandonnées, de refermer la plaie ouverte des siècles plus tôt, d'apporter enfin l'oubli et la quiétude à ce qui court la forêt. Alors, il est resté dans le bois de Noant-le-Vieux.

À la vérité, il y est toujours.

Il a sommairement retapé la vieille cabane de Hunaud, dans la clairière charbonnière. Le jour, il y médite et il y récite les *Litanies des adieux* ; il n'y dort que d'un œil la nuit. Il est tenaillé sans cesse par un espoir inquiet, celui de deviner le trottinement de chiens maigres entre les troncs... À l'aube et au crépuscule, il jette son manteau noir sur ses épaules, il s'empare d'un bâton de marche, et il part sillonner la forêt. Il parcourt à grands pas les chemins creux et les sentes capricieuses ; dans le silence frileux du crépuscule, il froisse bruyamment le tapis des feuilles jaunes et brunes, il fait craquer les branches mortes. Entre chien et loup, il grimpe les raidillons à peine tracés qui mènent aux ruines d'Esseve : juché sur un pan de rempart effondré, il scrute la pénombre, il hume l'humidité pénétrante montée des pierres habillées de mousses et de lichens. Il s'enfonce dans les halliers touffus, il bataille contre l'étreinte griffue des ronces

et la gifle molle des feuillages, il cherche les pistes qui
ne soient pas l'empreinte d'une bête sauvage ou d'un
de ses précédents passages. Il descend dans les combes
et les vallons ; sur les pentes les plus raides, il glisse
parfois au milieu d'un terreau pourrissant ; il patauge
dans les fondrières aux odeurs lourdes et aux brumes
légères. Dans la somnolence brouillée des fins de nuit,
dans la mélancolie déclinante des jours mourants, il se
dresse parfois au milieu du sous-bois, le nez levé vers
les frondaisons où se mussent les ombres. Il essaie de
discipliner son cœur qui bat un peu vite, il prend son
souffle, et il appelle. Il les appelle. Dans la forêt indifférente et déserte, il pousse de longs cris traînants,
chargés d'autorité incertaine.

Personne, jamais, ne lui répond.

Il s'obstine, pourtant. Dans son for intérieur, il
éprouve un soulagement honteux quand, après avoir
crié, de longues minutes s'étirent et ne débouchent
que sur une immobilité morose. Mais il s'estime investi
d'une mission. Il est presque sûr que ses prières et ses
formules liturgiques peuvent le protéger contre la malveillance de ceux qu'il veut libérer ; et il a le sentiment
qu'il trahira son sacerdoce s'il ne va pas au bout de
ce qu'il a commencé. Alors il persiste. Il reste. Il
s'incruste dans ce lieu abandonné des vivants... Il ne
veut pas reconnaître que son entreprise se confond
insensiblement avec le cours d'un mauvais rêve, d'un
de ces cauchemars diffus où on ne réalise plus très bien
ce que l'on cherche, un objet qui se dérobe sans cesse,
familier et pourtant inaccessible, comme le nom d'une
jeune fille disparue dont on ne sait, finalement, plus
rien.

Tout le drame du gyrovague Phasma, c'est qu'il est passé à côté d'un élément essentiel. Ses recherches obstinées et minutieuses l'ont mené très loin, sur les chemins de la Marche Franche comme dans les documents du passé ; elles lui ont permis de redécouvrir des noms oubliés, une tragédie presque effacée des mémoires ; mais de façon très ironique, elles ne lui ont pas livré une information capitale, une information qui était pourtant à sa portée. Habitué à provoquer la méfiance et la crainte, le gyrovague n'a pas accordé d'attention au soin avec lequel, à Noant-le-Vieux, un paysan évitait de croiser son chemin. Un type discret, un peu fuyant, qui trouvait toujours une bonne raison pour se trouver loin du prêtre, et qui savait disparaître sans précipitation suspecte ; un brave homme, du reste, un bon voisin, calme et plutôt serviable, chez qui personne, au hameau, ne soupçonnerait une once de malice. Un brave homme, mais qui avait quelque chose à cacher, quelque chose qu'il ne voulait surtout pas voir révélé à un ministre du Desséché.

Cet homme, c'est Thibert, le pêcheur.

Par le plus grand des hasards, Thibert a découvert une merveille, une merveille troublante. Il ne l'a vue que deux fois, et pas très longtemps encore ; mais elle s'est gravée dans sa cervelle, il en conserve la rémanence floue au fond de la rétine, elle vient régulièrement hanter son sommeil, et elle lui noue les entrailles, comme ce sentiment indéfini, mélange de délice et de peur, dont vous grisent les amours clan-

destines. Il ne s'est confié à personne. Il ne voulait
pas en parler, il ne pouvait pas en parler ; car il y a
une faute involontaire, mais terrible, indissociable-
ment liée à la merveille, et on ne dit pas, on ne peut
pas dire des choses pareilles. Surtout pas à un prêtre
du Desséché…

C'est tôt le matin qu'on fait les meilleures prises, à
la pêche ; alors Thibert a coutume de se lever plus tôt
que le voisinage. Il n'est pas peureux, mais il n'est
pas téméraire non plus. L'ancien vivier, où il prélève
son poisson, est hors de la forêt, à deux pas des
dernières maisons du village. Et le pêcheur reste prudent : s'il entend un bruit anormal dans les bois, si
quelque chose dans le fond de l'air ne lui revient pas,
il s'esquive en vitesse, en abandonnant ses lignes. De
toute manière, il sait bien que personne ne les lui
volera… De fait, il n'a jamais été surpris ou inquiété
par une ombre sortie de la forêt.

Mais il lui est arrivé un tour bien étrange…

Un jour, à l'aube, il préparait ses hameçons sur la
berge, dans la fraîcheur crue et un peu brumeuse
montée de l'eau. Il a eu l'œil attiré par un mouvement
léger, juste sous la surface. Il s'est dit que le poisson
était bien matinal, et il s'apprêtait à lancer sa première ligne quand le mouvement, avec une langueur
indolente, a derechef troublé la quiétude de l'étang.
Thibert a l'habitude de voir le poisson se livrer à des
jeux de cache-cache sous le tapis trompeur de laîche
grêle. Mais ce matin-là, une épure pâle semblait déri-
ver entre deux eaux, avec une grâce molle, qui ne
ressemblait pas à la vie habituelle de l'étang. Thibert

a regardé avec plus d'attention ; et son cœur a fait une
folle embardée quand il a réalisé ce qu'il voyait.

Entre les tiges flottantes et enchevêtrées des joncs
bulbeux, une jeune fille dérivait lentement sous les
eaux, et son regard noyé par une ivresse vague était
fixé sur les yeux du pêcheur. Elle était pâle comme le
givre, mais elle rayonnait d'une beauté stupéfiante,
fragile, nébuleuse. Des nymphéas et des renouées aux
épis roses venaient enlacer sa chevelure splendide-
ment déployée ; elle sombrait doucement, en silence,
vers la lie noire et envasée, et dans son lent naufrage
vers les ténèbres, un fabuleux ballet se déployait
autour d'elle. Les rubans élégants de sa coiffure et de
ses manches, les cordons chamarrés de son corset, la
gaze chatoyante de ses voiles, le drapé fastueux de ses
robes gonflaient et entraient en expansion, en une
corolle féerique. Remontée des gouffres obscurs de
l'étang, une seconde fleur, animale et multiple,
déployait ses pétales écailleux autour de l'apparition.
Alevins, gardons, tanches et perches esquissaient une
danse envoûtante autour de la belle. Les truites
jetaient des reflets argentés dans les eaux de plus en
plus troubles, les anguilles se lovaient le long des bras
gracieux de la jeune fille, d'énormes brochets à l'œil
glauque frôlaient ses pieds menus. Il n'aurait pu en
jurer, mais il a semblé à Thibert que l'apparition avait
un ventre bien rond, sur lequel elle maintenait une
main élégante et blanche. Son autre main flottait vers
sa figure, et tout en continuant à fixer le pêcheur, elle
a posé un doigt sur ses lèvres douces, des lèvres où
affleurait un sourire de complicité triste. Déjà, elle
s'abîmait dans les profondeurs les plus obscures, elle

s'effaçait graduellement dans un lit d'algues et de limon; mais pas assez vite, cependant, pour ne pas voir le ban de poissons se refermer sur elle, attaquer ce visage adorable, se disputer ces mains délicates.

Elle lui avait demandé le silence, alors Thibert n'a rien dit. Tout simplement.

Et du reste, comment aurait-il pu dévoiler que celle qui est traquée par les *appeleurs* a trouvé refuge dans l'étang, à deux pas des maisons? Comment aurait-il pu avouer qu'elle a nourri les poissons qui sont la fierté du hameau? Les poissons qu'il troque à si bon prix! Les poissons qui, depuis si longtemps, font le régal des gens du pays...

LE CONFIDENT

Al errar por las lentas galerías
Suelo sentir con vago horror sagrado
Que soy el otro, el muerto, que habrá dado
Los mismos pasos en los mismos días

JORGE LUIS BORGES

Aujourd'hui, Aunulf m'a rendu visite. Je dis « aujourd'hui », mais je n'en suis pas très sûr. Peut-être était-ce cette nuit, ou peut-être était-ce hier. Dans cette obscurité profonde, il m'est impossible de faire une estimation précise de l'heure. Non que j'aie complètement perdu la notion du temps : je me repère par approximation, d'après mes visiteurs réguliers. Par exemple, Fœdus passe une fois par jour, ou une fois tous les deux jours pendant les calendes pénitentielles ; quant au greffier Labeo, il me consacre son attention une fois par semaine, quelle que soit la période de l'année. Ils rythment l'écoulement de ma réclusion, et me permettent de conserver une prise ténue sur l'érosion inexorable du monde. Ainsi, je sais qu'Aunulf m'a rendu visite il y a peu de temps, car Fœdus n'est pas encore redescendu depuis que le vieux bavard m'a quitté.

Aunulf est âgé. Il est encore lucide, mais sa mémoire lui joue des tours. Il ressasse souvent les mêmes histoires. Il reprend par le menu sa querelle avec son voisin Richer, à propos d'un champ mal cadastré devenu objet de litige ; il se fait du souci pour ses quelques arpents de vigne et la vendange qu'il ne pourra pas faire cette année ; il me parle aussi de ses fils, en particulier d'Odilon, son aîné, qui est trop influençable et risque de se faire filouter par le voisin. Je connais par cœur les problèmes d'Aunulf ; je pourrais parfois réciter certains de ses griefs en même temps que lui, tant il les a répétés, tant son discours est prévisible. Mais je me tais. Le murmure itératif d'Aunulf m'est familier, il me tient compagnie dans les ténèbres. Et depuis peu, Aunulf n'est plus seul. Je sens une autre présence, avec lui, quand il vient m'entretenir de ses problèmes. C'est un trottinement léger sur la pierre, le timbre frais d'une voix enfantine qui fredonne parfois des comptines dans le noir. Il s'agit d'une fillette de quatre ans, Liliola, arrivée depuis peu parmi nous. Elle n'a pas de lien de parenté avec Aunulf, mais elle lui rappelle sa propre petite-fille, et il l'a prise sous son aile. C'est une chance pour la petite, car certains pensionnaires sont aigris : ils se montrent volontiers malveillants avec les plus faibles... Dans le fond, Aunulf est un brave homme.

Je ne sais pas à quoi ressemble Aunulf, ni à quoi ressemble Liliola, pas plus que je n'ai d'idée sur l'apparence de la plupart de ceux qui viennent se confier à moi. Je ne suis pas aveugle, mais voilà des années que j'ai fait vœu d'Obscurité. Voilà des années que je me suis délibérément privé de lumière. Même Fœdus n'a pas de visage pour moi, car il n'est arrivé ici qu'après le début de ma réclusion. Je me souviens vaguement de la physionomie du greffier Labeo, qui officiait déjà quand je suis venu faire mon noviciat : un homme austère, aux lèvres serrées et aux joues ravinées, au regard tourné vers l'intérieur. Mais ses traits tendent de plus en plus à se brouiller dans mon souvenir, et si je cherche à me concentrer pour ranimer cette figure, je n'obtiens qu'une épure de plus en plus vague.

Ne pas voir les gens ne m'empêche pas de les identifier. Je les reconnais au pas, à la voix, à l'odeur, au toucher. Certains, comme Aunulf ou le greffier Labeo, ont une présence essentiellement sonore ; d'autres, comme Fœdus, ont une signature plutôt olfactive et tactile. (Encore que je reconnaisse de loin le pas boiteux de Fœdus, quand il descend à tâtons les escaliers des galeries supérieures.) Fœdus s'occupe de moi : il m'apporte mes repas, il me nourrit, il me lave, il me change. Lorsqu'il est penché sur moi, il me souffle parfois au visage une haleine fétide ; peut-être a-t-il de mauvaises dents, peut-être a-t-il une digestion difficile. Je n'ai jamais osé le lui demander. Ce serait indélicat de lui faire remarquer cette disgrâce, car avec le temps, je suis devenu quasiment grabataire, et me nettoyer dans le noir est une besogne peu ragoûtante. Fœdus est aussi très fort : il me soulève et il me retourne comme un pantin de paille. Il possède des muscles noueux, dont je perçois la tension sous l'étoffe rêche ; ses mains sont larges, épaisses, couvertes de rugosités et de cals. Des mains de charpentier ou de maçon, sans tendresse, sans faiblesse. J'imagine que quand il ne s'occupe pas de moi, on l'emploie à des travaux de terrassement, à l'excavation de nouvelles fosses et de nouvelles galeries. Sa robe est souvent imprégnée de relents de sueur, d'effluves de terre fraîchement remuée.

Le pas du greffier Labeo est lent et traînant. C'est un homme vieillissant, qui craint de rater une marche dans l'obscurité et de se casser les jambes en chutant dans les escaliers. Je l'entends longtemps avant qu'il ne débouche dans ma retraite ; il le sait et ne se donne pas la peine de me saluer. Il se racle la gorge et me délivre sans préambule les nouvelles dont il est porteur. Il s'exprime de façon sèche et laconique, avec un timbre grave qui résonne dans le noir. Sa voix sonore contribue à lui donner de l'autorité ; elle me délasse agréablement des murmures et des chuchotements de la plupart de mes visiteurs. J'ai cependant l'impression que Labeo devient un peu sourd, car il parle plus fort ces derniers temps.

Pour le profane, les informations que m'apporte Labeo paraîtraient bien dénuées d'intérêt. Il ne me donne nul renseignement sur le monde extérieur, ni même sur la vie de notre confrérie. Depuis que j'ai prononcé mon vœu, j'ignore tout des frères dont je partageais le quotidien, que je coudoyais au réfectoire ou dans les stalles du temple. Certains étaient mes amis, d'autres avaient été mes mentors. La plupart continuent à mener leur existence d'humilité, de travail et de prière, séparés de moi par quelques étages à peine. Mais Labeo ne me rapporte rien sur eux ; ce n'est pas son rôle. Labeo me donne des listes. Chaque semaine, il vient énumérer de nouveaux noms, parfois quelques-uns, parfois beaucoup. Nul mystère dans tout cela : il s'agit de l'identité des nouveaux résidents. Labeo me précise aussi leur âge, et les circonstances de leur arrivée parmi nous. Bien sûr, il lui a fallu tout apprendre par cœur, car il ne peut lire ses registres dans l'obscurité où je siège. Il possède une excellente mémoire ; sans cela, il n'aurait pu devenir greffier dans notre ordre. Quand il a fini de parler, c'est à mon tour de prendre la parole. Je lui rapporte ce que les pensionnaires viennent me confier entre ses visites. Naturellement, j'opère un tri. Je passe sous silence les plaintes dénuées d'objet, les insultes gratuites, les états d'âme, les simples politesses. Ou les rabâchages de gens comme Aunulf. Je ne transmets que les réclamations nouvelles et factuelles. Comme je perds parfois un peu le cours du temps, il m'arrive de répéter une information déjà évoquée la semaine précédente ; Labeo toussote alors. Je sais ce que cela signifie, et je passe directement au renseignement suivant. Quand j'ai fini, Labeo me quitte rapidement. Il lui faut remonter sans tarder jusqu'au scriptorium, où il consigne par écrit tout ce que je lui ai appris.

Je me rends compte qu'en évoquant les visites dont on me gratifie, je donne une idée fausse de mon existence. On peut avoir le sentiment que ma vie obscure est remplie de contacts, de paroles, d'un flux constant d'interlocuteurs et de compagnie. Rien n'est moins vrai. Si je parle de mes visiteurs, c'est parce qu'ils représentent les seuls faits saillants dans la trame interminable de ma nuit. Mes compagnes les plus fidèles sont l'inactivité, la douleur, la solitude. Des trois, c'est la dernière qui se fait la plus tyrannique. Entre deux visiteurs, il s'écoule généralement un temps interminable, étiré par la ténèbre infinie, par le silence, par le néant auquel je suis astreint. Ceux qui vivent dans le jour brûlent leur vie comme des phalènes dans la lumière d'une lampe. Moi, je mène l'existence ralentie de la larve, et chacune de mes heures se fige dans une éternité cireuse d'ennui et de poussière.

Lorsque je suis arrivé ici, la solitude a failli détruire mon âme.

Je suis allongé sur une table de pierre, comme un gisant sur un tombeau. Cette couche dure est située au centre d'une pièce voûtée, longue de douze pas et large de quatre. À chaque extrémité, une porte basse donne sur un corridor qui communique avec le reste du complexe. Je n'ai jamais vu l'endroit où je réside, car la lumière n'a pas pénétré en ces lieux de mon vivant ni du vivant de mes prédécesseurs ; mais, dans les premiers temps de ma réclusion, je me levais encore, et je parcourais mon domaine à tâtons. Sous mes doigts, je sentais les aspérités granuleuses de la pierre, les vides réguliers des alcôves creusées dans les murs ; et parfois, ma main rencontrait la sécheresse dépouillée des ossements.

Certains reclus ne prennent jamais de repos, et tournent en rond, indéfiniment, dans les ténèbres. Ils versent dans une forme de transe. Ils finissent par hanter ceux qui les hantent. J'admets que pour certains tempéraments, la marche favorise la méditation et l'ouverture des sens, mais moi, j'ai craint de devenir fou à force de parcourir à l'infini les trente-deux pas qui font le tour de mon univers. J'ai préféré m'étendre. Pendant un moment, j'ai persisté à prendre un peu d'activité physique, pour délasser mes membres anky-losés, pour soulager mes reins, mes omoplates et ma nuque endoloris par le granite. Toutefois, insensible-ment, j'ai perdu mon énergie. Mes déambulations se sont faites plus espacées et plus brèves. Je me suis affaibli. La lassitude est devenue léthargique. Bientôt, je ne me suis plus déplacé que pour soulager mes besoins les plus élémentaires. J'ai perdu tout appétit J'ai maigri, je suis devenu frêle et flageolant.

Je ne me suis plus levé.

Depuis combien de temps suis-je resté étendu sur cette dalle ? Un an ? Dix ans ? Un siècle ? Si je conserve une estimation assez précise de l'écoulement du temps extérieur entre mes visites, en revanche, je perds le compte des ans. Ma jeunesse, mon noviciat, même mes premières années de sacerdoce, tout se dilue dans cette éternité d'immobilité et de ténèbres, comme si ma vie d'avant était vie antérieure. Parfois, dans mon sommeil, il m'arrive encore de découvrir des paysages ensoleillés, des ciels où miroitent des ondées, des prairies perlées de rosée. L'ascèse et la privation de lumière renforcent l'éclat et les coloris de ces chimères. Puis, j'ouvre les yeux, et je retrouve le noir. Je vis une existence symétrique à celle de mes semblables : je dors dans un monde lumineux et je veille dans les ténèbres

Ces rêves, je les accueillais avec joie au début de ma réclusion. Ils me distrayaient de la cécité. À mesure que je me suis accoutumé à mon nouveau mode de vie, je leur ai accordé moins d'importance. J'ai même trouvé dans les progrès de cette indifférence une sérénité neuve ; car dans les premiers temps, le retour à l'obscurité après un songe chatoyant remplissait mon âme d'amertume. Depuis peu, mes visions oniriques m'inspirent même un léger malaise. Quand je n'ai pas conscience de m'être assoupi, *voir* quelque chose devient source d'alarme, car je crains de rompre mon vœu. Je m'éveille alors en sursaut, et le noir me rassure.

Je m'occupe. Je contemple les ténèbres. L'obscurité n'est pas unie : c'est un océan opaque, un abîme serré comme un bandeau, ouvert comme le vide primordial ; un magma de noirceur traversé de fantasmes ébauchés, de monstres furtifs, de draperies de catafalques ; une angoisse de cave où le noir devient matière, zébré çà et là de rémanences et de phosphènes. À force de vivre dans l'obscurité, je joue parfois avec l'illusion d'avoir développé une forme de nyctalopie. Je lève ma main devant mon visage, et je force mes yeux pour essayer de deviner ma paume flétrie, mes doigts osseux que prolongent de grands ongles. Souvent, je ne vois rien. Parfois, je crois distinguer une ombre décharnée, plus noire que le noir. Je l'approche alors lentement de mes paupières écarquillées, jusqu'à effleurer mes sourcils : si le toucher est synchrone du moment où je crois devoir poser ma main sur mon visage, alors je peux espérer avoir acquis la vision d'un animal nocturne. Mais je suis déçu chaque fois : il y a toujours un décalage, même infime, entre ce que je crois entrevoir et ce que je sens. Je contemple les ténèbres, je ne les vois pas.

J'ai d'autres distractions. À cette profondeur, la température ne varie guère, et les rumeurs de la surface sont étouffées par les strates superposées d'humus, de terre, de roches. Il m'est donc impossible de suivre le cours des saisons. Parfois, j'entends suinter une infiltration discrète ; je me dis alors qu'il est tombé de fortes pluies dans le monde sous le ciel, ou que nous sommes peut-être à la fonte des neiges. Même la plus violente des tempêtes n'altère pas le grand calme qui règne ici-bas ; l'air stagne, saturé d'obscurité et de pesanteur, et les seuls souffles que je devine sont provoqués par les mouvements de mes visiteurs.

Je ne ressens guère le froid. Outre la robe épaisse de mon sacerdoce, je suis emmitouflé dans une superposition hétéroclite de vêtements. Sarraus de paysans, cottes hardies aristocratiques, mantilles élégantes, gros châles de commères, capes de voyages, hardes de mendiants pèsent sur ma maigre personne, m'emmaillotent presque comme une momie. C'est une tradition : chaque nouveau pensionnaire doit me céder une pièce de son costume. Souvent, quand l'ennui se fait par trop écrasant, je me pelotonne dans ce nid composite, je serre sur ma carcasse chétive les guenilles fastueuses, les parures pisseuses. Je tâte avec lenteur les étoffes. Au toucher, j'identifie la douceur abandonnée de la soie, la trame élimée des vieux habits, le relief des galons, la mollesse filochée de la laine, la caresse du vair, le motif raide des broderies. Je parcours ce trésor de chiffonnier comme un livre douillet. Ces vêtements me racontent des histoires, les histoires de ceux qui les ont portés.

Ces vêtements sont pleins d'odeurs. De temps à autre, je saisis un revers, je l'attire vers mon visage, j'y niche le nez comme un animal, je le hume à longs traits. Souvent, je sens le suint aigre de la maladie, l'effluve rance de la vieillesse ; mais au milieu de ce bouquet amer, il m'arrive de trouver des parfums plus violents ou plus frais. Ce peut être l'haleine fauve des forêts, du cuir, de la sueur équine, et je me sens soudain cavalier insolent lancé dans une chasse incertaine ; ce peut être un arôme léger de benjoin ou de violette, et je me fonds avec une douceur triste dans l'alcôve d'une belle ; ce peut être une respiration fruitée de pain bis et de miel, et c'est une bouffée d'enfance qui me grise soudain. En de rares occasions, je devine un esprit fade et métallique, décelable à peine ; l'arrière-goût acre d'un étal de boucherie. L'odeur du sang séché, pour moi, a l'éclat mat d'une coutellerie sur le velours de l'obscurité.

Mais mon divertissement le plus constant, c'est la douleur. J'y reviens sans cesse, parce qu'elle me travaille avec obstination, avec l'acharnement indifférent du ver qui ronge. Malgré le matelas formé par les vêtements fanés, la rudesse de la pierre entame mon dos. J'ai des escarres sur la nuque, sur les omoplates, à la pointe des hanches, sur la chute des reins, jusque sur les coudes et sur les talons. Je bouge avec de plus en plus de précautions, car le moindre mouvement me coûte, frotte les croûtes contre le granulé rêche du tissu, élargit les plaies. Pourtant, je devrais me mouvoir, car l'immobilité nécrose davantage la peau, meurtrit de plus en plus insidieusement mon corps grêle. Je suis enfermé dans un dilemme sans issue : bouger et cisailler la chair, me figer et macérer la chair. C'est à la douleur, désormais, que je mesure encore mon enveloppe mortelle. Elle dessine une géographie scarifiée de mon corps : l'extrémité aiguë de mes os cherche à percer l'épiderme, dans une éruption brûlante qui irradie le long des mollets, qui grésille le long des vertèbres, qui enflamme les cervicales. C'est le seul feu qui couve dans mes ténèbres.

Lorsque Fœdus vient me trouver, il m'accorde des soins frustes. Il me déshabille, il me retourne, il cherche à tâtons les plaies et les nettoie. Il procède sans ménagement, il me fait mal, mais je ne lui en veux pas. La souffrance est une ascèse que nous avons tous acceptée en entrant dans notre ordre ; c'est une offrande que nous adressons au Dieu, c'est une mortification qui nous prépare au dénouement inévitable. Sans l'abnégation et l'assistance rude de Fœdus, voilà longtemps que la gangrène aurait gagné mes chairs lésées. Elle reste tapie, en embuscade, dans l'inflammation lancinante qui me picore l'échine. Tôt ou tard, elle me rattrapera ; et je deviendrai aussi noir et boursouflé que les ténèbres. En attendant, j'essaie d'apprivoiser la douleur. Il faut y consacrer de grandes ressources de volonté et de patience.

Je l'ai dit : je m'occupe.

Mon vœu d'Obscurité fut un aboutissement. Je n'ai pas toujours pensé ainsi ; au début de ma réclusion, quand j'affrontais quotidiennement la déréliction, je me maudissais avec violence pour cette vocation. Mon choix m'emplissait d'une telle rage que je retournai contre moi mes accès de désespoir, en me précipitant contre les murs, en mordant mes poignets au sang, en me frappant le visage jusqu'à ce que mes phalanges craquent. Ce fut une période terrible, mais transitoire. Avant de m'ensevelir, j'avais longuement mûri ma décision. Et passée l'épreuve des premiers temps, quand j'ai enfin accepté l'abandon total pour lequel j'avais opté, j'ai retrouvé une forme de plénitude. Je ne puis dire que je suis heureux. Mais je suis serein. Coupé de tout, privé de tout, enfoui au plus profond du dénuement et de la terre, je me réduis à l'essentiel. Je suis, à ma place.

Je suis entré dans le clergé du Desséché à l'âge de douze ans. Dans le Vieux Royaume, le culte du Desséché est impopulaire et redouté ; mais c'est un culte respecté, précisément parce qu'il est craint. Dans le panthéon cyclothéiste, le Desséché est le dieu de l'hiver, du deuil, de la mort nécessaire à la germination d'une nouvelle vie. Ses prêtres sont associés à tous les rites funéraires. Ils visitent les défunts, ils les lavent, embaument les plus illustres, président les funérailles. Ils exécutent les successions, garantissent, parfois par la force, le respect des volontés testamentaires. Ils veillent au repos des disparus, entretiennent les Bosquets où sont excavés les nécropoles et les sanctuaires du Dieu.

Le clergé du Desséché n'accueille pas n'importe qui en son sein. Seules deux catégories de personnes peuvent y être reçues. Il s'agit d'une part des enfants trouvés ; élevés dans les Bosquets, familiarisés dès leur plus jeune âge avec la nudité crue de la mort, ils acquièrent très tôt le flegme indispensable à notre sacerdoce. Il s'agit d'autre part des *Marqués* ; ce sont des individus rejetés par leur communauté, à la suite de tragédies ou de catastrophes où les augures du Desséché reconnaissent la grâce du Dieu. J'étais un Marqué.

Ma mère est morte en me donnant le jour. L'événement, malheureusement fréquent, ne suffisait pas à me signaler à l'attention des prêtres du Desséché. Mais a posteriori, il me semble que le Dieu m'a imprimé son sceau dès la naissance. Mon père était vigneron ; il possédait une petite aisance et savait lire et écrire. Il a veillé à notre instruction, à moi et à mes deux frères aînés. Je lui en suis toujours reconnaissant, car m'avoir enseigné les lettres m'a permis plus tard de progresser dans les ordres du Culte. Comme mon père était attentif au bien-être de ses enfants, il s'est rapidement remarié. Leuba, sa seconde épouse, fut ma vraie mère, et ce fut la seule femme à me prodiguer son amour. L'infortunée ne vécut guère. Quand j'atteignis ma neuvième année, une épidémie de petite vérole ravagea le canton. Chez nous, Leuba fut la première à tomber malade. Sur ordre du prévôt, on nous mura immédiatement dans notre maison, des planches clouées contre les portes et les fenêtres. Dans la pénombre envahie de miasmes délétères, la contagion nous saisit les uns après les autres. Seul mon père fut inexplicablement épargné. Leuba rendit l'âme, au terme d'une agonie affreuse ; elle fut suivie de peu par mes frères. Pour ma part, je suis resté

entre la vie et la mort des jours durant ; par miracle,
j'ai survécu. La volonté du Dieu était à l'œuvre.

Les prêtres du Desséché furent les seuls à oser
affronter notre demeure infectée. Ils se présentèrent
en silence dans le brouillard du petit matin, drapés
dans leurs robes sombres ; ils déclouèrent notre porte,
ils enlevèrent les corps. Ils manifestaient une défé-
rence calme aux dépouilles, bien qu'elles fussent ravagées par la purulence. L'un d'eux se pencha sur moi,
vit que je respirais et se détourna. Ce fut ma première
rencontre avec le Culte.

Je guéris, mais la maladie me laissa défiguré. J'en ai
conservé un visage grêlé de cratères et de cicatrices.
Ma laideur pesa plus lourd que mon infortune : je
devins objet de dégoût et de risée de la part des autres
enfants. Même mon père me considérait avec une
répugnance qu'il ne parvenait pas à dissimuler complètement ; ses gestes de tendresse se firent rares, précisément quand j'en aurais eu le plus besoin. Il se mit
à boire, passa de plus en plus de temps à la taverne.
Moqué, rejeté, négligé, je devins un être craintif et
sournois. Je devins sale : je n'osais plus me pencher
sur l'eau claire, de crainte d'apercevoir le monstre qui
avait usurpé mon reflet.

En l'espace de deux ans, mon père devint un
ivrogne consommé. Un jour, sous l'empire de la bois-
son, il se prit de querelle avec un laboureur du bourg ;
il tira le couteau et tua le bonhomme. Dégrisé,
paniqué par son geste, mon père tenta de s'enfuir ;
mais on le rattrapa peu après. Il fut enchaîné, rapidement jugé, condamné à la potence. Ses biens furent
confisqués ; le guet me tira hors de chez moi. Au

bourg, on me jeta des pierres. Chassé du village, je
me réfugiai dans le lieu le plus mal famé : à la croisée
des chemins, devant le gibet seigneurial. Mon père
m'y attendait, les pieds suspendus dans le vide, la
tête inclinée sur l'épaule. C'est là que les prêtres du
Desséché me retrouvèrent. Au bout des trois jours
d'exposition coutumière, ils venaient chercher le
corps du supplicié. Ils le décrochèrent avec précautions, en veillant à ce qu'il ne chût pas. Ils l'envelop-
pèrent avec une compétence paisible dans un linceul.
Puis, l'un d'eux se tourna vers moi et dit : « Viens.
Nous te donnerons du pain et un lit. » Ce fut tout. Ce
fut ainsi que j'entrai au service du Dieu.

Je ne fus initié que progressivement à l'Obscurité.
Certes, tout est sombre dans un temple du Desséché.
Le sanctuaire est toujours situé dans la partie la plus
dense et la plus ombreuse du Bosquet. Seul le péri-
style émerge du sol : le reste du bâtiment étend ses
ramifications sous la terre et sous les racines. Dans les
couloirs et dans le déambulatoire, nous apprenons à
nous déplacer dans le noir, en longeant les murs du
doigt ; des lanternes sourdes dispensent une lumière
chiche au réfectoire, uniquement pendant les repas,
et au dortoir, uniquement au lever et au coucher. Seul
le seuil de la chapelle est éclairé par une veilleuse ; la
statue du Dieu, au fond du chœur, est retranchée
dans un nid de ténèbres. Mais nous vivons en communauté : la présence des frères, même muette, dénoue
l'angoisse tapie dans ces ombres épaisses. Par la force
des choses, certains quartiers sont mieux éclairés : la
cuisine, le scriptorium, et même le reposoir, car la
toilette des défunts doit être faite dans de bonnes

conditions. En outre, nous sommes amenés à sortir
quotidiennement : il faut entretenir le Bosquet ; pour
enlever les dépouilles, il faut gagner les maisons
endeuillées, les échafauds, parfois le théâtre d'une
rixe ou un champ clos aristocratique ; pour assurer
les dernières volontés des défunts, il faut visiter les
archives, les familles, souvent régler des contentieux.
En définitive, lorsque l'on se trouve confronté chaque
jour aux spectacles du chagrin, de la violence, de la
rapacité, des rancœurs, la pénombre lourde du sanctuaire finit par paraître reposante.

Toutefois, ce ne fut que la veille de mon ordination
que je reçus ma véritable initiation aux ténèbres. Pour
terminer mon noviciat, j'avais été envoyé dans un
sanctuaire reculé, l'Ossuaire de Morneuil, perdu dans
la désolation des Landes Grises. Depuis des siècles,
c'est le lieu où les futurs ministres du Desséché sont
initiés à Ses mystères. Le plus redouté d'entre eux est
l'épreuve du Parrainage. Elle a lieu dans la Chambre
des Confidences, une des cryptes les plus profondes
du sanctuaire, enfouie sous les galeries des catacombes et les puits cérémoniels. C'est une petite cave
primitive, creusée à une époque archaïque, avant la
fondation du Royaume par le Resplendissant. Son
unique entrée, une sorte de chatière haute de trois
pieds, est fermée comme un tombeau, par une lourde
meule de pierre. Il faut la force de plusieurs hommes
pour la déplacer. À l'intérieur de la Chambre des
Confidences, les Parrains attendent le futur prêtre. Il
s'agit de deux grands dignitaires du Culte, le nécrophore Phlegeton et l'archonte Nubifer. Ils patientent
dans l'ombre, mais les frères qui escortent le candidat

à l'initiation éclairent brièvement la crypte, afin que le futur prêtre aperçoive ses mentors.

Il y a trois lits de pierre dans la Chambre des Confidences, disposés côte à côte. L'archonte occupe celui de droite, le nécrophore celui de gauche ; la couche centrale est réservée au novice. Le nécrophore Phlegeton fut le plus grand mystique doloriste de notre ordre : à vingt ans, il s'était aveuglé avec un couteau, et, pendant quarante ans, il ne se nourrit que d'eau croupie et de vermine. Souvent les âmes en peine s'emparaient de son corps affaibli et criaient leur détresse par sa bouche. Le nécrophore est mort il y a deux siècles ; par humilité, il a refusé l'embaumement, et il ne reste de lui qu'une brassée d'ossements dans une robe pourrie, que somment quelques touffes de cheveux roussis. L'archonte Nubifer est beaucoup plus vieux. Il vécut il y a six cents ans, sous le règne de Maddan III l'Orgueilleux. Nubifer était le dignitaire religieux le plus redouté de Chrysophée, la capitale royale : c'était un nécromancien subtil, qui exhumait les crimes des puissants dans la poussière des tombeaux. Il exigea même réparation du monarque en personne, pour les mânes d'un favori assassiné dans les couloirs du palais. Malgré son âge canonique, l'archonte Nubifer est parfaitement conservé, car il a bénéficié des soins des meilleurs embaumeurs. Il a juste le teint vaguement cireux, les yeux un peu caves, le faciès légèrement émacié. Il est drapé dans une chasuble fastueuse, aux ors ternis, à peine piquée de rouille et de moisissures. Ses paupières sont entrouvertes sur des prunelles troubles, qui semblent vous suivre avec une indifférence affectée.

C'est entre les deux dépouilles que le novice s'allonge. Il lui suffirait d'étendre le bras pour toucher l'un des corps — et certaines rumeurs rapportent que quelques initiés, sans avoir bougé, sentirent l'étreinte d'une main osseuse dans le noir. Quand le novice est couché, les frères emportent la lampe et roulent la pierre pour obturer la crypte. Le futur prêtre repose ainsi toute une nuit, en compagnie de ses Parrains. C'est l'occasion pour lui de faire son examen de conscience, d'éprouver la fermeté de sa foi et de sa vocation. Il parle aux morts. C'est pourquoi on appelle cette salle la Chambre des Confidences. Parfois, il ne se contente pas de parler : il dialogue.

Je n'ai pas eu cette terrifiante faveur, mais c'est bel et bien dans la Chambre des Confidences que j'ai fait l'apprentissage des ténèbres. Quand la pierre a fermé le tombeau, j'ai plongé dans une obscurité primale, saturée par la présence des deux cadavres sanctifiés. J'ai suffoqué, j'ai ouvert la bouche, j'ai cherché l'air épais du caveau, aspiré une mélasse poussiéreuse chargée de parfums éventés. Un frisson glacé, remonté des pires convulsions de la maladie, a caillé mon épiderme, flétri ma chair, givré mes os. Je tendais désespérément l'oreille dans cette atmosphère d'abandon définitif : le silence était plus assourdissant que la vibration d'une cloche, car il était chargé de tous les bruits et de tous les murmures possibles. Car il était chargé de la certitude la plus élémentaire. J'ai connu pire que l'agonie : j'ai vécu l'asphyxie de l'enterré vif. Cette nuit d'immobilité a duré plus que toute mon existence : et c'est là, au plus profond de l'horreur, que j'ai embrassé le sacré.

Après mon ordination, je n'ai pas tout de suite cherché à descendre. Pendant plusieurs années, j'ai exécuté des tâches séculières. Comme tous mes frères, j'ai été chargé de nombreuses levées de corps, de cérémonies funèbres, de mises en terre. Toutefois, j'avais aussi une inclination pour les livres ; je passais tout mon temps libre dans la bibliothèque du sanctuaire, à parcourir les chartes seigneuriales et communales, les canons du dogme, les vieux textes de loi édictés par les monarques de Leomance. Au bout de quelques années, je m'étais forgé une réputation de casuiste et de juriste retors. Le supérieur du Bosquet fit de plus en plus souvent appel à mes services pour régler les clauses testamentaires délicates, pour trancher les litiges entre héritiers, pour négocier des compromis entre les maisons nobles affrontées dans des conflits successoraux. D'une certaine façon, ces activités me donnèrent des privilèges, un mode de vie plus confortable que celui de la plupart de mes frères. J'étais de moins en moins confronté aux tâches les plus rebutantes : les collectes dans les maisons pestiférées, le transport des dépouilles, le nettoyage des sanies. Je passais de plus en plus de temps loin du Bosquet : il arrivait même que l'exécution d'un testament complexe ou que la résolution d'un contentieux me retinssent plusieurs jours loin du sanctuaire. Je bénéficiais d'une révérence appuyée de la part des laïcs, adressée autant au juriste qu'au ministre du Desséché. Je me frottais aux puissants, j'étais admis à leur table, je parcourais avec leurs secrétaires leurs

archives dynastiques. Certains vainquaient leurs réticences à mon égard et osaient me demander conseil. Il
y eut aussi quelques écervelées de haute naissance
pour se risquer à de troubles invites, en quête de
débauches morbides.

À fréquenter ainsi les riches et les nobles, j'ai
développé ma connaissance des usages, mon sens du
paraître, des subtilités sophistiques de diplomate. À
trop vivre dans le siècle, je polissais des vertus futiles.
Je cultivais ma vanité. Heureusement, tôt ou tard, le
coup d'œil effrayé d'un enfant ou la moue indisposée
d'un élégant me renvoyaient brutalement à moi-
même, me remémoraient les stigmates gravés sur
mon visage. Heureusement, les signes de conjuration
tracés dans mon dos par les gens simples me rappe-
laient que mon sacerdoce suffisait à faire de moi un
objet d'épouvante. À la longue, l'amertume a fini par
germer en moi, comme une plante vénéneuse. Ma
compétence me devenait suspecte : elle n'était que le
levier de mon orgueil. Je vivais dans l'illusion. Je
vivais, ce qui revient à s'immerger dans l'illusion.
J'ai voulu revenir à l'essentiel. J'ai voulu dissiper les
chimères, briser les faux-semblants, démasquer les
tentations. J'ai voulu voir, et je me suis souvenu de
la Chambre des Confidences. J'ai voulu voir, et j'ai
demandé alors à prononcer le vœu d'Obscurité.

Mon supérieur, le nécrophore Chasma, ne me faci-
lita pas la tâche. Il multiplia les obstacles pour me
détourner de mon projet. Il eut la franchise de me
dire que mon aspiration à l'érémitisme le contrariait :
je lui étais précieux en tant que lettré et négociateur. Il
m'imposa un délai de réflexion d'un an, et de fré-

quents entretiens confessionnels pour sonder ma
détermination. Ses objections étaient nombreuses, et
pleines de pertinence. Le vœu d'Obscurité était un
renoncement cruel; il n'était pas rare que le reclus
devînt fou ou se laissât mourir. Je prétendais vouloir
gagner les ténèbres pour rabaisser mon orgueil; mais
la mortification n'était-elle pas pour moi la forme la
plus perverse de vanité? Et qu'allais-je chercher au
fond de l'obscurité? J'étais prêtre: même reclus, je
resterais ministre du Desséché. Si je désirais m'enfouir
par désarroi ou par exaltation purement personnels, je
commettrais une faute contre mon sacerdoce en faisant passer mes aspirations avant le service du Dieu.

Le supérieur me pénétrait avec une sagacité
effrayante. Mais les raisons mêmes qui le poussaient
à me détourner de l'Obscurité me permirent de
vaincre ses réticences: j'étais un rhéteur redoutable.
Usant du syllogisme, de la demi-vérité, du retourne-
ment concessif, mes plaidoyers me permirent d'arriver à mes fins. Par une nuit de solstice d'hiver, mes
frères me déshabillèrent, m'allongèrent au milieu du
reposoir, et me firent une toilette mortuaire. Six
Embaumeurs me portèrent jusqu'à la chapelle, et
m'étendirent sur un catafalque, dans le chœur obscur
habité par la présence indistincte du Dieu. Tout le
chapitre célébra un office funèbre, au terme duquel
on me posa un bandeau sur les yeux. Puis, les
Embaumeurs me soulevèrent à nouveau, et m'em-
portèrent. Ils marchèrent longtemps, psalmodiant en
sourdine la prière des morts, me berçant du lent rou-
lis processionnel. Nous avons ainsi fait le tour de la
nécropole, descendu nombre d'escaliers pentus et de

rampes inclinées, suivi bien des détours. Il s'agissait
de m'égarer, au plus profond des catacombes, pour
me priver de la possibilité de tout retour. Enfin, ils
me déposèrent ici même, sur cette couche de pierre.
Ils retirèrent mon bandeau ; je ne vis nulle différence.

Pendant un temps que je ne saurais évaluer,
quelques semaines peut-être, je raidis ma volonté
contre le néant absolu auquel je m'étais voué. Mais
les ténèbres ont cette vertu redoutable : elles interdisent de s'aveugler longtemps sur soi-même. Quand
le désespoir rompit les dernières digues en moi,
quand enfin je me sentis écrasé par la mort vive que
j'avais recherchée, je compris que le nécrophore
Chasma avait eu raison. Mon mépris du monde
n'avait été qu'une pose : je restais attaché à la vie par
toutes les fibres de mon être. Tout m'était ôté : la
compagnie de mes frères, mes lectures studieuses à
la bibliothèque, le feu des controverses religieuses ou
juridiques, et la lumière. Surtout la lumière. L'éclat
cendré de la pleine lune sur le Bosquet, les reflets du
ciel dans les mares d'un chemin, le bleu cru des
soleils d'hiver et la nébulosité des chaleurs estivales
me hantaient avec l'acuité brutale de coups de couteau.

J'avais bien sûr prévu la violence de cette privation ; mais *obscurément*, j'avais envisagé renouer
avec l'extase noire de la Chambre des Confidences.
Baigner dans l'horreur que j'avais connue lors de
mon initiation m'aurait arraché à moi-même, m'aurait
purifié de mes creuses complaisances et de mes amer-
tumes médiocres. Rien de cela ne se produisit. J'étais
enfermé dans une cave, avec le désœuvrement pour

seule ivresse. Le nécrophore me l'avait dit : il y avait de quoi devenir fou. Fou d'ennui, fou de regret. Je ne reviendrai pas sur les gouffres dans lesquels la détresse m'a jeté. Meurtrir mon corps n'était nullement un acte de contrition : cela m'apparaissait alors comme le dernier moyen de me sentir encore vivant.

Ce sont les pensionnaires qui m'ont sauvé de la démence. Il leur a fallu beaucoup de temps pour se manifester. Ils sont discrets, et mes cris, mes courses aveugles et affolées dans les ténèbres durent longtemps les indisposer, voire les effrayer. Mais ils ont fini par m'approcher, pour des motifs divers : les uns par curiosité, les autres par malveillance, quelques-uns par commisération. Parfois, au plus profond de mes accès de rage ou au plus fort de mes sanglots, je distinguais une altération subtile dans le noir. L'air était déplacé, un mouvement plus furtif qu'un soupir ; pour une raison inexpliquée, un fourmillement envahissait ma nuque ; la température chutait de façon sensible. Ces phénomènes, que je remarquais à peine au début, devenaient de plus en plus fréquents, et je finis par y prêter attention. Je croyais deviner des présences, parfois une compassion diffuse, parfois une hostilité insidieuse. Je crus que mon imagination me jouait des tours ; mais comme je me concentrais sur ces signes ténus, je sombrais moins souvent dans des crises aiguës d'agitation ou de sanglots.

Parce que j'étais plus calme, ils s'enhardirent. Des souffles me frôlaient ; des démarches traînantes se faufilaient dans les corridors mitoyens ; des impressions puissantes m'habitaient brutalement, dans des accès certes brefs, mais si impérieux qu'ils me cou

paient la respiration et me glaçaient le cœur. Mes
doutes se dissipèrent. Je n'étais plus seul dans les
ténèbres.

Alors vinrent les premiers messages. Ce furent
d'abord des sons indistincts, l'écho brouillé d'un songe
que l'on perd au réveil. J'entendais des soupirs, des
marmonnements imprécis, un bredouillement incompréhensible de fourrés effleurés par la brise. Quel-
quefois, je reconnaissais une ou deux syllabes, peut-
être le fantôme d'un mot. Parfois, c'était une plainte
douce et grêle qui errait aux limites de l'audible ; parfois, c'était un ricanement méchant qui rebondissait
étrangement le long de la voûte. Il me fallut éduquer
mon oreille pour mieux les entendre ; les efforts que
j'entrepris pour aiguiser mon ouïe achevèrent de rétablir mon calme. J'étais prêt, concentré, disposé à écouter. Les paroles vinrent alors.

Depuis, elles n'ont pas cessé.

Ils me parlent. Ils ont beaucoup à dire. Ce sont
souvent des histoires simples, des histoires atta-
chantes ou banales, les variations capricieuses et si
semblables de l'existence. Ils me racontent les petites
choses qui ont fait leur vie ; des enfances heureuses
ou tristes, des amours enfuies, des enfants perdus,
des bonheurs inattendus, des déceptions amères. Ils
m'entretiennent de leurs œuvres, de leurs succès, de
leurs remords. Beaucoup parmi eux ont abandonné
une tâche inachevée, une dette impayée, un affront
mal lavé. C'est surtout cela que je dois retenir ; c'est
cela que je transmets chaque semaine au greffier
Labeo. Remonté au scriptorium, il consigne dans les
Codicilles nécromantiques ce qui tourmente mes visi-

teurs, et nos frères s'efforcent de leur apporter la paix en achevant ce qui a été interrompu.

Ils me parlent aussi de leur départ. Les plus bavards ou les plus agressifs sont généralement ceux qui ont du mal à admettre ce qui les a frappés. Ils se plaignent d'une conclusion venue trop tôt — mais certains se lamentent aussi sur un décès arrivé trop tard. Ils craignent de s'abandonner complètement à la volonté du Dieu, à l'étreinte libératrice de l'oubli. Ils se raccrochent à moi comme à une épave dans un océan de ténèbres ; ils cherchent à se rassurer en perpétuant leur mémoire ; ils cherchent à se consoler dans ce chuchotement obscur, dans le refrain itératif de la vie enfuie.

Ils me parlent pour trouver un soulagement. Ils se livrent. Je suis devenu leur confident.

C'est étrange.

Ils ne sont plus seuls à parler. Cette voix, cette voix incongrue qui murmure dans les ténèbres, je la reconnais. C'est la mienne. Cette existence, que je dois bien admettre baignée de souffrance et de tristesse, c'est la mienne.

C'est étrange. Depuis quelques heures, c'est moi qui parle.

Que m'arrive-t-il ? Ma fonction n'est pas de parler, mais de me taire, d'entendre et de transmettre. Suis-je en train de perdre l'esprit ? Suis-je en train de soliloquer, étendu dans l'obscurité de ma cellule ? Je ne crois pas. En me privant de la vue, j'ai développé un sens spécial, un sens intérieur ; un sens spirituel, aiguisé par ma longue réclusion dans la privation et dans le silence. Je devine une présence ; je devine une conscience attentive, un esprit aux sentiments complexes, partagé entre une curiosité un peu malsaine, une pitié lasse, un dégoût vague. Qui êtes-vous ? Ce ne peut être Fœdus : je n'ai pas reconnu son pas, et nul ne m'a touché. Ce ne peut être le greffier Labeo : lui non plus, je ne l'ai pas entendu arriver, et il aurait interrompu depuis longtemps le fil de mon propos.

Qui êtes-vous ? Que signifie votre silence ? Que signifie ce bavardage que je ne parviens pas à endiguer ?

Est-ce déjà fini ?
Êtes-vous mon confident ?

DU MÊME AUTEUR

Aux moutons électriques

JANUA VERA (Folio Science-Fiction n° 332), 2008
GAGNER LA GUERRE, 2009

Dans la même collection

Composition IGS.
Impression CPI Firmin Didot
à Mesnil-sur-l'Estrée, le 2 juillet 2010.
Dépôt légal : juillet 2010.
1ᵉʳ dépôt légal : février 2009.
Numéro d'imprimeur : 100625.

ISBN 978-2-07-035570-9/Imprimé en France.

178378